D1942616

Büchergilde Weltempfänger
Band 4

Tsitsi Dangarembga

Aufbrechen

Roman

Aus dem Englischen von
Ilija Trojanow

Büchergilde Gutenberg

Die Reihe *Büchergilde Weltempfänger* erscheint in Zusammenarbeit mit

LITPROM
LITERATUREN
DER WELT

Lizenzausgabe für die Mitglieder der Büchergilde Gutenberg
Verlagsgesellschaft mbH, Frankfurt am Main, Wien und Zürich

Mit freundlicher Genehmigung der Orlanda Verlag GmbH, Berlin
Die Originalausgabe erschien 1988 unter dem Titel *Nervous Conditions*
bei The Woman's Press, London.

Die deutsche Erstausgabe erschien 1991 in der Rowohlt Taschenbuch
Verlag GmbH, Reinbek bei Hamburg, unter dem Titel *Der Preis der Freiheit*.

1. Auflage 2021

Einbandgestaltung und Herstellung: Clara Scheffler und Cosima Schneider
Umschlagmotiv: von einer Mauer in Dakar, Senegal
Street Artist: Loe
Fotografie: © Hervé Ducruet
Satz: omnisatz | Motiv Offset NSK GmbH, Berlin
Druck und Bindung: Friedrich Pustet, Regensburg
ISBN 978-3-7632-7320-1

www.buechergilde.de

Eins

Ich war nicht traurig, als mein Bruder starb. Auch entschuldige ich meine Gleichgültigkeit nicht oder, wie man auch sagen könnte, meine Gefühlskälte. Denn darum handelt es sich überhaupt nicht. Ich fühle heute vieles stärker, als ich es damals fühlen konnte, in den Tagen, als ich jung war und mein Bruder starb, und es gibt Gründe dafür, die über den reinen Prozess des Älterwerdens hinausreichen. Deshalb werde ich mich nicht entschuldigen, sondern anfangen, mir die Fakten zu vergegenwärtigen, so wie ich sie in Erinnerung habe, die zum Tod meines Bruders führten, die Ereignisse, die mich in die Lage versetzten, diesen Bericht zu schreiben. Denn obwohl man das Ereignis des Ablebens meines Bruders und die Ereignisse meiner Geschichte nicht trennen kann, geht es in meiner Geschichte schließlich nicht um den Tod, sondern um meine und Lucias Flucht; um das Gefangensein meiner Mutter und Maigurus; und um Nyashas Rebellion – Nyasha, aufgeschlossen und einsam, die Tochter meines Onkels, deren Rebellion letztendlich vielleicht doch nicht zum Erfolg führte.

Ich war dreizehn Jahre alt, als mein Bruder starb. Es geschah 1968. Die Schulferien hatten begonnen, und wir erwarteten seine Heimkehr mit dem Nachmittagsbus, der um drei Uhr durch unser Dorf fuhr. Mein Bruder ging zur Missionsschule, der mein Onkel vorstand und die etwa zwanzig Meilen westlich vom Dorf entfernt lag, in Richtung der Stadt Umtali. Manchmal, wenn mein Onkel nicht zu sehr mit Berichten und Formalitäten zum Abschluss des Trimesters beschäftigt war, konnte er sich um drei Uhr nachmittags von seinem Büro losmachen; dann opferte er die restlichen Stunden des Tages, um Nhamo nach Hause zu bringen. Nhamo zog dies vor. Er mochte Busfahrten nicht, weil es, so sagte er, zu lange dauere. Auch dünsteten ihm die Frauen zu viele ungesunde Fortpflanzungsgerüche aus, die Kinder neigten dazu, ihren verdorbenen Mägen vor Ort Erleichterung zu verschaffen, und die Männer sonderten starke Düfte ihrer tagtäglichen Arbeit ab. Er mochte das Fahrzeug nicht mit den vielerlei Produkten in bedenklichen Frischephasen, mit verängstigten Hühnern und gelegentlich mit einer voll duftenden Ziege teilen. »Wir sollten einen eigenen Bus haben«, beschwerte er sich, »wie es einen für die Schüler gibt, die in Fort Victoria und Salisbury wohnen«, wobei er allerdings vergaß, dass dies Städte waren, eigenständige urbane Zentren, während unser Zuhause in dem Gemeindegebiet um Umtali herum lag, und da die Mission meines Onkels zu Umtali zählte, gab es keinen Grund, einen Bus einzusetzen, um meinen Bruder und die anderen Schüler, die in unserer Gegend lebten, nach Hause zu befördern.

Aber auch mit einem gemieteten Bus wäre das Ende des Trimesters meinem Bruder nicht bequem genug gewesen. Der Busbahnhof – der auch der Marktplatz ist, mit blassschmutzigen Süßwarenläden, innen düster und schäbig, die wir *magrosa* nennen, und Marktfrauen unter *msasa*-Bäumen, mit hartgekochten Eiern, Gemüse, Früchten der Jahreszeit, gekochten Hühnern, manchmal mit Curry gewürzt, manchmal ohne, und mit allem anderen, was die Dorfbewohner oder Reisende vielleicht zu kaufen wünschten – ist mindestens zwei Meilen von unserer Heimstätte entfernt. Mit oder ohne gemietetem Bus – mein Bruder würde immer noch zwei Meilen zu Fuß nach Hause gehen müssen. Diese Entfernung war ein weiterer Aspekt seiner Heimreise, den mein Bruder höchst ungern erduldete.

Da ich die Fahrt nicht regelmäßig jeweils am Ende des Trimesters und am Anfang des neuen Trimesters hatte machen müssen, konnte ich nicht verstehen, wieso mein Bruder das Gehen so sehr verabscheute, besonders nachdem er so lange ohne frische Luft in einem Bus eingeengt war: Die Busfahrt zur Missionsschule dauerte fast eine Stunde. Neben der Erleichterung, sich die Beine nach einer so langen Fahrt vertreten zu können, war auch die Entfernung nach Hause nicht allzu groß, wenn man nicht in Eile irgendwohin unterwegs war. Der Weg schlängelte sich durch die Felder hinunter, wo es stets einige Menschen gab, bei denen man zehn Minuten des Tages verbringen konnte – mit Erkundigungen nach ihrer Gesundheit und der Gesundheit ihrer Familie, bewundernden Blicken auf den im Überfluss blühenden, breitblättrigen Mais, wenn er gut war, mit Voraussagen, wie viele Säcke das Feld einbringen würde, oder Überlegungen, ob die Pflanzen zu früh oder zu spät ihre Seidenquasten zeigten. Und obwohl die Wegstrecke zwischen den Feldern und dem Bahnhof der Sonne ausgesetzt und zwischen September und April, außer wenn es regnete, hart und versengt war – der grelle Sand tat in den Augen weh –, gab es immer Schatten neben den Feldern, wo Baumgruppen absichtlich stehengelassen wurden, die uns Schutz boten, wenn wir unsere Mahlzeiten aßen oder uns zwischen den beackerten Feldstreifen ausruhten.

Nach den Feldern wurde die Straße schattiger, umsäumt von Sträuchern und Bäumen. Akazien, *lantana, msasa* und *mopani,* in Gruppen auf beiden Seiten. Wenn man Zeit hatte, konnte man von der Straße hinab in dichteren Wald hineingehen, um nach *matamba* und *matunduru* zu suchen. Süß und sauer. Köstlich. Nach diesem bewaldeten Abschnitt führte die Straße in eine seichte Schlucht hinab, in ein Flusstal, das Bett sinnvollerweise voller glatter, flacher Steine, die ein aufregendes Material für alle Arten unserer Kinderspiele hergaben. Über und um die niedrigsten dieser Steine herum strömte der Fluss, in der Trockenzeit spärlich, doch bei schweren Regenfällen an einigen Stellen tief genug, um einem Kind bis über den Kopf zu reichen und mich bis zu den Brustwarzen zu verschlingen. Wir lernten diese Stellen meiden, wenn der Fluss gewaltig strömte, aber in den meisten Jahreszeiten glitt er ruhig dahin, was das Baden fast überall am

Ufer erlaubte. Als Kinder waren wir nicht eingeschränkt. Wir konnten spielen, wo wir wollten. Die Frauen aber hatten ihren eigenen Platz zum Baden, wie auch die Männer. Dort, wo die Frauen badeten, war der Fluss seicht, reichte mir selten über die Knie, und die Felsen waren niedriger und flacher als anderswo und bedeckten den Großteil des Flussbetts. Die Frauen mochten ihren Platz, weil er zum Wäschewaschen gut geeignet war. Wir aber freuten uns nicht darauf, so erwachsen zu werden, dass wir mit den Frauen dort waschen müssten und nicht länger in den tieferen, kühleren, interessanteren Teichen schwimmen konnten.

Der Fluss, die Bäume, die Früchte und die Felder. So war es am Anfang. So ist meine früheste Erinnerung, aber es blieb nicht so. Als ich noch ziemlich klein war, baute die Regierung die Gebäude der Bezirksverwaltung knapp eine Meile entfernt von den Stellen, wo wir uns wuschen. So mussten die Bewohner der ungefähr Dutzend Heimstätten, die unser Dorf bildeten, den Nyamarira, wie unser Fluss genannt wird, überqueren, wenn sie in den Gebäuden etwas zu erledigen hatten. Es dauerte nicht lange, bis die Geschäftstüchtigen unter uns bemerkten, dass sich ständig mehr Leute um die Verwaltungsgebäude herum versammelten als irgendwo sonst im Dorf (außer sonntags in der Kirche und an anderen Tagen an den Plätzen, wo Bier getrunken wurde) und dort ihre kleinen Gemischtwarenläden errichteten, in denen verkauft wurde, was wir brauchten – Brot, Tee, Zucker, Marmelade, Speiseöl, Streichhölzer, Kerzen, Paraffin und Seife. Ich weiß nicht mehr genau, ob der Platz vor oder nach dem Bau der Gemischtwarenläden zur Bushaltestelle wurde, aber bald hielten auch Busse dort. Untätig fingen die weniger arbeitsamen Jugendlichen unseres Dorfes an, um die Gemischtwarenläden herumzustreunen, kauften einander, wenn sie es sich leisten konnten, was selten genug war, Fanta oder Coca-Cola und billiges Parfüm, das nach Vanille-Essenz roch. Ein unternehmerischer Ladenbesitzer machte sich dies zunutze und stattete sein Geschäft mit einem Grammophon aus, damit die Jugendlichen sich mit Musik und Tanz unterhalten konnten. Sie spielten die neue Rumba, die, wie populäre Musik es oft tut, mit unsystematischen

Figuren auf die Zustände der Zeit hinwies: »Kriegst Prügel, wenn du weiter nach Geld fragst«, »Vater, bin ohne Arbeit, gib mir Geld für *roora*«, »Mein Geliebter, warum hast du eine zweite Frau genommen?« Die Hüften wurden geschwungen, die Füße stampften zum Rhythmus dieser sozialen Fakten. Es gab Solidarität. Die Behörden wurden unruhig. Unsere fleißige Gemeinde wurde für ihre Mühen mit dem Bau einer Bierhalle belohnt, dunkelblau wie die Verwaltungsgebäude, wo »einheimisches Bier« und »sauberes Bier« die Woche hindurch billig verkauft wurde. So wurden unsere Waschplätze zu Durchgangsorten für Leute, die aus allen möglichen Gründen zu *magrosa* gingen. Zur Wahrung der Anständigkeit wurden die Badestellen weiter flussaufwärts angelegt. Trotzdem pflegte ich, wenn ich mich kühn fühlte (das war, bevor meine Brüste zu groß wurden), oben am Ufer-Hang die Ohren zu spitzen und, wenn ich sicher war, dass niemand kam, zum Fluss hinunterzulaufen, mein Kleid abzustreifen (mehr hatte ich meist nicht an) und glücklich an den alten, tiefen Plätzen zu schwimmen, solange ich wollte.

Und diesen Spaziergang verabscheute mein Bruder! Wahrhaftig, ich könnte endlos weiter die Reize dieses Spaziergangs schildern; darum verstand ich auch nicht, wieso er ihm so widerstrebte. Doch er widerstrebte ihm, und meistens konnte er ihn umgehen, indem er unter irgendeinem Vorwand nach Schulende in der Mission blieb, bis mein Onkel, der Bruder meines Vaters und der älteste Sohn der Familie, beschloss, uns einen Besuch abzustatten. Mein Onkel besuchte uns häufig.

Es war die Idee meines Onkels gewesen, Nhamo auf die Missionsschule zu schicken. Wenn man ihm eine Chance gäbe, würde Nhamo, so meinte mein Onkel, sich in der Schule auszeichnen, wenigstens genügend für einen anständigen Beruf. Mit dem so verdienten Geld, sagte mein Onkel, würde Nhamo unseren Teil der Familie aus dem Elend befreien, in dem wir lebten. Die Geste meines Onkels war also ozeanisch, und mein Vater, der eine Vorliebe für Übertreibungen hatte, musste kaum überredet werden, den Sinn dieses Plans einzusehen. Auf die sanfteste Weise und nur höflich zögernd wies er meinen Onkel darauf hin, dass Nhamos Weggang für alle anderen zu Hause mehr Arbeit bedeuten würde, und gab meinem Bruder seine Erlaubnis. Das geschah, als mein Bruder in der dritten Klasse war, im Jahre 1965, dem Jahr der Rückkehr meines Onkels aus England.

Zu jener Zeit, Ende 1965, hatte mein Bruder sich schon ausgezeichnet, indem er in den ersten beiden Jahren Grundschule Klassenbester wurde und danach stets unter den fünf Besten zu finden war. Mein Onkel war darüber begeistert und wollte diese Tendenz unterstützen. »Mit deinem Kopf«, pflegte mein Vater Nhamo während der frühen Schulzeit, den prägenden Jahren, zur Ermutigung zu sagen, »wäre ich inzwischen Lehrer. Oder sogar Arzt. Ja! Vielleicht sogar Arzt. Glaubst du, wir würden so leben wie jetzt? Nein! In einem Ziegelhaus mit Warm- und Kaltwasser und Licht, wie bei Mukoma. Es wäre gut gewesen, hätte ich nur den Kopf dazu gehabt.« Nhamo, ganz der gehorsame Sohn, bestätigte meinem Vater dann, dass es wirklich gut gewesen wäre, und beruhigte ihn, dass die Intelligenz, mit der er selbst gesegnet war, nicht missbraucht werden würde. Ich war anders. Ich wollte die Wahrheit herausfinden. Meinte mein Vater, dass Babamukuru sich in der Schule als gescheit erwiesen hatte? Das fragte ich ihn eines Tages, als ich ein solches Gespräch mit anhörte.

»Das nicht gerade«, antwortete mein Vater. »Ich würde nicht sagen, dass Mukoma gescheit war. Nein. Nicht wirklich gescheit. Aber er las. Ja! Mukoma las. Was immer er anrührte, brachte er voran, so war er, ja! Mukoma las immer«, schloss er mit aufgerissenem Mund und krauser Stirn, voll des Respekts vor der Beharrlichkeit meines Onkels. Und als er dann erkannte, dass er in seine eigene Falle gegangen war, fühlte er sich bemüßigt, sich zu rechtfertigen. »Aber Mukoma hatte Glück. Er bekam eine Chance. Er ging von früh an zur Missionsschule. Die Missionare kümmerten sich so sehr um ihn, dass er mit den Büchern, nun, weißt du, ha-a-a, ganz natürlich umgehen lernte.«

Ob Babamukuru nun gescheit oder fleißig war oder einfach nur Glück gehabt hatte – Nhamo gelang es meist, seinen Onkel zu beschwatzen, ihn nach Hause zu fahren. Wie Nhamo das schaffte, ist mir ein Rätsel, denn Babamukuru war nie jemand, der sich leicht beschwatzen ließ. Trotzdem schaffte es Nhamo meistens. Aber diesmal, an dem Trimesterende, von dem ich erzähle, als Nhamo gerade die sechste Klasse absolviert und deshalb vorzeitig frei hatte, war Babamukuru zu einer Besprechung in der Stadt. Nhamo war gezwungen, den Bus zu nehmen. Eigentlich glaube ich, dass Babamukuru beschlossen hatte, es tue Nhamo gut, einmal den Bus zu nehmen. Ich glaube, mein Onkel fing an, sich Sorgen zu machen über die Entwicklung meines Bruders. Jedenfalls machten sich alle zu Hause, die alt genug dazu waren, um die Entwicklung meines Bruders Sorgen – außer meinem Vater.

Bald nachdem er auf die Missionsschule gekommen war, hörte mein Bruder auf, in den kurzen Ferien nach Hause zu kommen. Obwohl er uns hin und wieder mit meinem Onkel besuchte, kam er nur einmal im Jahr, am Ende des Schuljahres und zu Anfang der Maiszeit, für längere Zeit nach Hause. Während der Ferien im August und April weigerte sich Nhamo, nach Hause zu kommen. Er gab vor, er müsse unaufhörlich lesen, um die Prüfungen am Jahresende erfolgreich zu bestehen. Das war eine gute Entschuldigung, mit der er sich vor der unangenehmen Aufgabe drücken konnte, den Mais zu ernten und zu stapeln sowie die Blätter von den Kolben zu ziehen. Am Ende eines Erntetages juckte es uns überall grässlich, und wir rannten stets von den Feldern sofort zum Fluss, um den juckenden Staub abzuwaschen. Es war nicht erstaunlich, dass Nhamo das Ernten nicht mochte. Keiner von uns empfand diese Pflicht als angenehm. Sie war einfach etwas, das getan werden musste. September und Oktober waren anders. Zu dieser Zeit wurde das Land für die neuen Pflanzungen vorbereitet. Lange bearbeiteten die Leute den Boden mit Hacken, was harte Arbeit bedeutete, aber nicht unangenehm und nicht ohne Freuden war. Kurz bevor Babamukuru 1960 nach England ging, kaufte er meinem Vater dann einen Ochsenpflug, so dass die Arbeit sich zu der Zeit, als ich alt genug war, um mitzuhelfen, auf das Pflanzen des Maises beschränkte; zumindest in den Jahren, in denen mein Vater oder ein ausreichend kräftiger männlicher Verwandter auf Besuch die Zeit fanden, den Ochsenpflug zu benutzen. In den Jahren, in denen sie keine Zeit dazu hatten, mussten wir wieder wie früher graben und pflanzen. Nach dem Pflanzen und dann die ganze Regenzeit hindurch, bis die Pflanzen groß und kräftig waren, jäteten wir Unkraut, mit unseren Händen und Hacken. Manchmal bauten wir nicht nur Mais an, sondern auch *mhunga* und *rukweza*. Zu Anfang des Ackerjahres waren wir sehr beschäftigt. Mein Onkel bestand darauf, dass Nhamo hierfür nach Hause fuhr, denn es gab keine Prüfungen, die ein Wegbleiben gerechtfertigt hätten. So war Nhamo gezwungen, einmal im Jahr in sein schmutziges Zuhause zurückzukehren, wo er sich mit kaltem Wasser in einem Emaillebecken oder in einem Fluss waschen musste und nicht in einer Badewanne mit Wasserhähnen, aus denen es heiß und kalt floss; wo er *sadza* mit seinen Fingern und kaum Fleisch aß und nie mit Messer und Gabel; wo es außer dem flackernden Gelb der Kerzen und den hausgemachten Paraffinlampen kein Licht gab, das ihm ermöglicht hätte, bei seinen Büchern Zuflucht zu nehmen, wenn wir anderen schlafen gegangen waren.

Diese Armut fing an, ihn zu beleidigen, oder zumindest ihm peinlich zu sein, wie es ihm, ehe er zur Missionsschule ging, nicht ergangen war. Zuvor hatten wir uns darüber verständigen können, dass der Schmutz uns grausam zusetzte, aber fraglos der unsere war; also war die Last, ihn zu vertreiben, auch unsere. Aber dann änderte etwas, das er in der Mission gesehen hatte, seine Ansichten, so dass er nunmehr glaubte, unsere Heimstätte hätte keinen Anspruch mehr auf ihn. Wenn er nun in den Ferien nach Hause kam, war es, als sei er nicht da; er war nicht sehr umgänglich. Bei der Feldarbeit mitzuhelfen, beim Versorgen des Viehs oder beim Feuerholzholen, Aufgaben, die er vor seiner Missionszeit bereitwillig erfüllt hatte, wurde für ihn jetzt zum schlechten Witz. Als die Regenfälle am Ende seines ersten Jahres in der Mission vorzeitig kamen, wies er uns darauf hin, dass der Großteil der Arbeit schon getan war und wir sehr gut zurechtgekommen waren; wenn die Regenfälle sich verspäteten, wie am Ende des zweiten Jahres, erinnerte er uns daran, dass wir es im Jahr zuvor ohne ihn auch geschafft hatten. Nur wenn Babamukuru seinen Besuch ankündigen ließ, machte er sich die Mühe mitzuhelfen. An solchen Tagen stand er mit allen anderen bei Sonnenaufgang auf, arbeitete so hart, dass die Erde sich in die Haut seiner Hände eingrub und der Schweiß ihm über den bloßen Rücken rann, was ihm Geruch und Aussehen eines mustergültigen Arbeiters verlieh. Seine Strategie war perfekt. Er kehrte nie ins Haus zurück, egal wie hart und ermüdend die vorhandenen Aufgaben waren, bevor nicht Babamukuru, bei dem verlassenen Haus angekommen, zu den Feldern hinausfuhr.

Manchmal trug Babamukuru kurze Hosen, wenn er uns besuchte. Falls wir alle auf den Feldern waren, nahm er eine Hacke zur Hand und arbeitete eine Zeitlang mit, bevor er mit meinem Vater und Nhamo zur Heimstätte zurückfuhr. Dort hörte er sich den Bericht meines Vaters an: über unsere Verspätung beim Bestellen der Felder; wie die Kühe des Nachbarn unsere Felder plünderten; dass Babamukuru einen Stacheldraht besorgen solle, der Affen und Kühe fernhalten würde. Wenn Babamukuru keine kurzen Hosen trug, kehrten sie sofort zum Haus zurück. Meine Mutter band sich dann mit zusammengekniffenen Lippen die kleine Rambanai enger an den Rücken und arbeitete schweigend weiter. Die wilden Schwünge ihrer Arme, wenn sie einen Maisstängel griff und abschälte, hielt Netsai und mich vom leisesten rebellischen Murmeln ab. Wir stellten uns vor, wie dieser wilde Arm meiner Mutter zischend eine Rute über unsere Beine ziehen würde, und das machte uns sehr vorsichtig. Netsai legte meiner Ansicht nach übertrieben los, wenn meine Mutter schweigend wütend wurde. Sie hätte ein unanständig großes Stück Feld abgeerntet, eine peinliche Anzahl Kolben gesammelt, wenn ich mich nicht geschämt hätte, mich von meiner kleinen Schwester bei der Arbeit übertreffen zu lassen und so das Gesicht zu verlieren. Wir folgten den Spuren des Autos meines Onkels, wenn die Sonne sich zu neigen begann, und trieben die Kühe zurück in ihren Kral, denn es gab für diese Aufgabe außer Nhamo keinen anderen jungen Mann in unserer Familie. Wir beeilten uns sehr, um nicht zu spät zur Vorbereitung des Abendessens zu kommen. Ich selbst sah Babamukuru ungern in kurzen Hosen, denn in seiner Missionskleidung war er eine würdevolle Erscheinung, und so wollte ich ihn sehen.

An den Tagen, an denen Babamukuru zu Besuch kam, töteten wir einen Hahn. Oder vielmehr, wir töteten einen Hahn, wenn wir einen entbehren konnten, sonst nur eine Henne. Wir töteten auch ein Huhn, wenn Nhamo nach Hause kam, ob mit Babamukuru oder allein. Netsai und ich trieben den Vogel in eine Ecke und fingen ihn schließlich, nachdem wir lange vergeblich nach Luft und Federn geschnappt hatten, bei der Jagd unterstützt von den Freudenschreien der kleinen Rambanai, die oft in Heulen endeten, wenn ihr der Vogel auf der Flucht vor uns ins Gesicht flog.

An jenem bestimmten Novembernachmittag, an dem wir Nhamo zu Hause erwarteten, beschloss meine Mutter, ihr Gemüse zu bewässern – Raps, *covo,* Tomaten, *derere* und Zwiebeln – , welches sie auf einem Stück Land anbaute, das meiner Großmutter gehört hatte, in der Nähe der Hütte, aber doch eine Viertelstunde zu Fuß entfernt. Meine Mutter und ich gingen gemeinsam von den Feldern und trieben die Rinder vor uns her, bis wir den Gemüsegarten erreichten, wo wir uns trennten; sie ging bewässern, ich zur Hütte, die nicht gebrauchte Viehpeitsche in der Hand, denn das Vieh war genauso begierig nach Hause zu kommen wie ich. Unsere Schatten fielen länglich nach Osten, denn die Sonne ging hinter den Hügeln unter. Es war schon nach sechs. Zu dieser späten Zeit war ich sicher, Nhamo schon zu Hause vorzufinden, doch als ich vom Rinderkral heraufkam, sah ich nur Rambanai und Netsai im sandigen Hof vor der Küche spielen. Sie spielten *nhodo*, oder vielmehr spielte Netsai, und Rambanai warf nur die Steine hoch und protestierte lautstark, wenn Netsai wieder an der Reihe war. Rambanai war zu jung, um einen Stein in die Luft zu werfen, mehrere andere Steine aufzuheben und dann den ersten Stein im Fall zu fangen. Netsai wusste dies sehr wohl, aber sie genoss es trotzdem, Rambanai beim *nhodo* zu schlagen.

Sobald Rambanai mich sah, kam sie angelaufen und protestierte heftig gegen die unfaire Netsai, doch in ihrer unverständlichen Sprache, so dass allein ihr Mienenspiel mir sagte, was sie meinte.

»Ruhig jetzt«, sagte ich beruhigend, nahm sie in die Arme und setzte sie mir auf den Schoß. »Ich werde *nhodo* mit dir spielen. Das wird fein. Hat Nhamo dich sein Gepäck abholen lassen?«, fragte ich Netsai.

»Nein, Schwester Tambu«, antwortete sie. »*Mukoma* Nhamo ist noch nicht gekommen.«

»Er ist noch nicht gekommen?« Ich war noch nicht beunruhigt, denn der Drei-Uhr-Bus war oft ein Vier- oder Fünf-Uhr-Bus. Ich war sogar erleichtert. Ich würde den Hahn nicht töten müssen. »Dann vielleicht morgen, wenn ihn Babamukuru im Auto mitnehmen kann.«

Wie ich Nhamo kannte, wusste ich, dass er nicht so spät am Tage zu Fuß ankommen würde, denn dann müsste er sein Gepäck selbst tragen, auch wenn es nicht viel war, denn er ließ seinen schweren Koffer bei Babamukuru zurück. Er hatte gewöhnlich nicht mehr als eine kleine Tasche bei sich, die seine Bücher sowie ein oder zwei Paar khakifarbene kurze Hosen enthielt, die einzigen seiner Kleidungsstücke, die er nicht zu ruinieren fürchtete, wenn er sie zu Hause trug. Manchmal hatte er auch eine Plastiktüte bei sich, die allerlei Krimskrams wie Zucker und Tee, Seife, eine Zahnbürste und Zahnpasta enthielt. Der Zucker und der Tee waren meist Geschenke meiner Tante für meine Mutter, doch Nhamo behielt sie für sich. Er trank dann süßen schwarzen Tee und las seine Bücher, während wir unsere Arbeit im Haus erledigten. Dies belustigte meine Mutter. Wenn sie ihn dabei erwischte, schimpfte sie ihn aus und schickte ihn zum Viehhüten, aber wenn sie davon erzählte, lachte sie. »Der Junge mit seinen Büchern! Er wird eines Tages einen hervorragenden Lehrer abgeben, bei all dem Lesen!«

Jedenfalls war sein Gepäck nie zu schwer für ihn. Und trotzdem trug er es nie selbst. Stattdessen ließ er irgend etwas, einige Bücher, eine Plastiktüte, eine Kleinigkeit, nur des Prinzips wegen bei den Geschäften am Busbahnhof zurück, denn er stand auf freundschaftlichem Fuß mit allen. So konnte er Netsai losschicken, die Sachen zu holen, sobald er zu Hause ankam. Wenn er großzügiger Laune war, erbot er sich, währenddessen auf Rambanai aufzupassen, die noch auf unsicheren Beinen stand. Wenn er seinen wahren Charakter zeigte, erklärte er grinsend, es sei nicht Aufgabe eines Mannes, auf Kinder aufzupassen, und Netsai, die noch jung, aber groß für ihr Alter war, band sich das Baby auf den Rücken, um so das Gepäck zu holen. Wenn es für sie allein zu viel war, begleitete ich sie gelegentlich. Da ich wusste, dass er keine Hilfe brauchte, dass er uns nur seine Macht demonstrieren wollte, seine Autorität, uns zwingen zu können, Sachen für ihn zu erledigen, hasste ich es, das Gepäck meines Bruders zu holen. Fast so groß wie er, war ich, wenn er mich verärgert hatte, imstande, ihm ein Holzscheit aus dem Feuer ins Gesicht zu werfen. Also piesackte er mich nur wenig. Dafür bekam Netsai ab, was an mir vorüberging. Nhamo machte es Spaß, ihr beim kleinsten Anlass den Stock zu geben. Um des Friedens willen ging ich mit meiner Schwester bis zu den Geschäften, wenn sie Hilfe brauchte, und den ganzen Weg brummten wir wütend vor uns hin und schimpften über die Faulheit unseres Bruders. Man wundert sich vielleicht, wieso ich nicht für meine Schwester eintrat und meinem Bruder sagte, er solle sein Gepäck selbst tragen. Ich tat es, als er Netsai diesen Auftrag zum ersten Mal gab. Er erklärte sich bereit, selbst zu gehen, doch nachdem ich in die Küche zurückgegangen war, führte er Netsai außer Hörweite und verprügelte sie kräftig mit einem dünnen Pfirsichzweig. Arme Netsai! Sie erzählte mir, sie sei den ganzen Weg bis zu den Geschäften gerannt. Und dann fragte sie mich, wieso ich sie nicht gleich hätte gehen lassen?! Zuerst dachte ich, sie stelle wegen der Schläge so eine dumme Frage, doch später wurde mir klar, dass es ihr wirklich nichts ausmachte, Nhamos Gepäck zu tragen, wenn es nicht zu viel für sie war. Sie war ein süßes Kind, von der Sorte, die später eine reizende, traurige Frau abgeben.

Das war nicht das einzige Unsympathische an meinem Bruder. Dieser unser Nhamo war voller unvernünftiger Ideen. Selbst nach all diesen Jahren glaube ich, dass es in unserem Heim gesünder zuging, wenn er nicht da war. Damals war ich mir jedenfalls sicher. Ich erinnere mich, an jenem Novembernachmittag Erleichterung empfunden zu haben. Da ich nun den Hahn nicht töten und zubereiten musste, brauchte ich mich nur um das *sadza* und das Gemüse zu kümmern. Das war keine Arbeit, so dass ich noch zum Garten zurückgehen und meiner Mutter helfen konnte. Der Gedanke an meine Mutter, die so hart, so allein arbeitete, deprimierte mich stets, aber schließlich beschloss ich, das Abendessen vorzubereiten, damit sie sich nach ihrer Heimkehr ausruhen konnte. Denn ich wusste, wenn es noch Arbeit gab, nachdem sie das Wässern beendet hatte, würde sie sich weiter abrackern.

»Was ist los, Schwester Tambu?«, fragte Netsai und riss mich aus den Gedanken. Ich bewegte Rambanai auf meinen linken Schenkel und spürte, dass mein Knie eingeschlafen war.

»Was ist los, Schwester Tambu?«, erkundigte sich Rambanai. Typisch Netsai, eine Frage zu stellen, die ich nicht beantworten konnte. Ich wollte meinen Schwestern nicht kaltblütig mitteilen, dass ich darüber nachgedacht hatte, wie wenig ich meinen Bruder mochte. Ich hatte ein schlechtes Gewissen. Da er unser Bruder war, hätten wir ihn mögen sollen, was es schwieriger machte, ihn nicht zu mögen. Da es mir trotzdem gelang, konnte ich meinen Bruder wohl überhaupt nicht leiden!

»Es wird schon gut«, bemerkte ich, in dem Versuch, mich selbst zu überzeugen, »wenn Mukoma Nhamo nach Hause kommt.«

»Wieso?« Netsai war verwundert. »Was wird er tun?«

»Was tun?«, kam das Echo von Rambanai, über das ich lachen und somit die Antwort vermeiden konnte. Ich setzte sie ab und ging zur *dara,* um das Emaillebecken mit Wasser zu füllen und die Töpfe und Teller zu holen, die ich zum Kochen brauchen würde. Die *dara* war deprimierend. Termiten hatten sich zielstrebig einen Weg durch das rechte Bein gekaut, so dass sie unverschämt schief stand. Ständig fielen Sachen herunter. Als sei das noch nicht genug, waren mehrere der Riemen aus Rinde, die die Bretter zusammenhielten, verfault. Die Bretter waren verschoben, große Löcher taten sich zwischen ihnen auf, so dass die Gegenstände, wenn sie nicht von der *dara* fielen, durch sie hindurchfielen.

Sie muss repariert werden; *ich* muss sie reparieren, dachte ich, wie schon ein Dutzend mal zuvor, und versprach mir, dass ich mir die Zeit nehmen würde. Ich beugte mich hinab, um den Zehn-Gallonen-Kanister unter der *dara* hervorzuziehen. Ich hoffte inbrünstig, dass er noch ausreichend Wasser für die Nacht enthielt.

Netsai sah mir zu. »Er ist voll«, sagte sie und lächelte. »Wir haben die Dosen benützt. Wir mussten nur dreimal zum Fluss gehen.«

»Gehen Fluss«, stimmte Rambanai zu.

»Du arbeitest gut«, sagte ich zu meiner Schwester, berührt von ihrer Fürsorge. Ihr hübsches kleines Gesicht strahlte von innen. Wir lächelten uns an, und Rambanai gluckste.

Der *covo* war frisch und hatte große Blätter, die schnell gewaschen waren. Die Töpfe waren alle sauber, ein weiteres Zeichen für Netsais rücksichtsvolle Art. Es machte mir Spaß, das Essen zuzubereiten, wenn die schmutzigeren Arbeiten schon erledigt waren. Ich summte, während ich den *covo* stückchenweise in den Topf gab, und freute mich, als die Hühner die verstreuten Stücke aufpickten und so den Ort aufräumten, ohne selbst Gefahr zu laufen, gefangen und gekocht zu werden. Wie ich die ganze Prozedur hasste – um Netsais Hilfe zu bitten, dem Vogel die Flucht zu vereiteln, meine wachsende Verärgerung, wenn ich nach seinen Flügeln griff und nur Luft zu fassen bekam, bevor ich ihn schließlich erwischte, gackernd und schrill protestierend, bis er die Unvermeidlichkeit spürte und verstummte. Auch konnte ich den Geruch des Blutes nicht ertragen, der mich zu ersticken drohte, wenn kochendes Wasser über den kopflosen Vogel geschüttet wurde, damit seine Federn sich lösten. Das nächste Mal, dachte ich naiv, soll Nhamo ihn selbst fangen. Wenn er Huhn essen will, soll er es selbst fangen und töten. Ich werde es rupfen und kochen. Das schien mir eine faire Arbeitsteilung zu sein.

Ich war naiv. Dass er Netsai wegen des Gepäcks verprügelte, hätte mir die Augen öffnen müssen. Nhamo war nicht darauf aus, fair zu sein. Vielleicht anderen Leuten gegenüber, aber sicherlich nicht seinen Schwestern gegenüber, seinen jüngeren Schwestern. Vielleicht ist es unfair von mir, ihn postum mit Vorwürfen zu überhäufen, wenn er sich nicht mehr verteidigen kann und ich genug gesehen habe, um zu wissen, dass Schuld nicht in sauber verpackten Päckchen vorkommt. Vielleicht stelle ich es so hin, als hätte Nhamo einfach beschlossen, ekelhaft zu sein und dies sehr gut beherrscht; tatsächlich tat er nichts anderes, als sich, vielleicht etwas extrem, so zu verhalten, wie es erwartet wurde. Die Bedürfnisse und Gefühle von Frauen wurden in meiner Familie nicht vorrangig beachtet, es gab sie offiziell nicht einmal. Deshalb war ich in dem Jahr, als Nhamo starb, noch in der dritten Klasse statt in der fünften, wie es meinem Alter entsprochen hätte. Damals empfand ich die Ungerechtigkeit meiner Lage jedes Mal, wenn ich darüber nachdachte, was ich oft tun musste, da Kinder ständig über ihr Alter reden. Dieser Ungerechtigkeit wegen fing ich an, meinen Bruder nicht leiden zu können, und nicht nur meinen Bruder: meinen Vater, meine Mutter – eigentlich alle.

Zwei

Mit sieben Jahren kam Nhamo in die Schule. Die Regierung hatte beschlossen, dass afrikanische Kinder dieses Alters geistig genügend entwickelt waren, um die Abstraktion von Zahlen und Buchstaben zu verstehen: 1 + 1 = 2; k-i-t-s-i = *kitsi*. Nhamo war einer der Jüngsten in seiner Klasse. Vielleicht glaubten andere Eltern wirklich, wir seien ein zurückgebliebener Haufen, und zogen es vor, die Fähigkeiten ihrer Kinder noch etwas reifen zu lassen, ehe sie der Strenge der Schulbildung ausgesetzt wurden. Und natürlich war es eine Frage der Schulgebühren. Was auch immer der Grund war, viele von uns kamen erst mit acht oder neun in die Schule, doch durch Babamukuru gab es in unserer Familie einen Präzedenzfall für frühe Einschulung; er hatte es zu einem Bachelortitel in Südafrika gebracht und wusste folglich sehr viel über Erziehung. »Sie sollten früh anfangen«, sagte Babamukuru meinem Vater, »solange ihr Verstand noch formbar ist.« Unweigerlich kam Nhamo also mit sieben in die Schule, und ich, die ein Jahr jünger war, folgte im Jahr darauf.

Nun fiel die Ernte aus irgendeinem Grund in dem Jahr meiner Einschulung trotz ausreichender Regenfälle sehr mager aus. Obwohl wir genug Mais geerntet hatten, um nicht zu verhungern, blieb nichts zum Verkauf übrig. Das bedeutete, dass es zu Hause kein Geld gab. Kein Geld bedeutete keine Schulgebühren. Keine Schulgebühren bedeutete keine Schule. Auch gab es keine Hoffnung, Geld zu beschaffen, denn Babamukuru hatte die Mission verlassen, um in England mehr über Erziehung zu lernen.

Ich war erst fünf, als Babamukuru nach England ging. Folglich weiß ich nur noch, dass alle sehr aufgeregt und sehr beeindruckt von diesem Ereignis waren. Um herauszufinden, was damals wirklich passierte, und um die folgenden Ereignisse zu verstehen, habe ich viele Leute gebeten – Maiguru und Babamukuru, meinen Vater, meine Mutter, Nyasha und Chido –, mir zu erzählen, was ihnen im Gedächtnis geblieben war. Ich fand heraus, dass es, kaum verwunderlich, Diskussionen und Konflikte und Spannungen gegeben hatte, die ich als kleines Mädchen nicht wahrnehmen konnte.

Babamukuru wollte die Mission nicht verlassen. Er wollte nicht noch einmal so weit von zu Hause fort, denn er hatte seine Mutter schon einmal verlassen, um nach Südafrika zu gehen, und er war noch nicht lange genug wieder daheim, um sicher zu sein, dass sie im Alter gut versorgt wäre. Auch hatte er jetzt selbst eine Familie. Obwohl die Missionare, die ihm ein Stipendium für das Studium in England besorgt hatten, auch Maiguru ein Stipendium anboten (so bestrebt waren sie, dieses intelligente, disziplinierte junge Paar in England ausbilden zu lassen, damit sie ihrem Volk nützlich sein konnten), blieb die Sorge um die Kinder. Die Diskussionen und Spannungen bei seiner Abreise hatten weniger mit seinem Weggehen zu tun als mit der Frage, was mit den Kindern geschehen sollte. Babamukuru schätzte die ihm gebotene Möglichkeit sehr; auch wäre eine Ablehnung einer Art Selbstmord gleichgekommen. Seine Undankbarkeit hätte die Missionare verärgert. Er wäre in Ungnade gefallen, und sie hätten an seiner Stelle einen anderen vielversprechenden Afrikaner unter ihre Fittiche genommen. Da er die notwendige Qualifikation nicht im eigenen Land erhalten konnte, blieb ihm keine andere Wahl, als sich für fünf Jahre zu entwurzeln, um danach eine Position einzunehmen, die es ihm im Laufe der Zeit ermöglichen würde, sich selbst und seine beiden Familien aus der Abhängigkeit von Umwelt und spendablen Missionaren zu befreien. Mein Großvater war der Ansicht, die Kinder wären zu Hause besser aufgehoben, wo sie unsere Gewohnheiten kannten und sich im Kreis der Familie wohlfühlten. Aber Babamukuru, der vor Augen hatte, wie schwierig das Leben zu Hause war, wollte nicht, dass seine Kinder die Not und das Elend seiner Kindheit erlebten. Auch wollte er seine Kinder bei sich haben, um so entscheidende Dinge wie ihre Erziehung und ihre Entwicklung selbst zu überwachen. Also wurden Chido und Nyasha nach England mitgenommen. Und mein Vater, dem fünf Jahre ohne einen Bruder, der für ihn sorgte, wie eine Ewigkeit vorkamen, tröstete sich mit der Aussicht, nach Babamukurus Rückkehr von dem dann höher Qualifizierten noch reichhaltiger versorgt zu werden als bisher. Meine Mutter war hoffnungsvoll. Sie dachte, mein Vater würde endlich Verantwortung übernehmen.

Ich kann mich an ein Gespräch mit Nhamo über das Phänomen von Babamukurus Bildung erinnern. Nhamo war allein schon von der Bildungsmenge, die möglich war, beeindruckt. Er sagte mir, dass die Ausbildung, wegen der Babamukuru weggegangen sei, sehr wichtig gewesen sein müsse, sonst wäre er wegen ihr nicht so weit fortgezogen. »England«, sagte er gewichtig zu mir, »ist sehr weit weg. Viel weiter weg als Südafrika.« Nhamo wusste damals vieles. Er wusste mehr als zum Zeitpunkt seines Todes. So wusste er zum Beispiel, dass er als Erwachsener wie Babamukuru viele akademische Grade anstreben und Schuldirektor wie Babamukuru werden würde. Er wusste, dass er seinen jüngeren Schwestern Bildung sichern oder zumindest sich um uns sorgen musste, wie Babamukuru es für seine eigenen Brüdern und Schwestern tat. Er wusste, dass er auf den Feldern und beim Vieh helfen und freundlich zu den Leuten sein musste. Aber vor allem wusste er, dass er hart arbeiten musste, um stets der Klassenbeste zu sein. Das tat er in den unteren Klassen eifrig. Einmal war er mit seiner Leistung besonders zufrieden, denn er hatte einen Mitschüler ganz knapp übertroffen. Nach all diesen Erfolgen wurde ihm mitgeteilt, er könne nicht weiter zur Schule gehen, weil das Geld für die Schulgebühren fehlte. Er weinte.

Glücklicherweise war meine Mutter in jenem Jahr willensstark. Sie fing an, Eier zu kochen, die sie dann zum Busbahnhof trug und an durchreisende Passagiere verkaufte. (Das bedeutete, dass wir sie nicht essen konnten.) Sie bot auch Gemüse an – Rüben, Zwiebeln und Tomaten –, wozu sie ihren Garten erweiterte, um mehr anbauen und verkaufen zu können. Das Geschäft ging leidlich, gut an öffentlichen Feiertagen, wenn Reisende von weit entfernten Orten wie Salisbury, Fort Victoria, Mount Darwin und Wankie in Versuchung kamen, eine Kleinigkeit nach Hause mitzunehmen. So kratzte sie genug Geld zusammen, um meinen Bruder in der Schule zu halten. Ich sah ein, dass Gemüseverkaufen kein einträgliches Geschäft war. Ich sah ein, dass es nicht genug Geld für meine Schulgebühren gab. Ja, ich sah ein, dass ich nicht weiter zur Schule gehen könnte, obwohl ich sehr gern zur Schule ging und auch gut war. So wirkten sich die Umstände ungünstig auf mich aus.

Mein Vater meinte, dies sollte mich nicht bekümmern. »Über so was macht man sich doch keine Sorgen! Ha-a-a, das ist nichts«, beruhigte er mich mit seiner ewigen Bereitschaft, die einfachste Lösung zu wählen. »Kannst du Bücher kochen und sie deinem Ehemann vorsetzen? Bleib zu Hause bei deiner Mutter. Lerne kochen und putzen. Pflanz Gemüse.«

Es war seine Absicht, mich mit beruhigenden, vernünftigen Worten zu trösten, aber ich sah den Sinn darin nicht. So war es oft, wenn mein Vater etwas sagte, aber bislang hatte es keinen so konkreten Anlass gegeben, an seinen Theorien zu zweifeln. Diesmal hatte ich aber Beweise. Maiguru war gebildet; servierte sie denn Babamukuru Bücher zum Abendessen? Ich fand zu meiner unglücklichen Erleichterung heraus, dass mein Vater nicht vernünftig war.

Ich beschwerte mich bei meiner Mutter. »Baba sagt, ich brauch keine Ausbildung«, sagte ich voller Verachtung zu ihr. »Er sagt, ich muss lernen, eine gute Ehefrau zu werden. Schau dir Maiguru an«, fuhr ich fort, meiner Grausamkeit nicht bewusst. »Sie ist eine bessere Ehefrau als du!«

Meine Mutter war zu alt, um sich von meinem kindischen Unsinn beeindrucken zu lassen. Sie versuchte, einige meiner Vorwürfe zu entkräften, indem sie mir lang und breit erklärte, dass mein Vater recht habe, weil auch Maiguru kochen und putzen und Gemüse anbauen könne. »Eine erwachsene Frau zu sein, das ist eine große Last«, sagte sie. »Wie sollte es anders sein? Sind nicht wir es, die die Kinder gebären? Da kannst du nicht einfach entscheiden, heute möchte ich dies tun und morgen jenes und am übernächsten Tag möchte ich eine Ausbildung haben! Wenn Opfer gebracht werden müssen, bist du diejenige, die sie bringen muss. Und diese Sachen sind nicht einfach; du musst von jung auf, von sehr jung auf, anfangen, sie zu lernen. Je früher, desto besser, dann ist es später einfacher. Einfacher! Als ob es jemals einfach wäre. Und in unserer Zeit ist es am schlimmsten; einerseits das Elend, eine Schwarze zu sein, andererseits die Bürde, eine Frau zu sein. *Aiwa!* Was dir helfen wird, mein Kind, ist zu lernen, deine Bürde mit Ausdauer zu tragen.«

Ich dachte mehrere Tage lang darüber nach, in deren Verlauf ich trotz meiner guten Noten an meiner Intelligenz zu zweifeln begann, denn wie in den Worten meines Vaters konnte ich auch in denen meiner Mutter keinen Sinn sehen. Meine Mutter behauptete, schwarz zu sein sei eine Bürde, weil man arm bleibe, aber Babamukuru war nicht arm. Meine Mutter behauptete, Frau zu sein sei eine Bürde, weil man Kinder gebären und sich um sie und den Ehemann kümmern müsse. Aber ich glaubte nicht daran. Maiguru wurde von Babamukuru gut versorgt, wohnte in einem großen Haus auf dem Missionsgelände, das ich nicht gesehen, von dem ich aber gerüchteweise gehört hatte, wie riesig und elegant es sei. Maiguru wurde in einem Auto herumchauffiert, sah gepflegt und frisch aus und war stets sauber. Sie war insgesamt eine andere Frau als meine Mutter. Es kam mir besser vor, wie Maiguru zu sein; nicht arm und nicht von der Bürde, eine Frau zu sein, erdrückt.

»Ich werde wieder zur Schule gehen«, eröffnete ich meinen Eltern.

Mein Vater nahm an, ich erwartete von ihm, dass er das Geld irgendwie, womöglich durch Arbeit, besorgte, und reagierte heftig. »Fängst du wieder mit dem Blödsinn an! Ich sehe es schon. Du weißt doch, dass dein Babamukuru noch einige Zeit weg sein wird!«

»Ich werde mir die Gebühren selbst verdienen«, versicherte ich ihm und unterbreitete ihm meinen Plan, so wie ich ihn entworfen hatte. »Wenn du mir etwas Aussaat gibst, werde ich mein eigenes Feld beackern und selbst Mais anbauen. Nicht viel. Gerade genug, um die Gebühren zu bezahlen.«

Mein Vater war sehr belustigt. Er ärgerte mich sehr mit seinem ständigen Lachen, mit seiner unangenehm erwachsenen Art. »Gerade genug, um die Gebühren zu bezahlen! Kannst du sie dir dabei vorstellen?«, gluckste er zu meiner Mutter hin. »So ein Sträuchlein, aber schon mit reifen Plänen! Kannst du deiner Tochter sagen, Ma'Shingayi, dass wir kein Geld haben. Wir haben kein Geld. Das ist alles.«

Meine Mutter kannte mich natürlich besser. »Hat sie denn um Geld gebeten?«, gab sie zurück. »Hör deinem Kind richtig zu. Sie möchte nur etwas Aussaat. Die können wir ihr geben. Lass es sie versuchen. Lass sie selbst sehen, dass manche Sachen einfach nicht zu machen sind.«

Mein Vater war einverstanden. Etwas Aussaat war kein großer Preis, mich ruhigzustellen. Ich begann mein Projekt am nächsten Tag, einem Dezembertag 1962. Im Januar darauf kam mein Bruder eine Klasse weiter. Ich arbeitete in der Hütte, auf den Feldern unserer Familie und auf meinem eigenen Stück Land. In diesen ersten Tagen meiner Gärtnerei murmelte ich Gebete voller Liebe und Ehrfurcht, die ich an meine Großmutter richtete. Meine Großmutter hatte unerbittlich das Land bebaut, ausgesät und reiche Ernten eingebracht, bis zu ihrem letzten, wortwörtlich letzten Augenblick. Als ich noch zu klein war, um irgendetwas anderes als ein Hindernis bei der Feldarbeit zu sein, verbrachte ich ergebnisreiche Stunden mit meiner Großmutter, arbeitete mit ihr zusammen auf dem Stückchen Land, das sie ihren Garten nannte. Wir zogen Seite an Seite mit der Hacke Furchen für die Maispflanzen, die jede von uns trug. Ich bestand dickköpfig darauf, mit ihr Schritt zu halten, so dass sie drei Stufen gleichzeitig bearbeitete, damit ich auf meinem einen mitkam. Indem sie meinen Arbeitseifer lobte, machte sie ihn für mich zu einem Wert.

Sie gab mir auch Unterricht in Geschichte. In Geschichte, wie sie sich nicht in den Schulbüchern findet; Feldarbeit und dann eine Rast, der Anfang einer Geschichte, eine Pause. »Was passierte dann, Mbuya, was passierte?« – »Noch etwas Arbeit, mein Kind, ehe du die Geschichte weiter hörst.« Langsam, mit Methode, wurde das Feld den ganzen Tag hindurch beackert, und die Episoden der Geschichte, wie meine Großmutter sie verstand, reihten sich aneinander.

»Deine Familie hat nicht immer hier gelebt. Sie ist erst hierhergezogen, nachdem ich deinen Großvater geheiratet habe. Wir lebten in Chipinge, wo der Boden fruchtbar und dein Urgroßvater ein reicher Mann in der Währung jener Tage war. Er hatte viele fette Viehherden, große Felder und vier Frauen, die hart arbeiteten, um reiche Ernten einzubringen. Er konnte bei den Händlern Stoff und Perlen und Äxte und ein Gewehr, ja, sogar ein Gewehr, eintauschen. Die Händler blieben in jenen Tagen nicht da, sie kamen vorbei und gingen wieder. Dein Urgroßvater hatte genug Söhne für einen ganzen Kral, lauter große, starke, arbeitsame Männer. Und ich, ich war damals schön«, und ihre Augen funkelten mich an, so dass ich mich schämte, sie so genau zu betrachten, um die Schönheit von einst zu entdecken. Wieso erzählte sie mir das? Sie war nicht mehr schön, aber ich liebte sie und schämte mich, in ihrem Gesicht nach der vergangenen Schönheit gesucht zu haben. »Ich war nicht immer so alt, so voller Falten, mit weißem Haar und ohne Zähne. Damals war ich so klein und hübsch und rundlich wie du, und als ich zu einer Frau heranwuchs, war ich eine schöne Frau mit Haaren, so lang, dass man sie zu einem einzigen Zopf flechten konnte. Ich hatte schwere, starke Hüften.« Hier beendete sie meistens die erste Episode. Ich saß auf glühenden Kohlen. Die Prinzessin und der Prinz. Was passierte dann? Was passierte dann?

Die Zauberer, wohlbeschlagen in Hinterlist und schwarzer Magie, kamen aus dem Süden und vertrieben die Menschen von dem Land. Auf Eseln, zu Fuß, auf Pferden, auf Ochsenkarren suchten die Menschen einen Ort zum Leben. Aber die Zauberer waren gierig und habsüchtig; es gab immer weniger Land für die

Menschen. Zuletzt erreichten die Menschen den grauen, sandigen Boden und die Heimstätte, so steinig und dürr, dass er für die Zauberer zu nichts tauglich war. Dort bauten sie ihr Heim. Aber der drittgeborene Sohn, mein Großvater, von dem Flüstern der Zauberer, von Reichtümern und Luxus verlockt und von dem harten Leben der Heimstätte abgestoßen, folgte den Zauberern auf eine ihrer Farmen. *Yurvi!* Nur um herauszufinden, dass sie ihn in die Sklaverei gelockt hatten. Aber eines Tages gelang es meinem Großvater, zu den glitzernden Goldminen des Südens zu fliehen, von denen man sagte, dass gute Männer dort schnell reich wurden. Der weiße Zauberer hatte keine Verwendung für Frauen und Kinder. Er vertrieb meine Großmutter und ihre Kinder von der Farm. Völlig mittellos kehrten sie zur Heimstätte zurück, wo mein Urgroßvater die Familie zusammenhielt, ohne seinen früheren Lebensstandard zu erreichen. Aber dann starb mein Urgroßvater und die Familie brach auseinander, und es stellte sich heraus, dass mein Großvater kein guter Mann war, denn er wurde in den Minen getötet, und meiner Großmutter fiel es zu, allein sechs Kinder zu versorgen. Und dann hörte sie, dass Wesen, im Aussehen den Zauberern ähnlich, aber nicht wie sie, sondern Heilige, eine Mission nicht weit von der Heimstätte aufgebaut hätten. Sie ging mit meinem Onkel, mit Babamukuru, der neun Jahre alt war und nur einen Lendenschurz trug, zur Mission, wo ihn die heiligen Zauberer aufnahmen. Sie ließen ihn tagsüber auf ihrer Farm arbeiten. Nachts unterrichteten sie ihn in ihrer Zauberei. Denn meine scharfsinnige, vorausblickende Großmutter hatte sie gebeten, ihn auf das Leben in ihrer Welt vorzubereiten.

Es schien mir wahrlich eine romantische Geschichte zu sein, ein Märchen von Belohnung und Bestrafung, von Ursache und Wirkung. Sie hatte auch eine Moral, eine unwiderstehliche Moral, die das eigene Streben belohnte, aber nur in den Grenzen des Möglichen.

Mein Onkel scheute harte Arbeit nicht; er war sie von klein auf gewohnt. Er überraschte die Missionare mit seinen außerordentlichen Leistungen in der Schule, obwohl er den ganzen

Tag über auf der Farm arbeitete. Er war gewissenhaft, er war arbeitsam, er war respektvoll. Sie hielten ihn für einen guten Jungen, den man kultivieren konnte wie einen Boden, der Ernten hervorbringt, die den Bauern ernähren. Als er die Schule auf der Mission abgeschlossen hatte, richteten sie es ein, dass er eine höhere Schule besuchen durfte, was aber erst nach einigen Jahren möglich war, als eine höhere Schule für Menschen wie meinen Onkel gebaut wurde. Während er wartete und dann im Laufe seiner weiteren Schulzeit gaben sie ihm verschiedene Arbeiten auf der Mission, damit er seine Gebühren bezahlen und seine Familie unterstützen konnte.

Dann stiftete ihm die Regierung ein Stipendium für Südafrika. Mein Onkel wurde ein wohlhabender, geachteter Mann, mit einem Gehalt, das ausreichte, die mageren Einkünfte seiner Familie etwas aufzubessern. Er war der Beweis, dass das Leben auch unter widrigsten Umständen mit etwas Würde gelebt werden konnte, wenn man hart genug arbeitete und die Regeln einhielt. Ja, es war eine romantische Geschichte, so wie meine Großmutter sie erzählte. Das Leiden wurde nicht verheimlicht, aber die Botschaft war klar: Erdulde und gehorche, denn es gibt keinen anderen Weg. Sie war stolz auf ihren ältesten Sohn, der genau das getan hatte.

Als sie eines Tages, ich war nicht bei ihr, friedlich während einer Arbeitspause starb, übernahm meine Mutter das Stück Land und machte daraus einen Gemüsegarten. Es war ein großes Stück Land. Meine Mutter bestellte nicht das ganze, so dass ungefähr ein halber Morgen brach lag. Dieses Stück Land sollte zu meinem Feld werden.

In diesem Jahr wurde ich reifer, stärker und robuster, als es Achtjährige normalerweise sind. Meist wachte ich vor Tagesanbruch auf; in der ersten Dämmerung fegte ich schon den Hof. Noch ehe es ganz hell wurde, ging ich zum Fluss. Auf dem Rückweg, entlang des Pfades durch die Bäume und an den anderen Heimstätten vorbei, wo die Frauen gerade aufwachten, balancierte ich den Wassertopf auf meinem Kopfpolster aus Blättern und kleinen grünen Zweigen. Der Topf war nicht bis oben voll, denn sonst hätte ich ihn mir nicht allein auf den Kopf heben können. Während die Hähne krähten und die Hennen den Schlaf aus ihren Federn schüttelten, schürte ich das Feuer, fegte die Küche und setzte Wasser zum Waschen und für den Tee auf. Bei Sonnenaufgang war ich auf meinem Feld, in den ersten Tagen mit Roden und Jäten beschäftigt; dann grub ich Löcher in jeweils dreißig Zoll Entfernung voneinander, mit einem einzigen Hackenschwung, so wie wir es in der Schule während der Gärtnereistunden gelernt hatten; dann ließ ich die Samen hineinfallen, je zwei oder drei auf einmal, und bedeckte sie, indem ich kurz mit dem Fuß darüber scharrte; dann wartete ich auf das Keimen der Samen und arbeitete und wartete, dass die Pflanzen sprossen, und arbeitete weiter. Ungefähr um zehn Uhr, ich richtete mich nach dem Stand und der Hitze der Sonne, ging ich zu den Familienfeldern, um mit meiner Mutter zu arbeiten, manchmal mit meinem Vater und am Nachmittag nach der Schule mit meinem Bruder.

Ich glaube, meine Mutter bewunderte meine Zähigkeit und bemitleidete mich gleichzeitig. Sie fing an, mich auf Enttäuschungen vorzubereiten, lange bevor ich gezwungen sein sollte, mit ihnen fertig zu werden. Sie begann mich zu entmutigen. »Und glaubst du, du bist so viel anders, so viel besser als wir alle? Akzeptiere dein Los und genieße, so gut du kannst. Es gibt keine andere Möglichkeit.« Ich wollte Unterstützung, ich wollte Ermutigung; Warnungen nur, wenn nötig, und dann konstruktive. An dem Tag, an dem sie mich einmal zu oft entmutigt hatte, entschied ich, sie habe zu andächtig meinem Vater zugehört. Ohne weiter auf sie zu achten, suchte ich stattdessen Unterstützung bei Nhamo, der mir aber nicht helfen konnte, da er zur Schule ging.

»Wieso machst du dir so viel Mühe?«, fragte er, und seine Augen funkelten bösartig. »Weißt du nicht, dass ich derjenige bin, der die Schule besuchen muss?«

»Du hast gesagt, du würdest dich um mich kümmern. Mir auf dem Feld helfen.«

»Wie kannst du mich bitten? Du siehst doch, wie beschäftigt ich bin.«

Das stimmte. Die Viehherde blieb im Kral, bis er am Nachmittag von der Schule zurückkam und sie zum Weiden und Trinken hinausführte, um sich danach uns auf den Feldern anzuschließen; die Kühe, die er vor und nach der Schule melken musste; seine Bücher; mein Vater, der darauf bestand, dass er ganztägig mithalf, wenn zu viel Arbeit anfiel, so dass er manchmal eine ganze Woche die Schule verpasste; er war mit all diesen Pflichten und Aufgaben hier und dort sehr beschäftigt. Ich war nahe daran ihm anzubieten, das Melken und Weiden zu übernehmen, aber der Selbsterhaltungstrieb war stärker als mein Mitgefühl. Ich hielt den Mund. Trotzdem musste ich etwas gegen die Bedrängnis meines Bruders unternehmen.

»Wird er sich konzentrieren können, wenn er so viel zu tun hat?«, fragte ich meinen Vater.

»Wieso nicht, wenn er will?«

Meine Mutter hatte recht. Manche Sachen waren einfach nicht möglich.

Nhamo lachte, als ich ihm die Geschichte erzählte. »Na und! Was kümmert es mich, was er sagt«, tat er es ab und schockierte mich mit diesem respektlosen Ton, den ich nie zuvor gehört hatte. »Ich gehe zur Schule, oder? Es kümmert mich nicht, was er über mich sagt. Also, wo ist das Problem? Es betrifft dich nicht einmal.«

»Aber du kannst nicht lernen.«

»Wer sagt das? Ich sollte es am besten wissen. Ich gehe zur Schule. Du gehst nirgendwohin.«

»Aber ich will zur Schule gehen.«

»Wollen wird dir nichts helfen.«

»Wieso nicht?«

Er zögerte, zuckte dann mit den Schultern. »Es ist überall so. Weil du ein Mädchen bist.« Jetzt war es heraus. »Das hat Baba gesagt, erinnerst du dich?« Ich hörte nicht mehr zu. Meine Sorge um meinen Bruder starb einen unauffälligen Tod.

Im Februar war der Mais dunkelgrün, größer als ich und weiter am Wachsen. Ich stolzierte herum, als sei ich die Eigentümerin einer Hundert-Hektar-Farm. In diesen Tagen war ich nicht überarbeitet, denn die Felder erforderten keine Aufmerksamkeit mehr. Es war ein schönes Gefühl. Schöne Pflanzen. Es blieb nur übrig, auf die Ernte zu warten – noch ein- oder zweimal zu jäten, aber eigentlich auf die Ernte zu warten, meinen schönen kleinen Ertrag zu ernten. Meinen schönen kleinen Ertrag. Ich musste vorsichtig sein, wenn ich an die Ernte dachte, um nicht entmutigt zu werden. Ich musste das Wissen verdrängen, dass ich mit meinem Ertrag nicht viel verdienen würde.

Einige Wochen später, als die Kolben reif zum Essen waren, begannen sie zu verschwinden.

»Was hast du erwartet?«, sagte Nhamo. »Hast du wirklich geglaubt, du könntest dich selbst in die Schule schicken?«

An dem Sonntag, nachdem mein Mais zu verschwinden begonnen hatte, beschloss ich, zur Kirche zu gehen. Sonntag war für uns fast nie ein Ruhetag und noch seltener ein Tag des Gebets. Oft arbeitete meine Mutter, die üble Sünde der Feldarbeit scheuend, am Sonntag trotzdem in ihrem Garten. Und selbst wenn es nicht viel Arbeit gab und sie zu Hause blieb, war sie zu müde, sich herzurichten und die zweieinhalb Meilen zur Kirche zu gehen. Während meines ersten Schuljahres fand ich mich immer häufiger in der Kirche wieder, denn Kinder, die die Sonntagsschule nicht besuchten, erhielten am Montag Prügel oder sie mussten in den Gärten der Lehrer arbeiten. Ohne die Androhung von Prügelstrafe ging ich, seit ich die Schule verlassen hatte, kaum zur Kirche. Aber an diesem besagten Sonntag, dem Sonntag, nachdem mein Mais zu verschwinden begonnen hatte, sehnte ich mich nach den Spielen in der Sonntagsschule. Dringend brauchte ich das Lachen, den Leichtsinn und die Kameradschaft. Ich ging zum Fluss, wusch mich sorgfältig und zog mein gutes Kleid an, das nur unter den Achseln Löcher hatte, und dort auch nur, weil ich ihm entwachsen war. Ich schmierte mir eine Menge Vaseline auf Beine, Arme, Gesicht und Haar. Dann tat es mir um die Verschwendung leid, denn ich würde nur desto schneller schmutzig werden. Als ich meine alte Schule, Rutivi School, wo die Gottesdienste stattfanden, erreichte, hatten die Spiele schon begonnen. Die Mädchen spielten schon auf der Straße, wo man mit einem Stock Kästen in den Sand kratzen konnte, während die Jungen energisch einem Fußball aus Plastik und Zeitungen auf dem kaum begrasten Fußballfeld hinterherrannten. Die Mädchen freuten sich, mich zu sehen, mich wieder bei sich zu haben. Es war wie in alten Zeiten. Ich kam sofort an die Reihe.

»Wir denken an dich«, sagte Nyari, die meine beste Freundin gewesen war, während ich meinen Stein warf. »Besonders wenn Nhamo uns Mais gibt«, sagte sie mit einem Seufzer. »Es macht Spaß, ihn nach der Schule zu rösten. Wenn du nur hier wärst.«

Das Blut kribbelte unter meiner Haut. Verwirrt hüpfte ich in das Feld Nummer acht.

»Du bist raus«, sagte Chitsva. »Du hast nicht getroffen.«

»Nhamo hat dir Mais gegeben?«, fragte ich, mit einem Bein im Feld Nummer acht.

»Sehr oft«, bestätigte Nyari.

Später sagten sie mir, ich sei von dem *pada*-Spiel weggezischt wie ein Hund, der einem Bock hinterher ist. Ich erinnere mich noch, dass ich in einem Augenblick *pada* spielte, im nächsten mich schon mit Nhamo durch den Staub des Fußballfeldes wälzte, von einer Gruppe Gleichaltriger angefeuert. Sie sagten, ich sei direkt auf meinen Bruder losgegangen und hätte ihn zu Boden geworfen. Das Überraschungselement war auf meiner Seite. Ich saß auf ihm, schlug seinen Kopf auf den Boden, schrie und spuckte und fluchte. Nhamo richtete sich auf. Ich fiel von ihm ab. Er drückte mich zu Boden, ohne zu schlagen, hielt mich nur so, wieder ein boshaftes Funkeln im Auge. »Was ist mit dir los?«, sagte er lässig. »Bist du verrückt geworden?« Die Menge lachte.

»Wieso quatschen?«, rief ein Fußballer. »Einfach hauen. Das begreifen sie.«

Ich zischte und spuckte und schrie und fluchte weiter, befreite mich tretend und wich in die Menge zurück, die sich spaltete, um mich durchzulassen. Ich ging wieder auf ihn los, diesmal mit der Absicht zu töten, und zappelte plötzlich am Ende des Armes eines Erwachsenen in der Luft.

Mr. Matimba war über alle sehr verärgert. »Ich schäme mich für euch«, rief er über meine Schreie hinweg, »für euch alle. Nhamo, wenn du mit deiner Schwester raufst, wer wird sich um sie kümmern? Und du, Tambudzai, du musst dich besser benehmen. Ihr anderen, ihr steht herum und klatscht, als sei das ein Fußballspiel. Was ist mit euch los?«

»Sie hat angefangen«, sagte Nhamo träge und vorsichtig.

»Ja«, riefen die anderen im Einklang. »Sie hat angegriffen. Wir haben's gesehen. Sie griff einfach so an.«

Ich schrie meine Gründe heraus, aus voller Lunge.

»Was sagt sie?«, fragte Nyari, die sehr ernsthaft blickte. »Möchte sie Mais haben?«

»Wenn ich noch einmal so etwas sehe«, fuhr Mr. Matimba fort, »werde ich euch schlagen, jeden einzelnen von euch. Der Stock wird euch allen die Beine brechen. Geht jetzt, alle. Die Sonntagsschule ist aus.« Sie verzogen sich; Mr. Matimba war bekannt dafür, keine leeren Drohungen auszusprechen. »Und du, Kind«, sagte er streng, »was hat dich bewogen, so eine Szene zu verursachen?«

Eine warme Flüssigkeit rann mir das Bein hinab. Es wäre möglich gewesen, dass ich in die Hose gemacht hatte, aber es war rot und klebrig an der Außenseite des Beins und nicht farblos und wässrig an der Innenseite. Ich fühlte die Schnittwunde nicht. Tränen ohnmächtiger Wut drohten hervorzubrechen. Ich blinzelte sie weg und erklärte Mr. Matimba, dass Nhamo meinen Mais gestohlen hatte.

»Was für einen Mais denn?«, fragte Mr. Matimba geduldig, wenn auch etwas verwirrt. Ich erzählte ihm die ganze Geschichte; dass ich im folgenden Jahr zur Schule zurückkehren wollte, dass ich das Geld mit dem Verkauf meiner Ernte verdienen wollte. Mr. Matimba hörte aufmerksam zu. An einem Punkt während meiner Rede, die lang und unzusammenhängend war und Mr. Matimba ständig zu Fragen zwang, fingen wir an, um das Fußballfeld herumzugehen. Mr. Matimba hörte angestrengt zu, neigte sich mir mit seinem ganzen Wesen zu; und ich sprach zu ihm wie zu einem anderen Menschen und nicht wie zu einem

Erwachsenen oder einem Lehrer. Ich spürte meine Kräfte wiederkehren.

»Du würdest besser fahren, wenn du sie grün verkaufst«, schlug Mr. Matimba vor, als ich fertig war. »Es würde dir mehr einbringen.«

»Aber es hat doch jeder grünen Mais zu essen«, widersprach ich. »Was! Sie meinen, ich sollte zur Bushaltestelle gehen?«

»Das ist eine Möglichkeit«, antwortete Mr. Matimba, »aber ich dachte, du solltest sie an die Weißen verkaufen. Wenn die Kolben dick sind, zahlen sie bis zu *Sixpence* das Stück.«

Ich glaubte ihm nicht. Niemand hatte so viel Geld, nicht einmal Babamukuru.

»Wenn du deine grünen Maiskolben in die Stadt bringst«, fuhr Mr. Matimba fort, »könntest du vielleicht genug Geld für die Gebühren mehrerer Trimester zusammenkriegen. Danach müssen wir weitersehen.«

»Aber wie soll ich in die Stadt kommen?« Ich zuckte mit den Schultern. »Ich werde meinen Mais zur *magrosa* tragen.«

»Vielleicht musst du das nicht«, sagte Mr. Matimba mit einem verschwörerischen Lächeln. »Dienstags fahre ich mit dem Schulbus in die Stadt, um Schulangelegenheiten zu erledigen. Wenn du am Dienstag um elf Uhr zu meinem Haus kommen könntest, bringe ich dich hin, und wir werden sehen, was sich machen lässt. Aber vergiss nicht, deinen Vater um Erlaubnis zu fragen.«

Mein Vater sagte, Mr. Matimba mische sich in Angelegenheiten ein, die ihn nichts angingen. »Glaubt er denn, er ist dein Vater?«, brauste er auf. »Nur weil er mehr Buchstaben als ich gefressen hat, glaubt er, er kann über meine Kinder bestimmen. Und du, du glaubst, er ist besser als ich. Er braucht jemanden, der in seinem Garten arbeitet – das will er. Ich verbiete dir hinzugehen.«

»Aber ich muss den Mais verkaufen«, beharrte ich.

»Hattest du etwa die ganze Zeit vor, ihn in der Stadt zu verkaufen, he? Ist es so?«, fragte mein Vater verletzend sarkastisch. »Ma'Shingayi«, befahl er meiner Mutter, »sag diesem deinem Kind, es kann nicht in die Stadt mit diesem Mann.«

»Und wieso sollte ich so was sagen?«, fragte meine Mutter. »Das Mädchen muss eine Chance haben, etwas für sich zu tun, allein zu scheitern. Meinst du, ich hätte ihr nicht gesagt, dass ihre Bemühungen nichts fruchten werden? Du kennst deine Tochter. Sie ist eigensinnig und dickköpfig. Sie will nicht auf mich hören. Ich bin es satt, ihr Sachen zu sagen, auf die sie nicht hört«, jammerte sie. »Sie muss diese Dinge selbst einsehen. Wenn du es ihr verbietest, wird sie immer glauben, du hast sie davon abgehalten, sich selbst zu helfen«, fuhr sie fort, mit wiedergewonnener Orientierung. »Sie wird es nie vergessen, dir nie vergeben.«.

Wörter wie »immer« und »nie« bedeuteten meinem Vater viel, der in Superlativen dachte und dessen Denken folglich große Sprünge in entgegengesetzte Richtungen machte, wenn es überhaupt sprang. »Dann lass sie gehen«, sagte er.

So konnte ich an jenem Dienstag meine Verabredung mit Mr. Matimba einhalten. Ich kletterte in den Schullaster neben ihn. Mein Korb mit Mais lag auf meinem Schoß, ordentlich mit braunem Papier abgedeckt. Die anderen Kinder, die ihren Unterricht beendet hatten, betrachteten mich mit Neid, so dass ich einen bedeutenden Sieg errungen zu haben glaubte, selbst wenn ich keinen Mais verkaufen sollte.

»Bye-bye«, winkte ich, als wir abfuhren. »Nächstes Jahr werde ich nicht in die Stadt können, denn ich werde mit euch auf der Schulbank sitzen!« Mr. Matimba lachte mich an, netter, als es die meisten Erwachsenen können. Ich lachte auch, denn sein Lachen war ansteckend, und ich war aufgeregt über die Reise und zufrieden mit mir selbst.

Ich war noch nie in einem motorisierten Wagen mitgefahren. Die neuen Eindrücke überwältigten mich: der weiche Plastiksitz, der mich schwitzen ließ, so dass mein Kleid an meinem Hinterteil klebenblieb; die Unebenheiten der Straße, die schlimmer zu spüren waren als im Ochsenkarren von Nyaris Vater. Ich fragte Mr. Matimba danach:

»Wieso sind die Straßen für Autos so holprig? Die Straßen für Karren sind nicht so schlimm.«

»Die Straßen sind genauso holprig«, erklärte er. »Aber ein Auto bewegt sich schneller als ein Ochsenkarren, so dass wir die Unebenheiten in einem Auto mehr spüren.«

Also waren die Unebenheiten gleich! Waren sie das wirklich?

Ich war beunruhigt, als wir zum Fluss kamen. »Wie wird der Wagen schwimmen?«

»Die Räder werden sich auf dem Flussgrund entlang bewegen«, erklärte Mr. Matimba freundlich. »Es ist genauso, wie wenn du bei flachem Wasser hinübergehst.« All diese neuen Erkenntnisse faszinierten mich.

Die Asphaltstraße mit den weißen Streifen in der Mitte war ein weiteres Wunder, das mir erklärt werden musste.

»Wieso bleiben Sie auf der einen Straßenseite, obwohl die ganze Straße frei ist?«, fragte ich Mr. Matimba. Ein Milchwagen brauste uns entgegen und flog an uns vorbei in die andere Richtung. »Ich weiß, ich weiß«, rief ich, ohne auf seine Antwort zu warten. »Autos, die in die Stadt fahren, benutzen diese Seite. Autos, die aus der Stadt kommen, benutzen die andere Seite. Damit sie nicht zusammenstoßen!« Mr. Matimba lobte mich. Er sagte, ich sei scharfsinnig. Ich war derselben Meinung, sagte es aber nicht.

»Umtali liegt auf der anderen Seite dieser Berge«, sagte Mr. Matimba, als wir die Kreuzung von Inyanga Highway und Umtali Road erreichten. »Die Berge in dieser Gegend sind einige der höchsten in Rhodesien. Alle hohen Berge befinden sich hier im östlichen Teil des Landes. Das sind Sachen, die du lernen wirst, wenn du wieder in die Schule kommst.«

Die Straße begann ihre Steigung am Bergrücken entlang. Der Wagen bewegte sich langsamer voran.

»Die weißen Leute müssen sehr stark sein, um eine so breite Straße so hoch zu bauen«, bemerkte ich.

Mr. Matimba war nicht dieser Ansicht. »Wir haben sie gebaut«, sagte er mir. »Es war eine schreckliche Arbeit. Wir haben viele schreckliche Arbeiten gemacht. Jetzt erreichen wir gleich den Gipfel des Christmas-Passes«, sagte er, das Thema wechselnd. »Schau hinab, wenn wir auf die andere Seite kommen. Du wirst etwas sehen, das sich lohnt.«

Ich schaute und sah, ordentlich unter uns ausgebreitet, eine sehr kleine Stadt mit Reihen kleiner Häuser, die in Richtung Nordwesten immer kleiner wurden.

»Das ist Umtali«, sagte Mr. Matimba, »Rhodesiens drittgrößte Stadt. Nur Salisbury, die Hauptstadt, und Bulawayo sind noch größer als Umtali. Diese Dinge wirst du auch lernen. Ich werde einmal mit dir nachts herkommen. Dann ist es sehr schön, denn die Lichter der Stadt leuchten wie Hunderte von Sternen unter dir und nicht über dir.«

Sterne unten, statt oben! Ich wollte sie sofort sehen. Ich betete um ein Wunder, dass die Sonne unterginge.

Wir ratterten den Pass hinunter. Jetzt gab es viele Autos in verschiedenen Formen und Größen und Farben, einige vor uns, einige hinter uns und einige neben uns. Manche waren so wie wir in die Stadt unterwegs, andere fuhren den Pass wieder hinauf. Dann teilte sich die Straße, verzweigte sich in alle Richtungen, und auch die Autos kamen und gingen in alle Richtungen. Ich bekam Angst, dass eins davon sich in die falsche Richtung bewegen und mit uns zusammenstoßen würde, aber Mr. Matimba war ganz entspannt. Wie geschickt er das Auto dahin führte, wohin er wollte, bei all diesen verwirrenden Richtungen, die es einschlagen konnte!

»Wir werden zu einem Ort fahren, wo es viele große Läden gibt und wo die Weißen ihre Autos abstellen«, sagte er mir, während wir langsam in die Stadt hineinfuhren. »Ich bleibe kurz bei dir, um dir zu zeigen, was du machen musst, dann lasse ich dich eine Zeitlang allein und erledige meine Geschäfte.« Ich hätte Angst gehabt, allein zu bleiben, wenn ich darüber nachgedacht hätte.

Wir fuhren die breite Straße hinauf, die seltsamerweise von Lichtern auf einem Pfosten bewacht wurde. Wenn das oberste Licht brannte, hielten alle Autos. Wenn das unterste Licht anging, bewegten wir uns alle wieder! Ich fragte mich, wie die Lichter sich an- und auszuschalten wussten.

»Sie werden von Maschinen geführt«, antwortete Mr. Matimba, ungenauer als auf meine bisherigen Fragen. »Du wirst das später lernen, wenn du über Ben und Betty in der Stadt und auf dem Land liest.«

Es wurde mir klar, dass ich keine andere Alternative hatte, als den Mais zu verkaufen und in die Schule zurückzukehren. Mr. Matimba hielt den Wagen an der Straßenecke hinter den Lichtern an. Wir stiegen aus und gingen zu einem riesigen Geschäft, das hauptsächlich aus Glas bestand.

»Halte dich ganz nahe an der Häuserwand, damit du niemandem den Weg versperrst«, wies Mr. Matimba mich an. »Jetzt«, fuhr er fort, »versuche, deine Maiskolben appetitlich darzubieten. Nimm das braune Papier weg.«

Ich tat, was man mir sagte, und hatte den Einfall, ein halbes Dutzend Kolben herauszunehmen und um meinen Korb herum zu ordnen, indem ich sie an den Rand stellte.

»Entschuldigen Sie, gnädige Frau«, sagte Mr. Matimba auf Englisch mit der sanftesten, geschmeidigsten Stimme, die ich je bei ihm gehört hatte, zu einer alten weißen Frau, die Arm in Arm mit ihrem Mann vorbeiging. »Entschuldigen Sie, gnädige Frau, wir verkaufen grüne Maiskolben, sehr weich, sehr frisch, sehr süß.«

Mit einem strahlenden Lächeln hielt ich ihr zwei Kolben hin, während sich mein Magen nervös verkrampfte. Mir gefiel das Aussehen dieser Leute nicht. Die Haut hing ihnen wie knittriges Papier um die Knochen, bösartig aussehende braune Flecken bedeckten ihre Hände, und ein modriger, staubiger, süßlicher Geruch umgab die Frau wie ein Dunstschleier. Ich bemühte mich, nicht die Nase zu rümpfen, denn diese Leute hatten das Geld, das ich für die Schule brauchte. Ich lächelte noch breiter, zeigte alle meine Zähne und sagte: »Guter Mais, guter Mais. Gut, fein«, wiederholte ich, denn das waren die einzigen englischen Adjektive, die mir zur Beschreibung meiner Ware zur Verfügung standen.

Die alte Frau sah mich kopfschüttelnd an. »Ts-ts-ts-ts!« schnalzte sie.

»Komm, Doris«, sagte der Mann und griff besorgt nach ihrem Ellbogen. »Wir brauchen keinen Mais.«

»Schockierend, einfach schockierend«, empörte sich Doris. »Ich fände es schockierend von mir, wenn ich vorbeiginge, ohne etwas zu sagen, George! He, junger Mann, ja, Sie!«, sagte sie mit erhobener Stimme zu Mr. Matimba. »Ist das Ihr kleines Mädchen?« Ohne eine Antwort abzuwarten, ließ sie ihn gründlich ihre Meinung wissen. »Kinderarbeit. Sklaverei! Jawohl, das ist es. Und ich bin sicher, Sie müssen das arme kleine Ding nicht arbeiten lassen, Sie sind ja geschniegelt genug angezogen, aber das kleine Ding, nichts als Lumpen und Pisse.«

Der Mann von Doris verzog entschuldigend den Mund. Er zeigte Mr. Matimba, wie verlegen und ärgerlich er war.

»Komm jetzt, Doris, das geht uns nichts an.«

Das schien auch die Meinung der anderen Weißen auf der Straße zu sein. Sie wechselten die Straßenseite, ehe sie uns erreichten. Manche gingen an uns vorbei, aber ich glaube, sie sprachen kein Englisch. Eigentlich sprach niemand, außer einem bulligen jungen Typ.

»Was ist los, Lady? Werden die Schwarzen frech?«

Eine Menge von Schwarzen versammelte sich. »Was ist mit den Alten da los?«, fragte ein junger Mann mit Sonnenbrille und einer Tweedmütze, die forsch ein Auge verdeckte. Er funkelte den bulligen Jungen wachsam an. Ich war genötigt, ihm zu sagen, ich wüsste es nicht, weil ich nicht Englisch könne. Aber ich würde Englisch lernen, wenn ich wieder zur Schule ginge, versicherte ich ihm.

Doris wollte keine Ruhe geben. »Das Kind sollte in der Schule sein, Formeln lernen und keinen Ärger machen«, schimpfte sie. »Erzählen Sie mir jetzt ja nicht, es gäbe keine Schulen, junger Mann. Ich weiß nämlich, dass der Gouverneur sehr viel für die Ausbildung der Einheimischen tut.«

»Das sind Dummköpfe«, warf der Jugendliche ein. »Sie wollen nichts lernen. Das erinnert sie zu sehr an harte Arbeit.«

»Und was haben Sie zu sagen?«, herrschte Doris Mr. Matimba an.

Mr. Matimba hatte einiges zu sagen. Er sprach bekümmert und beschwörend. Doris verfärbte sich dunkel wie ein Chamäleon. Geld wechselte die Hände, ein Schein wanderte von Doris zu Mr. Matimba. Der bullige Jugendliche war angewidert. »Das ist mehr als zwei Kisten Bier wert. An einen Dummkopf verschwendet!« Doris erlaubte ihrem Mann, sie wegzuführen. Ich hielt ihr meinen Korb hin, damit sie die größten Kolben auswählen konnte, und wiederholte meinen Spruch. Sie fuhr mir über den Kopf und nannte mich ein tapferes Mädchen.

Einige aus der Menge sagten beifällig, sie sei menschlicher als die meisten ihrer Sorte. Andere murmelten, die Weißen könnten es sich erlauben, großzügig zu sein, müssten es sogar sein.

»Was gut ist, wird nicht geschenkt«, warnte der Mann mit der Mütze. »Was wird sie tun, wenn ihr das Geld ausgeht? Nach anderen alten Weißen Ausschau halten?« Er spuckte auf den Gehweg. Ich wusste nicht, wieso er so wütend war, aber Mr. Matimba lächelte verschwörerisch, also war alles in Ordnung.

»Es gibt keinen Grund mehr hierzubleiben«, sagte er. »Pack den Mais ein, wir gehen.« Ich tat, wie mir befohlen, obwohl es mir Sorgen machte, dass wir noch keinen Mais verkauft hätten. Im Lastwagen erklärte mir Mr. Matimba, was passiert war, dass Doris ihm vorgeworfen habe, mich arbeiten zu lassen, statt mich in die Schule zu schicken, und wie er ihr erwidert habe, dass ich ein Waisenkind sei, vom Bruder meines Vaters aufgenommen, aber als dreizehntes Kind im Haushalt nicht zur Schule geschickt wurde, weil es an Geld fehle. Er habe gesagt, ich sei sehr klug, sehr fleißig und gerade mit seiner Hilfe dabei, mit dem Verkauf von Mais die Schulgebühren zusammenzukratzen. Doris habe ihn wegen seiner Hilfe gelobt und zehn Pfund für meine Schulgebühren gespendet. Er zeigte mir das Geld, die frische, saubere Banknote. Zehn Pfund. Über so viel Geld wurde bei uns zu Hause nicht einmal geredet. Jetzt hielt ich es in den Händen! Das Geld, das Geld! Über die Methode, es zu verdienen, dachte ich nicht nach.

»Es ist viel Geld«, bestätigte mir Mr. Matimba. »Was wirst du damit machen?«

»Ich werde es zu Hause aufbewahren und es verwenden, um meine Schulgebühren zu bezahlen, nächstes Jahr und übernächstes Jahr und das Jahr danach.«

Mr. Matimba war skeptisch. »Geld lässt sich schwer aufbewahren, besonders wenn es daran mangelt. Wir müssen uns etwas überlegen. Ich glaube, du solltest das Geld dem Schuldirektor geben. Er wird dir eine Quittung ausstellen, die ich für dich aufbewahre, und dann zieht er vom ersten Trimester nächsten Jahres an deine Schulgebühren von dem Geld ab, bis es erschöpft ist.«

So geschah es dann auch. Meine Eltern glaubten mir nicht, als ich ihnen sagte, wie viel Geld ich beim Direktor hinterlegt hatte. Mein Bruder auch nicht. Er glaubte, ich erfände alles. »Lügen werden dich nicht in die Schule bringen«, spottete er.

Mein Vater war in seiner Missbilligung heftiger, obwohl ich natürlich nicht wusste, wieso. Er ging zum Schuldirektor, der meine Geschichte bestätigte.

»Dann haben Sie mein Geld genommen«, sagte mein Vater zu ihm. »Dieses Geld gehört mir. Tambudzai ist meine Tochter, nicht wahr? Also ist es mein Geld, oder?« Das war ein großes Problem für den Schuldirektor, der ein ehrlicher Mann war. Im weiteren Verlauf zeigte er meinem Vater die Quittung.

»Ich habe ihr Geld nicht gestohlen«, sagte er. »Sehen Sie, der Name Ihrer Tochter steht auf der Quittung. Es ist ihr Geld, nicht meines. Die Schule bewahrt es nur für sie auf.«

Der Streit wurde so heftig, dass Mr. Matimba hereingerufen wurde, um auszusagen und sich verurteilen zu lassen.

»Er ist der wirkliche Dieb«, sagte mein Vater. »Er hat meine Tochter dazu gebracht, das Geld an Sie zu zahlen.«

»Sie vergessen«, erinnerte ihn Mr. Matimba, »dass die weiße Frau mir das Geld gab, um damit die Schulgebühren Ihrer Tochter zu bezahlen. Wenn Sie das nicht einsehen, muss die Sache vom Häuptling geregelt werden.«

Mein Vater war eingeschüchtert, aber nicht beschwichtigt. »Es sind nur zehn Pfund, über die wir streiten«, fuhr Mr. Matimba fort. »Was können Sie damit schon anfangen, außer sich ein paar Becher *masese* in den Hals zu schütten? Aber wenn Tambudzai erfolgreich die Schule beendet, verdient sie eines Tages mehr als zehn Pfund im Monat.«

»Haben Sie je von einer Frau gehört, die im Haus ihres Vaters bleibt?«, brummte mein Vater. »Sie wird einen jungen Mann kennenlernen, und ich habe alles verloren.«

Doch die Quittung blieb im Büro des Direktors. In jenem Jahr gab es reichlich grüne Maiskolben, die wir rösten und essen konnten, wie es uns gefiel.

Im Jahr darauf ging ich wieder zur Schule, wurde aber zurückgestuft. Ich war am Jahresende die Beste, und die Leute sagten, das sei so, weil ich die Klasse wiederholte, was vielleicht stimmte. Im nächsten Jahr war ich erneut Klassenbeste. Nun sagten die Leute, es liege daran, dass ich älter sei. Mein Bruder wies mich besonders darauf hin, denn in jenem Jahr wurde er nur Viertbester. Trotz seiner Lässigkeit wusste ich, dass es ihm naheging, und ich erinnerte ihn daran, dass der vierte Platz auch ein gutes Ergebnis sei.

Babamukuru und seine Familie kehrten in diesem Jahr aus England zurück. Mein Vater hatte sich in Babamukurus Gegenwart immer schon von seiner besten Seite gezeigt. Dennoch war sein Aufwand zu Ehren von Babamukurus Heimkehr großartig. Geld wurde aufgetrieben, durch Betteln, vermute ich, denn darin hatte mein Vater durch Übung Fertigkeit erworben. Diesmal übertraf er sich selbst. *»Vakomana, vakomana«,* muss er gesagt haben, den in den Händen geborgenen Kopf schüttelnd oder sich mit der flachen Hand auf die Stirn schlagend. »Hast du so was Ähnliches zu Hause schon mal erlebt? Ich hätte es nie für möglich gehalten. Dass Mukoma tatsächlich seine Sachen packt und die Mission verlässt, um nach England zu gehen, fünf Jahre dortbleibt und mit einem akademischen Grad zurückkommt, mit einem akademischen Grad, um bei seiner Rückkehr nichts vorzufinden, nicht einmal eine Ziege! Tscha! Das hätte ich nicht für möglich gehalten! Es beschämt mich wirklich, es beschämt mich.

Schau um dich, schau dir dein Heim an. Wir beeindrucken die Leute aus der Umgebung. Wer hat das erste Ziegelhaus in dieser Gegend gebaut? Wer sonst hat ein so helles Blechdach, das man bis zur Hauptstraße funkeln sieht? Mukoma! Ich sag's dir, Mukoma hat es für uns getan. Wir verdanken es Mukoma. Und wir können nicht einmal eine Ziege für ihn schlachten! Schau, wie die Armut uns erniedrigt. Sie hindert uns daran, unser eigenes Fleisch und Blut zu empfangen. Ts-hm-m!«, hat er sicherlich durch die Nase geseufzt. »Wir bringen kein Fest zustande, und Mukoma wird an einem leeren Flughafen ankommen – ich habe nicht mal das Geld für die Busfahrt nach Salisbury.« Da hat er bestimmt eine Pause gemacht. *»Hama dzangu,* kannst du mir nicht helfen? Das mit der Ziege habe ich vergessen, aber fünf Shilling, nur fünf Shilling für den Bus? Mukoma gibt dir das Geld zurück, wenn er kommt.« Mein Vater ist ein Mensch, dem die Leute erst dann kein Geld mehr leihen wollen, wenn sie es schon getan haben. Ich kann mir das Herumstöbern in alten Matratzen, das verstohlene Öffnen kleiner Löcher in den Lehmmauern bei Mondlicht, das Ausgraben verscharrter Kaffeedosen bei Sonnenaufgang vorstellen. Doch schließlich trieb er das Geld auf. Babamukuru sollte am Flughafen empfangen werden.

Mein Bruder sollte meinen Vater auf der Reise begleiten. Er übertrieb seine Vorfreude auf das Ereignis, um mich neidisch zu machen, indem er in meiner Gegenwart sehr dümmliche rhetorische Fragen stellte. War das Dröhnen eines Flugzeugs so laut, dass es einen taub machte? Klang es mehr wie ein Löwe oder wie ein riesiges Insekt? Wie schwang ein Flugzeug seine Flügel, wenn es sich ganz nahe am Boden befand? Natürlich reagierte ich nicht.

Sie sollten den Nachtzug von Umtali nach Salisbury nehmen, untergebracht in der unbequemen fünften Klasse. Aber so war es am praktischsten, denn sie konnten nirgendwo in Salisbury übernachten; wenn auch die Reise dadurch um einen Tag verlängert wurde. Das Problem war, rechtzeitig zur Abfahrt des Zuges zwischen acht und neun Uhr abends zum Bahnhof zu gelangen. Das klingt einfach, doch die Busse zur Stadt fuhren nur unregelmäßig durch das Dorf, nach einem Fahrplan, auf den kein Verlass war. Folglich musste man Reisen nach Tagen und nicht nach Stunden planen. Deshalb beschlossen mein Vater und Nhamo, frühmorgens mit dem Bus nach Umtali zu fahren, der laut Plan, aber selten genug pünktlich, um halb sieben jeden Morgen an unserem Busbahnhof hielt. Wenn er überhaupt ankam, eine Stunde später oder früher als vorgesehen, war er meist schon voll: Man erkannte das schon aus einer Entfernung von etwa zwanzig Metern daran, dass der Bus innen schwarz wirkte. Deshalb musste die Logistik der Reise sorgfältig geplant werden. Es gab eine lange, weitschweifige Diskussion über die Frage, ob sie die Nacht zu Hause verbringen sollten, was einen frühen Aufbruch am Morgen bedingte, oder bei meiner Tante, die näher bei der Haltestelle wohnte. Baba und Nhamo waren natürlich für die letztere Variante, doch meine Mutter wies unvernünftigerweise darauf hin, dass meine Tante sie zwar gut ernähren würde, solange sie sich bei ihr befanden, dass man aber von ihr nicht erwarten könne, so großzügig für Reiseproviant zu sorgen wie meine Mutter. Man solle nicht ihr die Schuld geben, sagte meine Mutter, wenn sie im Zug dann verhungerten. Dies sahen die beiden ein. Vater und Nhamo beschlossen, die Nacht vor ihrer Abfahrt bei meiner Tante zu biwakieren, und trugen mir auf, ihnen die Verpflegung zu bringen, die meine Mutter morgens vorbereiten würde. Sie waren sich einig, dass ich ihnen die Verpflegung zur Bushaltestelle bringen sollte und nicht zum Haus meiner Tante, für den Fall, dass ich mich verspätete und erst bei meiner Tante einträfe, nachdem sie schon fort wären.

Meine Mutter hatte sich verschätzt. Indem sie ihnen auszureden versuchte, eine weitere Nacht auswärts zu verbringen, hatte sie gehofft, dass die beiden gerade das tun würden und sie noch eine Weile länger ihre Ruhe hätte. Das hatte sie zwar erreicht, sich aber zugleich die schwierige und anstrengende Aufgabe aufgehalst, Proviant aufzutreiben. Sie wollten Maisbrot – weil das weiße Brot aus den Läden den Magen zu kurz füllte, während das *sadza* von gestern zu schwer im Bauch lag – sowie süße Kartoffeln und Hühnerfleisch. Meine Mutter war beleidigt. »Diese Männer denken überhaupt nicht nach«, beschwerte sie sich. »Sie wissen ganz genau, dass noch nicht ausgesät worden ist. Woher soll ich also Maisbrot bekommen? Und süße Kartoffeln! Ich habe sie erst gestern gepflanzt, weil ich es ganz allein tun musste! Und wenn sie wirklich ein Huhn wollen, was soll ich dann für Babamukuru kochen, wenn er kommt?«

Das Problem wurde wie üblich gelöst. Ich holte Maismehl von meiner Tante, nachdem ich es zuerst erfolglos bei den Nachbarn probiert hatte, die mir jedoch Erdnüsse gaben, als sie hörten, wozu das Maismehl gebraucht wurde. Die süßen Kartoffeln reiften nicht rechtzeitig, aber am Tag vor der Abreise erreichte uns per Telefon aus dem Gemeindehaus die Nachricht, dass Babamukuru Geld für eine Ziege geschickt hatte. So kamen Baba und Nhamo doch noch zu ihrem Huhn.

Meinem Vater und Nhamo stand eine sehr komplizierte Reise bevor. Kompliziert und aufregend. Ich wollte dabei sein. Auch ich wollte mit Fahrplänen jonglieren. Auch ich wollte um Mitternacht im Zug frisches Maisbrot, in Asche geröstete Erdnüsse und gesalzenes, gekochtes Hühnerfleisch essen. Vor allem wollte ich so sehr das ohrenbetäubende Dröhnen und Brummen (war es ein Dröhnen oder ein Brummen?) der Flugzeuge hören. Die Sehnsucht, mitfahren zu dürfen, zeigte sich wohl auf meinem Gesicht, während ich ihnen beim Schmieden und Ändern ihrer Pläne zuhörte, denn mein Vater nahm mich zur Seite und beschwor mich, meine unnatürlichen Neigungen zu zügeln: Es war selbstverständlich, dass ich zu Hause blieb und den Empfang vorbereitete. Die Vorstellung meines Vaters von dem, was natürlich war, hatte mich schon geärgert, seit ich die Schule verlassen musste. Ich suchte seinen Belehrungen zu entgehen, indem ich in mürrisches Schweigen versank, das laut meinem Vater ebenfalls unnatürlich war: »Nun, da der Mund zu ist, ist das Herz stolz.« Er drohte mir Prügel an, da er aber lieber faulenzte, machte er sich nie die Mühe, mir nachzusetzen, wenn ich wegrannte.

Ich hatte das Glück, dass die Position meines Vaters so offensichtlich unhaltbar war, denn sonst hätte mich das alles verwirrt. Unter den gegebenen Umständen war die Situation klar: Es gab keinen Weg, meinen Vater zufriedenzustellen, und auch keinen Grund dazu. Mit Erleichterung ging ich meiner eigenen Wege, was ihn noch mehr aufbrachte. Es gefiel ihm nicht, wenn ich intellektuell zu sehr in Anspruch genommen war. Er regte sich zu sehr auf, als er mich mehrmals dabei erwischte, wie ich das Zeitungsblatt las, in dem das Brot von *magrosa* eingepackt war, während ich darauf wartete, dass das *sadza* fester wurde. Er glaubte, ich würde meinem Bruder nacheifern, meinen Kopf mit gelesenen, unpraktischen Dingen füllen und somit für die wahren weiblichen Aufgaben untauglich werden. Es war eine schwere Zeit für ihn, denn Mr. Matimba hatte ihm dargelegt, dass meine Ausbildung finanziell gesehen eine Investition war, aber das war, in Rinderzahlen umgerechnet, auch eine traditionell erzogene Tochter. In seiner Frustration flüchtete er in extreme Einfälle. Ungeachtet der baldigen Rückkehr von Babamukuru drohte er, mich wieder von der Schule zu nehmen. Es war eine unbedachte Drohung: Wie hätte er das fertigbringen können? Da er machtlos war, ließ er mich in Ruhe. Wir lebten in friedlicher Distanz nebeneinanderher.

Drei

Babamukuru kam in einem Konvoi von Fahrzeugen nach Hause, den drei überglückliche Augenpaare schon aus vier Meilen Entfernung auf der Hauptstraße sichteten. Netsai und ich und die kleine Shupikai, deren Mutter zu den Verwandten gehörte, die zusammengekommen waren, um die Rückkehr von Babamukuru zu feiern, sahen den Konvoi sich bedrückend langsam nähern, nur um hinter einigen Bäumen zu verschwinden und Stunden später wieder aufzutauchen, wie uns schien, und doch kaum näher gekommen. Wir warteten zwanzig Minuten. Wir schauten von einem Felsen hinter der Heimstätte aus zu, bis die Autos auf der letzten Strecke ein letztes Mal verschwanden. Dann hielt uns nichts mehr. Wir rutschten von unserem Fels herunter, rissen uns dabei Ellbogen und Knie auf, krabbelten durch Büsche, ohne auf die Kratzer an unseren Beinen zu achten, eilten auf die Straße und rannten weiter. »Ba-ba-mu-ku-ru! Ba-ba-mu-ku-ru!«, riefen wir, rannten und sprangen herum und winkten mit unseren dürren Armen, alles gleichzeitig, und die Röcke wirbelten umher, und unsere Hinterteile ragten bei unseren Freudensprüngen hervor. Shupikai, mehrere Meter hinter uns, fing an zu weinen, wankte aber weiter und sang unter Schluchzen, weil wir sie zurückgelassen hatten und weil sie so aufgeregt war. Ihr Ausbruch kam so ungelegen, dass ich erwog sie zurückzulassen, aber das ging nicht. Ich lief zurück, hob sie hoch und rief weiter, sie auf der Hüfte, meine stürmischen Willkommensgrüße.

Meine Tante Gladys, die leibliche Schwester meines Vaters, älter als er, aber jünger als Babamukuru, kam als Erste, in einem tapferen, wenn auch klapprigen alten Austin, den ihr Ehemann fuhr. Sie hupten laut und ununterbrochen. Wir winkten und schrien und tanzten. Dann kam Babamukuru, in einem großen und beeindruckenden Fahrzeug mit dunkelgrünem Lack und mit Chrom. Das war zu viel für mich. Ich hätte auf die Haube klettern mögen, doch mit Shupi auf den Armen musste ich mich mit einem Lied begnügen. *»Mauya, mauya. Mauya, mauya. Mauya,* Babamukuru!« Netsai griff die Melodie auf. Unsere Stimmbänder vibrierten in weiten Bögen, wir machten einen unglaublichen Lärm. Singend und tanzend geleiteten wir Babamukuru zur Heimstätte, wobei wir Babamunini Thomas, der das Schlusslicht bildete, und Mainini Patience, die ihn begleitete, fast übersahen.

Langsam erreichte der Konvoi den Hof, auf dem sich inzwischen die jubilierenden Verwandten eingefunden hatten. Mein Vater sprang aus Babamukurus Wagen heraus und hüpfte über die holprige Straße, einen Stock wie einen Kampfspeer schwingend, sprang in die Luft und landete auf einem Knie, um sogleich aufzustehen und erneut hochzuspringen – die Pose eines Kriegers, der den Todesstoß versetzt. *»Hezvo!«,* rief er. »Seht ihr ihn? Unser zurückkehrender Prinz. Seht ihr ihn? Schaut ihn euch genau an. Er ist zurückgekehrt. Unser Vater und Wohltäter ist wohlbehalten zurückgekehrt, nachdem er englische Buchstaben mit wildem Appetit verschlungen hat! Habt ihr geglaubt, akademische Grade seien unverdaulich? Wenn ja, dann schaut euch meinen Bruder an. Er hat sie verdaut! Wenn ihr einen gebildeten Mann sehen wollt, schaut euch meinen Bruder an, unseren großen Bruder!« Der Speer schwang auf und ab, stieß nach rechts, nach links. Alles war besiegt.

Die Autos hielten unter den Mangobäumen. Tete Gladys kam nur schwer heraus, nach mehrmaligen Versuchen und schwer atmend; sie war so fett, dass es nicht ganz klar war, wie sie sich überhaupt in das Fahrzeug hineingezwängt hatte. Aber ihr Umfang war nicht anstößig. Sie besaß eine beeindruckende Präsenz, die jede Situation, selbst den Versuch, sich aus dem Auto zu befreien, gewichtig und bedeutsam erscheinen ließ. Wir lachten nicht, dachten nicht einmal daran. Endlich auf ihren Beinen, streckte sie sich, stand breitbeinig im Staub. Die geballten Fäuste in die Hüften gestemmt, die Ellbogen aggressiv abgespreizt, trotzte sie jedem, der gegen die Lobrede meines Vaters vielleicht Einwände hatte. »Hört ihr«, fragte sie, »was Jeremiah sagt? Wenn ihr es nicht vernommen habt, dann hört gut zu. Er spricht die Wahrheit! Wahrlich, unser Prinz ist heute zurückgekehrt! Voller Wissen. Wissen, das uns zugutekommen wird! *Pururuṛu!*« Sie brach in Heulgeschrei aus. »Er ist zurückgekehrt. Unser Prinz ist zurückgekehrt!«

Babamukuru stieg aus seinem Auto, hielt hinter der offenen Tür inne und nahm den Hut ab, um uns alle wohlwollend und freudig anzulächeln. Tatsächlich, mein Babamukuru war zurückgekehrt. Ich sah ihn nur für einen Augenblick. In der nächsten Minute ging er in einem Meer von Körpern unter; Onkel, Tanten, Neffen; Großmütter, Großväter und Nichten; leibliche und nichtleibliche Brüder und Schwestern. Der Clan war zusammengekommen, um seinen wiederkehrenden Helden zu begrüßen. Man schüttelte seine Hand, berührte seinen Kopf, umarmte seine Beine. Ich war auch da, wollte Babamukuru berühren, ihn ansprechen, ihm sagen, dass ich mich über seine Rückkehr freute. Babamukuru breitete seinen beachtlichen Körperumfang nach Kräften aus, um uns alle zu umarmen, um umarmt zu werden. Er war glücklich. Er lächelte. »Ja, ja«, sagte er immer wieder. »Das ist gut, das ist gut.« Wir sausten umher, tanzten und jubelten und wirbelten mit unseren stampfenden Füßen einen feinen Staubsturm auf, alles in Richtung Haus.

Babamukuru trat ein, hinter ihm ein Gefolge von Großvätern, Onkeln und Brüdern. Verschiedene Tanten väterlicherseits, die sich ihnen aufgrund ihres patriarchalischen Status anschließen durften und sich nicht davor scheuten, mischten sich unter die Männer. Hinter ihnen tanzten weibliche Verwandte niedrigeren Rangs. Maiguru trat als Letzte ein, allein, abgesehen von ihren zwei Kindern, die leise und unscheinbar lächelten. In flachen braunen Schuhen und einem Faltenkleid aus Polyester, das sehr dem Kleid ähnelte, das Babamukuru meiner Mutter vor seiner Abreise zu Weihnachten gekauft hatte, sah sie nicht aus, als sei sie in England gewesen. Meiner Cousine Nyasha dagegen, der hübschen, gescheiten Nyasha, sah man es an. Es gab keine andere Erklärung für ihr sehr kurzes Kleid, das kaum ihre Oberschenkel bedeckte. Sie war sich dessen jedoch bewusst, denn ihre Hände verschränkten sich ständig hinter ihrem Rücken, um das Kleid daran zu hindern hochzurutschen, und ihre verschleierten, wachsamen Augen beobachteten jeden daraufhin, was er wohl dachte. Als sie mich beim Hinschauen erwischte, lächelte sie leicht und zuckte mit den Schultern. »Ich hätte es nicht anziehen sollen«, schien ihr Blick auszudrücken. Leider hatte sie es angezogen. Ich konnte diesen Mangel an Schicklichkeit nicht gutheißen. Ich würde das nicht billigen. Ich wandte mich ab.

Ich erinnere mich, dass ich an jenem Tag auch meinen Cousin Chido missbilligte, obwohl ich nicht mehr weiß, warum. Er war ordentlich, wenn auch schick gekleidet – kurze Hosen, Schuhe und Socken. Ich glaube, es hing nicht mit seiner Person zusammen, sondern mit der Tatsache, dass er Nyashas Bruder war. Was meinen eigenen Bruder betraf, so widerte er mich an. Nhamo schlug meinem Vater darin nach, dass er sich bei Bedarf über alles auslassen konnte und wenn nötig über mehrere Sachen gleichzeitig. Daher war ich nicht überrascht, als er plötzlich aufhörte, im Zentrum von Babamukurus Reich herumzuhüpfen, um seinen Anspruch auf unsere sauber gekämmten Cousins geltend zu machen. Er hatte ihnen schrecklich viel zu sagen, aber ich war sicher, dass er sehr gebrochen Englisch sprach. Deshalb war er wohl wenig erfolgreich in seinem Bemühen, sie in ein Gespräch zu verwickeln. Das Mädchen ignorierte ihn zwar nicht, aber sie antwortete auch nicht, sondern warf nur hin und wieder ihren prüfenden Blick auf die Versammlung und beobachtete dabei auch meinen Bruder. Chido versuchte zu lächeln, aber das Lächeln fiel zu schmal aus, um den Unwillen in seinen Augen zu zerstreuen. Er war zu keiner Äußerung fähig, außer einem gelegentlichen Kopfnicken, und wenn Chido ihn anlächelte, grinste mich Nhamo an und ärgerte mich damit, wie beabsichtigt, enorm.

Ja, ich war an jenem Tag, dem Tag der Rückkehr meines Onkels, sehr gereizt, obwohl es für mich, wie für jeden anderen, ein großartiger Tag hätte sein müssen. Er war mir verdorben, denn ich musste ständig daran denken, dass mir nicht erlaubt worden war, Babamukuru am Flughafen zu empfangen, denn wäre ich dort gewesen, mit Nhamo und meinen fröhlichen Cousins, hätte ich die Beziehung wieder aufgebaut, die mit der Abreise meiner Cousins abgebrochen war. Da ich nicht am Flughafen gewesen und nicht imstande war, die Beziehung zu meinen Cousins wieder aufzunehmen, verschmolzen diese Vorfälle in meinen Gedanken formlos zu einer aufkeimenden Ahnung der Bürde, von der meine Mutter gesprochen hatte. Während ich zuvor gedacht hatte, dass eine Bürde nur dann Bürde ist, wenn man sie zu tragen bereit ist, begann ich nun zu erkennen, dass der enttäuschende Verlauf von Babamukurus Heimkehr eine ernst zu nehmende Folge jener allgemeinen Gesetze war, die fast meine Ausbildung abrupt und doch vorhersehbar beendet hätten. Es war beängstigend. Ich wollte mein Leben nicht von solchen unziemlichen Verwandten bestimmt sehen. Ich würde mich wohl entscheiden müssen, dagegen anzukämpfen. Ich zog Nhamo und meinen Cousins eine verächtliche Schnute, entfernte mich betont verdrießlich aus dem Haus und ging zur Küche. Dort warf ich ein Holzscheit so wütend in den Herd, dass aus dem dreifüßigen Topf, der normalerweise *sadza* enthielt, heute aber voller Fleisch war, die Hälfte der Flüssigkeit in die Glut spritzte.

Auch ein Fleischstück fiel heraus. Ich holte es aus der Asche und aß es; dann wurde mir übel, weil ich weiter an Nhamo und die Cousins denken musste und sauer auf Nhamo war, der mich aus ihrem Kreis ausgeschlossen hatte, obwohl ich sie alle nicht billigte. Ich dachte über die Situation nach. Hatte ich meine Cousins akzeptiert, ehe sie nach England gingen? Voll und ganz; ich hatte sie geliebt. Wenn sie auf Besuch kamen, spielten wir lange und angeregt miteinander. Wieso mochte ich sie nicht mehr? Ich war mir unsicher. Mochte ich überhaupt jemanden? Was war mit Babamukuru? Hatte die Veränderung etwas mit mir oder mit ihnen zu tun? Das waren gefährlich komplizierte Gedanken, die ich da hatte, keine, denen man besonnen nachhängen kann, sondern solche, die sich verselbständigen und bösartig werden, wenn man es zulässt. Wenn ich so weitermachte, würde es mich bald jucken, Nhamo wegen seines Grinsens, das das Fass zum Überlaufen gebracht hatte, eine Tracht Prügel zu verpassen. Aber ich konnte mich für die Zurücksetzung so nicht mehr rächen. Nhamo und ich hatten schon vor langer Zeit, seit ich wieder zur Schule ging, aufgehört, uns zu prügeln, vor allem, weil wir uns so unterschiedlich entwickelt und nicht mehr genug miteinander gemein hatten, um miteinander zu kämpfen, es sei denn auf der Basis von gegenseitigem Respekt und Zuneigung. Außerdem wurde mir widerstrebend bewusst, dass es nicht helfen würde, Nhamo zu verprügeln: Meine Unzufriedenheit ging über das ärgerliche Verhalten meines Bruders weit hinaus. In dem Gefühl, dass es unklug sei, zu viel über diese Sachen nachzudenken – denn ich lief Gefahr, in eine Sackgasse zu geraten, an deren Ende ich vor Themen stehen würde, denen ich mich nicht stellen konnte –, beschäftigte ich mich mit Hausarbeit.

Hausarbeit war angenehm, wenn sie nicht Zwang war. Heute waren so viele junge Tanten und Nichten und Cousinen anwesend, dass ich selbst entscheiden konnte, ob ich kochen wollte oder nicht. Also gab ich mir große Mühe mit dem Eintopf, ließ das Fleisch leicht im eigenen Fett anbraten, bis es köstlich braun war, gab genug zerhackte Tomaten und Zwiebeln für eine kräftige Sauce hinzu. Es roch gut. Ich war mit dem Ergebnis meiner Arbeit zufrieden, doch sie hatte nur knapp eine halbe Stunde gedauert. Um Zeit totzuschlagen, machte ich noch Würste aus Kutteln und kleinen Innereien von Babamukurus Ziege. Als ich fertig war, kochte ich das Gemüse.

Die Frauen waren zufrieden mit mir, als sie ankamen, um das Abendessen vorzubereiten. »Du bist eine richtige kleine Arbeitsbiene«, sagten sie. »Wir müssen nur noch das *sadza* zubereiten.« Ihr Lob baute mich auf. Ich fühlte mich besser. Mein

Selbstbewusstsein kehrte zurück: Nyasha wäre nicht fähig, da war ich mir sicher, einen so feinen Eintopf zuzubereiten, sicherlich nicht am offenen Herd. Dieser Gedanke gab mir ein Gefühl der Überlegenheit, so gesund und kernig wie hausgebackenes Maisbrot, im Gegensatz zu den mickrigen Brotlaiben, die es in den Geschäften zu kaufen gab; und ich half auch, das *sadza* zu kochen. Wir kochten es draußen in großen Töpfen, rührten es mit Stöcken um, die so dick wie mein Arm waren. Das Plaudern mit den Tanten und Cousinen, während wir darauf warteten, dass das *sadza* dick wurde, und wenn nötig noch Maismehl zugaben, nahm mir das Gefühl, ausgeschlossen zu sein; und mein Gefühl der Überlegenheit, das ich nun nicht mehr brauchte, schwand auch. Ausgeschlossen zu sein war für mich damals eine furchtbare Bedrohung, denn es bedeutete, dass ich überflüssig war. Ausgeschlossen zu sein hieß, dass meine Existenz nicht notwendig war – ich wurde dadurch zum unseligen Nebenprodukt irgendeines unerbittlichen Naturvorgangs. Oder es wurde damit höhnisch bedeutet, dass dieser Prozess schiefgegangen war und mich hervorgebracht hatte anstelle eines zweiten Nhamo, eines zweiten Chido, eines zweiten künftigen Babamukuru. Ich fühlte mich in dieser Zeit oft überflüssig, aber dort in der Gemeinschaft der Köchinnen reichte es mir, die Ecke zu besetzen, die jener Naturvorgang für mich vorgesehen hatte. Es war angenehm, mich als kräftige, nützliche Person wahrzunehmen.

Wir kochten zwei Riesentöpfe mit gutem, glattem *sadza* aus feingemahlenem, gut gesiebtem *mutwiwa,* aber es gab keinen Reis, und das war ernst. Bei einem solchen Ereignis hätte es Reis geben müssen. Aber da Babamukuru ihn nicht hatte besorgen können, gab es keinen. Maiguru hatte in weiser Voraussicht ein Päckchen mitgebracht, aber ein Päckchen reichte nicht aus, die vielen Personen zu ernähren, so dass meine Mutter Maigurus Reis hinter dem Haus auf deren Herd aus Dover kochte, um sicherzugehen, dass er den richtigen Leuten zukam. Als alles fertig war, kam sie, um uns beim Auftragen zu helfen – Berge von dampfendem *sadza* in die einen Schüsseln, riesige Fleischstücke in reichlich Sauce in die anderen, das Gemüse in die dritten.

Diese trugen wir in das Haus, wo meine Mutter schon den Reis angerichtet hatte.

Ich hatte eine besondere Aufgabe. Ich musste die Wasserschüssel, in der die Leute ihre Hände waschen konnten, herumtragen. Ich tat das nicht gern, denn man musste den Rang aller Anwesenden im Verhältnis zu den anderen sehr gut kennen, denn sonst beging man leicht Fehler, besonders bei so vielen Leuten. Heute war es besonders heikel, denn obwohl Babamukuru der Ehrengast war, waren einige männliche Verwandte höheren Ranges anwesend. Nach einer wohlbedachten, vielleicht voreingenommenen Entscheidung kniete ich zuerst vor Babamukuru, was sich als Fehler erwies, denn er wollte, dass zuerst sein Onkel Isaiah, unser ältester Großvater, sich wasche. Ich kniete nieder und erhob mich und kniete nieder und erhob mich vor allen meinen männlichen Verwandten in der Reihenfolge ihres Alters, und anschließend vor meinen Großmüttern und Tanten, stets die Wasserschüssel und das Handtuch reichend. Die Situation wurde schwieriger, nachdem meine Großväter und Babamukuru sich gewaschen hatten, denn danach war die Rangfolge unklar. Dieser Onkel war der *tezvara* des anderen Onkels aufgrund seiner Heirat mit dessen Schwester, aber seine Brüder auch, denn ihre Mütter waren Schwestern, wenn auch nicht leibliche. Wann immer so etwas vorkam, bestand jede Seite darauf, dass die andere höhergestellt sei und somit sich zuerst waschen sollte. Es war sehr kompliziert und verwirrend. Ich machte weitere Fehler, was die Leute zum Lachen brachte, und sie fragten, wieso ich denn die Verwandtschaft nicht kenne. Schließlich war ich es satt, minutenlang vor einem sich zierenden Onkel zu knien, und verschüttete etwas Wasser auf seine Füße, um ihn zum sofortigen Waschen zu bewegen. Nyasha zeigte mir ihre Solidarität mit der Andeutung eines Lächelns und einem Augenzwinkern, das ich als beleidigend empfand und deshalb ignorierte. Endlich hatte sich auch die letzte jüngere Tante gewaschen, und ich war dabei wegzugehen, als mein Vater mich fragte, wieso ich vergessen hätte, Chido Wasser anzubieten, woraufhin ich vor diesem niederkniete. Natürlich nutzte Nhamo die Situation aus, auch seine

Hände zu waschen. Nun musste ich auch Nyasha sich waschen lassen. In gereizter Stimmung, denn ich war der Ansicht, dass die drei zusammen mit uns in der Küche essen sollten, reichte ich ihnen das Wasser. Babamukuru sprach ein Gebet. Das Mahl begann mit lautem Händeklatschen, Lob der Götter für ihre Vorsorge und Lob für unsere harte Arbeit.

In der Küche teilten wir aus, was für uns und die Kinder in den Töpfen übrig geblieben war. Meine Tante Mavis, Shupikais Mutter, hatte in ihrer Freude über Babamukurus Rückkehr das Fleisch im Haus ohne Zurückhaltung ausgeteilt, so dass für diejenigen von uns, die nicht dort aßen, nicht genug übrig blieb. Folglich gab es für die Jüngsten unter uns nur Sauce und Gemüse zum *sadza*. Aber die Sauce war gut und reichlich. Wir, die selten Fleisch zu sehen bekamen, sahen keinen Grund zur Beschwerde.

Als das Essen beendet war und wir ins Haus gingen, um die Teller einzusammeln, waren die Älteren in einem Delirium der Glückseligkeit. Es war wirklich bemerkenswert, sie so verändert zu sehen, ohne auch nur einen gemeinsamen Topf *masese* zur Entspannung. Mein Vater genoss seinen *masese* sehr, wie auch die Mehrzahl der männlichen Verwandten und meine Großmütter und älteren Tanten, aber Babamukuru war strikt enthaltsam, so kompromisslos eisern, dass er den Alkohol im Atem der Leute bei starkem Wind aus fünf Metern Entfernung aufspüren konnte. Bier war daher bei diesem Zusammenkommen tabu, und die Gesellschaft musste sich mit *mahewu* zufriedengeben, das so lange stehen gelassen wurde, bis die Maische kurz vor der Fermentierung stand. Natürlich gab es unzufriedenes Murmeln, besonders seitens der jüngeren Männer, die nicht nah genug mit Babamukuru verwandt waren, um seine Autorität angemessen zu würdigen. Obwohl es nichts Belebenderes als *mahewu* gab, mangelte es der Versammlung nicht an Heiterkeit. Tete Gladys, mit schwingenden Armen und raschelndem Kleid, war auf den Beinen, wirbelte zum Rhythmus von *Amazing Grace* schwindelerregend linksherum und machte rechtsherum eine übermütig tiefe Verbeugung am Ende jedes Taktes:»*Da-a-i* (Verbeugung) *ndi-i-ne* (Verbeugung) *ma-pa-aa-piro* (Verbeugung) *nda-a-i* (Verbeugung) *bhu-u-ru* (Verbeugung) *-ru-ka* (Verbeugung)!« Derweil mimten Tanten und Onkel und Cousins stürmisch, was sie aus Anlass von Babamukurus Rückkehr tun würden, wenn sie nur das nötige Kleingeld hätten.

Im Hof machten sich die unverheirateten Onkel, Cousins und Tanten an die Trommeln und bildeten zum *hosho* einen Kreis, tanzten und sangen, während einzelne in der Mitte miteinander rangen. Es war fast wie bei einer Hochzeit, mit Musik und Bewegung, die durch die Nacht pulsiert, deine Haut kribbeln und prickeln und deine Achselhöhlen jucken lässt und bei der dein Körper dem Rhythmus zustrebt. Meine frühe Kindheit war eine große Zeit des Tanzens gewesen. Damals belustigte ich alle, wenn ich meinen lerneifrigen Ernst ablegte und mich schüttelte und drehte, in die Hände schlug, fast im Einklang mit der Musik. Als ich älter und die Musik mir zur gewohnten Sprache wurde, gewannen meine Bewegungen an Kraft, an Rhythmik und Fantasie; aber die Menschen fanden es nicht mehr lustig, bis ich schließlich begriff, dass an meiner Weise, den Rhythmus zu genießen, etwas nicht anständig war. Mein Tanzen beschränkte sich von nun an auf steife, behutsame Andeutungen. Ich hörte nicht ganz auf, aber die Feste waren danach viel weniger lustig, und ich fühlte mich stets sehr gehemmt.

»Tanzen wir«, lud ich Nyasha ein, die nur langsam begriff. »Sie verstehen Shona nicht mehr gut«, erklärte ihre Mutter. »Sie haben so lange nur Englisch gesprochen, dass sie ihr Shona zum Großteil vergessen haben.«

Was Maiguru sagte, verwirrte und beleidigte mich. Ich hatte nicht erwartet, meine Cousins verändert vorzufinden, schon gar nicht so radikal, nur weil sie eine Zeitlang weg gewesen waren. Außerdem war Shona doch unsere Sprache. Was dachten sich die Leute, wenn sie es vergaßen? Während ich dastand und diese Gedanken zu verdauen suchte, erinnerte ich mich daran, dass ich mit meinen Cousins vor ihrer Abreise ungezwungen und fließend gesprochen, wilde Früchte gegessen, Tontöpfe geformt hatte und im Nyamarira geschwommen war. Nun waren sie mir fremd geworden. Mein Beleidigtsein verging, und ich wurde traurig.

»Frag sie, Maiguru«, drängte ich sie. »Selbst wenn sie es nicht verstehen, werden sie nicht ablehnen, oder? So etwas«, fuhr ich unbestimmt, aber ernsthaft fort, »gibt ihnen die Sprache schnell wieder.« Die Sänger steigerten sich immer mehr, die Trommeln schlugen immer erregter. Ich bemerkte, dass Nyasha zuhörte und mit den Fingern im Takt der Trommeln auf die übereinandergeschlagenen Knie klopfte. Sie sprach eifrig mit ihrer Mutter in einem Englisch, dessen Akzent so seltsam war, dass ich kein Wort verstehen konnte, bezog Chido in die Diskussion ein und klang sehr entschieden. Ich war sicher, dass meine Cousins sich den Festlichkeiten anschließen wollten, aber Maiguru ermunterte sie nicht gerade dazu. Ich merkte es an ihrer Stimme, die ausdruckslos und zurückhaltend war, und an einzelnen, mir verständlichen Worten, wie »schmutzig« und »Schlaf«. Es war seltsam, dass Maiguru es lieber hatte, wenn ihre Kinder nicht tanzten. Wenn sie sich nicht mit uns zusammen vergnügen durften, wieso waren sie hergekommen? Ich glaube, dass Nyasha etwas Ähnliches zu Maiguru sagte, denn schließlich wurde deren Ärger so offensichtlich, dass meine Tanten ihr lebhaftes Gespräch unterbrachen, um zu hören, was los war.

»Nun, wo ist das Problem, Maiguru?«, fragte Tete Gladys. »Du willst deinen Kindern doch nicht verbieten mitzumachen, oder?«

»Wieso denn, Tete?«, antwortete Maiguru ruhig. »Ich meine nur, sie sollten sich ausruhen. Weißt du, so ein Flug ist sehr ermüdend. Aber wenn du sagst, dass sie tanzen sollen, werden sie es tun. Tete hat gesagt, ihr sollt tanzen gehen«, erklärte sie ihren Kindern mit teilnahmsloser Stimme.

Chido lehnte höflich ab. »Ist schon in Ordnung, Mum, ich bin wirklich ein bisschen müde.« Nyasha schnalzte verächtlich und schaltete ab. Sie tat das auf sehr abrupte Weise. In einem Augenblick war sie für alles empfänglich, im nächsten hörte sie einen selbst dann nicht, wenn man sie ansprach. Ich ging nach draußen und versuchte, mir durch diese Episode nicht den restlichen Abend vermiesen zu lassen. Es war schwierig. Ich hatte mich auf meine Cousins gefreut, auf eine lustige und freundliche und warme Zeit, wie in alten Tagen, aber dem war nicht so.

Meine Enttäuschung war so tief, dass ich mich nicht besänftigen ließ, als Nhamo, angelockt von den sorglosen Stimmen und dem Hämmern der Trommeln, sich zu uns gesellte. Ich hielt ihn für launisch und glaubte, er wolle das Huhn und die Eier obendrein.

Babamukuru blieb damals nach seiner Rückkehr nur eine Nacht bei uns, denn er musste sofort seine ehemalige Tätigkeit als Schuldirektor und seine neue Tätigkeit als akademischer Direktor der Kirche in der Manicaland-Region aufnehmen. Es blieb nur wenig Zeit, all die Sachen zu besprechen, die besprochen werden mussten und die auf seine Rückkehr hatten warten müssen. Also redeten Babamukuru und seine Brüder und seine Schwestern bis tief in die Nacht und in die frühen Morgenstunden hinein. Babamukuru machte sich Sorgen um die Entwicklung der Familie, wobei er darauf hinwies, dass er als Einzelner alles in seiner Macht Stehende für die Familie getan habe, indem er ein Diplom erworben habe; dass er sich von seinen Kindern genauso viel, wenn nicht sogar mehr erhoffe; dass er froh sei, seinen Kindern zu diesem Weg einen guten Start geben zu können. Sein Familienzweig könne sich überall erhobenen Hauptes sehen lassen, aber, so deutete er zu Recht an, dasselbe lasse sich nicht von den anderen Familienzweigen sagen. Er sei angesichts der Nachrichten, die er von Jeremiah und anderen in England erhalten habe, zu dem Schluss gelangt, dass die Zukunft für die Familie insgesamt nicht gerade vielversprechend aussah. Da er nun zurück sei, sagte er, sei es für die Mitglieder der Familie an der Zeit, gemeinsam Wege zu finden, den Wohlstand jedes einzelnen Familienzweigs zu sichern.

Wenn Babamukuru eine Rede hielt, was er als Oberhaupt der Familie oft tun musste, hatte er eine ruhige, milde und so feinfühlige Art, dass man nicht umhinkonnte, von seinen Worten überwältigt zu sein und sich vorzunehmen, ihnen genau zu folgen, was immer sie besagten. Babamukuru wirkte motivierend. Er erweckte Vertrauen und Gehorsam. Ihn umgab eine Aura von strahlender Weisheit und Voraussicht. Es folgte Seufzen, die beschriebenen Schwierigkeiten bestätigend, sowie zustimmendes Gemurmel zu Babamukurus Analyse.

»Äh – so wie ich es sehe«, sagte Babamukuru, räusperte sich und entfernte mit der schmalen Klinge seines Taschenmessers Fleischfasern aus seinen Zähnen, »muss Folgendes getan werden.« Er lehnte sich in seinen Stuhl am Kopf des Esstisches zurück. »Wir müssen dafür sorgen, dass zumindest einer aus jeder Familie eine Ausbildung erhält, wenigstens bis zur vierten Klasse, weil er dann in der Lage sein wird, sich weiterzubilden. Das soll natürlich nicht heißen, dass derjenige, wenn möglich, nicht bis zur sechsten Klasse und danach sogar zur Universität gehen soll.«

»Das wäre gut«, stimmte Tete Gladys zu. »Ein Absolvent in jeder Familie! Wir wären sehr stolz darauf.«

»Nicht nur einer!«, berauschte sich mein Vater. »Wieso sollten sie nicht alle einen Abschluss machen? Wieso nicht?«

»Jeremiah«, rügte ihn Babamukuru, »das ist kein Beitrag zur Diskussion. Wir müssen nach nützlichen Lösungen suchen. Wir können uns keine Träume erlauben.«

»Ganz richtig, Mukoma, ganz richtig«, stimmte ihm mein Vater umgänglich zu. »Wer kann es sich dieser Tage schon leisten zu träumen? *Aiwa!* Man kann nicht träumen! Man kann nicht träumen!«

»Wenn ich mir die Familie, so wie sie heute dasteht, anschaue«, fuhr Babamukuru fort, »sehe ich das größte Problem bei Jeremiah. Unserer Tete hier geht es ganz gut – ihr Ehemann kann sie und ihre Kinder versorgen. Auch Thomas hat keine Probleme – zwar hat er keinen akademischen Grad, aber seine Lehrerausbildung ist eine solide Qualifikation. Die Familie muss nicht hungern. Sie wohnen in einem komfortablen Haus, sie tragen ordentliche Kleidung. Wenn die Kinder im schulfähigen Alter sind, werden sie zur Schule gehen können. Die Familien, deren Kinder heute zur Schule gehen können, werden morgen gedeihen. Also sind die Familienzweige von Tete und Thomas abgesichert. Die größte Sorge gilt deinem Familienzweig, Jeremiah.« Tete schürzte ihre Lippen und nickte bedauernd mit dem Kopf. Babamunini Thomas senkte bescheiden seine Augen und sagte aus Achtung vor seinem unglücklichen älteren Bruder nichts.

»Ich erinnere mich«, fuhr Babamukuru fort, »dass du im Jahr nach unserer Ankunft in England geschrieben hast, Jeremiah – nein, es muss im zweiten Jahr gewesen sein. Ja, im zweiten Jahr nach unserer Ankunft, denn wir sind 1960 weggefahren und diesen Brief, von dem ich jetzt spreche, hast du 1962 geschrieben. Er war vom 16. November 1962. Ich kann mich genau daran erinnern, denn immer wenn ich müde und entmutigt und deprimiert war, habe ich diesen Brief gelesen. Ich habe diesen Brief oft gelesen. Dieser Brief hat mir klargemacht, dass noch mehr als ich selbst meine Familie meine Ausbildung nötig hat. Das ließ mich durchhalten, wenn es besonders schlimm war. Wegen dieses Briefes sagte ich mir: ‚Was immer passieren mag, ich werde es schaffen.' Ja, Jeremiah, ich kann mich erinnern, wie wir Nachricht von dir erhielten, dass es kein Geld für die Schulgebühren gäbe. Wir haben dir geschickt, was wir konnten. Wir wussten, es ist nicht viel, aber wir freuten uns zu hören, dass du nach Erhalt des Geldes beide Kinder wieder zur Schule schicken konntest.«

»Es war schlimm, Mukoma, es war schlimm«, stimmte mein Vater unter heftigen Grimassen zu, um zu unterstreichen, wie schlimm es gewesen war. »Hätten wir ohne deine Hilfe überlebt? *Aiwa*, wir hätten es nicht. Niemals!«

»Das ist wahr, Mukoma«, pflichtete Tete bei. »Unser Jeremiah hätte sterben können. Er und seine ganze Familie. So schlimm stand es. Wahrlich, *muera bonga*, du hast eine große Wohltat vollbracht.«

»Eine große Wohltat, eine sehr große Wohltat«, murmelte Babamunini Thomas.

»Meine Frau und ich waren sehr überrascht«, sagte Babamukuru, »dass die Ernte schlecht ausgefallen war, denn andere Leute sagten uns, es habe sehr gute Ernten gegeben. Aber das ist eine andere Angelegenheit. Als wir hörten, dass Nhamo und *heyo* – das Mädchen hier – äh, Tambudzai, wieder zur Schule gingen, waren wir sehr erfreut, dass du das Geld sinnvoll verwendet hast, Jeremiah.« Babamukuru legte sein Taschenmesser weg und setzte sich in seinem Stuhl auf. Seine Gegenwart war nun würdevoll und bedeutsam. So als würden sie unter diesem Gewicht nachgeben, beugten sich mein Vater, Babamunini Thomas und Tete aufmerksam zu ihrem Bruder hin.

»Ich habe mir überlegt«, fuhr Babamukuru nach einer längeren Pause fort, die verdeutlichte, dass er wirklich tief und erfolgreich über die Sache nachgedacht hatte. »Ich habe mir überlegt: Es reicht nicht aus, das Geld für die Schulgebühren aufzubringen, um den Schulerfolg eines Kindes zu sichern. Ein Kind muss in der richtigen Atmosphäre aufwachsen, in einer Atmosphäre der geistigen Anregung, auch außerhalb des Klassenzimmers.«

»Richtig, Mukoma, was du sagst, ist richtig«, seufzte mein Vater, der die Absicht der Rede Babamukurus erkannt und gutgeheißen hatte. »Schau dir unseren Nhamo an. Ich habe noch nie ein Kind gesehen, das seine Bücher so liebt wie er, unser Nhamo. Aber wie soll er lernen, wenn es keinen Strom gibt? Wie soll er lesen, wenn es keine Bücher gibt? Oder zur Schule gehen – wie kann er das, wenn es täglich zu Hause soviel Arbeit gibt? Der Junge tut mir leid, aber er – beschwert er sich? – Nein. Er schweigt einfach und arbeitet hart, hier und in der Schule. Mit so einem Sohn bin ich gesegnet. Wahrlich, ich bin gesegnet.« Er schüttelte den Kopf, voller Trauer und Mitgefühl für das Leiden seines Sohnes.

»Du hast recht, Jeremiah. Ich habe bemerkt, dass Nhamo ein vielversprechender Schüler ist«, stimmte Babamukuru zu. »Wir müssen ihn jetzt zu uns in die Mission nehmen und ihn dort zur Schule schicken. Er muss sofort kommen, denn je früher er das Beste erhält, desto früher wird er sein Bestes geben. Er beendet jetzt die dritte Klasse, so dass es mit dem Wechsel keine Probleme geben wird. Ich werde ihn einige Tage vor Schulanfang abholen kommen. In der Zwischenzeit werde ich ihn für die vierte Klasse einschreiben.«

Meine Tante war auf den Beinen, noch ehe Babamukuru zu Ende gesprochen hatte. *»Pururuu!«,* trillerte sie, als das letzte Wort wohltätig in den Raum gefallen war. »Dank dir, *muera bonga. Muera bonga,* wir danken dir. Würden wir, könnten wir ohne dich überleben? Wahrlich, wir würden es nicht! Jeremiah«, befahl sie meinem Vater, »sag du es mir klar und deutlich. Würdest du ohne deinen Bruder überleben? Nur einen Tag, einen einzigen Tag, würdest du? Knie dich hin! Knie dich richtig hin. Danke Gott, dass er dir einen Heiligen zum Bruder geschenkt hat. Danke deinen Vorfahren, Jeremiah, danke ihnen vielmals, dass sie dir einen Bruder gegeben haben, der sich um dich kümmert.« Sie sank vor Babamukuru zu Boden und klatschte in die Hände. Bo-bo-bo-bo-bo. »Eine große Tat ist vollbracht, *muera bonga.«* Bo-bo-bo. »Wahrlich, du hast eine große Tat vollbracht.« Mein Vater und Onkel Thomas ergänzten Tetes Lob mit ihren eigenen Preisungen. Mein Vater sank auf die Knie, um Babamukuru Anerkennung zu zollen. Der zog ihn großmütig hoch.

»Dankt nicht mir, dankt nicht mir!«, wehrte er bescheiden ab. »Es gibt hier nichts Überraschendes. Wenn man eine Aufgabe hat, muss man sie erfüllen, das ist alles.«

Mein Vater teilte Nhamo die neueste Entwicklung am Tag nach Babamukurus Abreise mit. Sie sperrten sich für eine Stunde im Zimmer meiner Eltern ein, was nur möglich war, weil die Gäste, die in der Umgebung lebten und jederzeit vorbeischauen konnten, zum größten Teil schon abgefahren waren. Tete Gladys und Babamunini Thomas blieben eine Woche bei uns, denn sie wohnten weit weg, in Mtoko und Selukwe, und besuchten uns deshalb nur selten.

Nhamo war in Jubelstimmung, aufgeblasen von seiner Wichtigkeit, die er so bald wie möglich loswerden musste. Da er mit seiner Angeberei nicht bis zu meiner Rückkehr warten konnte, kam er zum Gemüsegarten, setzte sich auf einen Baumstamm und beglückwünschte sich selbst, während ich einen der kleineren Nebenflüsse des Nyamarira auf ein Beet mit Zwiebeln und Raps umleitete. So wie er sie erzählte, war es eine prächtige Geschichte, die viel mehr versprach, als Babamukuru in Wirklichkeit angedeutet hatte.

»Weißt du«, sprach mein Bruder gedehnt, einen Grashalm in der Lücke zwischen den Vorderzähnen herumdrehend. »Babamukuru braucht eine gescheite Person, jemanden, der eine solche

Chance verdient. Deshalb will er mich. Er weiß, dass ich gut in der Schule bin. Wen sonst sollte er nehmen?«

Nhamo, Nhamo, gemeiner Nhamo! Er wagte es nicht, deutlicher zu werden, denn das wäre offen bösartig gewesen. Nhamo war selten offen beleidigend, für den Fall, dass man ihn festnagelte und ins Gebet nahm. Seine Sünden waren hauptsächlich Sünden der Unterschlagung. Aber wenn er bewusst etwas Gemeines tat, war er teuflisch gut darin, zielte hinterlistig auf die empfindlichsten Stellen, so dass man schließlich wider besseres Wissen glauben konnte, man tue ihm unrecht, wenn er einen ärgerte.

»Babamukuru sagt, ich sei so gescheit, dass man mich an eine gute Schule schicken und mir eine richtige Chance im Leben geben muss. Also werde ich zur Missionsschule gehen und bei Babamukuru wohnen. Ich werde nicht mehr Jeremiahs Sohn sein«, prahlte er, wobei er den Namen meines Vaters so abschätzig aussprach, dass ich ausnahmsweise auf der Seite meines Vaters stand. »Ich werde Schuhe und Socken tragen und Hosen ohne Löcher, alles brandneu und von Babamukuru für mich gekauft. Er hat das Geld. Ich werde sogar Unterwäsche bekommen – Unterhemd und Unterhose. Im Winter werde ich einen Pullover bekommen und wohl auch ein Sakko. Ich werde nicht mehr mit den Händen essen. Ich werde Messer und Gabel benutzen.«

Ich glaube, mein Neid war verständlich, unter diesen Umständen sogar gesund. Unglücklicherweise hatte ich schon vor langer Zeit aufgehört, auf Nhamo zu reagieren, so dass sich all die ärgerlichen Dinge, die er tat, seit einiger Zeit in mir aufgestaut hatten; und da ich dieses dauernde Sticheln nicht überhören konnte, war ich mehr als ein wenig, mehr als gut für mich war, neidisch. Das war taktisch unklug von mir, denn Nhamo fuhr in dieser Art fort, überschüttete sich mit höchst unangebrachten Komplimenten und gab mir zu verstehen, dass sein Glück zweifellos verdient war, eine natürliche Folge der Tatsache, dass er Nhamo war – alles nur, um mich zu ködern. Und schließlich zerbrach meine Selbstbeherrschung, die ich seit Jahren, seit unserem Kampf auf dem Fußballfeld, geübt hatte, in unzählige kleine Teile. Ich schluckte den Köder voll.

»Ha! Du bist so blöd«, verhöhnte ich ihn. »Wenn du zur Mission willst, um Messer und Gabel zu benutzen, wirst du enttäuscht sein. Hast du nicht Babamukuru mit den Händen essen sehen? Sie alle – Maiguru und diese stolzen Kinder. Sie haben alle mit den Händen gegessen.«

»Hast du erwartet, dass sie uns beschämen?«, erwiderte er. »Wenn sie nach Messer und Gabel verlangt hätten, wo sollten wir sie denn hernehmen? Aber in ihrem eigenen Haus benutzen sie Besteck. Jeder hat seinen eigenen Teller mit seiner eigenen Portion Essen und Messer und Gabel. Ich hab's gesehen. So war es, als wir in Salisbury essen gingen, im Haus von Maigurus Bruder, dem Arzt. Ich fragte Chido, ob sie zu Hause auch so essen, und er sagte ja.«

Ich konnte gegen so konkrete Beweise nicht angehen, also griff ich aus einer anderen Richtung an. »Du wirst trotzdem noch Sohn deines Vaters bleiben. Du wirst weiterhin mein Bruder sein. Und der von Netsai. Selbst wenn es dir nicht gefällt. Hör also besser auf, ohne Grund stolz zu sein, und sei Babamukuru für seine Hilfe dankbar.«

»Und du solltest aufhören, neidisch zu sein. Wieso bist du überhaupt so neidisch?«, schlug er zurück. Nun konnte er seine Munition uneingeschränkt abfeuern, da ich die Auseinandersetzung begonnen hatte. »Hast du je gehört, dass ein Mädchen in eine entfernte Schule geschickt worden ist? Du hast Glück, dass es dir überhaupt gelungen ist, nach Rutivi zurückzukommen. Bei mir ist das anders. Es war vorgesehen, dass ich eine Ausbildung erhalte.«

»Ich bin froh, dass du weggehst«, sagte ich. »Deine Stimme macht Lärm. Sie tut meinen Ohren weh.«

»Und du hast Augen wie ein Chamäleon! Ich sehe, du wirst wütend. Und so dunkel wie ein Chamäleon. Pass auf, sonst bleibst du so, und die Leute werden vor dir weglaufen, damit du sie nicht beißt. Pass auf, pass auf! Vielleicht beißt du!«

Ich hob einen Stein auf und warf ihn nach Nhamo. Er saß gelassen da, folgte der Flugbahn des Geschosses mit übertriebenen Kopfbewegungen. Es landete harmlos im Gras. Er lachte. Ich stürzte mich auf ihn, aber er war schon auf den Beinen und lief leichtfüßig in Richtung des Viehkrals, lachend und singend. »*Du-du-muduri, kache! Rwavi muduri kache! Tambu muduri, kache!* Viel Erfolg beim Stampfen, während ich auf der Mission Kartoffeln verspeise!«

Ich erwog, ihm nachzurennen, um ihm die verdiente Tracht Prügel zu verpassen, aber bei seinem Vorsprung war er nicht mehr einzuholen. Außerdem waren wir damals gleich stark, so dass jeder von uns den Kampf hätte gewinnen können, aber ich hatte schon längere Zeit nicht mehr gekämpft und war aus der Übung. An jenem Tag war es besser, nicht zu kämpfen als nicht zu gewinnen. Ich ließ ihn laufen, voller Zorn über die Dummheiten, die er gesagt hatte.

Ich war damals sicher, dass Nhamo genauso gut wusste wie ich, dass er Unsinn geredet hatte, aber in der Zwischenzeit bin ich so vielen Männern begegnet, die sich für verantwortungsbewusste Erwachsene hielten und es besser hätten wissen müssen, und die trotzdem im Grundsatz das aufkeimende Elitedenken meines Bruders teilten, dass ich fairerweise seine Bigotterie für aufrichtig halten muss. Aber damals hatte ich eine rosige Meinung von der männlichen Natur. Nach einer solchen Episode kam mir das groteske und traurige Bild meines Vaters und Bruders im Vergleich zu Babamukuru und meinem Cousin in den Sinn. Ich wollte, dass mein Vater und Nhamo so aufrecht wären wie Babamukuru, aber sie schienen sich stets zu ducken. Dieses Bild war beängstigend. Ich nahm an, dass sie es auch sahen und es sie so quälte, dass sie wo immer möglich jemanden schikanierten, um überhaupt wahrgenommen zu werden. Denn aus dem Geschichtsunterricht meiner Großmutter wusste ich, dass mein Vater und Bruder schmerzlich unter dem Fluch der bösen Zauberer litten.

Babamukuru, das wusste ich, war anders. Er hatte dem Druck seiner Armut nicht nachgegeben. Mutig hatte Babamukuru ihm getrotzt. Durch harte Arbeit und Entschlossenheit hatte er den Fluch des bösen Zauberers gebrochen. Babamukuru war nun eine Persönlichkeit, die für sich selbst stand. Er musste niemanden schikanieren. Besonders nicht Maiguru, die so zerbrechlich und klein war, dass sie wirkte, als könne ein Windhauch sie fortblasen. Auch sah ich ihn nie Nyasha schikanieren. Meine Cousine war hübsch und mutig und gescheit. Man dachte bei Babamukuru nie an Schönheit oder Hässlichkeit, aber er war vollkommen würdevoll. Er musste nicht mehr kühn sein, denn er hatte sich viel Macht verschafft. Viel Macht. Viel Geld. Viel von allem.

Wenn man viel von allem hat, hat man ein gutes Gefühl, wenn man ein bisschen davon abgibt. Ich weiß das, denn als ich einmal ein *tickey* von Babamukuru erhielt, konnte ich in der Pause sechs *fet koeks* kaufen. Zwei davon gab ich meiner Freundin Nyari und fühlte mich wie eine Heilige. Deshalb war Babamukuru stets so nett und großzügig. Deshalb kaufte er seiner Frau und Tochter hübsche Kleidung und hielt das Geld für Nyashas Ausbildung bereit. Deshalb tat er für jeden, was er konnte, und in diesem Fall hatte er Nhamo für eine besondere Begünstigung auserwählt, so wie er von den guten Zauberern der Mission auserwählt worden war. Ich sah ein, dass Nhamo älter war und in der Schule weiter. Ich sah ein, dass ihn dies zum logischen Kandidaten für Babamukurus Vorhaben machte. Wenn er nicht betont hätte, dass es andere Kriterien gab, die mich von Anfang an disqualifizierten, hätte ich mich vielleicht für ihn gefreut. Aber er betonte es, und ich war wirklich sehr zornig.

Es kostete mich viel Energie, diesen Vorfall so tief zu begraben, dass er den Geschäften des Lebens nicht im Wege stand. Wie sich herausstellte, war ich darin nicht ganz erfolgreich, denn ich konnte mich nicht mehr überwinden, mit meinem Bruder zu sprechen. Ich hatte nicht bewusst beschlossen, ihn zu ignorieren. Es passierte einfach. Wie sehr ich mich auch bemühte, ich konnte einfach den Mund nicht öffnen, um mit ihm zu sprechen. Meine Mutter, die schon mit Rambanai schwanger war, betrübte das alles sehr.

»Was für böse Geister haben sich nun zwischen euch gestellt?«, schimpfte sie. »Wenn ihr verhext worden seid, sagt es uns, damit wir was tun können. Aber wenn es nur eure eigene

Verrücktheit ist, hört sofort auf damit!« Meine arme Mutter war sehr besorgt, denn vier Babys, drei davon Söhne, waren in der Zeit zwischen meiner Geburt und dieser neuen Schwangerschaft als Säuglinge gestorben. Es wurde geredet, dass jemand sie verhext habe, und sie hatte Angst, dass sie nur noch Fehlgeburten haben oder ganz unfruchtbar werden könnte. Die Gerüchte waren bösartig. Ein paar besonders übel gesinnte Leute, die etwas über die Familie meiner Mutter wussten, behaupteten, die jüngere Schwester meiner Mutter sei die Schuldige, Lucia, deren Blütezeit ohne eine Heirat vergangen war und die praktischerweise aufgefordert werden sollte, meinem Vater eine zweite Gebärerin zu werden. Als ich sah, wie sehr sich meine Mutter unseren Streit zu Herzen nahm, war ich nahe daran, mich mit Nhamo wieder zu vertragen, doch dann sagte er zu mir, weniger Denken und mehr Respekt würden mir guttun, und ich war froh, nicht nachgegeben zu haben. Schließlich verging mein Ärger, und ich hätte wieder mit ihm geredet, wenn ich dadurch nicht mein Gesicht verloren hätte. Als Babamukuru ihn abholte, war ich erleichtert, erstens, weil er weg war, und zweitens, weil ich nun reden konnte, mit wem ich wollte.

Ein weiterer Vorteil lag darin, dass er sich nicht in meine Versuche einmischen konnte, mich mit Nyasha anzufreunden. Babamukuru besuchte uns oft, mindestens jedes zweite Wochenende, manchmal an zwei aufeinanderfolgenden Wochenenden und auch während der Woche. Maiguru begleitete ihn meistens. Manchmal kam auch Nyasha mit. Sehr selten kamen sie alle, Nhamo und Chido eingeschlossen. Ich bemühte mich sehr, mit Nyasha zu reden. Ich zermarterte mein Hirn nach englischen Wörtern, die ich zu ihrem besseren Verständnis in die Sätze einfügen könnte, aber es half nichts. Sie lächelte auch nicht mehr. Die meiste Zeit über blieb sie bei Maiguru, zur großen Verärgerung von Babamukuru, und lehnte meine Einladungen ab, *pada* zu spielen oder einen Ausflug zum Nyamarira zu machen. Wenn sie sich doch von ihrer Mutter löste, verliefen unsere Spiele angespannt und schweigsam. Schließlich kam ich mir dumm vor und gedemütigt, weil ich so viel Wirbel um meine Cousine machte, aber es war schwer, sie in Ruhe zu lassen. Ich vermisste die forsche, überschäumende Kameradin, die nach England gegangen und von dort nicht zurückgekommen war. Und jedes Mal, wenn sie kam, war sie noch ein bisschen fader und farbloser, ihr Blick noch rätselhafter, als würde sie immer mehr Energie nach innen richten, um mit sich selbst Dinge zu klären, die nur sie gesehen hatte.

Eines Tages benahm Nyasha sich wirklich sehr schlecht. Sie kamen um elf Uhr früh an, in einer Jahreszeit, in der es im Garten wenig Gemüse gab. Aber wir hatten eine Milch gebende Kuh, so dass meine Mutter erleichtert war, als Nyasha, vor die Wahl zwischen Milch und Gemüse gestellt, sich für Milch entschied. Doch beim Mittagessen verzehrte sie Gemüse mit uns anderen. Als meine Mutter ihr die saure Milch anbot, die sie gewünscht hatte, wurde sie sehr mürrisch. Sie weigerte sich, irgend etwas zu essen, obwohl inzwischen alle ihr sehr besorgt und einfühlsam sagten, sie könne haben, was sie wolle. Meine Eltern hielten sie für ein schreckliches Kind. Sie machten daraus kein Hehl, nachdem Babamukuru und Maiguru zur Mission zurückgekehrt waren. Immer, wenn meine Verwandten von der Mission kamen, blieb ich in der Nähe von Nyasha und behielt sie im Auge. So bemerkte ich, dass sie uns alle beobachtete. Sie sagte wenig, aber manchmal bewegten sich ihre Lippen, um ein schwieriges Wort, das jemand benutzt hatte, zu üben. Sie war schweigsam und aufmerksam und beobachtete uns alle mit ihrem vielschichtigen Blick – was wir sagten, was wir taten, wie wir es sagten, wie wir es taten –, mit einer Intensität, die mich beunruhigte.

Als Nhamo am Ende des ersten Jahres mit Babamukuru nach Hause kam, war er offensichtlich nicht mehr derselbe. Sein Aussehen hatte sich enorm verändert. Er war um einige Zoll gewachsen und auch breiter geworden, nicht mehr klein und dürr, sondern fit und muskulös. Vitamine hatten seiner Haut eine glänzende Glätte verliehen, um einige Schattierungen heller als früher. Sein Haar fiel nicht mehr in Strähnen staubig zerzauster, gurkenförmiger Büschel; es war schwarz, ölig glänzend und glattgekämmt. Das war ja alles schön und gut, aber es gab eine schreckliche Veränderung. Er hatte sein Shona vergessen. Einige Worte entschlüpften unsicher, ungrammatikalisch und seltsam betont seinem Mund, wenn er mit meiner Mutter sprach – er sprach nur noch selten mit ihr. Mit meinem Vater sprach er fließend. Sie führten lange Unterhaltungen auf Englisch, das Nhamo in kleine, unregelmäßige Silben unterteilte und mein Vater in kleinere und noch rauere Phoneme zerhackte. Vater war sehr zufrieden mit Nhamos Beherrschung der englischen Sprache. Er sagte, dies sei der erste Schritt zur Befreiung unserer Familie, denn wir könnten alle unser Englisch an Nhamo üben. Aber er war der Einzige, der mit diesem unerklärlichen Zustand meines Bruders zufrieden war. Wir anderen sprachen Shona mit ihm, worauf er, wenn überhaupt, auf Englisch antwortete, wobei er bewusst langsam und vorsichtig sprach und jede Silbe ganz deutlich betonte, damit wir ihn verstünden. Das schränkte unsere Kommunikation auf banale, unwichtige Sachen ein.

Aber die Lage war nicht ganz hoffnungslos. Wenn ein wichtiges Thema aufkam, das wir ausführlich und eingehend besprechen mussten, kehrten Nhamos Shona-Kenntnisse – Grammatik, Wortschatz und Aussprache sowie alles andere – auf wundersame Weise für die Dauer der Diskussion zurück, um dann wieder rätselhaft zu verschwinden, sobald das Thema erledigt war. Je länger Nhamo bei Babamukuru blieb, desto sprachloser wurde er und desto überzeugter war mein Vater, dass er an Bildung gewann. Meine Mutter war erschrocken. Sie wusste, die Mission war ein christlicher Ort. Trotzdem waren die Leute dort für sie normale Leute. Sie glaubte, jemand in der Mission verhexe ihren Sohn, und war dafür, ein Medium aufzusuchen. Mein Vater beruhigte sie: »Wie soll der Junge sein Englisch verbessern, ohne es zu üben? Spricht er denn nicht mit uns, wenn er will? Er hat sich der Lernerei verschrieben. Wie Mukoma. Ganz verschrieben. Das ist alles.« Mutter sagte danach nichts mehr gegen Nhamos Sprache, aber sie blieb unglücklich. Sie wollte ihn gebildet sehen, vertraute sie mir an, aber noch lieber wollte sie mit ihm sprechen können.

So war Nhamo, als wir ihn an jenem Novembernachmittag 1968 zu Hause erwarteten. Ich habe erklärt, wieso ich nicht enttäuscht war, als er nicht ankam. Mutter war wie immer aufgeregt. »Dieser mein Sohn!«, seufzte sie. »Wenn er es vermeiden könnte, würde er nie nach Hause kommen.« Gehässig stimmte ich ihr zu.

Wir hatten zu Ende gegessen und uns gerade geeinigt, dass es für Babamukuru schon zu spät war, Nhamo nach Hause zu bringen, als ein Auto in den Hof ratterte, mit Scheinwerfern, die unsere rauchige Küche durch die Tür, die wir wegen der frischen Luft und der Kühle offenließen, erhellten. Netsai, die sehr liebevoll ist, war entzückt. »Mukoma Nhamo ist gekommen«, sang sie und hüpfte in den Hof hinaus. Mein Vater blies sich ein bisschen auf und folgte ihr lächelnd. Wir waren alle im Hof, als Babamukuru ausstieg. Er sah abgezehrt, müde und alt aus. Maiguru, genauso sorgenvoll, stieg auf der anderen Seite aus. Einen Augenblick lang wurde kein Wort gesagt. Babamukuru bemerkte nicht einmal Netsai, die seine Beine umarmte und ihn fragte: »Mukoma Nhamo, Babamukuru, wo ist Mukoma Nhamo?«

Ohne Vorwarnung drang eine schrille Wehklage meiner Mutter durch die dunkle Stille. »Fahrt zurück!«, schrie sie. »Fahrt zurück! Wieso macht ihr den weiten Weg, nur um mir zu sagen, was ich schon weiß!« Sie brach über der Motorhaube zusammen, glitt zu Boden, raffte sich auf und brach wieder zusammen. Maiguru ging zu meiner Mutter, um sie zu stützen, aber meine Mutter schob sie gewaltsam von sich. »Du willst mich stützen, du«, zischte sie. »Jetzt, wo es zu spät ist, kümmerst du dich darum. Du heuchelst. Du bist eine Heuchlerin. Zuerst hast du ihm die Zunge weggenommen, so dass er nicht mehr mit mir reden konnte, und jetzt hast du mir alles weggenommen, alles für immer weggenommen. Wieso schweigst du! Wieso sagst du nichts! Weil es wahr ist. Du hast ihn verhext, und jetzt ist er tot. *Pthuh!«* Sie spuckte auf Maigurus Füße. »Und du auch, Babamukuru! *Pthu!* Ich spucke auf dich! Du und deine Bildung haben meinen Sohn getötet.« Diesmal fiel sie zu Boden, ohne sich danach aufzuraffen. Sie wälzte sich, raufte sich die Haare und die Kleidung, und der Sand knirschte zwischen ihren Zähnen. Netsai begann zu weinen.

»Halte sie, Jeremiah«, sagte Babamukuru mit schwerer, leerer Stimme. »Es ist wahr. Wir bringen keine gute Nachricht.« Leise wehklagend half Maiguru meinem Vater, meine inzwischen stille, schlaffe und verwirrte Mutter in die Küche zu bringen.

Wehklagen. Ich erinnere mich an Wehklagen, die ganze Nacht hindurch: schrill, scharf, schimmernd, nadelige Geräusche, die tief und klar stachen, um den Schmerz hereinzulassen; nicht heraus.

In der Küche begann Babamukuru zu sprechen. »Es bleibt nichts anderes übrig, als euch zu sagen, was geschehen ist. Der Junge klagte über einen Schmerz im Hals, einen leichten Schmerz, vor einigen Tagen.«

»Er hat mir am Dienstag zum ersten Mal gesagt, er fühle sich nicht wohl«, sagte Maiguru.

»Ja, es war am Dienstag«, fuhr Babamukuru fort. »Am Mittwoch ging es ihm nicht besser, also brachten wir ihn in unsere Missionsklinik. Der Arzt meinte, der Junge leide vielleicht an Mumps. Und wir konnten nicht sagen, ob der Verstorbene Mumps schon gehabt hatte oder nicht, also konnten wir dem Arzt darüber keine nützliche Information geben. Jedenfalls war sich der Arzt nicht sicher, aber er sagte, falls es Mumps sei, könnte es sich verschlechtern, so dass er beschloss, den Jungen zur Beobachtung dazubehalten. Das war Mittwochnacht. Am Donnerstagmorgen gingen wir ihn besuchen. Er sah nicht schlecht aus. Eigentlich sah er schon viel gesünder aus. Er sagte sogar, er wolle das Krankenhaus verlassen, aber der Arzt war mit der Heilung nicht zufrieden. Er wollte ihn mindestens noch einen Tag dabehalten. Ich habe eine telefonische Nachricht bei der Gemeindeverwaltung für dich durchgegeben, Jeremiah, dass Nhamo in die Klinik eingeliefert worden ist und dass ich dich heute Abend abholen würde, um dich hinzufahren. Bist du heute nicht zu den Geschäften gegangen? Hast du die Nachricht nicht erhalten?«

Die Schultern meines Vaters bebten. Er brachte kein Wort heraus.

»Auf jeden Fall«, fuhr Babamukuru fort, »sah er zu der Zeit nicht schlecht aus. Ich hatte dann einen Termin in der Stadt. Während ich fort war, erhielt meine Frau einen Anruf aus der

Klinik, dass der Zustand des Jungen sich verschlechtert habe und dass sie ihn ins Städtische Krankenhaus verlegen. Meine Frau eilte in die Klinik. Sie wollte ihn im Krankenwagen begleiten, aber als sie ankam, schwanden seine Kräfte schon. Er verstarb, noch ehe sie ihn in den Krankenwagen legen konnten. Das war die Nachricht, die ich erhielt, als ich um kurz nach acht wieder nach Hause kam. Ich bin sofort hergekommen.«

Babamukuru ergriff beide Hände meines Vaters. »Mein Herz weint mit eurem, aber wir können die Pläne des Himmels nicht begreifen«, sagte er, während er sich den Händen meiner Mutter zuwandte, »es gibt nur Einen, der es weiß. Er wird euch beschützen und trösten, wenn das Böse zuschlägt.«

»Ho-o-re!«, stöhnte mein Vater auf. »Du sagst die Wahrheit, Mukoma, aber heute haben uns neidische Geister überwältigt. Der Junge war gescheit, erfolgreich. Wieso sollte er von uns gehen, es sei denn, etwas wurde geschickt, ihn zu holen? Ha! Ich habe nicht geglaubt, dass so etwas geschehen könnte!« Er drückte die Hände auf sein Gesicht. »Was kann ich noch sagen, Mukoma? Es fehlen einem in solchen Augenblicken die Worte. Aber ich weiß, du hast dich um den Jungen gekümmert, als wäre er dein eigener gewesen. Jene im Himmel wissen, wieso er uns weggenommen wurde. Wir können nur hinnehmen, was geschehen ist.« Er stand auf. »Ich werde zu Samhungus Heimstätte hinuntergehen. Sie werden die Nachricht weiterverbreiten.« Tränen liefen ihm über das Gesicht. Er wischte sie nicht ab.

Beim Anblick meines weinenden Vaters und meiner jammernden Mutter, die sich in Maigurus Armen wiegte, wurde mein Panzer rissig. Netsai weinte vor Angst und Trauer, und Rambanai wachte auf, wimmerte und winselte. Ich war eher traurig für sie und nicht, weil ich etwas verloren hatte, denn mein Bruder war mir fremd geworden. Es tat mir nicht leid, dass er gestorben war, aber es tat mir um ihn leid, denn nach seinen Maßstäben war sein Leben durch und durch lebenswert gewesen.

»Wir können nichts anderes tun«, sagte meine Tante zu meiner Mutter, »als den Schmerz zu ertragen, bis er vergeht. Du musst den Schmerz seines Ablebens so ertragen wie den Schmerz seiner Ankunft.«

»Ich kann es nicht ertragen«, stöhnte meine Mutter. »Maiguru, halte mich. Ich werde auch sterben.«

Der Leichnam wurde am nächsten Tag von der Mission geholt und im Familiengrab neben meiner Großmutter und anderen Vorfahren bestattet. Nach einer angemessenen Zeitspanne warf Babamukuru erneut die Frage der Befreiung des Familienzweigs meines Vaters auf. »Es ist euer Unglück«, sagte er, »dass es kein männliches Kind mehr gibt, diese Pflicht zu übernehmen – die Aufgabe, diese Familie von Hunger und Not zu befreien, Jeremiah.«

»Es ist so, wie du sagst«, stimmte mein Vater zu. »Tambudzais Klugheit bei ihren Büchern ist nicht von Nutzen, denn letztendlich wird das alles Fremden zugutekommen.«

»Du hast recht, Jeremiah«, bemerkte mein Onkel, »aber ich werde nicht das Gefühl haben, meine Pflicht zu erfüllen, wenn ich die Familie deshalb vernachlässige. Ah, dieses Mädchen – *heyo,* Tambudzai – muss die Möglichkeit erhalten, noch etwas für die Familie zu tun, ehe sie in das Heim ihres Ehemanns geht.«

»Genau!«, stimmte mein Vater zu. »Sie muss diese Möglichkeit erhalten.«

Meine Mutter war tief betrübt, als mein Vater ihr sagte, was er und Babamukuru entschieden hatten.

»Du, Jeremiah«, sagte sie, und sie nannte ihn nur selten Jeremiah. »Du, Jeremiah, bist du verrückt? Hast du irgendein wildes Kraut gegessen, das dir in den Kopf gestiegen ist? So muss es sein, denn wie könntest du mir sonst so ruhig sagen, ich soll mein Kind an einen Ort des Todes schicken, an einen Ort, wo mein ältestes, lebendes Kind gestorben ist! Heute bist du irrsinnig! Sie wird nicht gehen. Oder möchtest du, dass ich auch sterbe? Die Sorge wird mich umbringen. Ich werde sie nicht gehen lassen.«

»Aber was soll sie tun?«, redete mein Vater auf sie ein. »Sie hat die *Standard Three* abgeschlossen. Sag mir, gibt es eine vierte Klasse in Rutivi? Kuedza ist zum Laufen zu weit. Wo soll sie die vierte Klasse machen?«

»Versuch nicht, mich für dumm zu verkaufen«, gab meine Mutter zurück. »Glaubst du etwa, ich habe nicht gehört, dass sie in der Schule eine vierte Klasse einrichten? Schreib sie in Rutivi ein, Jeremiah, denn ich sage dir, ich werde sie nicht gehen lassen.«

Mein Vater beließ es dabei, aber ich bin dann trotzdem zur Mission gegangen. Die Angst meiner Mutter war echt. In der Woche vor meiner Abfahrt aß sie kaum etwas, obwohl sie sich bemühte, und wenn sie etwas hinunterschlucken konnte, lag es ihr schwer im Magen. Als ich sie verließ, war sie so ausgezehrt und hager, dass sie kaum gehen oder gar in den Feldern arbeiten konnte.

»Ist Mutter krank?«, flüsterte die erschrockene Netsai. »Wird sie auch sterben?«

Netsai war erschrocken. Ich aber triumphierte. Babamukuru hatte meinen Weg gutgeheißen. Ich war bestätigt worden!

Vier

Wie kann ich die Empfindungen beschreiben, die mich überfluteten, als Babamukuru das Auto anließ und ich neben ihm auf dem Vordersitz saß, an jenem Tag, an dem ich von zu Hause fortging? Es war Erleichterung, aber noch mehr als das. Ich war mehr als aufgeregt und erwartungsvoll. Was ich an jenem Tag erlebte, war eine Abkürzung in Hinblick auf alles, was ich je für mich in Anspruch genommen hatte, die Umleitung auf Schnellstraßen, die mich zügig an mein Ziel führen würden. An meinem Horizont erschien nur ich, mein Fortgehen, mein Abschied. Es gab keinen Raum für das, was ich zurückließ. Mein Vater, so freundlich, so oberflächlich umgänglich wie immer, war bedeutungslos. Meine Mutter, meine besorgte Mutter war nicht mehr als ein weiteres Stück Szenerie, das beibehalten, selbstverständlich beibehalten werden musste, aber dennoch überflüssig war, ein Hindernis auf dem Weg hinaus. Und meine Schwestern: Nun, sie waren da. Sie beobachteten, wie ich in Babamukurus Wagen stieg, um grenzenlosen Horizonten entgegenzusausen. Sie mussten die wichtige Lektion lernen, dass Umstände nicht unveränderlich sind, dass keine Last so bindend ist, dass man sie nicht abschütteln könnte. Mir gebührte die Ehre, sie diese emanzipierende Lektion zu lehren. Ich beanspruchte die Ehre ganz, denn hier war ich, der lebende Beweis für diese Moral. Ich zweifelte nicht im Geringsten daran, dass es so war.

Als ich in Babamukurus Auto stieg, war ich ein Bauernmädchen. Man sah das auf den ersten Blick an meinem engen, verblichenen Kleid, das unschicklich meine reifenden Brüste betonte, und an meinen breitzehigen Füßen, an denen sich durch den täglichen Kontakt mit dem Boden bei jedem Wetter Schwielen gebildet hatten. Man sah es an der Art, wie sich dicke Hornhaut gebildet, sich dann verhärtet hatte und gesprungen war, so dass die Erde sich darin eingegraben hatte und sich nicht mehr abwaschen ließ. Man sah es an den runzligen schwarzen Schwielen an meinen Knien, den Schuppen auf meiner Haut, die vom Mangel an Öl herrührten, sowie an den kurzen, glanzlosen Haarbüscheln, die auf Mangelernährung hinwiesen. Das war die Person, die ich zurückließ. Bei Babamukuru erwartete ich, ein anderes Selbst vorzufinden, ein sauberes, gut gepflegtes, vornehmes Selbst, das zu Hause nicht hätte heranwachsen, nicht hätte überleben können. Bei Babamukuru würde ich Muße haben, ermutigt werden, mich mit Fragen zu beschäftigen, die das geistige Überleben, die Bewusstseinsbildung betrafen, nicht nur das reine Überleben des Körpers. Dieses neue Ich würde nicht geschwächt werden von rauchigen Küchen, von denen einem die Augen brannten und man chronische Bronchitis bekam. Dieses neue Ich würde nicht stöhnen müssen über offene Feuer, die entweder so wild aufflammten, dass das *sadza* anbrannte, oder so lahm flackerten, dass *mbodza* entstand. Auch würde es keine Abstecher zum Nyamarira mehr geben, dem Nyamarira, in dem ich so gerne badete und den ich durch den schmalen Spalt als Wasserfall herabstürzen sah, wenn wir Wasser holten. Diesen Nyamarira zu verlassen, diesen meinen fließenden, stürzenden, singenden Spielplatz, war schwer. Aber ich konnte nicht so tun, als würde ich ungern von den Wasserkanistern Abschied nehmen, deren Gewicht einem den Hals in die Wirbelsäule drückte, die schwer auf dem Kopf lasteten, selbst wenn man sich an sie gewöhnt hatte, und die ständig aufgefüllt werden mussten. Es tat mir nicht leid, die ermüdende Arbeit hinter mir zu lassen, Nyamariras kleine Nebenläufe auf die Gemüsebeete zu leiten. Natürlich war ich von diesen Lebensumständen für die absehbare Zukunft nur vorübergehend und nicht dauerhaft befreit, aber das war nicht das Entscheidende. Das Entscheidende war: Ich würde so gefördert werden, wie Babamukuru es für richtig hielt, und das hieß für mich damals: gut. Wenn ich eine so gute Entwicklung nehmen konnte, sah ich keine Gründe voraus, bei gelegentlichen Besuchen zu Hause Rückfälle zu erleiden.

Wäre in mir nicht so viel vorgegangen, hätte ich die Fahrt zur Mission genossen, in Erinnerung an das einzige andere Mal, als ich mit einem Wagen den Nyamarira überquert hatte, auf der mir zugewandten Seite des Inyanga Highway hinabgerollt war und den Christmas-Pass in der Entfernung aufragen gesehen hatte. Das war, als Mr. Matimba mich in die Stadt mitnahm, damit ich meine grünen Maiskolben verkaufen konnte. Ach, diese grünen Maiskolben! Auf der ersten Fahrt war ich ganz mit der Hoffnung beschäftigt gewesen, sie zu verkaufen, aber heute dachte ich an konkretere Dinge.

Meine Verpflanzung zog viele praktische Probleme nach sich, über die ich nachdenken musste, die alle miteinander verwoben waren und somit in einzelne, handliche Stücke aufgeteilt werden mussten. Es machte mir großen Spaß, zu überlegen, wo ich schlafen würde, denn es würde sicherlich nicht in einer rauchigen Küche sein, wo die Leute sich abends erholten, so dass man warten musste, bis alle sich zurückgezogen hatten, ehe man sich gemütlich schlafen legen konnte. Aber wenn nicht in der Küche, wo sonst? Wenn Nhamo die Wahrheit gesagt hatte, was ebenso wahrscheinlich wie unwahrscheinlich war, hatte er bei Babamukuru ein ganzes Zimmer für sich allein gehabt. Ein ganzes Zimmer für einen allein war zu viel verlangt, eine zu hohe Erwartung, und außerdem war ich nicht sicher, ob es mir Spaß machen würde, allein zu schlafen, ohne vor dem Einschlafen mit jemandem herumzublödeln, dessen Gegenwart einen bei bösen Träumen beruhigte. Doch es wäre auch anstrengend und beunruhigend, mit Nyasha ein Zimmer teilen zu müssen. Sie war mürrisch und wortkarg, und ich fühlte mich in ihrer Gegenwart unwohl, denn irgendetwas hatte den Funken in ihren Augen verlöschen lassen. Außerdem akzeptierte ich sie immer noch nicht. Ich war der

Ansicht, dass sie als Tochter von Babamukuru kein Recht hatte, unglücklich zu sein – das war an sich schon ein Segen. Und sie trug hübsche Kleider. Niemand hatte sie gezwungen, ihre Ausbildung zu unterbrechen, so dass sie jetzt, obwohl in meinem Alter, schon zwei Klassen weiter war. Schon deswegen hätten ihre Augen vor Dankbarkeit kräftig leuchten müssen, aber sie war nicht vernünftig genug, das einzusehen. Sie blieb undankbar, linkisch und ungezogen. Der Gedanke, in einem Zimmer mit Anna zu schlafen, Maigurus Hausmädchen, die zum Begräbnis von Nhamo zu uns gekommen war, um bei der Hausarbeit zu helfen, war erheblich angenehmer, wenn auch nicht ohne Probleme. Anna konnte reden und reden und reden, über alles und nichts. Das war nützlich, wenn man sich von deprimierenden Sachen wie Tod und Trauer ablenken wollte, aber wie würde es sein, wenn es um ernsthafte Angelegenheiten von bleibender Wichtigkeit, wie Mathematik und Geschichte, ging? Doch das waren kleine Sorgen. Wo immer ich schlafen würde, ich hätte sicherlich mehr als nur eine Decke für mich. Und da alles, was Babamukuru gehörte, dazu erzogen war, sich nicht abzunutzen, würden diese Decken dick und flauschig genug sein, selbst die Kälte der schlimmsten Juninacht abzuhalten. Ich würde nach dem Aufstehen nicht den Hof fegen und Wasser holen müssen, ehe ich zur Schule ging, obwohl es auf der Mission nichts ausgemacht hätte, wenn ich diese Dinge tun müsste, denn die Schule war in der Nähe, und man brauchte nicht jeden Morgen vierzig Minuten hinlaufen. Auch musste ich mir keine Sorgen mehr darum machen, dachte ich und lächelte vergnügt, dass meine Bücher mit Schmutz und Fettflecken verziert wurden wie in der Ecke des *chikuwa,* wo ich sie zu Hause aufbewahrte. Bei Babamukuru hätte ich ein Bücherregal. Meine Bücher würden in einem Bücherregal wohnen. Ich würde sie sauber halten. Auch meine Kleider würden sauber bleiben, fern von Feldarbeit und Rauch und Ruß. Auch würde man, um sie sauber zu halten, keinen zwanzigminütigen Weg zum Fluss zurücklegen, sie dort auf den Felsen waschen, ausbreiten und warten müssen, bis sie getrocknet waren, ehe man nach Hause zurückgehen konnte. Ich würde mich ohne große

Umstände sauber halten können. Laut Nhamo gab es im Haus Wasserhähne. Nicht nur draußen vor der Küche wie am Haus des Schuldirektors von Rutivi, sondern mittendrin im Haus, wo aus ihnen heißes und kaltes Wasser in eine Wanne floss, groß genug, um sich mit ausgestreckten Beinen hineinzusetzen. Um die Wanne zu leeren, musste man nur einen Stöpsel herausziehen, und das Wasser würde in den Boden abgluckern, durch ein Netz von Leitungen darunter. Zwar war es Nhamo nicht fremd gewesen, die Fantasie zu Hilfe zu nehmen, um Eindruck zu schinden, aber er zog doch Fakten vor, wo sie verfügbar waren. Diese Einzelheiten schienen Fakten zu sein. Ich konnte es nicht erwarten, den Komfort zu genießen, den mir Nhamo mit geduldiger, eindringlicher Genauigkeit geschildert hatte. Ich konnte sie nicht erwarten, die lustvollen Folgen einer nach Babamukurus Vorbild zu erwerbenden Ausbildung.

Bei seinen enthusiastischen Beschreibungen des Luxus und der Bequemlichkeit von Babamukurus Haus hatte Nhamo immer wieder refrainartig einen Satz gesagt: »Nicht einmal die Weißen«, hatte er in beeindruckend sinkendem Tonfall gejubelt, »nicht einmal die Weißen selbst könnten sich so etwas leisten!« So hätte ich auf die Pracht des Hauses und der Mission vorbereitet sein müssen, aber ich war es nicht. Ohne Erfahrungen zur Anreicherung meiner Fantasie hatten selbst die sorgfältigen Beschreibungen meines Bruders mir kein getreues Bild vom Haus meines Onkels vermittelt.

Das Grundstück war sehr groß, so groß wie unser Hof zu Hause. Es gab nur ein einziges Gebäude, Babamukurus Haus, wenn man nicht die abseits gelegenen Bauten dazuzählte, die sich als Schuppen, Garage und Unterkunft für die Dienstboten erwiesen. Zu Hause lagen an unserem Hof viele Gebäude, die alle einen bestimmten Zweck in unserem täglichen Leben erfüllten: die *dagga*-Küche, die ungefähr die Größe des Schuppens meines Onkels hatte, aber rund war; die *tsapi,* die klein war, vielleicht halb so groß wie Babamukurus Schuppen; die *hozi,* wo Nhamo in den Ferien, in denen er nach Hause kam, geschlafen hatte; und das Haus, aus roten Ziegeln erbaut, mit Glasfenstern und einem Wellblechdach. Wir hielten das Haus für ein sehr prächtiges Haus, nicht nur wegen der roten Ziegel, den Glasfenstern und dem Wellblech, die einfühlsam verkündeten, wer wir waren, sondern auch, weil es ein Wohnzimmer hatte, groß genug für einen Esstisch, vier passende Stühle, ein Sofa sowie zwei Sessel an der Seite. Es war ein prächtiges Haus, denn es hatte zwei Schlafzimmer, die vom Wohnzimmer abgingen, gut eingerichtet mit je einem Bettgestell und einer *koya*-Matratze sowie Schränken mit Spiegeln, die einst verlässlich gewesen waren, jetzt aber so matt waren, dass sie einem tückische alte Geister anstelle des eigenen Gesichts zu zeigen drohten. Meine Eltern schliefen in dem Schlafzimmer links vom Wohnzimmer. Das Bett und die Matratze gehörten meinem Vater. Meine Mutter sollte eigentlich auf der Bambusmatte am Boden mit ihren Babys schlafen, bis sie groß genug waren, zu mir in die Küche zu kommen, aber sie tat es selten. Meistens schlief sie in der Küche ein, und es war ihr dann zu umständlich, sich ins Haus zu begeben. Alle Frauen des Haushaltes schliefen lieber in der Küche, und obwohl es meinem Vater nicht gefiel, konnte er wenig dagegen unternehmen, ohne eine Szene zu machen. Dafür hatte er oft nicht die Energie.

Das andere Schlafzimmer im Haus war meist unbewohnt. Dort hatten Babamukuru und seine Familie geschlafen, wenn sie zu Besuch kamen, bevor sie nach England gingen. Aber da die Kinder nun erwachsen waren, schliefen Babamukuru und Maiguru allein dort. In meiner Umgebung, ehe ich in die Mission zog, galt unser Haupthaus eindeutig und zweifellos als feines, prächtiges Haus. Bei diesem Maßstab fiel es mir schwer zu begreifen, dass das Herrenhaus am Ende der Auffahrt mit dem Schild »14, HAUS DES SCHULDIREKTORS« wirklich das eigene Haus meines Onkels war. Zum Glück war das Schild da, so dass ich mich schon darauf freute, in einem so bedeutenden Haus zu wohnen, während wir noch die Einfahrt hochfuhren. Hätte ich es damals beschrieben, stünden viele Wörter wie »Palast« und »Schloss« in diesem Abschnitt. Ihr Fehlen bedeutet nicht, dass ich vergessen hätte, wie es war. Jener erste Eindruck von Größe war zu exotisch, um je zu verblassen, aber ich habe in den Jahren seitdem gelernt, Übertreibungen und illusionäre Höhenflüge zu unterlassen. Ich habe meinen Eindruck geschildert: Von nun an kann ich das Haus meines Onkels einfach so nennen – Haus.

Es war weiß gestrichen. Das war eine der weniger schönen Seiten des Hauses, auch eine der weniger vernünftigen Seiten. Es schien keinen einleuchtenden Grund zu geben, Zeit und Arbeit darauf zu verschwenden – von der Farbe ganz zu schweigen –, die fröhlichen roten Ziegel, die ich beim Ankommen sonst überall auf der Mission gesehen hatte, mit diesem klinischen, antiseptischen Weiß zu übertünchen. Natürlich gab es doch einen Grund dafür. Ich habe ihn von Nyasha erfahren, die alle möglichen Sachen wusste oder sich selbst zusammenreimte, wenn sie etwas nicht recht wusste. Dieses Haus, das Haus des Schuldirektors, war in der Frühzeit der Mission erbaut worden. Sie sagte, das sei um die Jahrhundertwende herum gewesen, zu einer Zeit, als die Missionare glaubten, nur weiße Häuser seien so kühl, dass man darin leben konnte. Gewissenhaft wurde dieser Glaube in die Tat umgesetzt. Weiße Häuser schossen überall auf der Mission in die Höhe. All diese weißen Häuser müssen wenig inspirierend gewesen sein für Menschen, deren Aufgabe es war, zu inspirieren. Auch hieß es, die Einheimischen reagierten auf Farbe, so dass die Missionare nach einiger Zeit anzunehmen begannen, Häuser würden auch dann nicht zu heiß, wenn man sie nicht weiß, sondern in Pastelltönen strich. Sie begannen ihre Häuser cremefarben, hellrosa, hellblau, hellgrün zu streichen. Nyasha liebte es, diese Stelle auszuschmücken. »Stell dir vor«, pflegte sie zu sagen, »wie hübsch es ausgesehen haben muss. Soviel Rosa und Blau inmitten von Weiß. Es muss so süß gewirkt haben, so anziehend.«

Später, viel später, bis fast zu der Zeit, als ich zur Mission kam, wurde sehr viel gebaut. Es mussten Häuser errichtet werden, um die Ernte ausgebildeter Afrikaner unterzubringen, die aus der Saat unzähliger Abendschulklassen gesprossen waren und an denen es jetzt nicht mangelte, da viele ehemalige Schüler zurückkehrten, um ihrerseits Lehrer zu werden. Vielleicht hatte man nicht genug Zeit für Feinheiten, vielleicht musste man die vielen

Leute so schnell wie möglich unterbringen; jedenfalls blieben die Häuser für die zurückgekehrten Lehrer dunkelrot.

Nyasha erzählte mir diese Geschichte mit schelmisch funkelndem Blick. Damals war ich wie ein Vakuum, alles aufsaugend, alles bewahrend, um es später zu prüfen. Heute bin ich froh, dass dieser kleine Absatz der Geschichte in Nyashas Version eine gute Geschichte abgibt, wahrscheinlich eine bessere als die Lektionen, die dieselben Missionare uns in der Missionsschule erteilten.

Als ich zur Mission kam, lebten die Missionare in den weißen und pastellfarbigen Häusern, nicht in den roten Ziegelhäusern. Mein Onkel war der einzige Afrikaner, der in einem weißen Haus lebte. Wir waren alle sehr stolz darauf. Nein, das stimmt nicht ganz. Wir waren alle stolz darauf, außer Nyasha, die stets für Gleichheit war und die Lehren von Unterdrückung und Diskriminierung, die sie in England aus erster Hand erfahren hatte, sehr ernst nahm.

Sobald das Auto bremste, um in die Auffahrt einzubiegen, gewann mein Leben an Geschwindigkeit. Ich brachte viel Leben in den paar Minuten unter, die es dauerte, langsam die Auffahrt bis zur Garage hinaufzufahren. Zuerst kam das Hochgefühl, als mir klar wurde, dass in dem eleganten Haus vor uns tatsächlich mein Onkel wohnte. Darauf folgte die Enttäuschung. Da gab es ein Gebäude, das genauso lang, wenn auch nicht so hoch war wie das Haus, so dass es gut ein Häuschen für sich hätte sein können, und ich meinte, ich hätte mich geirrt. Also würde ich doch nicht im Herrenhaus wohnen, und meine Stimmung sank rapide. Die glatte, steinlose Auffahrt verlief zwischen untersetzten, robusten Nadelbäumen auf der einen Seite und flammenden Kannalilien, scharlachrot und bernsteinfarben, auf der anderen. Solche Pflanzen hätten in die Stadt gehört. Sie gehörten auf die Seiten meines Sprachlehrbuches, in die Gärten des Onkels von Ben und Betty in der Stadt. Nachdem ich es dank Babamukurus Freundlichkeit nun selbst gesehen hatte, konnte auch ich daran denken, etwas aus reiner Freude einzupflanzen, nicht aus dem Zwang, den Körper zu erhalten. Ich nahm es mir vor: Ich würde Maiguru um ein paar Knollen bitten und zu Hause ein Beet mit diesen fröhlichen Lilien anlegen. Vor dem Haupthaus. Unserem Haus würde es gut bekommen, von lebhaften Blumen aufgeheitert zu werden. Leuchtend und lustig, nur zur Freude gepflanzt. Was für eine seltsame Idee das war. Es war eine Befreiung, die erste von vielen, die auf meinen Umzug in die Mission folgten.

Dann fand ich heraus, dass Nhamo nicht gelogen hatte. Babamukuru war wirklich ein konsequenter Mann, wie immer man ihn auch beurteilte. Das alte Gebäude, das mich enttäuscht hatte, erwies sich als Garage. Es war zur Unterbringung von Autos, nicht von Menschen, gebaut! Nhamos Lobeshymnen hallten mir noch in den Ohren; jetzt klangen sie verhängnisvoll. Die Sätze sagten mir etwas, das ich nicht wissen wollte. Babamukuru war nicht der Mensch, für den ich ihn gehalten hatte. Er war reicher, als ich es für möglich gehalten hatte. Er war über Bücherwissen hinaus gebildet. Und er hatte es allein geschafft. Er hatte sich trotz des drückenden Gewichts des weißen Mannes hochgearbeitet, ohne dass ein Verwandter ihm dabei geholfen hatte. Wie hatte er es geschafft? Und nachdem er es erreicht hatte, wer war er nun? Ein Abgrund tat sich auf. Es führte keine Brücke darüber; spitze Zacken, so scharf wie Speere, bedeckten den Boden. Ich fühlte mich für immer von meinem Onkel getrennt.

Es wurde alles sehr deprimierend und verwirrend. Zuerst war ich enttäuscht, weil ich meinte, die Garage sei Babamukurus Haus, nun war ich besorgt, weil sie es nicht war. Zum ersten Mal sah ich mögliche Endpunkte meiner Flucht, die überhaupt nicht glückversprechend waren. Ich schalt mich, weil ich mich überhaupt so weit vorgewagt hatte. Hatte ich nicht gewusst, fragte ich mich, dass Babamukuru ein großherziger Mann war? Das machte aus mir noch nichts Besonderes. Ich verdiente es nicht einmal. Ich hatte mit der Güte meines Onkels nichts zu tun. Er hätte jeden armen Verwandten in Not aufgenommen, und als Beweis dafür war ich hier, nur weil mein Bruder gestorben war.

Hatte ich wirklich geglaubt, überlegte ich mit Verbitterung weiter, dass diese meine Verwandten aus einer anderen Welt tatsächlich mit jemandem, der so unwissend und schmutzig war wie ich, zusammenleben könnten? Ich, die so unwissend war, dass ich die Zeichen nicht erkannt hatte: ihre Kleider, die es nicht wagten, zu zerfallen oder zu eng zu werden, trotz ihrer wohlgenährten Körper, oder ihr Akzent, der ebenmäßig und glatt war und in dem ihnen die Wörter von den Zungen fielen wie Edelsteine. All diese Zeichen verkündeten ganz selbstverständlich, dass wir nicht von der gleichen Art waren. Ich verdiente es zu leiden, drohte ich mir an, denn ich war zu stolz gewesen, um zu erkennen, dass Babamukuru nur deshalb so wohltätig zu unserem Zweig der Familie war, weil wir so niedrig standen. Er war wegen des Unterschiedes freundlich.

Mit einem Seufzer rutschte ich in einen Sumpf von Selbstmitleid. Mein empfindlich eingestelltes Überlebenssystem gab sofort Alarm – ich sollte diese Falle vermeiden, aber ich war verloren. Ich sah keinen anderen Fluchtweg als zurück nach Hause. Aber ich wusste, das würde mir nicht helfen, denn ich brannte vor Verlangen, von dort zu fliehen. Ich versuchte schließlich, meinen Zustand zu verbessern. Ich schalt mich sehr, weil ich Babamukurus Sorge um die Familie und mich nicht genug würdigte. Ich versuchte mir Mut zu machen, indem ich mir meine hervorragenden künftigen Noten vorstellte; darauf kam es an, deshalb war ich überhaupt zur Mission gekommen. Ich muss angesichts meiner befremdlichen, einschüchternden neuen Lage mehr verängstigt gewesen sein als mir bewusst war, denn keine dieser Taktiken funktionierte. Ich kletterte weit weniger hoffnungsvoll aus dem Auto, als ich eingestiegen war, und folgte Babamukuru unsicher zum Haus.

Ein riesiger, haariger Jagdhund tauchte aus dem Nichts auf. Er sprang mich plötzlich an und erschreckte mich zu Tode. Seine schwarzen Lippen schürzten sich und zeigten gefährliche Schneidezähne, die spitz aus dem Zahnfleisch ragten, das schwärzer war als die Lippen. Die Ohren hatte er so eng angelegt, dass seine Augen zu dämonischen Schlitzen verzerrt waren. Sein plötzliches Erscheinen machte ihn noch unheimlicher. Ich konnte mich nicht beherrschen. Ich schrie auf, was den Köter reizte zu bellen und seinen rosaäugigen Gefährten herbeizurufen. Dieser Albinohund war noch beunruhigender. Alles an ihm war entweder rosa oder weiß. Sein Zahnfleisch war so rosa, dass es meiner verstörten Fantasie nicht schwerfiel, mir Blut vorzustellen, das durch die Haut des Tieres sickern und seine fahlen Zähne rot färben würde. Ich befand mich in einem schlimmen Zustand, sonst hätte ich die Ketten bemerkt, mit denen sie an die Hundehütte und ihren Zwinger gebunden waren. Für mich waren es losgelassene, wilde Wächter dieses Königreichs, eines Königreichs, das ich nicht hätte betreten sollen. Ihre Gier nach meinem Blut war berechtigt: Sie wussten, ich gehörte nicht hierher.

Anna rettete mich. »Wenn sie losgebunden wären«, rief sie mir fröhlich zu, als sie um das hintere Ende des Hauses bog, um mich begrüßen zu kommen, »hätten sie dich schon zerfleischt. Willkommen, Tambu, willkommen. Es ist schön, dich wiederzusehen. Deshalb sind sie angebunden, die Hunde. Mit denen spielt man besser nicht.«

Angebunden … angebunden … Ach, sie waren ja angebunden! Die Dinge rückten sich wieder zurecht. Ich sah die Ketten und den Zaun. Meine Beine trugen mich wieder, meine Sprache kehrte zurück. Ich lachte nervös und versuchte Anna zu sagen, wie dumm es von mir gewesen war, nicht zu erkennen, dass ich vor ihnen sicher war, aber niemand musste viel reden, wenn es Anna gab. »Was ist mit dem Gepäck? Wo ist es?«, schnatterte sie los. »Aber manchmal sind sie nicht angebunden – stell dir das vor! Weil sie abhauen und wir sie nicht finden können. Wenn das passiert, ha-a! Mich findest du nicht draußen, nicht einmal, um die Wäsche aufzuhängen. Aber es ist schön, dass du gekommen bist. Ich habe an dich gedacht. Komm rein, komm rein«, sagte sie einladend und hielt mir die Hintertür auf.

Ich war kaum durch die Tür, als Nyasha mich mit einer riesigen Umarmung, die ich verstand, und einem Kuss auf beiden Wangen, was ich nicht verstand, überfiel. Sie war sehr aufgeregt, mich zu sehen, sehr erfreut, wie sie sagte. Ich war überrascht, sie in so guter Laune vorzufinden, angenehm überrascht, denn dies war nicht die Cousine, auf die ich mich vorbereitet hatte. Ich umarmte sie ebenfalls und sagte ihr, auch ich hätte mich auf sie gefreut. Plötzlich meinte ich es so.

Nyasha hatte viel zu erzählen, und Anna verschwand, um Maiguru von meiner Ankunft zu berichten. Sie sei gerade dabei, ihrem Bruder einen Kuchen zu backen, sagte Nyasha, denn er müsse am nächsten Tag in sein Internat zurück. Der Kuchen musste nur noch in den Ofen, das Wetter war heiß: Der Kuchen würde in der Schüssel aufgehen und auf dem Backblech zusammenfallen, wenn man ihn nicht sofort hineinschob. Anna würde mir zeigen, wo ich hin müsse. Nyasha verschwand in die Küche und nahm einen Teil der Sicherheit mit, die ihre herzliche Begrüßung mir gegeben hatte. Ich fing wieder an, die schlechten Manieren meiner Cousine zu missbilligen, und hoffte, dass sie sich nicht weiter so benehmen würde, denn in den wenigen Minuten unseres Gesprächs hatte ich gespürt, dass ich hier auf der Mission meine alte Freundin zurückgewinnen konnte.

Sie war sehr damit beschäftigt, ein Kuchenblech einzufetten, mit Mehl zu bestreuen und danach den Teig hineinzugießen. Da ich nicht aufdringlich sein wollte, schaute ich mir die Küche genau an. Damals kam sie mir sehr kompliziert vor. Aber wenn ich mich jetzt zurückerinnere, sehe ich, dass der Herd nur drei Platten hatte, keine davon mit einem Ring, dass der Teekessel nicht elektrisch war; dass es sich bei dem Kühlschrank um ein sperriges, paraffingetriebenes Stück handelte. Der Linoleumboden war alt, sein blauweißes Muster abgetreten, mit roten Flecken, wo die Farbe abgegangen war, und schwarzen Flecken, wo an den Rändern Füße den alten Boden wieder freigelegt hatten und wo Wasser von Händen und Gemüse und Geschirr getropft war, bis ein fester, schwarzer Knies entstand. Das Küchenfenster hatte keine Gardinen; eine Fensterscheibe fehlte. Diese fehlende Scheibe machte viele Probleme, denn es zog kräftig durch die Öffnung, wodurch die Temperatur des Ofens absank, so dass Brötchen und Kuchen nie ganz locker wurden, es sei denn, man machte die Tür zu und sorgte dafür, dass keiner sie öffnete, damit es nicht zog. Das zerbrochene Fenster, der Durchzug und seine Folgen waren besonders ärgerlich für Maiguru.

»Erstaunlich!«, murmelte sie vor sich hin, wann immer sie sich mit den Temperaturen des Ofens abkämpfte. »Man sollte meinen, dass Menschen die Zeit finden, die Fenster in ihrem eigenen Haus zu reparieren. Aber nein. Ts! Erstaunlich.«

Später, als Erfahrung meinen Blick für solche Dinge geschärft hatte, sah ich, dass die Farben nicht zusammenpassten. Die grünen und rosa Wände – es war damals Mode, Wände eines Raumes in verschiedenen Farben zu streichen – sowie die Töne des Bodens bissen sich. Doch es gefiel mir, dass die Küche sauber war. Was man an Schmutz vom Linoleum entfernen konnte, wurde regelmäßig mit einem starken Ammoniakreiniger weggeschrubbt, was wirkungsvoll war, aber die Hände viel rissiger machte als in Wasser aus dem Nyamarira gelöste Asche. Die Emaille des Herds und das Plastik des Kühlschranks glänzten zwar nicht, aber sie waren weiß, und die Küchenspüle schimmerte in einem Grauton. Dieser Mangel an Leuchtkraft rührte, wie ich später nach Auftauchen des Fernsehers in der Mission erfuhr, vom Gebrauch von Scheuerpulvern her, die zwar den Haushalt zu 99 Prozent desinfizierten, aber zu scharf waren und die feinen Oberflächen zerkratzten. Als ich das herausfand, begriff ich, dass Maiguru, die in England ferngesehen hatte, wissen musste, dass diese Scheuermittel den Glanz trübten und dass sich mit sanfteren Alternativen der Glanz erhalten ließ. Zu dieser Zeit wusste ich auch schon etwas über Haushaltsgeld, vor allem über dessen Begrenztheit. Es wurde mir klar, dass Maigurus glanzlose Spüle nicht eine Folge von Schlampigkeit war, wie die Werbung uns glauben machen wollte, sondern von Geldmangel. Anna kam zurück mit der Nachricht, dass Maiguru sich ausruhe. Es würde ein bisschen dauern, bis sie aufgestanden sei und sich angezogen habe. Anna führte mich ins Wohnzimmer, wo ich auf meine Tante warten sollte.

In der Hoffnung, dass meine Tante nicht wegen einer Krankheit zu dieser Tageszeit das Bett hüten musste, folgte ich Anna ins Wohnzimmer, wo ich es mir auf dem Sofa bequem machte. Es war unmöglich, zu übersehen, dass das Sofa doppelt so groß, tief und weich war wie unseres zu Hause. Ich betrachtete meine Umgebung genau, prägte mir den Stil, das Material und die Formen der Möbel ein, Farben und Anordnung. Meine Ausbildung hatte bereits begonnen, und ich prüfte Maigurus Wohnzimmer mit pragmatischem Blick: Eines Tages würde ich ein solches Heim besitzen; ich würde wissen müssen, wie man es einrichtet.

Da ich das Haus meines Onkels durch die Hintertür betreten hatte und sich der Glanz von der Küche über das Esszimmer bis zum Wohnzimmer gesteigert hatte, entging mir die ganze Eleganz dieses Wohnzimmers, mit seinem Teppich aus dickem grünem Velour, geschmackvoll grün- und goldgesprenkelt und passend zu den blassgrünen Wänden (der Mode entsprechend war eine etwas heller als die drei anderen). Die schweren goldenen Vorhänge, die üppig bis zum Boden flossen, die vierteilige Polstergarnitur, bezogen mit glänzendem braunem Samt, die Lampen mit ihren Quasten, die glänzenden Bücherschränke mit ledergebundenen Bänden voller Gelehrsamkeit verloren ein bisschen, aber nur ein kleines bisschen, von ihrer Wirkung.

Wäre ich direkt von der Auffahrt über die Veranda und die Vordertür eingetreten wie die Besucher, die es zu beeindrucken galt, hätte die geschmackvolle, gedämpfte Eleganz des Raums mir den Atem geraubt. Aber nachdem ich schon die Küche und das Esszimmer gesehen hatte, das um einiges schicker war als die Küche, mit leuchtendem neuem Linoleum, das jeden Quadratzentimeter des Bodens bedeckte und so fachmännisch verlegt war, dass man die Nahtstellen zwischen den Bahnen kaum sah, war ich schon etwas besser auf das Folgende vorbereitet. Zum Glück, denn die Opulenz des Wohnzimmers hätte mich sonst überwältigt. Ich weiß noch, dass ich etwas eingeschüchtert war von dem Esszimmer mit seinem großen ovalen Tisch für acht Personen in der Zimmermitte. Dieser Tisch, seine Form und Größe, sagte viel aus über die Menge, den Kaloriengehalt, die Vitamine und Mineralien, das Verhältnis von Fett, Kohlehydraten und Eiweiß in dem Essen, das hier verzehrt wurde. Wer an so einem Tisch aß, musste einfach fett und gesund werden. Neben einem Fenster – und es gab mehrere Fenster mit einfachen, vernünftigen Jalousien und nüchternen blauen Baumwollvorhängen – stand eine Vitrine. Glänzend und dunkel wie der Tisch, enthielt sie auf grünen Glasplatten das zierlichste Porzellan, das ich je gesehen hatte – feine, lichtdurchlässige Tassen und Untertassen, Teekannen, Kännchen und Schüsseln, alle mit Rosen bedeckt. Rosa und Weiß, Gold auf Weiß, Rot auf Weiß. Rosen. Altenglische Rosen, Teerosen, britische Rosen. Dieses Teeservice sah so zerbrechlich aus, als müsse es sofort zerfallen, wenn man Tee hinein goss oder einen Teller mit einem Rosinenbrötchen belastete. Kein Wunder, dass man es weggeschlossen hatte. Ich hoffte inbrünstig, man werde von mir nicht erwarten, davon zu essen oder zu trinken. Zu meiner Erleichterung fand ich im Laufe der Zeit heraus, dass alle ein bisschen Angst vor diesem entzückenden, teuren und zerbrechlichen Teeservice hatten, so dass es nur bewundert und den Gästen stolz vorgeführt wurde.

Jede Ecke von Babamukurus Haus – jede schimmernde Oberfläche, jede sanfte Kontur und Falte – kündete unaufdringlich von Komfort, Wohlbehagen und Ruhe; so verlockend, so verführerisch, dass es mein Niedergang gewesen wäre, dem allem Aufmerksamkeit und Gedanken zu widmen. Die einzige Alternative war, es zu ignorieren. Ich benahm mich so überlegen und unbeeindruckt wie nur möglich.

Das war nicht einfach, denn meine Tante brauchte lange, um aus ihrem Schlafzimmer zu kommen. Ich nutzte diesen Aufschub gut, indem ich mir meine Verteidigung zurechtlegte. Ich musste nur an meine Mutter denken, mit Netsai und Rambanai im Hintergrund, um mir zu vergegenwärtigen, wie und wieso ich zur Mission gekommen war. Und nachdem ich erlebt hatte, wie leicht das geschehen konnte, urteilte ich milder über meinen Bruder. Stattdessen wurde mir bewusst, wie wichtig es war, standhaft zu bleiben. Um sicherzugehen, dass ich meine Meinung über Nhamo nicht aus Schwäche und Sentimentalität geändert hatte, betrachtete ich erneut meine Umgebung, um einzuschätzen, ob sie wirklich mächtig genug war, einen so vernichtenden Einfluss auf ihn auszuüben, wobei ich mich erneut all den möglichen Folgen aussetzte. Ich siegte. Ich war nicht verführt.

Man könnte vielleicht meinen, dass es keine wirkliche Gefahr gab, dass es nur Zimmer waren, eingerichtet mit den Accessoires aus den einheimischen Nachahmungen britischer Zeitschriften über Innenarchitektur, und somit nicht bedrohlich. Aber die Situation war wirklich nicht so einfach. Obwohl es mir damals unklar war und ich meine Lage nicht so hätte beschreiben können, war die wahre Situation folgende: Babamukuru war Gott, also war ich im Himmel angekommen. Ich lief Gefahr, ein Engel zu werden, oder zumindest eine Heilige, und zu vergessen, wie normale Sterbliche lebten – von einer Minute zur anderen, von der Hand in den Mund. Das Fehlen jeglichen Schmutzes bewies, dass mein neues Heim überirdisch war. Ich wusste, hatte immer gewusst, dass Leben schmutzig war, und diese Tatsache hatte mich enttäuscht. Ich hatte meiner Mutter oft geholfen, den Küchenboden neu mit Dung zu glätten. Ich wusste zum Beispiel, dass Zimmer, in denen Leute schliefen, ganz bestimmte menschliche Gerüche absonderten, so wie der Ziegenpferch nach Ziege roch und der Kuhkral nach Rind. Es war unter jüngeren Mädchen in der Schule allgemein bekannt, dass die älteren Mädchen bei der Menstruation alte Lumpen verwendeten, diese dann wuschen, erneut benutzten und wieder wuschen. Auch wusste ich, dass die Menstruation an sich ein beschämend unsauberes Geheimnis war und man darauf achten musste, die reinen männlichen Ohren nicht mit unbedachten Anspielungen auf solchen Schmutz zu verunreinigen. Und doch war es auf den ersten Blick nicht möglich, in Maigurus Haus Schmutz zu erkennen. Nach einer Zeit der Eingewöhnung begann ich zu erkennen, dass die antiseptische Sterilität, nach der meine Tante und mein Onkel strebten, nicht über eine illusorische Stufe hinaus durchzusetzen war, denn die Busse, die nach einem festen Fahrplan fast pünktlich vorbeifuhren, ließen Wolken feinen roten Staubs aufsteigen, der hinterhältig in alle Ecken drang und sich auf den offenen Flächen der Zimmer, auf Sesseln und Bücherregalen niederließ. War der Staub sichtbar, wurde er weggewischt, aber es blieb immer genug von ihm übrig, um einem in die Nase zu kriechen, so dass man Heuschnupfen bekam und daran erinnert wurde, dass man sich doch nicht im Himmel befand.

Während ich mich schnäuzte und mir mit dem Handrücken die Nase abwischte, gewann ich an Zuversicht, dass ich nicht werden würde wie mein Bruder.

Ein schrilles, schauderhaftes Geheul riss mich abrupt aus meinen Träumen; meine Achselhöhlen kribbelten, und ich hatte einen bitteren Geschmack im Mund. Es heulte und bebte zehn Sekunden lang, während derer mir Bilder von Hexen und Hyänen und ihr höllisches Lachen durch den Kopf huschten. Ich hatte nicht die Zeit, mich zu ängstigen, denn ich brauchte all meinen Verstand, um die mir in der Mission gebotenen Chancen zu nutzen. Also ärgerte ich mich über mich selbst, weil mich alltägliche Geräusche der Mission so überrumpelten, und über die Mission, weil sie solche Geräusche zuließ. Ganz bewusst lässig, mit geballten, feuchten Händen, obwohl ich niemanden außer mir selbst mit solchem Mut beeindrucken konnte, stand ich auf und spähte durch das Fenster nach den Folgen dieses schauderhaften Geheuls. Zwischen den Jakarandas und Kautschukbäumen meines Onkels glänzten in der Abendsonne in einiger Entfernung die hellgrünen Schulgebäude, und Internatsschüler schlenderten oder gingen oder liefen zum größten dieser Gebäude – zur Beit Hall, wie ich später erfuhr. Die Jungen trugen die üblichen khakifarbenen Hemden und Hosen, die Mädchen dunkelblaue Trägerröcke mit Gürteln über hellblauen Blusen.

»Die müssen jetzt zur Versammlung«, sagte Anna glucksend vom Esszimmer her. »Wir hatten ein bisschen Ruhe während der Ferien, aber jetzt fängt es wieder an. Grauenvoll, nicht? Als ich das zum ersten Mal hörte, trocknete mein ganzer Körper aus. Ganz erstarrt war ich. Wie aus Rinde. Diese Sirene! Aber man gewöhnt sich daran.«

»Du bist ganz versessen auf die Schule, oder?«, scherzte Maiguru von der Tür gegenüber dem Fenster. »E-e-h! Sisi Tambu«, sagte sie lächelnd und kam mit nach vorn abgewinkeltem Arm und nach oben gekehrter Handfläche auf mich zu, die sie dann nach unten schwang, so dass ich gezwungen war, ihr zur Begrüßung auf die Handfläche zu klatschen, wie man Freunde oder Gleichaltrige begrüßt. »Du bist also angekommen, Sisi Tambu.

Das ist gut. Ich habe immer das Gefühl, dass etwas mit meinem Haus nicht stimmt, wenn die Verwandten von Babawa Chido mich nicht besuchen wollen.«

Maiguru war zu bescheiden. Ich gab mir größte Mühe, sie zu beruhigen. »Denk so was ja nicht, Maiguru. Jeder kommt sehr gern hierher. Wenn sie könnten, wären sie täglich hier.«

Maiguru lächelte wehmütig und gewann dann ihre gute Laune wieder. »Dann ist alles in Ordnung«, sagte sie. »Aber bei manchen Leuten kann man nie wissen. Man sieht sie still weggehen und glaubt, sie seien zufrieden, aber was sie später sagen, ist eine ganz andere Geschichte.«

»O nein, Maiguru«, beeilte ich mich zu sagen, »ich habe nie einen Schlechtes sagen hören. Sie sind stolz auf dich. Sie sagen, du arbeitest so hart für sie.« Dann begrüßte ich sie. Dazu musste man sich, auf den Boden setzen. Ich setzte mich auf meine Unterschenkel und klatschte in die Hände. *»Nya-masheme,* Maiguru. Wie geht es dir?«

»Wir sind alle gesund und guter Dinge«, antwortete Maiguru. »Aber steh auf, Kind, und setz dich gemütlich aufs Sofa.« Maiguru rief Anna und bat sie, Tee zu bringen. Während wir darauf warteten, erkundigte sie sich nach meiner Mutter, in einem Ton, der ihr Mitgefühl klarer ausdrückte als ihre Worte. Ich antwortete so knapp, wie es eben noch höflich war, denn ich redete ungern darüber. Ich zog es vor, meine Gedanken über die Lebensumstände meiner Mutter für mich zu behalten.

Anna brachte ein Tablett mit Teegeschirr herein. Es gab da Kannen und Kännchen und Tassen und Untertassen, alle mit einheitlichem Blumenmuster, einen kleinen Löffel für den Zucker und zwei weitere für Maiguru und mich, um den Tee umzurühren. Es war alles sehr ungewöhnlich und vornehm. Zu Hause kochten wir das Wasser zusammen mit der Milch auf, wenn wir überhaupt Milch hatten, und gaben dann die Teeblätter hinzu. Maiguru hob einen runden, löffelähnlichen Gegenstand hoch und goss mir Tee ein.

»Was hat dich belustigt, Sisi Tambu?«, fragte sie angesichts eines Lächelns, das über meine Lippen huschte.

»Dieses kleine Sieb, Maiguru. Ist das wirklich dazu da, den Tee zu sieben?«

»Das Teesieb?«, antwortete meine Tante. »Hast du noch nie eins gesehen? Man könnte den Tee sonst nicht trinken. Er wäre voller Teeblätter.«

Dieses Teesieb war also eine weitere Notwendigkeit, ohne die ich bislang ausgekommen war. Maiguru war scheinbar der Ansicht, es sei unbedingt notwendig. So hätte ich das nicht gesehen. Interessant, ja, aber unbedingt notwendig? Und man stelle sich vor, für so ein kleines Sieb, das nur für Tee zu gebrauchen ist, Geld auszugeben! Wenn ich wieder daheim wäre, würde ich prüfen, ob ohne Sieb zubereiteter Tee wirklich weniger gut schmeckte.

Es gab auch Essen, viel Essen. Kekse und Kuchen und Marmeladenbrote. Maiguru bot mir davon an, aber die Wahl war schwierig, denn alles sah so appetitlich aus. Es gab zu Hause nur selten Kuchen. Eigentlich konnte ich mich nur zu Weihnachten oder Ostern an Kuchen erinnern. Dann brachte Babamukuru einen riesigen Sambesi-Kuchen mit nach Hause und schnitt ihn vor unseren erwartungsvollen Blicken auf, während die Kinder es kaum erwarten konnten, dass er davon austeilte. Er tat dies stückchenweise, so dass wir noch Tage später, wenn die Köstlichkeit längst nicht mehr frisch war, hingerissen waren. Wir verbrachten viele glückliche Augenblicke damit, an dem Kuchen herumzupicken, zuerst an den weißen Kokosnussstückchen und dann am rosa Zuckerguss und schließlich an dem herrlich goldenen Kuchen selbst. Wir knabberten so kleine Stückchen davon ab, dass wir kaum etwas schmeckten, uns aber dafür diebisch freuten, dass wir noch etwas hatten, wenn die anderen schon fertig waren. Kekse waren genauso ein Schmaus wie Kuchen, besonders die zierlichen süßen Kekse mit Cremefüllung und Schokoladenglasur. Marmelade war eine weitere Delikatesse, die es nur an Feiertagen gab.

Maiguru hatte meine Gedanken wohl aus meinem Mienenspiel und Zögern erraten. Herzlich lud sie mich ein zu essen, worauf ich Lust hätte, sogar von allem. Da ich nicht wollte, dass mich meine Tante für gierig hielt, musste ich noch zurückhaltender sein als sonst, also wählte ich einen kleinen Keks, der nicht einmal mit Creme gefüllt war, und biss ein Stückchen ab, um nicht gleich wieder etwas nehmen zu müssen. Das beunruhigte Maiguru. Meine liebe kleine Tante, die gerne verwöhnte, bezog meine Schüchternheit auf sich.

»Hättest du lieber Mozoe, Sisi Tambu? Oder Fanta? Vielleicht Ginger Ale? Wir haben alles. Sag mir nur, was du möchtest.«

Ich beeilte mich, sie mit einem großen Schluck Tee zu beruhigen. An Emailbecher gewöhnt, die einen vor zu heißem Tee warnten, noch ehe die Flüssigkeit den Mund erreichte, verbrannte ich mir mit dem kochend heißen Tee die Zunge. Es tat höllisch weh. Meine Augen tränten und meine Nase lief. Hustend und prustend setzte ich meine Tasse wieder ab.

»Was stellst du mit ihr an, Mum? Sie wird gleich anfangen zu weinen«, fragte Nyasha, die gerade ins Wohnzimmer hüpfte, mit Mehl bestäubt und Backdüfte ausströmend.

»Geh dich waschen, Nyasha. Sag deiner Cousine guten Tag«, ordnete Maiguru an.

»Hallo«, sagte meine Cousine fröhlich quer durchs Zimmer.

»Nyasha!«, sagte Maiguru nachdrücklich.

»Ich habe sie schon begrüßt, bevor du gekommen bist«, rief Nyasha im Hinausgehen und verschwand in den Tiefen des Hauses. »Außerdem«, schloss sie spitz, »muss ich mich doch waschen.«

Es war wirklich sehr traurig, dass Maiguru, der Inbegriff von Höflichkeit und guter Erziehung, so eine unbeherrschte Tochter hatte. Es war beschämend, dass Nyasha meinte, sie könne sich ihrer Mutter gegenüber alles erlauben. Ich wusste nicht, wo ich hinschauen sollte.

»Sie sind zu europäisiert«, erklärte Maiguru mit einem kleinen Lachen, so dass man schwer beurteilen konnte, ob sie Nyasha deswegen kritisierte oder mich, die solche Eigenarten nicht aufwies. »Sie haben diese respektlosen Angewohnheiten in England aufgeschnappt«, fuhr sie im Plauderton fort, »und sie brauchen einige Zeit, um wieder zu lernen, wie sie sich zu Hause benehmen müssen. Es fällt ihnen sehr schwer, denn es ist so anders. Besonders die Sache mit den Verwandten. Zum Beispiel, dass zuerst dein Bruder hier war und jetzt du gekommen bist. Sie haben so etwas in England nicht erlebt, und jetzt sind sie etwas durcheinander. Aber das macht nichts. Du brauchst dir über Nyashas kleine Eigenarten keine Sorgen zu machen. Wir versuchen ständig, ihr die richtigen Manieren beizubringen, sagen ihr stets: Nyasha, tu dies; Nyasha, wieso hast du das nicht getan. Aber es braucht Zeit. Ihr Kopf ist so voller Wackelkontakte, dass die Funken sprühen. Nyasha! Ach, Nyasha! Das Kind hat zu allem seine eigene Meinung! Hast du deinen Tee ausgetrunken, Sisi Tambu?«, fragte sie und blickte in meine leere Tasse. »Dann komm mit, ich zeige dir, wo du schlafen wirst.«

Ich folgte Maiguru in den Flur, wo es dunkel war, da Fenster fehlten, aber nicht so dunkel, dass ich die lange Reihe von Haken übersehen hätte, an denen schwere Mäntel sowie leichte Regenmäntel hingen. Diese Leute wurden nie nass und mussten nie frieren, das sah ich.

Maiguru hielt vor einer geschlossenen Tür, klopfte und trat ein. Ich folgte ihr in ein Zimmer, in dem leicht zwei breite Betten Platz fanden, ein Schrank, der für die Kleidung einer Person zu groß sein musste, und eine Kommode mit einem langen Spiegel, der so blank und neu war, dass er nur die Gegenwart wiedergab. Nyasha räkelte sich auf dem Bett, an das Kopfende zur Wand hin gestützt, die Beine angewinkelt und in Kniehöhe übereinandergeschlagen, scheinbar in einen Roman vertieft, obwohl ihre Augen hin und wieder abschweiften und ihr Spiegelbild betrachteten. Maiguru und ich standen lange in der Tür. Ich glaube, wir fragten uns beide, was als Nächstes geschehen würde.

»Was liest du denn, Nyasha-washa, mein Täubchen?«, fragte Maiguru schließlich und trat ins Zimmer. Nyasha hob ihr Buch hoch, damit ihre Mutter es selbst sehen konnte.

Maiguru verzog missbilligend den Mund. »Oh, Liebes«, hauchte sie, »das ist nicht gut, Nyasha. Ich möchte nicht, dass du solche Bücher liest.«

»Es ist nichts Unanständiges, Mum«, beteuerte Nyasha.

»Sag mir so was nicht, Nyasha«, warnte Maiguru sie in einem Ton, den ich guthieß, obwohl ich die Worte kaum verstand. Ich war der Ansicht, Nyasha müsste mehr Respekt zeigen. »Ich habe diese Bücher während des Studiums gelesen«, fuhr Maiguru fort. »Ich weiß, dass sie für dich nicht geeignet sind.«

»Aber es soll gut sein, Mum. Du weißt, dass D. H. Lawrence als guter Schriftsteller gilt«, widersprach Nyasha.

»Du darfst solche Bücher nicht lesen. Sie sind nicht gut für dich«, sagte Maiguru eindringlich.

»Aber Mum, ich langweile mich so. Ich habe alles im Haus gelesen, was ich lesen darf, und in der Schulbibliothek gibt es auch nicht viel. Was soll überhaupt die ganze Aufregung? Es ist ja nur ein *Buch,* und ich *lese* es nur.«

Maigurus Gesicht spannte sich vor Ärger, wie ich annahm, aber vielleicht auch vor Schmerz. Sie ignorierte Nyasha (die ihrerseits ihre Mutter ignorierte und ihre ganze Aufmerksamkeit dem Buch widmete, so dass sich auf ihrer Stirn feine Linien geistiger Tätigkeit abzeichneten) und wandte sich mir zu. »Nun, Sisi Tambu, hier wirst du schlafen«, sagte sie munter und fügte unnötigerweise hinzu: »Mit Nyasha zusammen.« Sie deutete auf das unbenutzte Bett.

Wenn ich auch von dem Augenblick an, als wir ins Zimmer traten, besorgt gewesen war, so war ich nun, da mein Schicksal klar war, sehr bekümmert. Was ich von meiner Cousine erlebt hatte, faszinierte mich einerseits. Doch nur zu einem sehr kleinen Teil. Vor allem sehnte ich mich nach Ordnung. Ich war überwiegend sachlich und strikt, und als solche missbilligte ich Nyasha stark und traute ihr nicht. Nyasha würde zu viele Überraschungen mit sich bringen, dachte ich; sie würde mich ablenken, wenn ich mich dem Lernen widmen wollte. Sie hatte etwas Ungreifbares, das mich unruhig machte, so ungreifbar, dass ich nicht entscheiden konnte, ob es im guten oder im schlechten Sinne ungreifbar war. Es hatte einen gewissen Reiz, das Zimmer mit meiner europäisierten Cousine zu teilen. Nyasha selbst glänzte in einer Respektlosigkeit, die mir das Gefühl gab, wenn auch nicht unterlegen, so doch unwissend zu sein in

Fragen, die heranwachsende Mädchen betrafen. Bei aller Faszination kam ich nicht umhin zu befürchten, dass sie keinen guten Einfluss auf mich haben würde. Alles an ihr verwies auf Alternativen und Möglichkeiten, die meinen ordentlichen Lebensplan zerstören würden, wenn man zu sehr über sie nachdachte. Mein Gefühl der Fremdheit und Unzulänglichkeit, das sich beim Tee unter Maigurus mütterlicher Aufsicht gelegt hatte, wuchs wieder. Da ich einen Sündenbock brauchte, gab ich Nyasha die Schuld daran, die so unfreundlich war, kein einziges Wort an mich zu richten, seit ich das Zimmer betreten hatte.

Maiguru wirbelte umher, gurrte, gluckste und schüttelte ihre Federn. »Das sind deine Sachen, Sisi Tambu, deine Kleider und deine Waschsachen«, zwitscherte sie hell, zog einen Koffer unter dem Bett hervor und öffnete ihn, um mir meine neue Garderobe zu zeigen. Er enthielt die Schuluniform: zwei dunkelblaue Trägerröcke mit breiten Kellerfalten und vier hellblaue Blusen mit kurzen Ärmeln, die man unter dem Trägerrock trug. Außerdem ein halbes Dutzend weißer Söckchen und ein Paar schwarze Schuhe mit seitlichen Schnallen, die sich als eine halbe Nummer zu klein erwiesen, was nicht bedeutete, dass ich sie nicht tragen würde. Meine Tante zeigte mir auch die Unterwäsche, die glatten Nylonhemden und die dezenten Höschen. Zu meiner großen Freude gab es auch zwei schicke Freizeitkleider in Pastellfarben – blassrosa und blassgelb –, beide nagelneu mit kleinen Puffärmeln, weiten Röcken und schick tiefer Taille. Ich war außer mir vor Dankbarkeit und Liebe zu meiner Tante und meinem Onkel. Aufregung, Unsicherheit, Besorgnis und Glück mischten sich so, dass ich fast in Tränen ausbrach. Ich versuchte meiner Tante zu danken, aber Maiguru zwitscherte weiter. »Du siehst, Sisi Tambu, du siehst, nicht wahr, wie gut dein Onkel für dich sorgt? Er hat alles geregelt. Hier ist deine Zahnbürste, hier Vaseline, Waschlappen und Kamm. Wie du siehst, alles! Aber wenn etwas vergessen worden ist, sei nicht schüchtern. Sag es uns sofort. Oder sag es Nyasha. Sie wird dir helfen, dich einzuleben. Nyasha, Süße!« Ich hielt den Atem an.

»Ja, Mum?« antwortete die Tochter gesittet. Ich atmete wieder auf.

»Hilf Tambudzai, sich zurechtzufinden, Liebes.«

»Ja, Mum«, murmelte Nyasha.

Fünf

Nyasha blieb eine Weile ernst, nachdem Maiguru uns verlassen hatte. Noch tiefere Konzentrationsfalten bildeten sich auf ihrer Stirn. Ich hatte nichts zu tun – mein Bett war gemacht, meine Kleider waren ordentlich in meinem Koffer verstaut. Ich saß wartend auf meinem Bett und wagte nicht, die abweisende Nyasha anzusprechen, die sehr einschüchternd wirken konnte, wenn sie einen nicht gerade mit ihrem frühreifen Charme entwaffnete. Glücklicherweise lag es ihr nicht, für längere Zeit abweisend zu sein. Sie konnte nicht widerstehen, mich flüchtig und vorsichtig zu beäugen, wenn sie meinte, ich schaute sie nicht an, und ich konnte sie dabei ertappen, weil ich natürlich dasselbe tat. Unsere Blicke trafen sich, und sie lachte los.

»Früher oder später müssen wir wohl miteinander reden«, sagte sie lachend. »Und überhaupt bin ich ja nicht auf dich böse.«

Sie schien mir wohlgesinnt zu sein. Die üblichen Höflichkeiten über die Lage zu Hause folgten, und ich stellte neugierige Fragen über die Missionsschule. Wann fingen morgens die Schulstunden an? Wann gingen sie zu Ende? Waren die Gebäude, die ich durch das Fenster im Wohnzimmer gesehen hatte, die Klassenzimmer? Die Sirene, das war die Glocke, nicht wahr? Und wie sind die Lehrer, streng oder nett?

»Ich bin froh«, sagte Nyasha, als wir ernsthaft zu reden begannen, »dass wir uns dieses Zimmer teilen müssen. Es bedeutet, dass wir Freundinnen werden. Aber du hast die Lippen verächtlich geschürzt, als wir aus England zurückkamen, so dass ich nicht wusste, wie es werden würde, wenn du zu uns kommst. Ich habe mir vorgenommen, einfach nett und freundlich zu sein und abzuwarten, was passiert.«

»Ich habe dich nicht verhöhnt«, widersprach ich auf Shona. Unsere Unterhaltung war mühevoll und unbeholfen, weil Nyasha ihre ernsten Gedanken auf Englisch äußerte, während meine geringen Englischkenntnisse verflogen, sobald ich meine Wachsamkeit ablegte, um über wichtige Sachen zu reden. »Weißt du, was los war? Ich war so enttäuscht, als ihr nicht mit mir gesprochen habt, du und Chido. Kein einziges Wort! Ihr habt mich nicht einmal begrüßt. Nur Nhamo – er war euer Liebling.«

»In Wirklichkeit«, bekannte Nyasha so ungewohnt schüchtern, dass ich angenommen hätte, sie sei immer so, hätte ich sie vorher nicht reden gehört, »in Wirklichkeit hatten wir Angst an dem Tag. Und wir waren durcheinander. Weißt du, es ist leicht, Sachen zu vergessen, wenn man so klein ist. Wir hatten vergessen, wie es daheim war. Ich meine, wirklich vergessen – wie es aussieht, wie es riecht, was tun und was sagen und was nicht tun und nicht sagen. Es war alles fremd und neu. Ganz anders als das, was wir gewohnt waren. Es war ein richtiger Schock!«

Im Rückblick sehe ich, dass so unsere Freundschaft begann. Zwischen Nyasha und mir entwickelte sich mehr als nur Freundschaft. Das Gespräch, das folgte, war lang und intensiv, voller argloser Eröffnungen und ehrlichem Austausch. Es war ein Gespräch, wie es junge Mädchen mit ihren besten Freundinnen führen, wie es Verliebte unter dem Einfluss der Neuheit und Einzigartigkeit ihrer Liebe führen – und Cousinen, wenn sie erkennen, dass sie sich mögen, ohne es zu wollen. Man könnte sagen, die Beziehung zu Nyasha war meine erste Liebesaffäre, das erste Mal, dass ich jemanden lieben lernte, den ich nicht mit ganzem Herzen billigte.

»Wir hätten nicht weggehen sollen«, sagte Nyasha mit mutloser Miene. »Die Eltern hätten uns nach Hause schicken sollen. Sie hätten es tun müssen, weißt du. Viele andere Leute haben das getan. Das wäre vielleicht das Beste gewesen. Zumindest für sie, denn jetzt haben sie Zwitter als Kinder. Und es gefällt ihnen nicht. Es gefällt ihnen überhaupt nicht. Es kränkt sie. Sie glauben, wir tun es absichtlich, um sie zu kränken. Und ich weiß nicht, was ich dagegen tun soll, Tambu, ich weiß es wirklich nicht. Ich kann nichts dafür, dass ich dort war und mich zu der Person entwickelt habe, die dort gewesen ist. Aber es kränkt sie – ich kränke sie. Glaub mir, es ist sehr schwierig.«

Als sie das sagte, hatte eine vorschnelle Intimität das Zimmer erfüllt. Sie machte mich so leichtsinnig, wie ich es als kleines Mädchen gewesen war, als ich den Bodensatz aus dem Bierkürbis meines Vaters getrunken hatte, und ich sagte Nyasha offen meine Meinung. »Selbst wenn du in England warst, musst du deine Mutter respektieren«, sagte ich zu ihr. »Ich würde nie so zu meiner Mutter sprechen, wie du zu Maiguru sprichst.«

Nyasha saugte Luft durch die Zähne ein. »Tss! Mach dir wegen meiner Mutter keine Sorgen«, antwortete sie bitter. »Sie will nicht respektiert werden. Wenn die Leute es täten, könnte sie über nichts stöhnen und hätte nichts mehr zu tun. Sie bringt einen Großteil ihres Lebens damit zu, sich zu beschweren.«

Ich war überwältigt von meiner Kühnheit, Nyasha offen meine Meinung zu sagen, doch war ich ganz sicher, dass sie unrecht hatte. Maiguru, so wie ich sie kannte, war überhaupt nicht so, wie Nyasha sie beschrieb. Meine Maiguru sorgte sich um jeden. Sie war sanft, gewissenhaft und mitfühlend. Ich empfand es als moralische Verpflichtung, das Nyasha zu erklären, die ihre Mutter so hart beurteilte, aber es fiel mir so schwer, die richtigen Worte für eine so komplizierte, heikle Angelegenheit zu finden. Daher war ich erleichtert, als Anna hereinkam und niederkniete, um uns zu sagen, dass das Abendessen fast fertig sei.

»Um Gottes willen, Anna, steh auf!«, befahl ihr Nyasha gereizt. »Jedes Mal, wenn du hereinkommst, sage ich dir, du sollst nicht niederknien, und du machst es immer wieder. Was ist mit dir los?« Und dann schämte sie sich ihrer eigenen Worte. »Also wirklich, wenn man mich so hört. Ich werde böse und zickig. Aber wirklich, Anna, du brauchst doch nicht niederknien, wenn du mit mir sprichst.«

Anna sprach auf Knien weiter: »Deine Mum sagt, wenn Tambudzai sich noch nicht gewaschen hat, geht das heute in Ordnung, aber nach dem Abendessen sollst du ihr das Badezimmer zeigen.« Sie verschwand so unauffällig, wie sie gekommen war.

Nyasha sah mich von Kopf bis Fuß an und entschied, dass ich sauber genug sei, um am Tisch zu sitzen. Sie wollte, dass wir beim Auftragen halfen, weil ihre Eltern es gern sahen, wenn sie pflichtbewusst war, aber ich hatte das Bedürfnis, ins Bad zu gehen, also zeigte sie es mir und sagte, sie würde in der Küche sein. Da ich noch nie eine Toilettenschüssel benutzt hatte, musste ich experimentieren. Ich kletterte auf den Sitz und hockte mich hin, zuerst mit dem Gesicht zum Spülkasten, dann andersherum.

Anna zog gerade die goldenen Vorhänge im Wohnzimmer zu, als ich auf dem Weg zur Küche vorbeikam. Es war noch nicht dunkel, denn es zeigte sich noch ein oranges Glühen im Westen. Es war mir egal. Osten, Westen, Norden, Süden – es war mir alles gleich, solange die Sonne nur an einem Ort aufstieg und an dem gegenüberliegenden unterging. Mich beschäftigte mehr, wie früh es noch war, viel zu früh für die letzte Mahlzeit des Tages. Bestimmt würde ich wieder hungrig sein, wenn ich schlafen ging, und Alpträume haben ohne einen wärmenden Berg *sadza* im Magen.

Das Essen stand schon auf dem Tisch, als ich ins Esszimmer trat, viele große Schüsseln in der Tischmitte und Teller und Gläser und Messer und Gabeln an jedem Platz. Nyasha saß schon und las in ihrem Roman. Sie legte ihn auf dem Buffet ab, als Maiguru hereinkam, ihren Platz am Tisch einnahm und mir freundlich den Platz neben meiner Cousine anbot.

»Wollen wir ein Gebet sprechen?«, erkundigte sich Maiguru, als ich mich gesetzt hatte. Ich hätte fast zugestimmt, doch als ich sah, dass Nyasha den Kopf senkte, tat ich es ihr nach. Maiguru sprach ein englisches Gebet, welches Nyasha mit »Amen« abschloss und ich ebenfalls, denn ich wusste nicht, wann das Gebet endete.

Babamukuru kam durch die Hintertür herein, als wir gerade das Gebet beendet hatten.

»Guten Abend, Baba«, grüßte ihn Maiguru auf Shona.

»Guten Abend, Dad«, sagte Nyasha auf Englisch.

»Guten Abend, Babamukuru«, sagte ich, die beiden Sprachen mischend, denn ich war mir nicht sicher, welche davon angemessen war. Babamukuru brummte etwas zur Antwort, in einer Art, die gleich klarmachte, dass er Wichtigeres im Kopf hatte als die »Güte« des Abends, und man fragte sich, ob man ihn überhaupt mit so banalen Kleinigkeiten hätte belästigen dürfen.

»Wie war dein Tag?«, fragte ihn Maiguru auf Englisch.

»Hast du einen guten Tag gehabt?«, fragte Nyasha auf Shona.

»Hast du einen guten Tag gehabt, Babamukuru?«, wiederholte ich.

Babamukuru brummte erneut, diesmal etwas länger, was darauf hinwies, dass sein Tag erträglich gewesen war. Er setzte sich ans Tischende, wo ein Stapel Teller stand.

»Ihr habt schon angefangen«, bemerkte er zu Maiguru. »Hast du geglaubt, ich würde nicht kommen, obwohl ich dir am Telefon sagte, dass ich kommen würde?«

»Nein, nein, mein Lieber«, zwitscherte sie, während sie mit den Schüsseln hantierte. »Wir wollten gerade erst anfangen. Aber jetzt bist du da. Greif zu, mein Lieber!« Sie entfernte den Deckel von der Schüssel, die Babamukuru am nächsten stand, und legte ihn aufs Buffet. Dann nahm sie einen Teller von dem Stapel vor Babamukuru und hielt ihn respektvoll mit beiden Händen, während er sich nahm. Nun stellte Maiguru den Teller ihres Ehemanns vor sich hin. Sie tauschte die Schüssel aus und hob wieder einen Teller hoch, damit er sich ein weiteres Mal bedienen konnte. So war es auch beim dritten Gericht, als plötzlich auffiel, dass Anna vergessen hatte, die Fleischsauce zu machen. Babamukuru wollte Sauce haben.

»Ich mache sie«, bot Nyasha an und sprang von ihrem Stuhl auf. »Ich kann es schneller als Anna. Wirklich, es geht ganz schnell.«

Maiguru fand, das Essen solle im Ofen warmgestellt werden, während Nyasha die Sauce zubereitete. Als das erledigt war, warteten Babamukuru, Maiguru und ich auf die Sauce.

»Hast du gesehen, was für Bücher deine Tochter liest?«, fragte Maiguru meinen Onkel und zeigte ihm Nyashas Exemplar von *Lady Chatterley,* das sie vom Buffet nahm.

Babamukuru wirkte betrübt, traurig, dann gekränkt und schließlich verärgert. »Tss!« Er schüttelte den Kopf. »Ich weiß nicht, was mit unserer Tochter los ist. Sie hat kein Gefühl für Anstand. Überhaupt keines.« Dann verließ er das Zimmer mit dem Buch und kehrte eine Minute später ohne den anstößigen Band zurück.

»Meinst du, sie sollte es nicht lesen?«, fragte Maiguru. »Das fand ich auch, aber Nyasha ist intelligent und ein gutes Mädchen, und da es nur ein Buch ist, dachte ich …«

»Wenn ich es zuließe, würdest du, Ma'Chido, die Kinder tun lassen, was sie wollen. Meine Tochter wird solche Bücher nicht lesen.«

Da kam Nyasha mit der Sauce zurück, gefolgt von Anna mit dem restlichen Essen. Maiguru meinte, was Babamukuru sich genommen hatte, sei nicht mehr frisch; sie würde es essen, und er solle sich neu bedienen. Babamukuru fand, seine Frau mache unnötige Umstände, aber sie bestand darauf, so dass die rituelle Bedienung meines Onkels wiederholt wurde. Diesmal wartete Nyasha nicht, bis ihr Vater fertig war. Während er noch vom dritten Gericht nahm, nahm sie sich schon vom Reis.

»Was machst du da, Nyasha?«, fragte Babamukuru, ohne sie anzusehen, so dass ich mich fragte, wie er es überhaupt bemerkt hatte.

»Ich dachte, du hättest dir schon vom Reis genommen«, antwortete Nyasha und häufte Fleisch und Sauce auf ihren Reis.

»Und was ist mit deiner Mutter hier?«, fragte Babamukuru beiläufig. »Glaubst du, sie weiß nicht, was sie tut, wenn sie mir aufwartet?«

»Ich mag kein kaltes Essen«, bemerkte Nyasha, genauso bereit wie ihr Vater, eine Diskussion zu beginnen.

»Willst du nicht noch ein bisschen Fleisch, mein Lieber?«, unterbrach Maiguru sie. »Ich gebe dir noch ein Stück.«

»Ich glaube, das reicht mir, danke, Ma'Chido«, sagte Babamukuru ablehnend. Doch Maiguru nahm ihm den Vorlagelöffel aus der Hand und legte mehrere große Stücke Rindfleisch auf seinen Teller. Obwohl ihm ein bisschen übel zu sein schien, duldete es Babamukuru männlich; dann bediente Maiguru mich und schließlich sich selbst.

Das Essen sah interessant aus, was mich misstrauisch stimmte, denn Essen sollte nicht interessant aussehen, sondern satt machen. Neben dem Reis gab es etwas, das wie Kartoffeln aussah. Ich war mir nicht sicher, denn es war in eine dicke, weiße, geschmacklose Sauce getaucht. Obwohl ich tapfer kleine Bissen davon in den Mund schob, weigerte es sich, in größeren Mengen in mich hineinzuwandern. Aber eigentlich wanderte nichts in größeren Mengen in mich hinein, denn ich entdeckte, dass es gar nicht so einfach war, mit Messer und Gabel zu essen. Das meiste Essen landete auf dem Tisch, auf meiner Brust, auf meinem Schoß – überall, außer in meinem Mund. In gewisser Weise war das nicht so schlimm, denn der Geschmack der Kartoffeln gab allem anderen, selbst dem Fleisch, das ordentlich mit viel Salz und Zwiebeln und Tomaten gekocht war, einen seltsamen Geschmack.

Ohne das Gespräch zu unterbrechen, das sie mit Babamukuru führte – es ging darum, ob alle Schüler erschienen waren, ob alle ihre Schulgebühren bezahlt hatten und ob die Klassen schon voll waren –, schüttelte Maiguru die kleine silberne Glocke, die neben ihr lag. Auf das Klingeln hin eilte Anna herein und kniete neben ihr nieder.

»Könntest du uns ein bisschen *sadza* bringen, Sisi Anna?«, bat Maiguru sie. »Und einen Löffel. Ich glaube, du hast vergessen, Sisi Tambu einen Löffel zu geben.«

Ich war sehr froh, noch *sadza* zu bekommen, doch niemand sonst schien sich etwas daraus zu machen. Das brachte mich in Verlegenheit. Vieles an diesem Mahl machte mich verlegen: Mein Platz sah aus, als wäre ein kleines, ärgerliches Kind gefüttert worden; jetzt hatte ich einen Löffel anstatt einer Gabel in der Hand, und Maiguru häufte mir *sadza* auf den Teller, das niemand sonst aß. Sie war sehr freundlich.

»Als wir nach England gingen«, erzählte sie, »war es schrecklich. Es dauerte Monate, bis ich mich an das Essen gewöhnt hatte. Es schmeckte nach nichts, weißt du, und es gab so wenig. Ich war Tag und Nacht hungrig. Manchmal war es so schlimm, dass ich nicht schlafen konnte! Also, Sisi Tambu, füll dir den Bauch mit allem, was du willst, damit du eine angenehme Nacht verbringst.«

»Mir macht es nichts aus, hungrig zu Bett zu gehen«, sagte Nyasha.

»Wann bist du denn je hungrig zu Bett gegangen? Nicht in diesem Haus!«, zischte Maiguru.

»Ich wollte nur sagen«, antwortete Nyasha entschuldigend, »dass ich meistens nur was Gutes lesen muss, wenn ich nicht schlafen kann. Wirklich! Manchmal muss ich bis ein Uhr lesen, dann schlafe ich ein.«

»Dann hättest du das auch sagen sollen«, meinte meine Tante.

»Bei Büchern fällt mir ein«, fuhr Nyasha fort, »ich könnte schwören, ich hätte den D. H. Lawrence hierher mitgenommen. Hast du ihn gesehen, Mum?«

»Ich sehe ihn nirgendwo.«

»Aber ich bin ziemlich sicher, dass ich ihn mitgebracht habe«, sagte Nyasha stur, nachdenkliche Falten auf der Stirn und so konzentriert auf die Frage, wo sie ihr Buch hingetan hatte, dass sie zu essen vergaß. »Mensch! Wenn ich ihn tatsächlich nicht dabeihatte, muss ich schrecklich zerstreut sein.« Sie nahm noch einen Bissen und schob dann ihren Stuhl zurück. »Das lässt mir keine Ruhe. Ich geh mal im Schlafzimmer nachgucken.«

»Setz dich, Nyasha«, sagte Maiguru. »Um Gottes willen, mach nicht so einen Aufstand um dieses Buch. Ich habe dir gesagt, ich möchte nicht, dass du solche Bücher liest.«

Nyasha erstarrte, halb sitzend, halb stehend, stand dann aber doch auf und stellte sie zur Rede. »Du hast es doch nicht etwa genommen, oder?«, fragte sie und gab sich dann selbst die Antwort. »Entschuldigung, Mum. Ich weiß, du würdest so etwas nicht tun.«

»Und wenn ich es getan habe?«

»Aber du würdest das doch nicht tun? Nicht, ohne es mir zu sagen, oder?«, fragte Nyasha bestürzt. Maiguru wirkte so unglücklich, dass man Nyasha keinen Vorwurf machen konnte, wenn sie glaubte, ihre Mutter hätte das Buch genommen. »Aber Mum! Wie konntest du nur? Ohne es mir zu sagen! Das ist – das ist – also, du solltest nicht – du hast kein *Recht* ...«

»He, Nyasha«, sagte Babamukuru zu seinem Essen, »ich möchte nicht, dass du so zu deiner Mutter sprichst.«

»Aber Daddy«, widersprach Nyasha unvorsichtigerweise, »ich würde erwarten, wirklich, ich würde erwarten ...«

»Und *ich* erwarte, dass *du* tust, was man dir sagt. Jetzt setz dich hin und iss zu Ende.«

Schmollend setzte sich Nyasha und nahm ein paar Bissen. »Entschuldigt mich«, sagte sie. Sie stand auf und ließ ihr Essen stehen.

»Und wo gehst du jetzt hin?«, fragte Babamukuru streng.

»In mein Schlafzimmer«, antwortete Nyasha.

»Was hast du gesagt?«, rief Babamukuru, und seine Stimme überschlug sich ungläubig. »Hast du mich denn nicht gehört – ich will keinen Widerspruch von dir hören! Hast du eben nicht zugehört? Setz dich hin und iss auf. Alles. Ich will sehen, wie du alles aufisst.«

»Ich habe genug«, erklärte Nyasha. »Wirklich, ich bin satt.« Sie fing an, mit dem Fuß zu trommeln. Statt sich wieder zu setzen, verließ sie das Esszimmer.

Babamukuru machte Anstalten, ihr nachzugehen, aber Maiguru hielt ihn zurück. »Nimm sie nicht so ernst, Babawa Chido. Sie ist aufgeregt, weil Tambudzai hier ist«, beruhigte sie ihn.

»Ich weiß nicht, was mit ihr los ist«, murmelte der Vater, ließ sich aber beschwichtigen. »Aber irgendwas ist mit dem Kind nicht in Ordnung, überhaupt nicht in Ordnung. Ein gutes Kind benimmt sich nicht so. Ich sag es dir, Ma'Chido, manchmal bringt mich die Entwicklung meiner Tochter um den Schlaf.«

»Sie fragte nach ihrem Buch«, lächelte meine Tante liebevoll. »Schließlich hast du es genommen, und sie wollte wissen, wo es ist.«

Vielleicht meinte Maiguru, Babamukuru sei wieder ruhig genug, um die Angelegenheit objektiv anzugehen. Vielleicht war sie es satt, für Handlungen ihres Mannes beschuldigt zu werden. Ich wusste es nicht und wollte es auch nicht herausfinden. Ich schob mir den letzten Bissen *sadza* in den Mund, dankte meiner Tante für das Essen und ging hinaus.

»Möchtest du mitkommen?«, fragte mich Nyasha im Schlafzimmer.

»Wohin?«

»Eine Zigarette rauchen.«

»Du rauchst!« Ich war entsetzt. Babamukuru hatte recht! Seine Tochter war jenseits von Gut und Böse.

»Ja«, sagte Nyasha und versuchte gelassen zu wirken, obwohl sie vor Wut kochte und ihre Stimme angespannt klang.

»Ich muss mich bei der ganzen Hysterie in diesem Haus ein bisschen entspannen. Du musst ja nicht rauchen«, versicherte sie mir, »aber ich würde mich über Gesellschaft freuen. Sehr sogar.«

Ich versuchte das Thema zu wechseln, in der Hoffnung, dass die Zigarette, die sie aus ihrer Schultasche herausgefischt hatte, wieder verschwände oder dass sie die Zigarette zurücktun und mir versichern würde, sie gehöre jemand anderem. Ich hatte entsetzliche Angst, Babamukuru könnte hereinkommen und uns erwischen. Es wäre einfach zu viel, nach all dem, was beim Essen vorgefallen war. Entweder würde er sie umbringen, oder der Schock würde ihn umbringen.

»Ich möchte ein Buch lesen«, sagte ich auf Englisch, um sie abzulenken. »Es macht mir Spaß, Bücher zu lesen«, fuhr ich fort. Ich fragte mich, womit ich sie sonst noch ablenken könnte.

»Lies, was immer du willst«, sagte Nyasha mit einer großzügigen Armbewegung in Richtung Bücherregal. Sie steckte die Zigarette und eine Streichholzschachtel in ihren BH und ließ mich allein im Schlafzimmer zurück.

Ich blieb nicht lange allein. Anna klopfte an die Tür, trat ein und kniete sich nieder. »Man hat nach dir gerufen, Sisi Tambu«, sagte sie, »im Wohnzimmer.«

Es war seltsam, dass sie begonnen hatte, mich Sisi Tambu zu nennen, denn sie war älter als ich und musste mich nicht so nennen; sie hatte es auch nicht getan, als sie beim Begräbnis von Nhamo bei uns war und als ich vor ein paar Stunden angekommen war. Nicht dass es an sich wichtig war. Schließlich nannte mich auch Maiguru liebevoll und kameradschaftlich Sisi, so dass Anna es vielleicht von ihr gelernt hatte. Es war aber merkwürdig, wenn man die anderen seltsamen Verhaltensweisen bedachte, die sie angenommen hatte, wie vor mir niederzuknien und mich, wenn sie sprach, nicht anzuschauen, sondern auf einen Fleck auf dem Boden einige Zoll vor meinen Füßen zu starren. Das Schlimmste war, dass sie kaum richtig sprach, nur die wenigen Worte, die nötig waren, ihre Botschaft zu übermitteln. Wenn man Anna kannte, bevor sie so wurde, musste man mir bestätigen, dass nichts auf der Welt sie so schnell in eine ruhige, zurückhaltende Person hätte verwandeln können. Die Veränderung musste also mit mir zu tun haben. Es war ernüchternd, dass meine neue Adresse mich zu jemandem gemacht hatte, mit dem Anna nicht reden konnte. Es war auch entmutigend, denn ich war mir nur bewusst, die Adresse gewechselt zu haben. Mein neues Selbst, das ich auf der Mission zu finden hoffte, würde erst im Laufe der Zeit in Erscheinung treten. Außerdem würde das nicht eine so radikale Veränderung sein, dass Menschen sich mir gegenüber anders verhalten mussten. Es sollte eine Erweiterung und Verbesserung meines wirklichen Wesens sein. Annas Verhalten vermittelte mir ein seltsam unbehagliches und ungewohntes Gefühl mir selbst gegenüber, also sprach ich sie unumwunden an. »Wieso kniest du nieder? Nur um mir was zu sagen?«, fragte ich, aber sie war schon aufgestanden und hatte, ohne zu antworten, das Zimmer verlassen.

Also sollte ich ins Wohnzimmer kommen! Ich hatte erwartet, gerufen zu werden. Annas Verhalten hätte mich mehr beunruhigt, wenn ich Zeit gehabt hätte, darüber nachzudenken, aber diese Aufforderung war zu wichtig, um weitere Zeit verstreichen zu lassen. Denn Babamukuru und Maiguru würden mich nun förmlich in ihrem Haus empfangen; mich förmlich vom Dorf abtrennen.

»Setz dich, Kind«, lud mich Babamukuru herzlich ein, als ich auf Zehenspitzen ins Wohnzimmer trat. In Wirklichkeit trat ich ganz normal ein, die Füße flach auf dem Boden, hatte aber das Gefühl, auf Zehenspitzen zu gehen, so respektvoll war mein Gang. »Auf den Stuhl, Kind, auf den Stuhl«, fügte er hinzu, als ich mich bescheiden auf dem Teppich in der Ecke neben der Tür niederließ.

Ich stand zögerlich auf, denn ich wusste nicht, wo ich mich hinsetzen sollte. Es war ein kompliziertes Problem. Babamukuru saß in seinem Sessel, dem Kamin gegenüber, während Maiguru in der Ecke des Sofas saß. Es war also Platz auf dem Sofa neben Maiguru und Babamukurus Sessel, auch stand ein freier Sessel neben Babamukuru, aber auf den konnte ich mich nicht setzen, so respektlos nah neben meinem Onkel. Es blieb nur noch die Möglichkeit, auf dem einzigen anderen freien Sitz im Zimmer Platz zu nehmen, einem Sessel gegenüber von Baba und Maiguru, was die Entfernung zwischen uns so groß machte, wie es in dem Zimmer nur möglich war. Nachdem ich dort Platz genommen hatte, begann ich zu grübeln, ob es an diesem englischen Ort nicht angemessener wäre, näher bei meinem Onkel und meiner Tante zu sitzen. Ich zerbrach mir mindestens zwei Minuten lang den Kopf, ob ich mich auf das Sofa setzen sollte oder nicht. Es half nichts, denn die Vorteile und Nachteile eines Wechsels waren gleich groß. Um das Problem zu lösen, beschloss ich, dass es nicht wichtig gewesen war, denn mein Onkel hatte keine Bemerkung dazu gemacht, wo ich saß. Ich sagte mir, dass ich mich über nichts aufgeregt hatte, wie schon den ganzen Nachmittag lang: über die Hunde, die Klingel, Nyashas Zigarette – alles hatte mich nervös gemacht. Auch Annas Verwandlung hatte mich aufgeregt, obwohl ich nur normal mit ihr hätte sprechen müssen, und es wäre Schluss damit gewesen. Auf diese rationale Art überwand ich meine Befremdung. Ich machte es mir im Sessel bequem.

Alle diese Überlegungen dauerten eine ganze Weile und erforderten hohe Konzentration, so dass ich den ersten Teil der Rede meines Onkels verpasste. Als ich ihm meine Aufmerksamkeit ganz widmete, hatte er schon vieles gesagt. Aber Babamukuru gefiel es, Ansprachen zu halten, ausführlich zu werden, Entscheidendes zu betonen. Das hieß zum Glück, dass von mir nicht erwartet wurde, etwas zu sagen.

»... wie du selbst merken wirst«, sagte er gerade, »habe ich selten Zeit, am Abend so zu Hause zu sitzen. Meistens bin ich im Büro und arbeite. Es gibt viel Arbeit, der ich mich widmen muss, besonders jetzt, am Anfang des Schuljahres«, erklärte er mir, während aus Maigurus Kehle weiche, zustimmende Laute drangen. »Aah, nun sei dem, wie es sei«, fuhr mein Onkel fort, »ich fühlte mich verpflichtet, mir wie ein Vater die Zeit zu nehmen und mit dir zu sprechen wie ein Vater zu seinem Kind.«

Babamukuru war stets beeindruckend, wenn er solche Reden schwang. Er war ein starrer, beeindruckender Perfektionist, unbeugsam genug, um so zu funktionieren, wie er es in seiner puritanischen Art von der ganzen Welt erwartete oder vielmehr forderte. Glücklicherweise, oder für ihn unglücklicherweise, hatte sich Babamukuru in seinem Leben stets in Positionen befunden – als ältester Sohn, als einer der ersten Afrikaner mit gehobener Ausbildung, als Schuldirektor, als Ehemann und Vater, als Ernährer von vielen –, die es ihm ermöglichten, seine unmittelbare Umwelt und ihr Dasein so zu formen, wie er es wollte. Selbst wenn ihm das nicht möglich gewesen war, wie zum Beispiel als kleiner Junge in der Mission, war er zum Schluss mächtiger daraus hervorgegangen. So hatte sich für ihn nie die Notwendigkeit ergeben, verschiedene Möglichkeiten zu erwägen, es sei denn, es waren seine eigenen. Mit stoischer Ruhe akzeptierte er seine Allmacht. Voller Ehrfurcht akzeptierten auch wir sie. Wir staunten, wie wohlwollend diese Allmacht war. Babamukuru war gut. Wir waren uns alle einig darüber. Und noch wichtiger war, dass er immer recht hatte. Deshalb war mein Herz voller Dankbarkeit, als er das Opfer betonte, das er für mich brachte, indem er seine Arbeit liegenließ, um mich am Nachmittag von zu Hause abzuholen, wobei er besonders betonte, dass es die zurückgelassene Arbeit war, von der er meine Schulgebühren bezahlte und das Essen kaufte, das ich in seinem Haus erhalten würde.

»Ich verlasse sehr selten mein Büro am Nachmittag«, schloss er, Maiguru ansprechend, die schon einige Zeit schwieg, mit gekreuzten Armen und einem Blick, der abwesend in unsichtbare Fernen starrte. »Ist es nicht so, Mai?«

»So ist es«, antwortete meine Tante. »Versuch einmal, so hart zu arbeiten wie dein Onkel«, sagte sie zu mir. »Er arbeitet ohne Unterbrechung. Es fällt ihm sogar schwer, Zeit zu finden, mich zum Einkaufen in die Stadt zu fahren.«

»Es ist so, wie deine Tante es sagt«, stimmte Babamukuru ihr bescheiden zu. «Aber ich habe dich nicht deshalb rufen lassen.«

Es stellte sich heraus, dass Babamukuru mich hatte rufen lassen, um sicherzugehen, dass ich von meinem Glück wusste, die Chance zu erhalten, mich geistig und vielleicht auch materiell zu emanzipieren. Er wies darauf hin, dass dieser Segen nicht mir allein galt, sondern allen Mitgliedern meiner weniger glücklichen Familie, die sich künftig auf mich würden verlassen können, so wie sie sich momentan auf ihn verließen. Zum Schluss erklärte er, dass ich auf der Mission nicht nur zur Schule gehen, sondern auch Gewohnheiten und Sitten lernen würde, auf die meine Eltern stolz sein würden. Ich sei ein intelligentes Mädchen, aber ich müsse mich auch zu einer guten Frau entwickeln, sagte er, beides gleichermaßen betonend, ohne darin einen Widerspruch zu sehen.

»Das ist notwendig«, sagte er zu mir, »denn es gibt nichts, was Eltern glücklicher macht, als zu sehen, dass ihre Kinder mit eigenen Familien ein Auskommen gefunden haben. Ich weiß, dass diese Dinge noch in weiter Zukunft liegen, aber es ist nie zu früh, damit anzufangen, die eigene Zukunft zu planen.« Hier schweifte er ab, um mir zu erzählen, wie er mit neun Jahren begonnen habe, seine Zukunft zu planen – jene Geschichte, die ich so oft von meiner Großmutter gehört hatte. Er schloss, indem er meine unmittelbaren Aufgaben beschrieb: »Gut zu sein; auf das zu hören, was wir, deine Eltern, dir sagen; deine Bücher gewissenhaft zu studieren und dich nicht von anderen Dingen ablenken lassen. Das ist alles, was ich dir zu sagen habe.« Er wandte sich an meine Tante und fragte sie, ob er irgendetwas ausgelassen habe, was noch zu erwähnen wäre. Sie verneinte. Babamukuru entließ mich und schickte sich an, ins Büro zurückzugehen.

Gerade als ich das Zimmer verließ, kam Chido herein, grüßte uns freundlich und erklärte seinen Eltern, er sei bei den Bakers aufgehalten worden, weil er auf den verspäteten Mr. Baker habe warten müssen, um die Rückfahrt zur Schule am folgenden Tag zu klären. »Ich hoffe, Nyasha hat mir einen Kuchen gebacken«, sagte er schließlich. Maiguru versicherte ihm, Nyasha habe es getan. »Gut«, sagte er. »Denn man weiß nie bei Nyasha.«

Ich betrat unser Schlafzimmer mit dem ernsten Vorsatz, so zu werden wie Babamukuru: geradlinig wie ein Pfeil, eisern und wahrhaftig.

»Mach das Licht aus, wenn du fertig bist, Tambu«, sagte Nyasha im Halbschlaf. Sie war zu Gutenachtgesprächen aufgelegt. Sie sagte, sie könne bei angeschaltetem Licht nicht einschlafen, habe es jedoch angelassen, damit ich mir am Bettgestell oder einem anderen Möbelstück in dem mir ungewohnten Zimmer nicht den Zeh anstoße. Ich war nicht beeindruckt von ihrer lichtabhängigen Schlaflosigkeit, die mir nur zu typisch erschien für eine so frivole und oberflächliche Person wie meine Cousine. Auch war ich nicht beeindruckt von ihrer Rücksicht, denn mich erfüllten höhere Tugenden; Tugenden, an die ihr Verhalten mich gemahnt hatte und die Babamukurus Predigt mir ans Herz gelegt hatte. Ich zog mein Kleid aus und hüpfte schweigend ins Bett.

»Was ist mit dem Licht?«, fragte mich Nyasha.

Was sollte mit dem Licht sein? Wo war der Schalter und wie funktionierte er? Sollte ich meine Unwissenheit ihr gegenüber zugeben, der ich mich überlegen fühlte, oder sollte ich sie ignorieren? Es war ein gutes Gefühl, sich zur Abwechslung einmal überlegen zu fühlen – zum ersten Mal, seit ich das Haus meines Onkels betreten hatte; ich ignorierte also meine Cousine. Nyasha stieg aus dem Bett und gab mir gleichzeitig den Rat, mir Mühe zu geben, mich nicht wie ein Trampel vom Land zu benehmen, was mich unendlich bedrückte. Nyasha musste sehr verärgert gewesen sein, dachte ich, wenn sie etwas so Rüdes sagte, und ich wollte mich schon entschuldigen und meine Unwissenheit zugeben, als ich mich daran erinnerte, dass sie immer rüde war, wenn nicht zu mir, dann zu ihren Eltern. Ich beschloss, sie erwarte zu viel von den Menschen, und schwieg. Ich hätte mich gern zur Wand gedreht, um meine Missbilligung auszudrücken, aber da ich meine Unwissenheit hinsichtlich der Lichtschalter nicht zugeben konnte, musste ich sie genau beobachten.

Nyasha nahm sehr viel wahr. Ich hatte sie dafür schon bewundert, als wir am frühen Morgen miteinander gesprochen hatten, aber jetzt ärgerte es mich, es ließ mich albern erscheinen.

»Hier ist er«, sagte sie und zeigte auf einen schwarzen Fleck an der Wand neben der Tür. »Jetzt ist er heruntergedrückt, was bedeutet, er ist an. Wenn er nach oben gedrückt ist, ist er aus.« Sie schaltete das Licht aus und an, um es mir vorzuführen.

»Schalt' es aus«, sagte ich gehässig, »sonst kannst du nicht einschlafen.«

Sie schaltete das Licht aus und kletterte ins Bett zurück. Typischerweise behielt sie das letzte Wort: »Du hast dein Nachthemd nicht an. Das wirst du im Dunkeln anziehen müssen.«

Ich fragte nicht, was ein Nachthemd sei, da wir uns im Streit befanden. Stattdessen verflog die selbstgefällige Entschlossenheit, die Babamukurus Rede mir eingeflößt hatte. Ich fühlte mich wieder minderwertig. Ich war damals in jenem Alter ziemlich masochistisch veranlagt, schwelgte gerne in meiner eingebildeten Unterlegenheit, bis ich in Gefahr war, mich zu bemitleiden. Dann rügte ich mich für diese Weinerlichkeit, indem ich an meine Mutter dachte, die es stoisch ertrug, weiblichen Geschlechts, arm, ungebildet und schwarz zu sein, bis ich mich meiner Schwäche schämte, so schlapp vor einer neuen fremden Umgebung in die Knie gegangen zu sein. Das verschaffte mir eine feine Peitsche aus Schuldgefühlen, mit der ich mich geißeln konnte. Ich nahm mir erneut fest vor, die mir von Babamukuru geschenkte Chance nach Kräften zu nutzen.

Viele meiner Reaktionen damals waren so kompliziert, und es bedurfte langer Überlegungen, bis ich sie säuberlich sortiert hatte. Aber die Ereignisse und die Aufregung des Tages hatten mich erschöpft. Ich schlief ein, noch ehe ich meine Gedanken geordnet hatte. Darum, nehme ich an, träumte ich von meinem Bruder.

Er lachte über mich wie immer. Einen Ball elegant durch die Maispflanzen kickend, die auf dem Fußballfeld unserer ehemaligen Schule gewachsen waren, hielt er ab und zu an, um einen fetten, prächtigen Kolben zu pflücken und sich in den Mund zu schieben. Die Kolben waren voller weißer Sauce. Von meinem Pult in einem Klassenzimmer der Mission, das sich zufällig oberhalb des Maisfeldes befand, sah ich ihn essen und war besorgt, dass ihm von dem seltsamen Mais schlecht werden würde. Mit einem eleganten Sprung war ich an seiner Seite und bat ihn aufzuhören, aber er lachte mir nur ins Gesicht und erklärte mir, niemand würde auf mich hören, weil ich eine Zigarette rauchte. Der Traum wurde zum Alptraum, als mir klar wurde, dass der Füller in meiner Hand in Wirklichkeit eine lange rauchende Zigarette war. Nhamo jaulte vor gemeiner Schadenfreude, prophezeite mir ein schlimmes Ende, die verdiente Strafe, weil ich meinen Ehemann, meine Kinder, meinen Garten und meine Hühner verlassen hätte. Er sprach mit so viel Autorität, dass ich mich augenblicklich schämte, die nicht vorhandene Familie verlassen zu haben. Als mein Ehemann am unteren Ende des Maisfeldes auftauchte, war ich nicht überrascht, sondern nur zu Tode erschrocken, in ihm Babamukuru zu erkennen, mit zwei wütenden Hunden, die mich verfolgten, um mich zu meinem Gatten zurückzutreiben. Dann fiel mir ein, dass ich zur Schule ging, und begann es Babamukuru zu erklären, doch Maiguru unterbrach mich, um mir zu sagen, ich müsse mich zuerst waschen gehen. Ich war auf dem Weg zum Badezimmer, als ich begriff, dass ich aufgewacht war.

Die Freude eines Bads! Dampfend heißes Wasser füllte die Badewanne bis zum Rand, so dass ich widerwillig die Wasserhähne zudrehen musste, damit sie nicht überlief, wenn ich hineinstieg. Ich wusch und schrubbte und rubbelte mich, seifte mich dreimal ein; nicht, weil ich mich schmutzig fand, sondern einfach, weil es so herrlich warm und nass und sauber war. Plansch, plansch – und Wasser schwappte über, auf das blaue Linoleum.

Maiguru klopfte an die Tür, um sich zu erkundigen, ob alles in Ordnung sei, und es fiel mir ein, dass auch die anderen sich waschen mussten. Ich sprang heraus, entfernte den Stöpsel und war sehr zufrieden, weil ich mit meinem ersten Bad zurechtgekommen war, ohne es beigebracht bekommen zu haben. Dann schaute ich umher und fand ein paar alte Lumpen unter dem Waschbecken, mit denen ich das Bad säuberte und den Boden trockenwischte.

Sauber, warm und großmütig, ließ ich ein Bad für Nyasha ein. Sie dankte mir ausgesprochen freundlich für diesen Gefallen, und wir begruben unseren Streit. Trotzdem war mir nicht danach, ihr zu gestehen, dass ich nicht gewusst hatte, was ein Nachthemd ist, aber das spielte keine Rolle. Ich achtete darauf, was Nyasha trug, und fand etwas Ähnliches in meinem Koffer. Das also war das Nachthemd. Ich machte mein Bett und legte das Nachthemd ordentlich gefaltet ans Bettende.

Als ich mich angezogen hatte, bewunderte ich mich im Spiegel. Ich sah in der Uniform besser aus als je zuvor, obwohl sie blau war (was, wie ich heute weiß, nicht zu meinem Teint passt) und starre, breite Falten in der Mitte hatte. Es war ein Schock für mich, zu sehen, dass ich eigentlich hübsch war, und ich konnte es kaum glauben, weswegen ich mich ausgiebig prüfend betrachten musste, von allen Seiten und in den verschiedensten Positionen, um meine Vermutung zu bestätigen. Nyasha kam aus dem Bad zurück und erwischte mich dabei, machte mich jedoch nicht verlegen. Großherzig und ehrlich bestätigte sie meinen eigenen Eindruck.

»Nicht schlecht«, sagte sie anerkennend. Sie stand neben mir und sah in den Spiegel. »Gar nicht schlecht. Du hast eine Taille. Bald wirst du auch Brüste haben. Schade um den Hintern«, fuhr sie fort und gab mir zum Scherz einen Klaps darauf, bevor sie sich abwandte. »Ziemlich groß. Aber wenn du in diesem alten Trägerrock gut aussiehst, wirst du in allem gut aussehen.«

Ich war von allem, was sie sagte oder tat, geschmeichelt; von der Beachtung, der Anerkennung, der neckischen Bemerkung. Jede Aufmerksamkeit von Nyasha, die sonst auf nichts außer die Irrungen und Launen ihres ruhelosen Geistes achtete, ließ mich vor Freude erbeben. Ich war nahe daran, mich in mich zu verlieben. Wenn ich an das Maisfeld zurückdachte, war ich einen Augenblick lang überzeugt, dass ich meine vorteilhafte Lage mir allein verdankte.

Beim Frühstück bekam ich keinen Bissen hinunter. Meine Kehle verengte sich bei jedem Versuch zu schlucken, so ungeduldig war ich, in die Schule zu kommen, wo ich ganz sicher an einem einzigen Vormittag im Sauseschritt den gesamten Lehrstoff bewältigen würde. Es war nervenaufreibend. Ich betrachtete Nyasha, die damenhaft Eier mit Schinken und Tee zu sich nahm, nachdem sie Porridge und Toast abgelehnt hatte, weil sie befürchtete, zu dick zu werden. Mich quälte die Vorstellung, am ersten Schultag verspätet und auffällig das Klassenzimmer betreten zu müssen. Aber die Sirene heulte nicht, und Nyasha aß weiter, so dass mir die Zeit blieb, über meine Verwandten zu staunen, die schon zum Frühstück Fleisch und sogar Fleisch und Eier aßen. Und was die Gewohnheit betraf, das Brot zu rösten, als sei es nicht schon gebacken worden – am Tag zuvor hätte mich das überrascht, doch nun war mir bewusst, dass alles möglich war.

Maiguru bemutterte mich ständig, besorgt wegen meines fehlenden Appetits.

»Iss, mein Kind, iss«, drängte sie. »Sonst bist du so ausgehungert, dass du kein Wort des Lehrers hörst. Was möchtest du essen?«, fragte sie. »Sollen wir *rukweza* für deinen Porridge finden?«

»Ich bin froh, dass ich nur deine Tochter bin. Du könntest deine Nichten leicht mit Freundlichkeit umbringen«, bemerkte Nyasha.

»Aber sie wird hungrig werden!«, erwiderte meine Tante.

»Wahrscheinlich ist sie gerade auf Diät, weil ich ihr gesagt habe, dass sie ein dickes Hinterteil hat.«

»Du bist mir vielleicht eine, mein Täubchen! Sisi Tambu ist nicht fett. Mach dir keine Gedanken über Nyashas Eigenarten«, riet sie unnötigerweise, denn noch hatte ich nicht vor, mir über etwas anderes als die Schule Gedanken zu machen, besonders nicht über Sachen, die mir nicht einleuchteten.

»Kleine Eigenarten«, kommentierte Nyasha. »Kleine Eigenarten. Ich frag mich, wer hier kleine Eigenarten hat?«

»Ihr kommt zu spät, Süße, wenn ihr euch nicht beeilt«, sagte Maiguru. Sie kramte in ihrer Handtasche nach einem Shilling für mich, damit ich mir in der Pause Brot kaufen konnte. Ein Shilling war viel Geld damals. Man konnte damit einen ganzen Laib Brot kaufen, als Frühstück für eine ganze Familie ausreichend. So viel Geld nur für Brot in der Pause machte mich verlegen. Ich wollte es zurückgeben, aber ich bemerkte, wie Nyasha langsam ihre Tasse leerte, um ein Lächeln zu verbergen, und ich konnte unmöglich meine Tante in Verlegenheit bringen, indem ich ihr Geschenk ablehnte. Die Münze verschwand in meinem Strumpf und ich dankte Maiguru, wobei ich ihr versicherte, ich sei noch so satt vom Abendessen, dass ich das Geld zur Mittagszeit wieder nach Hause bringen würde.

Nyasha beendete ihr Frühstück. Wir machten uns auf den Weg zur Schule, in gleichen blauen Trägerröcken, Socken und Schuhen, und wir trugen die gleichen blauen Taschen. Wenn man uns anschaute, konnte man uns für Geschwister halten, und so hätte ich die Dinge auch eingerichtet, hätte man mich gefragt. Da stolzierte ich neben meiner rassigen Cousine her und imitierte ihren Gang und ihre Kopfhaltung, damit jeder sähe, dass wir zusammengehörten.

So begann meine Wiedergeburt. Ich betrachtete meinen Einzug in die Mission gern als Wiedergeburt. Mit der egoistischen Zuversicht von vierzehn kurzen Jahren, in denen mein Leben ausgesprochen nach Plan verlaufen war, erwartete ich von dieser Zeit Bedeutendes – ich hoffte Weisheit, Klarsicht und persönlichen Glanz zu erlangen. Kurz, ich erwartete, dass sämtliche Fantasien meiner vierzehn Jahre in Erfüllung gingen, und wurde insgesamt nicht enttäuscht. Befreit von allen Beschränkungen durch Not und Armut, die unsere Handlungen zu Hause bestimmten, investierte ich eine Menge Energie, um mich meiner Vorstellung einer jungen Frau von Welt zu nähern. Ich war jetzt sauber, nicht nur zu besonderen Anlässen, sondern an jedem Wochentag. Ich stieß außerhalb von mir auf viele Dinge, zu denen ich noch keine feste Ansicht hatte; Dinge, von denen ich vage immer gewusst hatte, dass sie in anderen Welten existierten; Dinge, die meine Mutter dazu brachten, sich zu fragen, ob ich noch ich selber wäre oder ob ein anderer Geist in mir hause.

Es war gut, auf diese Weise Bestätigung zu finden. Die fand ich zum größeren Teil nicht in den Unterrichtsstunden, sondern in Nyashas vielseitiger, großer Bibliothek. Ich las alles, von Enid Blyton bis zu den Brontë-Schwestern, und reagierte auf sie alle. Wenn ich in diese Bücher tauchte, wusste ich, dass ich unterrichtet wurde, und war voller Dankbarkeit dafür, dass alle Autoren mich in Orte einführten, wo Vernunft und Neigung nicht im Widerspruch zueinanderstanden. Es war eine zentripetale Zeit: Ich bildete das Zentrum, und alles strebte zu mir hin. Es war eine Zeit der Erhöhung, und die Erhöhte war ich.

Wenn ich versuchte, Nyasha ein wenig von meiner Welt zu erzählen, lachte sie und sagte, ich läse zu viele Märchen. Sie zog die Realität vor. Sie hatte gerade ihre historische Phase. Sie hatte viele Bücher über reale Personen gelesen, über reale Völker und ihre Leiden: über die Zustände in Südafrika, die sie dann von Maiguru mit unserer Lage verglichen haben wollte, was schließlich in Streit endete, weil Maiguru der Ansicht war, es ginge uns besser. Sie las über die Araber an der Ostküste und die Briten an der Westküste Afrikas; über Nazis und Japaner und Hiroshima und Nagasaki. Sie bekam Alpträume von diesen Dingen, diesen Gräueltaten, aber sie las weiter, weil sie fand, man müsse die Fakten kennen, um Lösungen zu finden, und dass es Lösungen gab, daran zweifelte sie nicht. Sie wollte vieles wissen: ob der Anspruch der Juden auf Palästina berechtigt war, ob die Monarchie eine gerechte Regierungsform war, wie das Leben und die Verhältnisse vor der Kolonialzeit ausgesehen hatten, wieso genau die Unabhängigkeit Rhodesiens erklärt wurde und was das bedeutete. Zu meinen Märchen und meiner Reinkarnation meinte sie: »Genieße das alles, solange du es noch kannst. Derlei dauert nicht lange.« Und sie half mir, mein intellektuelles

Wachstum zu genießen, indem sie mich auf lesenswerte Bücher hinwies (obwohl ich nicht immer ihrer Ansicht war, denn ihr Geschmack war seriös geworden); indem sie mir das Haar glättete und am Wochenende Bänder hineinflocht; indem sie mir die Fingernägel feilte und sie manchmal leuchtend lila lackierte, obwohl Babamukuru darüber die Stirn runzelte; indem sie mit mir stark gewürzte Gerichte nach Maigurus Kochbuch zubereitete, die Babamukuru und mir nicht schmeckten, Maiguru und sie aber köstlich fanden.

Ich hatte nicht nur nach eigenem Maßstab Erfolg, sondern auch nach dem anderer Leute. Es dauerte in der Schule nicht lange, bis mir klar wurde, dass Nyasha nur wenige Freundinnen hatte. Die anderen Mädchen mochten es nicht, wie sie redete. Sie äfften sie immer noch hinter ihrem Rücken nach, als ich zur Mission kam, obwohl Babamukuru schon vor drei Jahren zurückgekehrt war. Und wenn ich auch fand, Nyasha hätte in dieser Zeit ruhig mehr von ihrem britischen Akzent ablegen können, fand ich zugleich, dass die Schulkameradinnen ausreichend Zeit gehabt hatten, sich daran zu gewöhnen. Es stellte sich heraus, dass sie nicht Nyashas Akzent, sondern Nyasha selbst nicht mochten. »Sie hält sich für eine Weiße«, höhnten sie, und das kam einem Fluch gleich. »Sie ist stolz«, erklärten andere. »Sie ist unanständig«, bemerkten die Boshaftesten. »Wie die sich für die Tänze am Samstagabend anzieht! Und wie sie sich mit George (oder Johnson oder Mathias oder Chengetai) aufgeführt hat! Es ist ganz klar. Jeder sieht es.« Danach folgte eine Diskussion darüber, was Nyasha auf der Tanzfläche nun getan oder nicht getan hatte, und das Gespräch endete damit, dass jemand der Meinung aller Ausdruck verlieh, sie könne sich als Tochter des Schuldirektors eben alles erlauben.

Ich hatte Glück, wenn ich mit keiner dieser schlechten Eigenschaften ausgestattet war. Mein Englisch wurde bald fließend, weil ich so viel las und mit Nyasha redete, aber ich sprach ohne Akzent. Ich war nicht die Tochter des Schuldirektors, sondern eine arme Verwandte, die aus Verhältnissen stammte, die genauso, wenn nicht gar armseliger waren als die der anderen. An

Jungen war ich offensichtlich nicht interessiert. Wie überzeugend Nyasha auch auf mich einredete, sie konnte mich nicht oft überreden, zu einer Platten-Nacht in der Beit Hall zu gehen. Vielleicht tue ich ihr unrecht, wenn ich andeute, dass Nyasha nicht meine Gesellschaft an sich suchte, aber ich war damals sicher, ich brächte sie eher in Verlegenheit, als dass ich ein Gewinn für sie wäre, denn ich konnte noch nicht Boogie tanzen, zum einen, weil mir die wesentlichen Rhythmen nicht gefielen, die in der Beit Hall gespielt wurden, und ich nie gelernt hatte, mich anmutig dazu zu bewegen, und zum anderen, weil ich aus ernsthaften Gründen zur Mission gekommen war, nicht um tanzen zu lernen. Trotzdem drängte mich Nyasha andauernd mitzukommen, bis sie offen sagte, Babamukuru könne ihr zwar das Tanzengehen nicht verbieten, denn es sei eine Schulveranstaltung, so dass es unklug gewesen wäre, seine Tochter davon auszuschließen, aber er halte es trotzdem für eine Sünde. Sie wollte eine gemeinsame jugendliche Front dagegen errichten. Doch ich steckte die Nase in *Der Wind in den Weiden* und sagte, ich könne nicht tanzen.

Sogar die Lehrer mochten mich. Sie baten mich immer aufzupassen, wenn sie das Klassenzimmer verlassen mussten, und stellten meinen Fleiß der ganzen Klasse als Vorbild dar. Trotzdem wählten mich meine Klassenkameradinnen am Anfang des letzten Trimesters zur Klassensprecherin. Das war überraschend, überraschend und ungewohnt. Nyasha, meine Lehrer, meine Klassenkameradinnen – ich war es nicht gewohnt, so herzlich gemocht zu werden. Nur eines kam mir damals nicht seltsam vor – dass ich weiterhin eine der Besten in der Klasse war. Das Niveau auf der Missionsschule war höher als auf der Rutivi-Schule, und wir hatten häufig Prüfungen, aber ich schnitt besser ab als zu Hause, denn Baba und Maiguru wussten, wie wichtig meine Hausaufgaben waren, und störten mich nicht dabei. Ich kam nicht umhin, mit mir und mit der allgemeinen Entwicklung zufrieden zu sein, aber es war eine gesunde Selbstzufriedenheit, auf die sich die Leute gut einstellen konnten, weshalb niemand Anstoß daran nahm. Meistens waren die Leute auch mit mir zufrieden.

So entspannte ich mich körperlich und geistig, und Maiguru umsorgte mich eifrig wie eine Vogelmutter, ständig bereit, mir schmackhafte Bissen in den Mund zu werfen. Ich wurde ziemlich mollig. Ich bekam meine Menstruation. Zuerst war ich deswegen ganz gelassen. Gespräche mit älteren Cousinen und jüngeren Tanten sowie die Fragen älterer Tanten und Großmütter hatten mich darauf vorbereitet. Als mir meine Mutter während meiner ersten Ferien zu Hause ein paar alte Windeln von Rambanai in die Hand drückte, die einst ein Glückwunschgeschenk von Maiguru gewesen waren, und mir einschärfte, die Windeln und mich zu dieser Monatszeit besonders sauberzuhalten, nahm ich sie wie selbstverständlich an mich und wartete darauf, dass sie zu einem Bestandteil meiner Hygiene würden. Die erste Menstruation hätte also ohne Aufregung verlaufen müssen, doch als es notwendig wurde, die Lappen in Maigurus weißem Badezimmer zu waschen, das Toilettenbecken schmutzig zu machen, ehe ich alles hinunterspülte, wurde die Angelegenheit eklig und widerlich. Ich wurde launisch und mürrisch davon. Schließlich bot mir Nyasha Tampons an, und ich wäre vor Scham fast gestorben, denn ich hatte mir eingebildet, mich sehr diskret verhalten zu haben. Doch Nyasha war um mein Wohlbehagen besorgt und gab mir eine Schachtel Tampons mit Gebrauchsanweisung. Diese Gebrauchsanweisung mit ihren kurvenreichen Strichzeichnungen faszinierte mich, denn wir hatten in der Schule keine Sexualkunde gehabt. Schaute es drinnen wirklich so aus? Ich schaute mir den Tampon nur von außen an, ohne die Verpackung zu entfernen, denn ich wollte keinen verschwenden, und überlegte mir laut, was wohl passieren würde, wenn ich den anstößig geformten Gegenstand in meine Vagina schöbe. Nyasha lachte mich aus und sagte, es sei besser, seine Jungfräulichkeit an einen Tampon zu verlieren, der sich damit nicht brüstete, als an einen Mann, der mit meinem Hymen nur seine Sammlung vergrößern würde. »Die Männer tragen sie um die Hüften, wie Skalpe«, zog sie mich auf. Danach brauchte sie eine Weile, um mich davon zu überzeugen, dass sie mich nur auf den Arm genommen hatte, aber als ich endlich überzeugt war und nervös einen Tampon mit kaum merklichem Unbehagen einführte, war ich froh, dass sie mich damit bekannt gemacht hatte. Doch gab es ein Problem: Tampons waren teuer. Nyasha beruhigte mich erneut. Obwohl Maiguru wusste, dass Tampons anstößig waren und dass brave Mädchen sie nicht benutzten, würde sie schon aus Erleichterung darüber, dass wir nicht schwanger waren, Tampons kaufen. Sie gluckste. »Nein, wirklich«, gestand sie zu, »Mum ist unter ihren Federn ganz vernünftig.« Was hatte ich nur für eine Cousine! Schockierend und komisch, respektlos und unbezähmbar. Nun, da ich sie kannte, war ich ihr gegenüber nicht mehr argwöhnisch. Ich hielt sie auch für klug, ohne es begründen zu können. Ich bewunderte ihr Temperament, obwohl ich nicht erkannte, worauf es abzielte: Nyasha hatte alles, hätte also ruhig und zufrieden sein müssen. Meine Cousine war verwirrend. Sie ließ sich nicht mit dem Verstand sezieren.

Nyasha hielt sich für sehr vernünftig. »Man muss in Bewegung bleiben«, sagte sie. »Sich hier und dort einmischen, dieses und jenes herausfinden. Immer in Bewegung, die ganze Zeit. Sonst sitzt du in der Falle. Schau dir meine arme Mum an. Kannst du dir etwas Schlimmeres vorstellen? Wenn es Chido nicht gäbe, würde sie absolut verrückt werden!« Ich konnte mir durchaus Schlimmeres vorstellen, als Maiguru zu sein – musste es mir gar nicht vorstellen, denn ich hatte es erlebt. Ich sagte das Nyasha, und sie stimmte mir zu, meinte aber, alles sei relativ und liefe schließlich immer auf dasselbe hinaus, obwohl sie nicht sehr klar formulierte, worin dieses Etwas bestand. Sie warf mir einen ihrer langen Seitenblicke zu, die sehr viel ausdrückten, mir aber nichts sagten, und wir beließen es dabei. Trotzdem fragte ich mich weiterhin, was meine Cousine gesehen hatte und ich nicht.

So war Nyasha ständig dabei, etwas zu erkennen und darauf hinzuweisen, über das man besser nicht sprach; sie zerfetzte mit ihrem scharfen Verstand alles, worauf wir ihrer Ansicht nach verzichten konnten, selbst wenn alle anderen glaubten, es sei wichtig. Leute wie ich fanden Nyasha seltsam und auf schwer bestimmbare Weise hochmütig. Ihre Lehrer hielten sie für ein Genie und unterstützten diese Seite an ihr. Aber ihre Mutter und ihr Vater waren über ihre Entwicklung beunruhigt. Ich glaubte auch nicht, dass es ihr guttat, allem so intensiv nachzugehen. Ich hielt das für gefährlich, aber als ich es ernsthaft und methodisch überdachte, fielen mir einige Unstimmigkeiten auf, die ich in der ersten Begeisterung über das Leben auf der Mission vergessen hatte.

Da gab es zum Beispiel Anna, mit der ich mich hätte ausgiebig und entspannt unterhalten können, als ich im Januar ankam, die aber inzwischen einfach nur langweilig war. Es brauchte mich nicht zu erstaunen, dass es so gekommen war. Vielmehr hatte es sich ganz natürlich und schrittweise so ergeben. Folglich sah ich in ihr nicht mehr eine Freundin und Kameradin, obwohl ich damals am ersten Tag lieber mit ihr ein Bett in den vernachlässigt wirkenden Hütten geteilt hätte, wo die Dienstboten untergebracht waren, als das Schlafzimmer mit Nyasha. Bei solchen Gedanken hatte ich fast Mitleid mit Anna. Doch dann fiel mir ein, dass sie es vorausgesehen haben musste.

Maiguru, die stets lächelnde, stets glückliche Maiguru war ein weiteres Rätsel. Sie hatte freilich Grund genug, zufrieden zu sein. Sie war Babamukurus Ehefrau. Sie wohnte in einem komfortablen Haus und war Lehrerin. Im Gegensatz zu ihrer Tochter war sie für diesen Segen dankbar, aber ich dachte, selbst die Heiligen im Himmel müssten manchmal verstimmt sein und es an den tieferstehenden Engeln auslassen. Ich fand, Maiguru hätte es verdient, seliggesprochen zu werden. Sie war manchmal verstimmt, aber nie böse. Manchmal mochte sie enttäuscht sein, aber nie war sie mutlos. Es machte mir Sorgen, dass sie sich mit so wenigen Menschen unterhalten konnte, aber ich nahm an, dass dies die Folge ihrer Bildung war, denn keine der anderen Ehefrauen auf der Mission, mit denen sie sich hätte anfreunden können, hatte einen akademischen Abschluss, von einem Magister der Philosophie wie meine Tante ganz zu schweigen.

Ich war erstaunt, als ich eines Tages herausfand, wie gebildet meine Tante war. Es war an einem Sonntag. Wir gingen wie üblich zur Kirche. Am Sonntag gingen wir alle zur Kirche, selbst Nyasha, und auch Anna an den Tagen, an denen sie mit dem

Geschirrspülen rechtzeitig fertig war, was davon abhing, ob sie in frommer Stimmung war oder lieber für eine Weile allein sein wollte, ohne jemandem darüber Rechenschaft ablegen zu müssen. Nyasha ging mit, weil sie sich in einer frommen Phase befand: Sie engagierte sich gern, und das christliche Engagement war zwar konformistisch, ließ sich aber insgeheim zur progressiven Ideologie umdeuten und war daher für sie ideal. Überdies genoss sie das Singen. Sie war ein eifriges Mitglied des Schulchors gewesen, bis man sie einmal nicht auf eine Reise mitnahm, weil es nicht anging, dass die Tochter des Schuldirektors miterlebte, wie die Chorleiter sich amüsierten.

Sonntags machten Nyasha und ich uns in der Regel um Viertel vor neun in unseren Schuluniformen auf den Weg zum Bibelunterricht. Die Sonntagsschule fand für mich in einem Klassenzimmer der Grundschule statt, in der jeder Jahrgang von einem Präfekten aus der Oberschule unterrichtet wurde. Diese Präfekten trugen sonntags schwarze Röcke und weiße Blusen, wenn sie Frauen waren, die Männer lange schwarze Hosen und weiße Hemden. Es waren sehr kluge, schöne Menschen; wir träumten davon, eines Tages zu werden wie sie. Wenn ein besonders schicker Präfekt eine Krawatte trug, schnellte unser Blutdruck hoch, obwohl wir doch gesunde heranwachsende Mädchen waren. Ich nehme an, dass die weiblichen Präfekten, die es wagten, Strümpfe an Stelle von Söckchen zu tragen, vielleicht sogar solche mit Naht, eine ähnliche Wirkung auf die Jungen in unserer Klasse hatten.

In der Sonntagsschule wurden wir über Nächstenliebe und Liebe und Sünde unterrichtet, zwischen denen die Präfekten alle klar unterschieden; aber wenn es ganz verschiedene Dinge waren, fragte ich mich, wie man den verlorenen Sohn oder Maria Magdalena erklären sollte. Die Lieder waren weniger verwirrend. Sie geboten uns, die Eltern zu achten, weil sie uns das Leben verlängerten und die Bürden abnahmen. Diese pragmatische, wenig spirituelle Lebenssicht verstand ich gut. Um Viertel vor zehn erklang dann die Sirene der Oberschule und verkündete das Ende unserer Bibelstunde. Wir stellten uns vor unseren Klassenzimmern in zwei Reihen auf, die Jungen in Khaki an der Wand, daneben die Mädchen in Blau. Wir gingen im Gänsemarsch schnell, aber leise über den Rasen, unter den Augen strenger Präfekten, die Ordnung hielten und ihre Aufgaben sehr ernst nahmen. Die älteren Klassen folgten den jüngeren, und um zehn Uhr war die ganze Schule vor der Kirche versammelt. Manchmal überprüfte man uns nach fehlenden Knöpfen, schmutzigen Kragen und Socken, unanständig langen, lackierten Fingernägeln oder Lippenstift; um Viertel nach zehn strömten wir stets in die Kirche. Der Gottesdienst begann um halb elf. Von der Sirene um Viertel vor zehn an bis zum Ende des Gottesdienstes zwischen halb eins und eins wahrten wir Schweigen. Danach strömten wir wieder hinaus, und die Internatsschüler beeilten sich, rechtzeitig zu ihrem Mittagessen zu kommen.

Wenn die Internatsschüler fort waren, traf ich mich mit Nyasha. Wir blieben vor der Kirche stehen, begrüßten alte Freundinnen, tauschten Klatsch aus und beäugten in den Schulferien, wenn wir die Uniform nicht tragen mussten, begierig die Kleider der anderen.

Nyasha zog es vor, ihre Eltern und deren Freunde zu meiden, denn sie würden unweigerlich eine kritische Bemerkung machen, sich über ihren zu kurzen Rock beschweren oder murren, dass sie nach drei Jahren immer noch nicht gelernt habe, Ältere angemessen zu grüßen. Diese Bemerkungen verunsicherten Nyasha, obwohl sie doch Verbesserung bewirken sollten. Also mied Nyasha sie; wenn es nicht anders ging, brummte sie einen Gruß, dem es sehr an Stil mangelte, und entschwand so schnell wie möglich. Ihr Verhalten beschämte Babamukuru, so dass es auch ihm lieber war, wenn sie Distanz hielt.

Ich dagegen wollte neben meinem Onkel und meiner Tante vor der Kirche stehen. Ich wollte, dass man die Verwandtschaft erkannte, denn ich glaubte, meine häusliche Atmosphäre hänge mir noch an, mache mich anders. Aber als ich ein paar Wochen bei ihnen gestanden hatte, während sie mit dem Pfarrer den Stand der Beitragszahlungen und die sinkende Summe der Spenden diskutierten, wurde es mir langweilig, und ich zog es vor, bei Nyasha und meinen Freundinnen zu sein. Die Probe aufs Exempel kam an den Tagen, an denen Babamukuru Maiguru in gönnerhafter Laune mit dem alten Rover zur Kirche fuhr und uns nachher, wenn wir uns rechtzeitig einfanden, nach Hause brachte. Nyasha war der Ansicht, wir sollten konsequent sein und sie meiden, selbst wenn sie mit dem Auto fuhren. Aber ich fuhr liebend gern mit dem Auto und argumentierte pragmatisch, dass wir sie mieden, wenn es uns passte; da uns nun aber das Autofahren passte, sollten wir sie in diesen Fällen nicht meiden. Nyasha stimmte der Logik dieses Arguments zu, aber nicht der Prämisse, denn sie gehe lieber zu Fuß, aber sie gab trotzdem nach, und wir kamen zu unseren Autofahrten.

An einem solchen Tag warteten Nyasha und ich auf Baba und Maiguru, die sich noch mit meinem Schuldirektor unterhielten. Der Schuldirektor sah uns da stehen und begann natürlich über uns zu sprechen. Das empörte Nyasha, die es nicht mochte, dass man über sie in der dritten Person sprach: Sie hatte dann das Gefühl, ein Gegenstand zu sein. Mir machte es nichts aus, denn er sagte nur Vorteilhaftes.

»Mr. Sigauke, Sie müssen sehr stolz sein auf Ihre Töchter!«, sagte er und strahlte Babamukuru an. »Nyasha war in der Grundschule immer Klassenbeste, und ich höre, sie macht in der Oberschule so weiter. Sie möchte einen Magistertitel wie ihre Mutter. Und Tambudzai gleicht ihrem Onkel. Sie arbeitet ständig sehr hart.«

Alle drei waren sehr angetan von dieser Rede und von sich selbst. Der Schuldirektor war erfreut, weil Babamukuru ihm versicherte, unsere Tüchtigkeit sei das Resultat seines Eifers als Schuldirektor der Grundschule; Baba und Maiguru waren erfreut, weil unsere Fähigkeiten ein Spiegelbild ihrer eigenen waren und verdeutlichten, dass sie gute Gene hatten. Sie lächelten und wiesen die Komplimente lachend zurück und gratulierten einander immer wieder zu den Erfolgen.

Alle tauten deutlich auf. »Nyasha«, rief Babamukuru, »möchtest du deinen ehemaligen Schuldirektor, der dich unterrichtet hat, nicht begrüßen? Er hat so gut gearbeitet, so gut gearbeitet«, wiederholte er lächelnd. Nyasha näherte sich vorsichtig; ich folgte ihr. Das Lächeln verschwand aus Babamukurus Gesicht. »Was ist mit dir los? Hast du nicht gehört, was Mr. Satombo Nettes gesagt hat?«

Die Stimmung auf der Heimfahrt war an jenem Tag nicht die beste, denn Babamukuru legte ärgerlich und ausführlich dar, Nyasha brauche nicht in seinem Wagen mitzufahren, wenn sie zu seinen Kollegen nicht höflich sein könne. »Was werden die Leute über mich sagen, wenn meine Tochter sich so benimmt?«, fragte er. Nyasha schwieg.

Die schlechte Stimmung verfolgte uns bis zum Essen, Nyasha hatte die Sache schon vergessen, oder sie tat so. Sie war vom Feuer der Predigt beeindruckt gewesen, hatte aber eine technische Frage an Maiguru zu stellen: Es sei ja schön und gut, dem Kaiser zu geben, was dem Kaiser gebührt, aber wer sollte entscheiden, was dem Kaiser gebührt? Der Kaiser selbst. Dann würde er sich doch alles geben lassen! Wie immer war ich von Nyashas geistiger Flinkheit beeindruckt, aber Babamukuru reizte sie.

»Ach, Nyasha«, sagte er, »es gibt ein paar Sachen, die ich mit deiner Mutter besprechen will. Weißt du nicht, dass es sich für ein Kind nicht gehört, ständig zu reden?« Ich war enttäuscht, weil ich Maiguru hatte fragen wollen, ob sie wirklich einen Magister in Philosophie erlangt hatte, aber nun traute ich mich nicht mehr. Nyasha sagte kein Wort mehr und aß auch wenig. Kurze Zeit später stand sie auf. Ich fürchtete, mein Onkel würde darauf bestehen, dass sie zu Ende aß, aber abgesehen von bedeutsamen Blicken auf ihren halbvollen Teller, machten weder Baba noch Maiguru eine Bemerkung.

»Ist es wahr, Maiguru«, fragte ich sie im Verlauf des Nachmittags, als ich auf die Veranda trat, um dort zu lesen, und meine Tante beim Korrigieren von Schulheften vorfand, »hast du wirklich einen Magistertitel?«

Maiguru fühlte sich geschmeichelt. »Du wusstest das nicht?«, sagte sie und lächelte mich über den Brillenrand hinweg an. Wie hätte ich es wissen sollen? Niemand hatte es mir gegenüber erwähnt.

»Aber Maiguru«, antwortete ich sofort, ermutigt von dem Gedanken, eine Tante mit Magister zu haben, »hast du denn je darüber gesprochen?«

»Hast du je gefragt?«, konterte sie und fuhr fort: »Ja, wir haben beide studiert, dein Onkel und ich, zuerst in Südafrika und dann in England.«

»Ich dachte, du bist mitgegangen, um Babamukuru zu versorgen«, sagte ich. »Das sagen alle immer.«

Maiguru schnaubte verächtlich. »Was erwartest du auch anderes? Wieso sollte eine Frau auch sonst so weit fortgehen und so viele Schwierigkeiten auf sich nehmen, wenn nicht, um sich um ihren Mann zu kümmern?«

Maiguru war ernsthafter, als ich sie je erlebt hatte. Ihre Ernsthaftigkeit verwandelte sie aus einer lieben, sanften Taube in eine Wespe. »Das passt ihnen eben so am besten«, bemerkte sie verdrossen. Auf ihrer unteren Gesichtshälfte, und nur dort, denn die Augenpartie blieb unbeteiligt, bildeten sich mürrische Falten der Unzufriedenheit. Sie beugte sich über ihre Hefte, um sie zu verstecken, und wie um zu beweisen, dass sie keineswegs unglücklich war, gab sie einen glucksenden Laut von sich. »Was immer sie dachten«, sagte sie, »es half ihnen nichts! Ich habe studiert und einen Titel erworben, ihnen allen zum Trotz – trotz deines Onkels, deiner Großeltern und deiner übrigen Familie. Und meinst du nicht, dass sie jetzt stolz darauf sind, obwohl sie es nicht zeigen? Nein! Dein Onkel könnte nicht halb so viel tun, würde ich nicht auch arbeiten!«

»Du musst viel Geld verdienen«, hauchte ich voller Ehrfurcht. Meine Tante lachte auf und sagte, sie erhalte ihr Gehalt nie. Ich war entsetzt.

»Was passiert mit deinem Geld?«, fragte ich. »Mit dem, was du verdienst. Nimmt es die Regierung?« Denn ich begann zu begreifen, dass unsere Regierung nicht gut war.

»Das könnte man sagen«, sagte meine Tante und versuchte sich fröhlich zu geben. Sie gab es auf, nahm die Brille ab, lehnte sich zurück und starrte wehmütig durch die Bögen der Veranda auf die Berge und darüber hinaus. »Was für eine Wahl«, seufzte sie, »zwischen sich selbst und der Sicherheit. Als ich in England war, sah ich für eine Weile vor mir, was aus mir hätte werden können, was ich hätte machen können, wenn – wenn – wenn alles – anders wäre. Aber da waren Babawa Chido und die Kinder und die Familie. Begreift überhaupt jemand, würdigt es wirklich jemand, welche Opfer gebracht wurden? Niemand denkt je an all das, was ich aufgegeben habe.« Sie riss sich zusammen. »Aber so geht es, Sisi Tambu! Und wenn man einen guten Mann und wundervolle Kinder hat, dann war es das alles wert.«

Persönlich hielt ich es für sehr schade, dass Maiguru der Möglichkeit beraubt worden war, das Beste aus sich zu machen, selbst wenn sie diese Einschränkung hingenommen hatte. Ich war ganz dafür, den Menschen alle Möglichkeiten zu geben.

Ich erzählte Nyasha nichts von diesem Gespräch, denn ich vermutete, sie hatte Ähnliches schon oft gehört und würde mir nur gereizt antworten: »Ich hab's dir doch gesagt.« Im Übrigen waren Maigurus ganze Überlegungen vernünftig; sie bedeuteten nicht, dass sie sich ständig beklagte. Ich hatte Mitleid mit Maiguru, weil sie ihr verdientes Geld nicht für eigene Zwecke verwenden konnte und weil sie die Heirat daran gehindert hatte zu tun, was ihr vorschwebte. Aber so einfach war es nicht, denn sie war mit meinem Babamukuru verheiratet, was ihre Situation automatisch verbesserte. Wenn es notwendig war, sich zurückzunehmen, wie Maiguru es in einem Maße tat, dass man nicht mehr sicher sein konnte, ob sie es nicht doch genoss; wenn sie sich zurücknehmen musste, um sein Identitäts- und Selbstwertgefühl zu sichern, dann war ich sicher, dass Maiguru das Richtige getan hatte.

Die Identität meines Onkels war schwer fassbar. Nach meiner Ankunft auf der Mission war ich zuerst enttäuscht. Ich hatte angenommen, es würde sein wie in den guten alten Zeiten, der Zeit vor England, dass Babamukuru uns hochwerfen und wieder auffangen, uns – im übertragenen Sinn – Süßigkeiten geben würde, doch ich sah ihn fast nie, weil er zu beschäftigt war. Wir lachten selten, wenn Babamukuru in Hörweite war, denn Maiguru sagte, er habe schlechte Nerven. Er habe schlechte Nerven, weil er so viel arbeitete. Deshalb redeten wir auch wenig, wenn er in der Nähe war.

Nyashas überströmendes Wesen litt unter diesem kühlen Klima, und sogar Maiguru bemerkte manchmal: »Ich verschwende doch viel Zeit mit dem Kochen. Mit dem Kochen von Dingen, die niemand isst.« – »Dann hör auf zu kochen«, schnauzte Nyasha zurück. Oder ein andermal entschuldigte sich Maiguru bei Tisch dafür, dass sie keine Sahne zu unserer Götterspeise gekauft hatte. »Ich habe versucht, noch welche aufzutreiben, aber ich war zu spät dran und es gab keine mehr. Wie immer!« Nyasha ging auf keinen Kompromiss ein. Sie sagte Maiguru, sie solle Autofahren lernen. »Und wo sollte ich dann ein Auto herkriegen?«, gab ihre Mutter zurück. »Glaubst du, ich kann mir eins leisten?«

Sechs

Was die Mission noch kennzeichnete, waren die vielen Weißen dort. Die Weißen auf der Mission waren außergewöhnliche Weiße, wie meine Großmutter mir erklärt hatte, denn sie waren Heilige. Sie waren nicht gekommen, um zu nehmen, sondern um zu geben. Sie waren für Gott hierher ins dunkelste Afrika gekommen. Sie hatten den Komfort und die Sicherheit zu Hause aufgegeben, um zu uns zu kommen und Licht in unsere Dunkelheit zu bringen. Es war ein großes Opfer, das sie brachten. Es war ein Opfer, das ihnen unsere Dankbarkeit sicherte, das sie nicht nur uns überlegen machte, sondern auch den anderen Weißen, die nur aus Abenteuerlust hier waren und sich an unseren Smaragden bereichern wollten. Die Selbstaufopferung und brüderliche Liebe der Missionare blieb nicht unbelohnt. Wir behandelten sie wie kleine Götter. Mit der selbstbewussten Würde, die den Weißen damals so leichtfiel, akzeptierten sie diese Statusaufbesserung.

Heute gibt es weniger weiße Leute auf der Mission. Man nennt sie *expatriates* und nicht Missionare, und sie wohnen in ungetünchten Ziegelhäusern. Aber sie werden genauso vergöttert wie die Missionare, denn sie sind weiß, und ihr Kommen ist weiterhin eine Ehre. Man hat mir gesagt, dass man *expatriate* oder Missionar genannt wird, je nachdem, von wem man rekrutiert wurde. Obwohl diese Information aus zuverlässiger Quelle stammt, überzeugt sie mich nicht, denn ich habe im Umgang mit diesen Menschen keinen Unterschied beobachten können. Oft frage ich mich, wieso sie kommen und die Bequemlichkeit und Sicherheit ihres fortschrittlichen Heimatlandes aufgeben. Das führt uns wieder zur Frage der brüderlichen Liebe, der Anteilnahme und der Erhellung diverser Dunkelheiten zurück.

Doch damals – und Sie müssen bedenken, dass ich damals sehr jung war, sehr jung und sehr entschieden in meinem Wunsch, alle überlegenen Leute auf der Mission zu bewundern und zu achten –, damals mochte ich die Missionare, besonders die jüngeren. Sie hatten glatte, gesunde, sonnengebräunte Haut. Sie nahmen mir den größten Teil, wenn nicht den ganzen Abscheu vor den Weißen, der von der papierhäutigen Doris und ihrem blässlichen, braungesprenkelten Ehemann herrührte. Ich hatte ein schlechtes Gewissen, dass ich die Weißen nicht so liebte, wie es sich geziemte. Also tat es gut, die gesunden jungen Missionare zu sehen und zu entdecken, dass manche Weiße so schön waren wie wir. Danach dauerte es nicht mehr lange, bis mir klar wurde, dass sie in Wirklichkeit schöner waren, und nun konnte ich sie lieben. Weil es auf der Mission so viele Weiße gab, hatte ich viel mit ihnen zu tun, aber ihr Verhalten blieb schwer verständlich für mich. Mir fiel schon bald auf, dass manche Missionare sehr seltsam waren, so seltsam wie Nyasha und Chido, als sie aus England zurückkamen. Diese Missionare, die seltsamen, sprachen lieber Shona als Englisch. Und wenn man sein Englisch üben wollte und sie Englisch ansprach, antworteten sie immer auf Shona. Es war enttäuschend und verwirrend für Leute wie mich, die zweisprachig waren, denn wir hatten den Reflex entwickelt, mit Weißen Englisch zu sprechen, während wir unsere eigene Sprache für unseresgleichen reservierten. Die meisten Kinder dieser Missionare, die Kinder der seltsamen, sprachen überhaupt kein Englisch, bis sie es in der Schule lernten wie wir, denn ihre Eltern schickten sie auf die Missionsschule zu allen anderen. Ich fragte mich oft, wie sie zurechtkommen würden, wenn sie nach Hause zurückgingen und sich nicht mehr wie Afrikaner benehmen durften.

Doch waren nicht alle Missionare so. Der andere Typ, und das war die Mehrheit, war um einiges normaler. Sie sprachen ungehemmt Englisch und schickten ihre Kinder auf die Regierungsschulen in der Stadt, wo sie unter ihresgleichen waren. Diese Lösung war weniger schmerzhaft für die Kinder, dafür aber umso mehr für die Eltern, denn die Regierungsschulen repräsentierten all das, wogegen die Missionare predigten. Wir führten lange Diskussionen darüber: Welcher Missionar war der bessere – der seine Kinder auf die Regierungsschule schickte oder derjenige, der sie auf die Missionsschule schickte?

Es gab ein Missionarskind von der letzteren, seltsamen Art an unserer Oberschule. Sie hieß Nyaradzo, ein schöner Name, der für mich poetisch klang: Er klang beruhigend. Nyaradzo war so alt wie Nyasha und ich. Sie und Nyasha waren große Freundinnen, und wenn Nyasha auch sonst kaum Freundinnen hatte, war Nyaradzo ihr eine sehr gute Freundin. Es wurde mir erlaubt, aus dem Duo ein Trio zu machen, weil meine Normalität das Gleichgewicht nicht stören würde, nehme ich an.

Nyaradzo hatte zwei Brüder. Der eine, Brian, war ein Jahr älter als Nyaradzo, der andere, Andrew, drei Jahre jünger. Ich sah diese Jungen nur selten, denn sie gingen in Salisbury auf die Oberschule, obwohl sie die Grundschule auf der Mission besucht hatten. Nyaradzos Beschreibungen war zu entnehmen, dass es eine ganz besondere Schule war, ähnlich unserer Missionsschule, weißen und schwarzen Kindern zugänglich, sofern sie es wünschten. Aber andererseits war jene Schule sehr verschieden, denn es gab wenig schwarze Kinder und viele weiße dort. Die Vorstellung einer Schule der Weißen, die auch Schwarze besuchen durften, war seltsam, und seltsam war auch, dass es dort so wenige Schwarze gab. Nyaradzo erklärte dies mit den sehr hohen Schulgebühren, so dass nur Kinder dort hingehen konnten, deren Väter wohlhabend waren, und selbst wenn die Kinder es nicht wollten, wurden sie hingeschickt, weil die Väter es sich leisten konnten. Obwohl ich, ehrlich gesagt, nie ein schwarzes Kind kennengelernt habe, das auf eine dieser Schulen gehen wollte. Außer natürlich Nyasha. Nyasha und ich diskutierten darüber. Wir waren uns einig, dass es auf diesen Schulen mehr »Leben« gäbe als auf der Mission, und »Leben«, wie wir das Wort als Jugendliche gebrauchten, war etwas sehr Gutes. Unter Leben verstanden wir Bücher und Spiele, Menschen und kulturelle Aktivitäten sowie etwas mehr Abstraktes – eine Lebendigkeit, die verschiedene Dinge, aufregende, interessante, nützliche, geschehen lassen würde. Dennoch wussten wir, dass wir nie eine gemischtrassige Schule besuchen würden, denn Babamukuru machten schon die hohen Schulgebühren für Chido zu schaffen. Nyasha hielt dies für einen geheimen Segen, denn das »Leben«, von dem wir sprachen, würde uns dort überholen, und wir müssten die Konsequenzen tragen. Sie äußerte sich nicht deutlich, was das für Konsequenzen waren, außer dass sie mir versicherte, sie würden folgen; und ich drängte sie nicht, denn ich wäre trotz der Warnung gern auf eine gemischte Schule gegangen, und ich mochte das Gefühl von Ehrgeiz und Strebsamkeit, das mit diesem Wunsch einherging.

Chido war in der sechsten Klasse, als Babamukuru aus England zurückkehrte. Das bedeutete, dass er im nächsten Jahr auf die höhere Schule musste. Babamukuru hatte zwar vorgehabt, ihn auf der Mission zu behalten, damit die nicht-afrikanischen Einflüsse, denen er in England ausgesetzt gewesen war, ausgeglichen würden, doch Mr. Baker, Nyaradzos Vater, verschaffte Chido die Möglichkeit, die Aufnahmeprüfung an der Schule seines Sohnes abzulegen. So entschlossen war dieser gute Missionar, dass Chido die bestmögliche Ausbildung genießen sollte, dass er meinen Cousin selbst mit dem Auto zur Prüfung nach Salisbury fuhr. Chido wurde zugelassen und erhielt ein Stipendium, was niemanden überraschte, denn damals waren die Weißen großzügig vielversprechenden jungen Schwarzen gegenüber, die sich friedlich verhielten und dankbar zu akzeptieren bereit waren, was ihnen zugeteilt wurde, und nicht mehr zu verlangen. Nyasha war sicher, dass Mr. Baker seinen Einfluss geltend gemacht hatte. Um sein Gewissen zu beruhigen. »Nur ein Wort zum Schuldirektor«, sagte sie mir, als Nyaradzo nicht anwesend war, »du weißt, wie es ist, von Bwana zu Bwana: (Der Junge braucht das Geld, alter Knabe!) – Ein braver Junge, wie? Wäre schade um ihn. Mal sehen, was sich tun lässt.) Also erhält Chido sein Stipendium, und Mr. Baker hat ein besseres Gewissen, dass er seine Jungen dort hingeschickt hat. Was die alles erfinden, um uns den Blick zu verschleiern. Wirklich!« Nyashas Analyse leuchtete mir ein, denn Babamukuru missbilligte europäische Gewohnheiten, bequeme Lösungen und unnötige Ausgaben. Ohne das Stipendium wäre Chido sicherlich nicht auf diese Schule gekommen, und die bessere Ausbildung seiner Söhne hätte das Gewissen von Mr. Baker belastet. Schließlich kam Chido auf das Internat, und als ich zur Mission kam, hatte er sich dort schon erstaunlich gut eingewöhnt. Er hatte die höfliche, selbstgefällige Art der Internatsschüler und war eng mit den Baker-Jungen befreundet. So sah ich ihn und die Baker-Jungen sehr selten, nur an ein paar Tagen am Anfang oder Ende der Ferien, denn ihre Ferien lagen anders als unsere.

Da Nyasha in jenem Jahr, meinem ersten Jahr auf der Mission, in die zweite Oberschulklasse ging, musste sie ihre erste Prüfung ablegen. Eigentlich war es schon ihre zweite, denn sie hatte die Abschlussprüfung der Grundschule bestanden, aber Nyasha, die in England an einem Programm zur Förderung begabter Kinder teilgenommen hatte, tat diese Prüfung ab. Außenstehende hätten es als Angeberei aufgefasst, als sie in typischer Selbstunterschätzung sagte, dass jeder normal gescheite Mensch diese Prüfungen bestehen könnte, selbst wenn er nur einmal die Woche zum Unterricht ginge. Die Prüfungen am Ende der zweiten Oberschulklasse seien etwas anderes, sagte sie. Sie setzten wirkliche Kenntnisse voraus, und es würde ausgesiebt.

So war es zumindest in der Theorie. Denn Nyasha brauchte sich als Tochter des Schuldirektors keine Sorgen zu machen, dass sie womöglich von der Schule abgehen müsste. Sie konnte es sich sogar erlauben, in Maßen schlecht abzuschneiden. Obwohl die Verwaltung die Zahl der Plätze in der dritten Klasse aus taktischen Gründen gering hielt und sie heftig umkämpft waren, würde der Schuldirektor schon einen Platz für seine Tochter finden. Und wenn sie vollkommen versagte, konnte er seinen Einfluss geltend machen, damit sie die Prüfung wiederholen konnte. Die Behörden schätzten Babamukuru als guten Afrikaner. Und es herrschte allgemein die Ansicht, dass gute Afrikaner auch gute afrikanische Kinder großzogen, die ebenfalls an nichts anderes dachten, als ihrer Gemeinschaft zu dienen. Also brauchte sich Nyasha keine Sorgen machen.

Nyasha fand einiges an dieser Situation amüsant. Sollte Babamukuru sich mit solchen Mitteln Vorteile verschaffen, würde er nicht mehr als guter Afrikaner gelten, und wenn ihm auch die Kinder oder vielmehr ihre Ausbildung wichtig waren, so bedeutete ihm seine Ehre noch mehr. Boshaft drohte Nyasha damit, durch die Prüfung zu fallen, um den Konflikt zu beobachten oder, wie sie es ausdrückte, um die Reaktion ihres Vaters zu sehen. Doch jeder außer Nyasha wusste, dass sie zu allem in der Lage war, nur nicht zum Durchfallen. Sie arbeitete viel härter, als ich es je zuvor bei ihr gesehen hatte, schon früh morgens vor ihrer üblichen Aufstehzeit, so dass sie bis zum Frühstück bereits eine gute Stunde konzentrierten Lernens hinter sich hatte. Abends war es genauso: Um acht lag sie schon im Bett mit ihren Büchern, doch ging das Licht selten vor ein Uhr aus. Alle waren der Meinung, dass sie es übertrieb. Sie sah abgespannt aus und hatte den Appetit verloren, so dass an ihrem ganzen Körper die Knochen zum Vorschein kamen, aber sie schien es nicht zu bemerken. Maiguru bat mich, mit ihr zu reden, denn sie war dickköpfig und reagierte nicht sehr wohlwollend auf die Sorgen ihrer Mutter. »Diese lockeren Verbindungen!«, lächelte Maiguru liebevoll, rollte mit den Augen und gestikulierte so deutlich mit den Händen, dass es nicht schwerfiel, zu erkennen, was in Nyashas Kopf vorging.

Als ich Nyasha sagte, sie arbeite übertrieben viel, gestand sie mir ihre Nervosität. »Als müsste ich alles lernen und könnte es nie schaffen. Also muss ich immer mehr lesen und es mir einprägen, lesen und es mir einprägen. Um sicher zu sein, dass ich mir auch alles merke.« Sie warf mir einen ihrer Blicke zu. »Ich weiß, dass es nicht so schlecht steht, aber ich bilde es mir ständig ein. Ich kann nichts dagegen tun. Wenn ich nur für eine Minute pausiere, fange ich an, mir Sorgen zu machen.« Also versuchte ich, so oft wie sie es nur zuließ, mit ihr zu reden, um sie von den Prüfungen abzulenken. Ich weiß, ich habe gesagt, dass sich alle Sorgen über Nyashas Prüfungsängste machten, aber das stimmte nicht ganz. Babamukuru war vom Fleiß seiner Tochter beeindruckt. »Also gibt es für sie noch Hoffnung«, bemerkte er zufrieden. »Wenn sie beschließt, es ernst zu nehmen, arbeitet sie sehr gut, wirklich sehr gut.«

Nyasha bestand natürlich mit den besten Noten und dem besten Durchschnitt der gesamten Schule, aber wir erfuhren dies erst am Ende der Weihnachtsferien. Auf diese Ferien freute ich mich mehr als sonst. Denn obwohl es schön war, wieder zu Hause bei meiner Mutter zu sein, ging ich immer ungern von der Mission und all meinen Freundinnen und Nyasha fort. Aber es waren die Weihnachtsferien. Babamukuru und seine Familie kamen mit nach Hause, und Babamukuru hatte mir großzügigerweise erlaubt, auf der Mission zu bleiben, bis wir alle an Weihnachten nach Hause führen.

Das hatte viele Vorteile. Nicht nur konnte ich länger auf der Mission bleiben und mit meinen Verwandten nach Hause fahren, so dass es keine traurigen Abschiede gab, sondern ich hatte auch die Möglichkeit, Chido öfter zu sehen. Chido war groß, athletisch und hübsch. Er wusste einen so zu necken, dass man kichern musste und ein Kribbeln verspürte, rot wurde und jeden Augenblick genoss. Ich freute mich darauf, von meinem Cousin geneckt zu werden und ihn so albern zu necken wie andere Mädchen auch. Wenn sich mir nur nicht die Zunge verknotete!

Nyasha war mit ihren Prüfungen fertig, als Mr. Baker seine Söhne und Chido nach Hause brachte. Sie hatte wieder Appetit und schlief nachts friedlich fünf bis sechs Stunden, statt sich nur drei bis vier Stunden unruhig herumzuwälzen wie zur Zeit der Prüfungen. Sie lachte auch über sich selbst, über den von ihr verursachten Wirbel, und entschuldigte sich damit, dass sie zum ersten Mal in ihrem Leben etwas Wichtiges habe tun müssen, etwas, das ernste Folgen hatte. Sie zählte die Punkte zusammen, die sie wahrscheinlich erzielt hatte, und gab zu, sie könnte es vielleicht gerade so geschafft haben. Merkwürdig, wie sehr Nyashas Laune uns alle beeinflusste. Die Stimmung im Haus war während der Prüfungszeit trostlos gewesen, aber als Chido nach Hause kam, waren wir alle viel fröhlicher.

Das Wochenende, an dem Chido nach Hause kam, war das letzte des Schultrimesters. Zur Feier organisierte die Schülervertretung eine »rasante« Weihnachtsfeier in der Beit Hall. Wir drei gingen hin, Nyasha, Chido und ich; Nyasha hatte schon Tage davor leuchtende Augen und freute sich überschäumend darauf, denn sie liebte rauschende Feste, die es so selten gab. An dem Abend des Fests schmollte sie ein wenig, denn als sie angezogen und geschminkt vor der Hintertür auf uns wartete, erkannte Babamukuru sie nicht. Er hielt sie für irgendein Mädchen, das gekommen war, um nach einem Platz in der Schule zu fragen. Er verstand nicht, warum das fremde Mädchen dann darauf beharrte, seine Tochter zu sein. Als er endlich davon überzeugt war, äußerte er sich missbilligend. Er wollte wissen, wohin seine Tochter in diesem gottlosen Aufzug zu gehen gedenke, und sagte ihr, sie werde nirgendwohin gehen – egal, was sie sich einbilde. Dann erschien Maiguru und fragte Babamukuru in aller Unschuld, ob er nicht stolz auf seine gutaussehende Tochter wäre. »Ich habe ihr das Kleid gekauft, weil sie so hart für ihre Prüfung gearbeitet hat«, sagte Maiguru strahlend und brachte es fertig, weiter zu strahlen, als ihr Mann sie zaghaft beschuldigte, die Moral ihrer Tochter aufs Spiel zu setzen. Chido und ich nahmen das alles nicht ernst, weil Nyasha sehr attraktiv aussah, und genau dagegen, sagten wir, hatte Babamukuru etwas. Wir lachten darüber und neckten sie: »Es ist deine Schuld. Was erwartest du auch, wenn du dich so auftakeln musst?« – »Pass auf, in der Beit Hall fressen dich die Jungen gleich bei lebendigem Leibe auf.« Man sah sie sich fragen, ob sie darüber böse sein oder es als Kompliment nehmen sollte. Schließlich nahm sie es als Kompliment und stimmte in unser Gelächter ein, woraufhin Chido wieder ernst wurde und zu ihr sagte, Babamukuru habe recht – sie solle aus ihrem bisschen Anstand das Beste machen. Der arme Chido! Ich glaube, er fühlte sich verpflichtet, die Tradition auf die normale, unreflektiert männliche Weise fortzuführen, denn als wir uns weigerten, uns ihm unterzuordnen und ihn stattdessen auslachten, wurde er wieder der liebenswerte Chido, den wir kannten.

Unter solchem Geplänkel gingen wir die Auffahrt hinunter und über die Landstraße, an deren Rand die blassen Bauhinias wie Geister im Mondlicht leuchteten (was mich in einer weniger fröhlichen Stunde furchtsam gemacht hätte), bis zur Beit Hall hinauf, wo der Krach von elektrischen Gitarren und Schlagzeug aus einer alten Musikanlage mit geringer Klangtreue weitere Gespräche sinnlos machte. Wir eilten hinein, zu den Lichtern, der Musik, den tanzenden Leuten.

Ich habe gesagt, dass ich nicht oft zu dieser Tanzveranstaltung ging. Ich zog Diskussionen und Filmshows vor, wo ich mich still auf das Geschehen konzentrieren konnte; die Tänze, der Lärm und die bewegte, wirbelnde und brodelnde Masse waren strapaziös. Ich war nicht wie Nyasha, die so vollständig vergessen konnte, wo sie war, dass sie tun konnte, wonach ihr der Sinn stand, und dies gewöhnlich auch tat. Ich war mir immer meiner Umgebung bewusst. War die Umgebung neu und ungewohnt, so nahm ich das schmerzhaft deutlich wahr und benahm mich sehr seltsam. In solchen Momenten wollte ich so sehr verschwinden, dass ich praktisch aufhörte zu existieren. Leute, die mich in einem solchen Zustand erwischten und das Pech hatten, mit mir sprechen zu müssen, bekamen aus mir nicht mehr heraus als ein liebenswürdiges Grinsen oder eine Folge von Banalitäten, die nicht einmal als anspruchslose Konversation gelten konnten. Solche Gespräche waren eine unangenehme Erfahrung für mich wie für diejenigen, mit denen ich redete. Ich weiß nicht, wie ich in diese Verfassung geriet. Falls Sie sich noch daran erinnern – daheim, bevor ich zur Mission kam, wusste ich mich durchaus zu behaupten und konnte den Leuten sagen, was ich auf dem Herzen hatte. Trotz meiner Erfolge und meiner guten Eingewöhnung war der Wechsel also wohl so drastisch, dass er mich aus dem Gleichgewicht warf. Jedenfalls bewegte ich mich nun tastend vorwärts. Der Tanzabend wurde zu einer Qual.

Während der ersten zehn Minuten war ich sicher, es würde schrecklich werden. Als wir eintraten, warf die Musik meinen ganzen Körper aus der Bahn, von den Haaren bis zu den Zehenspitzen. Es musste etwas zu tun haben mit den Frequenzen, die gerade in diesem Song vorherrschten, denn es fühlte sich an, als tollten mehrere hundert Volt durch meine Nervenenden. In der Ferne nahm ich Nyaradzo und ihre Brüder wahr – wehende Haare, grinsende Zähne in verschwommenen Gesichtern und ausgestreckte Hände, die auf uns zusteuerten. Als ich mich erholt hatte, war ich allein. Andy, der Nyasha in Beschlag genommen hatte, zuckte mit den Schultern und stampfte in enthusiastischem Kontrast zu ihren wellenförmigen Bewegungen mit den Füßen auf. Nyaradzo und Chido schwebten rhythmisch und ruhig dahin, während Brian, der begriffen hatte, dass ich keine Draufgängerin war, allein neben ihnen tanzte. Als ich Jocelyn und Maidei am anderen Ende des Saales sah, taumelte ich zu ihnen herüber, wandt mich zwischen rhythmusbewussten Körpern hindurch und konnte nur knapp mein Augenlicht retten, als ein energischer, sportlicher Tänzer in der Luft nach dem Rhythmus schnappte. Ich schwitzte, als ich Jocelyn und Maidei erreichte, denn alle waren nass von ihren Anstrengungen, und im ganzen Saal war es heiß und feucht geworden. Aber ich war froh, meine Freundinnen gefunden zu haben. Sie waren ebenso überrascht wie ich, mich bei einer solchen Zusammenkunft anzutreffen, und beschützten mich vor allem, was an bedrohliche Orgien grenzte. Wir tanzten besonnen als Gruppe, lachten und zeigten auf heterosexuelle Paare, die sich skrupellos eng aneinanderschmiegten. In der Sicherheit dieser Gruppe konnte ich der Musik zuhören und fand sie absolut ansteckend. Meine Füße begannen von selbst zu rutschen, zu gleiten, zu stampfen. Mein übriger Körper folgte. Zu meiner Überraschung entdeckte ich, dass ich recht gut tanzen konnte. Ich musste damit angeben. Ich huschte zu Nyasha und Andy hinüber, führte ein paar schwierige Schritte vor und tanzte weiter zu Nyaradzo, Chido und Brian.

Danach tanzte ich mit Hunderten von Leuten. Drei junge Männer kamen zu mir und sagten, ich gefiele ihnen, aber ich hörte heraus, dass sie in Wirklichkeit nur sich selbst gefielen. Der gesellige Teil von mir kam auf seine Kosten, und ich amüsierte mich prächtig, aber um zehn Uhr war ich so erschöpft, dass ich nur allzu gern aufbrach, als Chido mich rief. Nyasha wollte wie üblich noch einmal von vorn anfangen und die ganze Nacht durchtanzen. Widerwillig riss sie sich los, und Andy brachte sie heim, oder besser gesagt: tanzte sie heim, denn sie machten unterwegs Luftsprünge und Kapriolen und jodelten. Oben an unserer Auffahrt fiel es Andy dann ein, dass es da noch einen neuen Tanz gab, den er nun Nyasha beibringen musste, und Nyasha fand, sie würde nicht schlafen können, wenn sie ihn nicht sofort lernte. Chido und ich warteten eine Weile darauf, dass sie mit dem Gekichere, dem Herumtanzen, den missglückten Schritten und dem Wieder-ganz-von-vorne-Anfangen aufhörten. Andy wollte den Tanz auch uns beibringen, aber Chido wurde ungeduldig. »Nein, macht jetzt Schluss«, sagte er.

»Ich hab's gleich«, rief Nyasha, machte aber einen Fehler und musste die Schrittfolge erneut beginnen.

»Wir könnten schon mal reingehen«, schlug ich vor, denn meine Füße schmerzten von der ungewohnten Betätigung.

»Können wir nicht«, wandte Chido ein. »Die Lichter im Wohnzimmer sind an. Daddy ist immer noch auf.«

»Dann lass uns langsam zum Haus gehen.« Ich war begierig, ins Bett zu kommen.

Am Ende der Auffahrt wurde uns das Warten zu lang, und wir guckten gerade durch die Vorhänge des Wohnzimmers, um nachzuschauen, ob Babamukuru dort war, als er die Vorhänge etwas auseinanderzog und hinausblickte. Natürlich duckten wir uns sofort und zogen uns zurück, verkniffen uns das Lachen und gratulierten einander, dass wir so viel Glück gehabt hatten. Natürlich sah uns Babamukuru und schob die Hintertür auf. »Was macht ihr Kinder da?«, fragte er in einem Ton, der keine Widerrede duldete. »Kommt her, sofort herein mit euch«, befahl er. Schüchtern traten wir ein und wünschten uns, Nyasha käme gleich nach, denn noch war Babamukuru nicht verärgert, doch unsere Hoffnung sank, als wir sie weit oben an der Auffahrt jauchzen hörten.

»Ihr Kinder habt nur Unsinn im Kopf«, sagte mein Onkel freundlich und begann die Tür zu schließen, »so spät in der Nacht noch draußen! Ts! So benehmen sich anständige Kinder nicht. Aber wo ist denn Nyasha?« Nun hatte er ihre Abwesenheit bemerkt.

»Sie kommt gleich«, antwortete Chido knapp. »Gute Nacht, Daddy«, sagte er und wollte in sein Zimmer verschwinden, aber Babamukuru ließ das nicht zu.

»He, Chido! Willst du mir etwa sagen, dass du deine Schwester einfach da draußen allein gelassen hast? Sie machen lässt, was sie will?«

»Nein, Daddy«, antwortete Chido entwaffnend. »Sie ist oben an der Auffahrt und spricht noch mit Nyaradzo. Sie wird gleich kommen.«

Babamukuru ging ohne ein weiteres Wort aus dem Haus. Wir flohen auf unsere Zimmer. Dann hörte ich meinen Onkel ins Wohnzimmer zurückkommen und sich wieder um seine Papiere kümmern. Zehn Minuten später spazierte Nyasha herein, bald danach von Babamukuru gefolgt, der so aufgeregt war, dass er ohne zu klopfen hereinmarschierte. Ich war froh, dass ich unter der Bettdecke lag und nicht noch beim Ausziehen war. Nyasha stopfte ihre Strumpfhose, die sie gerade ausgezogen hatte, unter das Bett und zog ihr Kleid nach unten, was bei der Kürze ihres Kleides kaum möglich war. Sie schauten sich an.

»Ah, Nyasha«, begann Babamukuru, »kannst du mir sagen, wieso du so spät nach Hause kommst?« Er sah sie so prüfend an, als hätte er eine eigensinnige Bilanz vor sich, die sich nicht ausgleichen lassen wollte.

»Es tut mir leid, Daddy«, sagte Nyasha. »Ich hab noch mit ein paar Freundinnen geredet.«

»Haben Chido und deine Cousine etwa keine Freunde, mit denen sie gern reden?« fragte er logisch nach. »Was für Freundinnen sind das, dass du die halbe Nacht mit ihnen sprichst?

Gute Freundinnen wüssten, dass es spät ist und Zeit, nach Hause zu gehen.«

Nyasha schwieg.

»Antworte mir, Mädchen«, verlangte Babamukuru. »Hörst du meine Fragen nicht? Haben die anderen keine Freunde?«

»Sie haben Freunde«, murmelte Nyasha schmollend.

»Wieso bist du dann die Einzige, die so spät heimkommt?«, fragte Babamukuru und gab sich selbst die triumphierende Antwort. »Du lügst. Du hast nicht mit deinen Freundinnen geredet. Du hast mit dem Baker-Jungen geredet. Ich habe es selbst gesehen. Ich habe euch gesehen! Was habt ihr gemacht?«

Nyasha gab nicht vollständig klein bei, was ein Fehler war: »Ich habe nur geredet. Und getanzt«, erklärte sie. »Er hat mir einen neuen Tanz beigebracht.«

Babamukuru war schockiert. »Was! Was sagst du da; du wagst es, mir die Ohren mit so einem Unsinn zu füllen! Tambudzai, geh aus dem Zimmer. Ich will diese Angelegenheit allein mit ihr regeln.«

»Ich habe nichts Schlechtes getan«, beharrte Nyasha.

Die Atmosphäre im Zimmer wurde immer feindseliger, Kommunikation fand kaum noch statt. Stimmen wurden laut und drohten sich zu überschlagen. Ich stieg aus dem Bett und wusste, dass ich etwas tun müsste, denn beide wollten offensichtlich Blut sehen. Ich weckte Maiguru und brauchte nicht viel zu erklären, denn man hörte sie noch am Ende des Korridors einander anklagen und Widerworte geben und bitter verurteilen. Maiguru stieg aus dem Bett, schlüpfte in Morgenrock und Hausschuhe, murmelte etwas über ihre Nerven und dass die Bewohner ihres Hauses sie noch zugrunde richten würden. Wir eilten zu Nyashas Zimmer und trafen auf dem Gang einen verärgerten und unsicheren Chido.

»Diese kleine Idiotin«, flüsterte er. »Wieso muss sie ihm immer widersprechen?«

»Kein anständiges Mädchen würde mit einem Jungen um diese Zeit in der Nacht draußen bleiben«, sagte Babamukuru in einem bebenden Tenor. »Aber du hast es getan, ich habe dich gesehen. Glaubst du, dass ich lüge, dass diese meine Augen lügen?«

Nyasha war unglücklicherweise immer noch ohne Reue. »Was willst du denn, dass ich sage?«, fragte sie. »Du willst, dass ich meine Schuld zugebe, oder? Gut. Ich habe es getan, was immer du dir vorstellst. So. Ich habe gestanden.«

»Sprich nicht so zu mir, Kind«, warnte sie Babamukuru. »Du musst mich respektieren. Ich bin dein Vater. Und in dieser Funktion sage ich dir, sage ich dir, dass ich es nicht mag, wie du dich immer mit diesen – ah – diesen jungen Männern herumtreibst. Heute mit diesem, morgen mit jenem. Was ist mit dir los, Mädchen? Wieso kannst du dich nicht wie eine junge Frau aus anständigem Haus benehmen? Was werden die Leute sagen, wenn sie sehen, wie Sigaukes Tochter sich aufführt?«

Ich vermute, dass Nyasha wirklich glaubte, die Konfrontation habe jetzt eine versöhnliche Wende genommen. Sie lächelte, um ihren Vater zu beruhigen, was die Anzahl ihrer männlichen Bekannten betraf. »Du kennst mich«, sagte sie zu ihm, aber da irrte sie sich natürlich. »Du hast mir beigebracht, wie ich mich benehmen muss. Ich kümmere mich nicht um das, was andere sagen, also sollte es dich auch nicht kümmern.« Sie kannte aber ihren Vater schlecht, denn jeder, der ihn kannte, hätte an dieser Stelle nachgegeben.

»Fordere mich nicht heraus«, flehte Babamukuru sie an. Chido nahm seinen ganzen Mut zusammen und versuchte ihr zu helfen. »Sie haben nur ein paar Minuten geredet, Daddy«, sagte er – und erhielt den Befehl zu schweigen.

»Du, Chido, hältst den Mund«, fuhr ihn Babamukuru an. »Du lässt es zu, dass sich deine Schwester benimmt wie eine Hure, ohne etwas zu sagen. Halte den Mund!«

»Babawa Chido«, begann Maiguru, wurde aber sofort zum Schweigen gebracht.

Nyasha wurde in solchen Situationen untypisch ruhig. Sie stellte eine Frage: »Wieso sollte ich mich um die Meinung anderer kümmern, wenn mein eigener Vater mich eine Hure nennt?« Sie sah ihn mit einem mörderischen Blick an.

»Nyasha, sei still!«, beschwor sie Chido.

»Chido, ich habe dir schon gesagt, du sollst dich hier raushalten«, erinnerte ihn Babamukuru und gab Nyasha mit seinem ganzen Gewicht eine Ohrfeige. »Niemals«, rief er. »Niemals«, wiederholte er und schlug sie mit dem Handrücken auf die andere Wange, »darfst du so zu mir reden.«

Nyasha fiel aufs Bett; der Minirock war bis über ihr Hinterteil hochgerutscht. Babamukuru stand über ihr und rang mit bebenden Nasenlöchern nach Luft.

»Heute werde ich dir eine Lektion erteilen«, sagte er zu ihr. »Wie kannst du mir solche Schande bereiten? Mir! Einfach so! Nein, das kannst du nicht machen. Ich werde auf dieser Mission respektiert. Ich kann keine Tochter dulden, die sich wie eine Hure benimmt.«

Nyasha war durchaus imstande, darauf hinzuweisen, dass er so eine Tochter nach seiner eigenen Aussage schon hatte, aber sie tat es nicht. »Schlag mich nicht, Daddy«, sagte sie und wich zurück. »Ich habe nichts Schlechtes getan. Schlag mich nicht.«

»Yuwi, yuwi, yuwi!«, jammerte Maiguru. »Babawa Chido, willst du mich mit deinem Zorn umbringen? Sie ist nur ein Kind, Babawa Chido, ein Kind.«

»Du musst lernen zu gehorchen«, sagte Babamukuru und schlug sie erneut.

»Ich habe dir gesagt, du sollst mich nicht schlagen«, sagte Nyasha und stieß ihm die Faust ins Auge.

Babamukuru brüllte auf und schnaubte, er schwöre bei seiner Mutter, die in ihrem Grab ruhe, dass er, wenn Nyasha sich wie ein Mann benehmen wolle, mit ihr wie unter Männern kämpfen werde. Sie fielen auf den Boden. Babamukuru schlug abwechselnd auf Nyashas Kopf ein oder hämmerte diesen auf den Boden, schrie oder versuchte zu schreien, aber es kam nur ein Röcheln heraus, denn Wut erstickte ihn; er werde sie mit eigenen Händen umbringen, röchelte er; Nyasha schrie, wälzte sich umher und versuchte Schaden anzurichten, wo immer sie konnte. Maiguru und Chido konnten nicht länger zusehen. Sie mussten ihn aufhalten.

»Nein, Babawa Chido«, bat Maiguru flehend. »Wenn du unbedingt jemanden umbringen musst, dann bringe mich um. Aber nicht meine Tochter, lass sie in Ruhe. Bitte, ich flehe dich an, lass sie in Ruhe.«

Babamukuru wiederholte, er werde sie umbringen und sich dann erhängen. »Sie hat es gewagt«, sagte er, während ihm der Schweiß hinunterlief und seine Brust angesichts der Ungeheuerlichkeit bebte, »ihre Faust gegen mich zu erheben. Sie wagt es, mich herauszufordern. Mich! Ihren Vater. Ich sage euch«, und er begann sich zu winden, »den heutigen Tag wird sie nicht überleben. Wir können nicht zwei Männer in diesem Haus haben. Nicht einmal Chido, hörst du, Nyasha? Nicht einmal dein Bruder hier wagt es, meine Autorität anzuzweifeln. Hörst du, was ich sage, hörst du? Du kannst dich nur retten, wenn du mein Haus verlässt, für immer. Sonst«, er spuckte ihr ins Gesicht, denn er wurde immer noch festgehalten und konnte sie nicht schlagen, »sonst werde ich dich töten.« Er spuckte wieder. Nyasha stand vom Boden auf und ging aus dem Zimmer. »Sie geht! Sie geht einfach weg. Sie ist stolz. Das ist ihr Problem. Sie ist stolz. Pfui! Sis! Sie ist nicht meine Tochter.«

»Ja, Baba, wir haben es gehört«, besänftigte ihn Maiguru. Chido sagte nichts, hielt aber weiter seinen Vater fest.

»Nyasha«, sagte ich, als sie an mir vorbeiging, aber sie antwortete nicht. Ich folgte ihr zu den Räumen der Dienstboten, wo wir uns hinsetzten; sie zündete sich eine Zigarette an und hielt sie zwischen ihren zitternden Fingern, während ich mit ihr litt und daran dachte, wie grauenhaft bekannt mir die ganze Szene war – Babamukuru, der sie als Hure bezeichnete und so zum Opfer ihrer Weiblichkeit machte, genauso wie ich zu Hause zum Opfer wurde, als Nhamo zur Schule ging und ich Mais anpflanzte. Überall, sah ich nun, wurden Menschen zu Opfern gemacht. Es hing nicht von Armut ab oder von mangelnder Bildung oder von Tradition. Es hing von keinem der Dinge ab, in denen ich bisher den Grund gesehen hatte. Männer erzeugten Opfer, wohin sie auch gingen. Sogar Helden wie Babamukuru taten es. Und das war das Problem. Man musste zugeben, dass Nyasha taktlos war.

Man musste zugeben, dass sie insgesamt zu launisch und dickköpfig war. Man konnte nicht übersehen, dass sie keinen Respekt vor Babamukuru hatte, obwohl sie großen Respekt hätte haben sollen. Aber was mir missfiel, war das Muster, nach dem sich alle Konflikte auf diese Frage der weiblichen Rolle reduzierten. Frau gegen Mann, Frau dem Mann untergeordnet.

Wäre ich in meinem Denken selbständiger gewesen, hätte ich die Sache zu Ende gedacht. Aber damals fiel es mir leicht, verwickelte Gedanken im Knäuel zu belassen, mit lose herabhängenden Fäden. Ich wagte mich nicht in das tückische Labyrinth, in das solche Gedanken meist führten. Ich wollte den Ausgang aus diesem Labyrinth nicht finden, denn ich wusste, dass ich dort mich finden würde, und fürchtete, mich nicht wiederzuerkennen nach all den verwirrenden Richtungswechseln der letzten Zeit. Ich hegte den Verdacht, nicht die Person zu sein, für die man mich hielt, und fasste das als Beweis dafür auf, dass ich irgendwo die falsche Richtung eingeschlagen hatte. Um mich wieder auf den richtigen Weg zu bringen, flüchtete ich mich in die Rolle der dankbaren armen Verwandten. Das erleichterte alles ungemein. Es zeichnete mir klar die Wege auf, die ich gehen durfte, und wenn ich mich innerhalb dieser Grenzen hielt, konnte ich die verwirrende Begegnung mit mir vermeiden. So war es zumindest am Anfang auf der Mission. Aber mit meiner wachsenden Liebe zu Nyasha – Nyasha, die bei Widersprüchen gedieh und sie gerne so weit klärte, dass sie sich dem nächsten Problembündel widmen konnte, in der Hoffnung, grundsätzliche Lösungen zu finden – war ich gezwungen, mein Denken zu revidieren. Während ich mich in den Jahren, seitdem ich wieder zur Schule ging, damit zufriedengegeben hatte, Ereignisse an mir vorbeiziehen zu lassen, solange sie meinen Plänen nicht im Weg standen, erinnerte mich Nyashas Art, auf Herausforderungen zu reagieren, an meine Intensität und Entschlossenheit in jüngeren Jahren. Ich begann mich meiner erworbenen Lauheit zu schämen, erlaubte mir aber nicht, darüber nachzugrübeln oder auf schnellen Folgerungen zu bestehen. Ich fühlte mich im Schatten Babamukurus auf der Mission sicher und verstand nicht, wieso Nyasha dies als so bedrohlich empfand.

Angenehm von Maiguru umsorgt und in der stimulierenden Gesellschaft Nyashas heranwachsend, glaubte ich, mir bliebe noch Zeit genug, bis ich entscheiden musste, was zu tun war. Ich hielt mich für weise, weil ich sparsam mit meinen Kräften umging und sie nicht vergeudete wie meine Cousine. Ich setzte es ihr auseinander: Konnte sie nicht noch etwas warten, ehe sie die Probleme aufwarf, die ihrer Meinung nach gelöst werden mussten? Aber sie meinte, sie werde die Probleme vergessen, wenn sie abwartete.

»Das kommt vor«, versicherte sie mir. »Man wird so bequem und gewöhnt sich an die Dinge, so wie sie sind. Schau mich an. Ich fühlte mich in England wohl, aber jetzt bin ich eine Hure mit schmutzigen Angewohnheiten.«

»Aber Nyasha«, setzte ich an.

»Ich weiß«, unterbrach sie mich, »Wir sind nicht mehr in England, und ich sollte mich anpassen. Aber wenn man unterschiedliche Dinge gesehen hat, möchte man sicher sein, dass man sich an das Richtige anpasst. Man kann sich nicht immer nach dem richten, was verlangt wird. Man muss eine Überzeugung haben, und meine besteht darin, dass ich nicht die Unterdrückte sein will. Keiner sollte unterdrückt sein. Aber wenn man sich einmal daran gewöhnt hat, erscheint es einem natürlich und man findet sich damit ab. Und dann ist man am Ende. Gefangen. Sie kontrollieren dein ganzes Leben.«

Ich seufzte und wünschte mir, sie würde ihre Zigarette ausmachen, denn der Abend hatte schon genug Ärger gebracht. Es war alles sehr unangenehm, aber ich konnte nichts tun. Ich war froh, dass Chido zu uns stieß.

»Komm ins Haus zurück«, sagte er.

Nyasha wollte ihre Zigarette beenden, aber Chido war nervös und missbilligte es selbstverständlich, dass sie rauchte. Er nahm ihr die Zigarette ab und trat sie aus.

»Nyasha«, jammerte Maiguru von der Hintertür aus. »Chido, Chido. Hast du sie gefunden?«

»Sie kommt, Mum«, rief Chido zurück und half Nyasha auf die Beine. »Reg sie nicht noch mehr auf«, mahnte er sie. »Sie kann es nicht vertragen.«

»Und was ist mit mir?«, fragte Nyasha weinerlich. »Kümmert es keinen, was ich vertrage?«

Natürlich dachten wir, sie schmolle.

»Du bist die Tochter«, teilte er ihr mit. »Es gibt ein paar Dinge, die du nie tun darfst.«

Maiguru stand die Erleichterung ins Gesicht geschrieben, als Nyasha ins Haus trat. Instinktiv streckte sie ihrer Tochter die Arme entgegen, aber die Tochter ging mit steinerner Ablehnung vorbei. Maiguru ließ die Arme sinken.

»Gute Nacht, Nyasha«, sagte sie.

Eine Woche lang zogen sie sich beide zurück – Nyasha in sich, Babamukuru aus dem Haus. Er kam zu den Mahlzeiten nicht heim, aber er nahm auch nicht ab, woraus ich schloss, dass Maiguru ihn zum Essen überredete, wenn wir schon im Bett waren oder nicht zusahen. Wie die beiden litten! Obwohl er seine Tochter mit einer einstündigen Predigt und vierzehn Hieben gezüchtigt hatte – mit einem für jedes ihrer Lebensjahre, im Wohnzimmer und in Anwesenheit von Maiguru –, war Babamukuru noch immer gekränkt. Doch ich machte mir mehr Sorgen um Nyasha, denn Maiguru kümmerte sich um Babamukuru, und er hatte den Trost, sich im Recht zu wissen. Die allgemeine Ansicht war, dass Nyasha schmollte, weil sie sich nicht hatte durchsetzen können. Aber ich stand ihr näher als sonst jemand, und ich fühlte ihren inneren Konflikt zwischen ihrem Ich und der Kapitulation sowie dem, was als Sünde galt. Obwohl ich ihre Qual nicht verstand, denn die Unterscheidung von Gut und Böse, von Richtigem und Falschem war für mich damals noch sehr einfach – ich folgte ziemlich genau den Richtlinien der Sonntagsschule –, aber ich fragte mich besorgt, wie die Situation sich auf meine Cousine auswirken würde. Nicht nur sprach sie nicht mehr mit uns, sondern sie wurde auch undurchschaubar und sonderte sich von uns ab.

Sie zog sich in eine eigene Welt zurück, wo wir sie nicht erreichen konnten. Wenn ich mit ihr redete, hörte sie mich manchmal einfach nicht. Als ich ihr einmal meine Hand vor die Augen hielt, reagierte sie nicht, und ich musste laut schreien, um sie zurückzuholen.

Maiguru erkannte den Ernst der Situation, wusste aber nicht, was sie tun sollte. »Weißt du«, sagte sie zu mir, als wir allein am Mittagstisch saßen, weil Nyasha bereits fertig war und Chido meist bei den Bakers zu Mittag aß. Maiguru war den Tränen nahe, was mich schrecklich in Verlegenheit brachte, denn ich hätte nicht gewusst, wie ich reagieren sollte, falls meine Tante ihrem Kummer freien Lauf ließ. »Weißt du, dein Onkel ist wach geblieben, bis ihr kamt, um die Hunde rauszulassen. Du weißt, wie gefährlich sie sind. Also hat er sie nicht rausgelassen. Ich sagte zu ihm, Chido könne das machen, wenn ihr zurück wärt, aber er meinte, er tue es lieber selbst, damit es auch sicher geschehe. So ist er. Er geht nie schlafen, bevor ihr nicht von euren Veranstaltungen zurückkommt, und er findet immer Gründe dafür. Aber ich kenne ihn. Und jetzt ist er gekränkt, und Nyasha ist gekränkt, und wahrlich, mein Kind, nur Gott weiß, wie diese Sache enden wird. Um dir die Wahrheit zu sagen, es macht mir Angst, denn man spielt nicht leichtfertig mit so ungestümen Gefühlen – man muss vorsichtig mit ihnen umgehen –, aber die beiden reißen sich immer in Stücke.«

Ich erzählte Nyasha, was Maiguru mir gesagt hatte, als wir an jenem Abend in der Dunkelheit im Bett lagen. Ich sprach weiter von diesem und jenem, in die Dunkelheit hinein, ohne zu wissen, ob sie mir zuhörte oder nicht. Ich erzählte ihr, wieso ich zwei Jahre zu alt für meine Klasse war, von meinem Vater und Nhamo und meinem Maisfeld. Dann erzählte ich ihr, was Maiguru gesagt hatte.

Sie verstand mich. »Ich weiß«, sagte sie. »So ist es überall. Aber er hat kein Recht, mich so zu behandeln, als wäre ich nur Wasser, das vergossen wird, wo er es will. Ich weiß, ich sollte ihnen vertrauen und gehorchen und all das, aber wirklich, er hat nicht das Recht.« Sie schluchzte Ströme von Schmerz. Ich begriff, dass sie um etwas trauerte, das sie verloren hatte, als sie ihren Vater schlug, also ließ ich sie eine Zeitlang weinen und stieg dann zu ihr ins Bett. Wir kuschelten uns aneinander und schliefen ein.

Maiguru war nicht sehr erfreut, als sie uns am nächsten Morgen in einem Bett vorfand, aber sie konnte kaum etwas dagegen haben, dass es Nyasha besser ging, also sagte sie nichts. Ich wusste, dass es Nyasha besser ging, denn sie versuchte zu grinsen wie früher und sagte, übertreibend wie immer: »Danke, Tambu. Du hast mir das Leben gerettet.« Ihre Periode begann am Tag darauf, neun Tage zu früh.

»Ich wünschte mir, ich hätte es getan«, sagte sie und schwenkte einen Tampon vor mir, »aber wenn das so weitergeht, kommt nie etwas anderes als das in mich hinein! Ehrlich, selbst an meinem Hochzeitstag werden sie nur zufrieden sein, wenn ich verspreche, es nicht zu genießen.« Ich stimmte ihr zu. Wir wussten nicht, wovon wir sprachen, aber wir waren von unserer Fortschrittlichkeit beeindruckt. Wir kicherten hysterisch, aber ich blieb nicht lange so heiter. Nun, da es Nyasha wieder gutging, hatte ich Mitleid mit meinem Onkel, der nicht in der Lage sein würde, sich mit Tränen von seinem Kummer zu befreien. Doch Nyashas Widerstandskraft beeindruckte mich weiterhin. Was ich an ihr vor allem bewunderte, war die Fähigkeit, sich selbst zu vergeben. Hätte ich meinen Vater geschlagen, hätte ich gewiss getan, was Babamukuru angedroht hatte – mich erhängt.

Sieben

Wir fuhren zu Weihnachten, am 23. Dezember, nach Hause – mein Onkel, meine Tante, Nyasha und ich. Chido hatte sich herausgeredet, denn er war von einem Klassenkameraden, dessen Eltern dort eine Ranch besaßen, zur Jagd im Sambesi-Tal eingeladen. Dieser Freund wohnte in Umtali, was alles erleichterte, denn er konnte Chido und die Baker-Jungen am ersten Weihnachtstag zum Sambesi mitnehmen. Babamukuru war enttäuscht, dass Chido lieber nach Chirundu fuhr als in seine Heimat. Er bot seinem Sohn sogar an, ihn am ersten Weihnachtstag zur Mission zurückzufahren. Aber das ging nicht, denn Chido wusste nicht, wann genau ihn sein Freund abholen würde: Er konnte überhaupt nicht mitkommen. Man konnte es ihm nicht übelnehmen, dass er nicht nach Hause wollte, denn er war schon zu erwachsen – wie wir alle – und zu zivilisiert, um Spaß daran zu haben, *matamba* und *nhengeni* zu essen und zum Nyamarira zu spazieren. Auch hatte er zu Hause keine Kameraden, was den Aufenthalt noch deprimierender machen würde. Also blieb er über Weihnachten bei den Baker-Jungen, die ihn wie immer gern bei sich hatten. Nyaradzo freute sich wohl besonders, denn sie fand meinen Cousin cool, charmant und aufregend.

Nyasha wollte auch nicht nach Hause, und dies machte mir Sorgen, denn ich befürchtete einen unserer blutigen Familienkräche. Maiguru versuchte, mit ihr zu sprechen, aber selbst sie war zu dieser Zeit launenhaft. »Glaubst du, du kannst hierbleiben, nur weil Chido nicht mitkommt?«, fragte sie ihre Tochter gehässig und wollte es Nyasha nicht abnehmen, dass Chido nichts damit zu tun habe. »Was ist denn so Besonderes an uns?«, fragte sie. »Babamunini war schon seit Ewigkeiten nicht mehr zu Hause, Tete auch nicht, wieso müssen dann wir das heimische Feuer am Brennen halten?«

»Jetzt redest du Unsinn«, sagte Maiguru. Ihr Ton war schärfer als nötig, und im Rückblick erkenne ich den tieferen Grund dafür sehr deutlich – sie wollte selbst nicht aufs Dorf fahren. »Babamunini war in dem Jahr zu Hause, als wir zurückkamen, und das ist erst drei Jahre her. Was Tete angeht, denk mal richtig nach, Nyasha. Wie kann Tete in ihr Vaterhaus fahren, wo sie Ehefrau ist?«

Ich glaubte, Nyasha wolle nur provozieren. Seit dem schrecklichen Streit war sie so still gewesen, dass ich annahm, sie langweile sich und brauche Anregung, denn im Grunde konnte sie ja wohl kaum zwei Wochen in dem großen Haus allein bleiben. Sie würde sich schon am Abend des ersten Tages zu Tode ängstigen, dachte ich. Aber Nyasha lachte nur und fragte mich, ob ich den Ausdruck »Sicher wie ein Haus« kenne. »Besonders Missionshäuser sind sicher«, fügte sie sarkastisch hinzu, was seltsam war, denn sie hätte es doch angenehm finden müssen. Wenn sie so redete, konnte ich mir gut vorstellen, wie sie sich das Alleinsein vorstellte: Sie würde den Tag beginnen, wann immer sie wollte, essen, wie und wann es ihr passte, lesen oder stricken, im Garten arbeiten oder Nyaradzo besuchen, ganz nach Lust und Laune.

Doch natürlich wollte Babamukuru davon nichts hören. »Meine Tochter«, erklärte er, »bleibt nicht allein in einem Haus. So etwas hat sich noch nie gehört.« Nyasha wies sogleich darauf hin, dass sie nicht allein wäre, denn Sylvester würde offiziell im Garten arbeiten, außer am Heiligabend und am ersten Weihnachtstag. Das verärgerte meinen Onkel und meine Tante sehr, und selbst ich musste mich wieder daran erinnern, dass Nyasha keinen Takt besaß, um es ihr nicht übelzunehmen.

Wir bereiteten uns alle auf eine Schlacht vor, Babamukuru drohend und tadelnd, Maiguru mit Flehen und Schmeichelei, ich, indem ich ihr auszumalen versuchte, was sie alles verpassen würde, was mir schwerfiel, da es zu Hause nicht viel gab, was Nyasha von der Mission fortlocken konnte. Aber zu aller Überraschung gab Nyasha nach. Nachdem sie ihren Wunsch kundgetan hatte, lenkte sie umgänglich ein. Gemessen an den Wochen zuvor, waren wir eine heitere Gruppe, die an jenem Dezembernachmittag 1969 aufs Land fuhr.

Baba und Maiguru saßen vorn, Nyasha und ich hinten inmitten der Vorräte. Hinter uns und im Kofferraum waren Nahrungsmittel und Waren verstaut – eine Rinderhälfte, in Stücke gehackt, einige Kilo Maismehl, Dutzende von Broten und Brötchen, viel Margarine, Zucker und Tee. Wir hatten Milchpulver-Packungen dabei, Flaschen mit Speiseöl und Orangensaft, Erdnussbutter, Marmeladendosen, Paraffin, Seife und Waschmittel. Es war alles, was wir für unseren zweiwöchigen Aufenthalt brauchten und sogar mehr, denn Babamukuru sorgte stets nicht nur für das Weihnachtsmahl, sondern während der Weihnachtsfeiertage für alle Mitglieder des Clans, die versammelt waren. Wir hatten keinen Weihnachtsmann, aber wir hatten Babamukuru.

Maiguru murrte, eine Rinderhälfte sei zu viel Fleisch, und ich vermutete, dass sie sich mit Babamukuru über irgendeine wichtige Angelegenheit gestritten hatte, denn sie murrte nur sehr selten. Aber ebenso selten stritt sie sich mit Babamukuru, also nahm ich an, dass männliche Unwissenheit Babamukuru dazu verleitet hatte, zu viel Fleisch zu kaufen.

»Ma'Chido«, hob er an, ohne sich die Mühe zu machen, seine Gereiztheit zu verstecken, »wenn ich als das Familienoberhaupt nicht für Essen sorge, wer dann? Möchtest du, dass Jeremiah einen Ochsen aus dem Kral schlachtet, wo du ganz genau weißt, dass ich ihm das Schlachten dieser Tiere verboten habe?«

»Ein ganzer Ochse wäre zu viel«, wandte Maiguru logisch ein. »Selbst eine Hälfte ist zu viel. Aber mir missfällt, dass alle erwarten, die ganze Zeit von mir bekocht zu werden. Wenn du so viel Nahrung besorgst, bin ich zum Schluss jedermanns Sklavin«, fuhr sie stur fort, versuchte aber, zur Tarnung mit müder und leiser Stimme zu sprechen.

»Da brauchst du dir keine Sorgen machen«, erwiderte Babamukuru freundlich. »Die Mädchen hier werden dir helfen. Du kommst schon zurecht. Nyasha! Tambudzai! Seht ihr den Fluss, Mädchen? Dorthin habe ich das Vieh immer zur Tränke geführt, als ich Herdenhüter auf Mandigumburas Farm war! Sein richtiger Name war Montgomery, aber wir nannten ihn Mandigumbura, Menschenschinder. Das war er wirklich. Ha! Der Mann war grausam, aber es war ein gutes Training. Das war ein guter Farmer. Als ich zur Mission kam, konnte ich schon hart arbeiten. Mandigumbura hatte einen verantwortungsbewussten Jungen aus mir gemacht! Mandigumbura! Ha-a-a!« Babamukuru lachte bei dieser Jugenderinnerung in sich hinein und begann ein Lied zu summen, ein Kirchenlied, das er besonders gern mochte. Es war ein gutes Zeichen, ihn mit seiner geschmeidigen Bassstimme summen zu hören, denn ich hatte ihn seit dem Streit mit Nyasha nicht mehr summen gehört, nicht einmal abends im Schlafzimmer, wenn er und Maiguru die Abendgebete sprachen, falls er nicht früh genug nach Hause gekommen war, um sie mit uns zu sprechen, bevor wir ins Bett gingen. Ohne ersichtlichen Grund und wider alle Erwartung war Babamukuru glücklich. Frei von Anspannung und in bester Laune sah er jünger und liebenswerter aus als jemals auf der Mission.

Als wir zu Hause ankamen, stellte ich wieder Vergleiche an wie an meinem ersten Tag auf der Mission, nur diesmal andersherum. Was ich sah, machte es mir schwer, Babamukuru zu verstehen. Soweit ich sah, konnte jegliche Zuneigung für diesen Ort nur auf Loyalität beruhen. Ich konnte mir nicht vorstellen, dass jemand tatsächlich dort hinfahren wollte, es sei denn, um seine Mutter zu besuchen wie ich. Diesmal sah die Heimstätte schlimmer aus als sonst. Und das Entmutigende daran war, dass es nicht hätte sein müssen. Das Strohdach der Küche war an so vielen Stellen durchlöchert, dass man bei Regen schwerlich einen trockenen Platz darin finden würde. Riesige Löcher klafften in den zerbröckelnden Lehmziegelwänden des *tsapi,* und das *hozi* war nur noch ein Schatten seiner selbst, so dass ich mich fragte, wo Takesure schlief. Als ich zur Latrine ging, die einst ordentlich gewesen war, als sie unter Babamukurus Aufsicht und mit seinen Mitteln in der richtigen Windrichtung und in einiger Entfernung von den Hütten errichtet wurde, bekam ich Brechreiz. Die Latrine war damals tief ausgehoben worden, mit Löchern, die weder zu eng noch zu breit waren. In der ersten Zeit, als meine Mutter mich angewiesen hatte, täglich nachzuspülen, wenn wir Wasser übrig hatten, roch es dort nie, und die rosa Gipswände blieben rosa. Aber jetzt war alles mit Fäkalien und Urin bedeckt; es war unmöglich, einen sauberen Platz zum Hinhocken zu finden, und man war versucht, sich gar nicht erst bis zu den Löchern durchzukämpfen. Im Kot wimmelte es von schimmernden, bleichen Maden; die Wände waren gelb. Große blaue Fliegen mit ekelhaft orangen Köpfen schwirrten entnervend um mich herum, während ich dahockte.

»Wieso macht ihr das Klo nicht mehr sauber?«, warf ich meiner Mutter vor, verärgert, dass sie mich stets daran erinnerte, wie brandnotwendig die Flucht war, denn sie hatte sich vollkommen geschlagen gegeben und besaß keine Selbstachtung mehr.

Sie zuckte die Achseln und gab mir den vernünftigen Rat: »Mach selbst sauber, wenn du es sauber haben willst.«

Ich habe dann die Latrine saubergemacht, mit Nyashas Hilfe. Zwar forderte ich sie nicht dazu auf – dafür war ich zu beschämt –, aber sie stimmte mit mir überein, dass sie gesäubert werden musste, also taten wir es. Aber es wurde nie wieder wirklich hygienisch sauber dort, also gingen Nyasha und ich in die Büsche, wie es üblich gewesen war, bevor die Latrine erbaut wurde. Ich dachte eine Weile darüber nach und beschloss, dass ich kein schlechtes Gewissen haben musste, weil ich unsere Toilette boykottierte, denn am Tag nach unserer Ankunft zog sich Babamukuru ein Paar alte khakifarbene Hosen über und brachte meinen Vater und Takesure dazu, ihm zu helfen, das Dach des *hozi* zu reparieren, obwohl er dort nicht schlief.

Das Gespräch mit meiner Mutter über die Toilette ergab sich vier oder fünf Tage, nachdem wir angekommen waren. Am Tag unserer Ankunft, als das Auto im Schatten der Mangobäume zum Halten kam, empfing uns bedrückende Stille. Als dann jemand herauskam, um uns zu begrüßen, waren es nur Netsai und Rambanai, mehr nackt als bekleidet in ihren zerrissenen Kitteln, die Beine und Arme, ja sogar das Haar und das Gesicht grau. Schmutzig und staubig umarmten sie uns, schlangen ihre Arme zuerst um Babamukuru, dann um Maiguru, Nyasha, mich und schließlich um Anna: »Ihr seid gekommen, Babamukuru. Ihr seid gekommen, Maiguru. Ihr seid gekommen, Sisi Nyasha«, und so weiter, bis wir alle zeremoniell umarmt waren.

»Ja, ja, wir sind angekommen. Endlich«, lächelte Babamukuru und fragte meine Schwestern, wo denn alle hingegangen seien. »Wo ist euer Vater? Ist Mainini nicht hier?«

Er fischte den Kofferraumschlüssel aus seinem Schlüsselbund. Wir standen neben dem Kofferraum, bereit, uns auf die Pakete zu stürzen und sie ins Haus zu tragen, sobald die Klappe offen war, denn Babamukuru schätzte Zeitverschwendung nicht.

Meine Mutter habe sich hingelegt, sagte Netsai, denn sie fühle sich in letzter Zeit nicht wohl. Aber wo mein Vater war, wusste Netsai nicht. Er war am späten Vormittag mit Takesure zusammen fortgegangen, vielleicht zu den Feldern, aber das glaube sie nicht, denn sie hatten nicht um Essen gebeten, und außerdem hätten sie am Vortag das Pflanzen schon beendet. »Also denke ich, er ist jemanden besuchen gegangen mit Takesure«, schloss sie.

Babamukuru war schockiert. »Was sagst du da?«, fragte er ungläubig. »Hab ich dich Takesure sagen hören! Jeremiah ist mit Takesure unterwegs! Obwohl ich Takesure befohlen habe, mein Haus zu verlassen und das Mädchen mitzunehmen. Takesure ist immer noch hier, sagst du?«

»Ja, wir sind noch hier, Mwaramu«, rief Lucia, die gelassen aus dem *hozi* auftauchte. »Takesure und Jeremiah sind zu den Läden gegangen. Sie sagten, sie hätten Durst.«

Babamukuru zog es vor, mit Netsai zu reden. »Ist das Haus offen?«, fragte er sie, und als sie bejahte, denn meine Mutter ruhe sich drinnen aus, trug er ihr auf, alle Türen weit aufzumachen, denn wir hätten etwas hineinzutragen. Ganz erfüllt von der Verantwortung, die Babamukuru ihr übertragen hatte, lief Netsai davon.

»Selbst wenn du mich ignorierst«, fuhr Lucia fort, »bedeutet das nicht, dass ich nicht hier bin. Und überhaupt, Mwaramu, vielleicht kannst du mir klar sagen: Wo willst du, dass ich hingehe? Wir beide wissen, dass ich nicht nach Hause kann. Sie haben mich hierher geschickt, weil es dort keine Arbeit und keine Nahrung gab, nicht wahr? So ist es, du weißt es. Also, wo soll ich hin? Und mit Takesure soll ich fortgehen – haha! Das sind so deine Scherze, Babamukuru. Was soll ich denn in Takesures Haus?«

Ich wünschte, Lucia würde schweigen. Ihr Fall war schon schwer genug, und es war wenig hilfreich, Babamukuru gegenüber unverschämt zu werden. Lucia war die Schwester meiner Mutter und eine unbezähmbare Frau, trotz – oder vielleicht wegen – ihrer Schönheit. Sie war dunkel wie meine Mutter, aber Lucias Gesicht leuchtete immer von innen heraus, so dass sie es sich leisten konnte, über die Bleichcremes zu spotten, die andere Mädchen verwendeten. »Fanta und Coca-Cola«, lachte sie. »*Aiwa!* Ich nicht. Ich habe lieber am ganzen Körper die gleiche Hautfarbe.« Folglich verschlechterte sich ihre Haut nicht, platzte nicht auf; sie blieb leuchtend und gesund.

Die Familie meiner Mutter war arm, noch ärmer als meine. Als mein Vater meine Mutter zu sich nahm, befand sich im Kral meines Großvaters kein Stück Vieh. Deshalb waren manche der Ansicht gewesen, es sei ein Segen, dass die ersten zwei Kinder meiner Großeltern mütterlicherseits Mädchen waren. »Wenn er Söhne bekommen hätte«, argumentierten sie optimistisch, »wie hätten die sich Frauen nehmen können? Und so werden die Töchter Vieh einbringen, das Vieh wird es dem alten Mann ermöglichen, seine Felder zu bearbeiten, die Familie wird aufblühen, und wenn die Söhne im heiratsfähigen Alter sind, werden sie ihren Brautpreis zusammenhaben.« Die Weisen und die Zyniker waren anderer Ansicht. »Wer weiß?«, widersprachen sie. »Hätte er gleich Söhne bekommen, wären sie dem alten Mann eine Hilfe bei der Feldarbeit gewesen. Die Familie wäre bessergestellt, als sie es jetzt ist. Außerdem«, fügten sie bedeutungsvoll hinzu, »ein Mann kann sich seiner Töchter nie sicher sein!«

So setzte sich die Diskussion im Dorf meiner Mutter fort, weit oben im Nordwesten des Landes, bis mein Vater auf Besuch bei einem fernen Verwandten meine Mutter erblickte, sie schwängerte und gezwungen war, sie mit nach Hause zu nehmen. Es waren unglückliche Umstände, denn so konnte mein Großvater keinen sehr hohen Brautpreis für seine Töchter verlangen, und die Heirat meiner Mutter verbesserte die Situation ihrer Familie kaum. Damals erwarben die Töchter meines Großvaters sich den Ruf, lockere Frauen zu sein. »Wenigstens hat die ältere das einzig Anständige getan und ist mit ihrem Mann gegangen«, sagten die Dorfbewohner. Und sie schlugen vor Entsetzen in die Hände und schüttelten den Kopf, »Aber schaut euch diese Lucia an! Ha! Sie hat nichts von einer Frau an sich! Sie schläft mit jedem und mit allen, aber sie hat noch kein Kind geboren. Sie ist verhext. Oder wahrscheinlicher noch, sie ist selbst eine Hexe.« So wurde die arme Lucia sowohl der Unfruchtbarkeit wie auch der Hexerei beschuldigt; und als meine Mutter nach neunzehn Jahren mitteilen ließ, dass sie ihr erstes überlebendes Kind verloren habe und eine schwierige Schwangerschaft durchmache, waren meine Großeltern nur zu froh, meine Tante wegzuschicken, damit sie sich um ihre Schwester kümmere.

Zur selben Zeit kam ein entfernter Cousin von Babamukuru aus Gandanzara, um bei uns auf den Feldern zu helfen. Ich bin nicht sicher, wer wem den Hof machte; kurze Zeit nach Takesures Ankunft war Lucia jedenfalls von ihm schwanger. Natürlich behaupteten die Leute, sie hätte es absichtlich getan, um sich einen Ehemann zu angeln. Aber Lucia wusste, dass Takesure zu Hause zwei Frauen hatte, die er nicht mochte, und deshalb war er, trotz seiner Abneigung gegen jegliche Arbeit, so bereitwillig gekommen, meinem Vater zu helfen, als Babamukuru es ihm vorschlug. Bis ganz zum Schluss glaubte Babamukuru in seiner Arglosigkeit, Takesure sei gekommen, um mit dem Geld, das mein Onkel ihm zahlen würde, den restlichen Brautpreis für seine zweite Frau zu begleichen. Er hatte nur mit der zweiten Frau Probleme, denn ihre Familie erinnerte ihn ständig an die noch fälligen Zahlungen, während die Familie der ersten Frau auf die Entschädigung verzichtete. Aber Babamukuru täuschte sich. Die Wahrheit war, dass Takesure entkommen wollte. Er wollte kein Ehemann sein, und Lucia wusste, dass er weder den Willen noch das Geld oder die Fähigkeit hatte, es dreifach zu sein. Takesure wollte auch nicht arbeiten, aber er ahnte ganz richtig, dass mein Vater ihn nicht dazu zwingen würde, also erklärte er sich bereit, an einen Ort zu kommen, wo die Arbeit, so meinte er wohl, ziemlich leicht sein würde.

Lucia war nach ihrer jahrelangen Erfahrung mit Männern gewitzt und bestritt, dass das Kind von Takesure stammte. Sie schob es stattdessen meinem Vater in die Schuhe, was aber nicht wahr sein konnte. Um Babamukuru nicht zu verletzen, hatte mein Vater es sich versagt, Lucias Sinnlichkeit zu genießen, bis sie schwanger wurde. Aus diesem Akt der Selbstbeherrschung schloss Lucia, dass mein Vater eine Spur mehr Standvermögen besitze als Takesure und deshalb einen besseren Vater abgeben würde. Seinerseits war mein Vater recht angetan von der Idee, Lucia zur zweiten Frau zu nehmen. Obwohl in schlimmer Armut aufgewachsen, war sie nicht wie meine Mutter schon als Fünfzehnjährige mit der Armut verheiratet gewesen. In dieser Hinsicht freier, hatte sie mit dem Leben experimentiert und ihre eigenen Schlussfolgerungen daraus gezogen. So war sie eine viel kühnere Frau als meine Mutter geworden; und mein Vater, der sich vor kühnen Frauen nicht mehr fürchtete, seit er seine Manneskraft bewiesen hatte, indem er meiner Mutter den Lebensmut nahm, fand die Aussicht betörend, eine Frau wie Lucia zu besitzen; das kam ihm vor, als könnte er einen Wirbelsturm haben, den er blitzen und donnern und krachen lassen dürfte, wie es ihm gefiel.

Lucia war es gelungen, trotz ihres schwierigen Lebens mollig zu bleiben. Manche meinten, gerade deshalb, denn am liebsten bändelte sie mit Männern an, die sich zwar auf nichts Festes einlassen wollten, die aber oft sehr reich waren. Und Lucia war stark. Sie konnte einen ganzen Morgen Land allein beackern ohne eine Pause. Insgesamt war sie eine erheblich verlockendere Partie als meine Mutter, wenn man ihre Vergangenheit nicht zu genau betrachtete. Und natürlich behauptete meine Mutter steif und fest, es handle sich nur um Gerüchte. Auf jeden Fall hatte Lucia Hunderte von Meilen entfernt gelebt, und wir wussten damals nur sehr wenig über sie. Mein Vater fand sie begehrenswert und argumentierte, das Kind würde vielleicht ein Junge, was gut wäre, denn im Augenblick habe er nur Töchter.

Er wies darauf hin, dass meine Mutter und Lucia als Schwestern gut miteinander auskommen würden, und erinnerte Babamukuru daran, dass Lucia eine gute Arbeiterin war, die man bestens im Haus gebrauchen könne.

Aber selbst durch solche Vorteile war Babamukuru nicht zu verleiten, Bigamie in der Familie zuzulassen. Es erstaunte ihn, dass mein Vater nicht wusste, dass solche Dinge Sünde waren und den Zorn Gottes über die gesamte Familie bringen würden. »Solche Dinge geschehen in meinem Hause nicht«, erklärte er. »Takesure muss gehen und seine Frau mitnehmen.« Mein Vater fürchtete sich eher vor Babamukurus Zorn, den er schon erlebt hatte, als vor dem Zorn Gottes, also hatte er widerstrebend versprochen, dafür zu sorgen, dass Takesure wegging und Lucia mitnahm.

Aber Lucia war da; sie umarmte Maiguru leidenschaftlich, sagte ihr, wie sehr sie sich über das Wiedersehen freue, und fragte sich, wann man sich zuletzt gesehen habe. »Es war im März, nein, April, als ihr Tambudzai nach Hause gebracht habt.« Und es sprudelte unaufhörlich aus ihr heraus: wie die Zeit vergangen sei, wie sehr sich meine Mutter darauf freue, Maiguru zu sehen, wie schade, dass sie nicht öfter zu Besuch komme. Maiguru lächelte breit, wenn auch etwas mechanisch, und befreite sich geschickt aus Lucias Umarmung, ohne dass man es sah, denn sie hielt Lucia weiter am Arm fest und schüttelte ihn, wobei sie Lucia versicherte, sie freue sich genauso wie Lucia und meine Mutter über das Wiedersehen. Lucia legte Maiguru kameradschaftlich den Arm um die Schultern.

»Maiguruka«, begann sie und schob meine Tante zum Haus, während wir anderen den Kofferraum ausluden, den Babamukuru aufschloss, sobald er sich wieder gefasst hatte. »Maiguru, es ist ein Segen, dass du gekommen bist. Ich werde verrückt hier, wirklich, wie du mich hier siehst! Verrückt genug, mir die Kleider auszuziehen. Wenn du nur wüsstest, was ich durchmachen muss mit diesen Männern. Die Männer hier sind verrückt, stimmt doch, Maiguru, oder!«

»Lucia!«, rief Babamukuru mit seiner entschiedensten Stimme, die sonst nur für die Schulversammlung in der Beit Hall bestimmt war, wenn er die Schüler davor warnte zu trinken, zu rauchen oder die Nacht im Mädchenheim zu verbringen; auch mit Nyasha sprach er in diesem Ton. »Lucia!«, wiederholte er. Obwohl Lucia beschlossen hatte, dass Babamukuru bedeutungslos war, wenn sie einmal mit Maiguru zu sprechen angefangen hatte, konnte selbst sie die Autorität dieser Stimme nicht ignorieren. Sie hielt inne und drehte sich um. »Lucia!«, sagte Babamukuru ein drittes Mal, ohne dass es überflüssig klang, »macht ihr das immer so, dort, wo du herkommst? Die Leute nicht zu begrüßen und dann wegzuspazieren, wenn es so viele Sachen gibt, die ins Haus getragen werden müssen?« Lucia sperrte den Mund auf, aber Maiguru war schneller.

»Oh, mein Lieber«, lachte sie. »Wenn Frauen ins Reden kommen! Wir hätten erst wieder an das Essen gedacht, wenn wir zu kochen angefangen hätten!« Sie löste sich zum zweiten Mal von Lucia und eilte dankbar zum Auto.

»Bemüh' dich nicht, Maiguru«, sagte Lucia. »Takesure und Jeremiah tragen alles hinein, wenn sie zurückkommen.« Aber Maiguru zwitscherte, sie wolle ihre Vorräte sicher verstaut sehen, und fuhr fort, Kisten aus dem Kofferraum zu heben. Lucia wusste, dass sie zurechtgewiesen worden war, und nahm es gelassen.

»Wenn du meinst, Maiguru«, sagte sie, hievte sich einen fünfzehn Pfund schweren Sack Maismehl auf den Kopf und griff sich einen weiteren. Alle außer Babamukuru taumelten unter dem Gewicht der Vorräte zum Haus, selbst Rambanai, die einen Brotlaib trug. »Huch«, keuchte Rambanai, eine Hand an der Hüfte und sich mit der anderen über die Stirn fahrend, »huch, bin ich müde.« Dankbar für den Anlass, den sie uns gab, verscheuchten wir mit Gelächter die beklommene Stimmung. »Du bist müde«, neckte ich sie und hob sie mir auf die Hüfte. »Wieso, was hast du denn angestellt? He? Was hat dich so müde gemacht, he? Was hast du angestellt?«

»Willkommen, willkommen«, rief meine Mutter mit leidender Stimme aus dem angrenzenden Zimmer, um uns daran zu erinnern, dass sie dort war. »Also hast du es endlich geschafft, die Stufe zu erklimmen«, bemerkte sie trocken, als ich das düstere, muffige Krankenzimmer betrat. »Ich höre euer Lachen und Reden schon seit einiger Zeit und habe mich gefragt, wann du dich wohl daran erinnerst, dass dich jemand geboren hat.«

Ich verteidigte mich. »Wir haben die Vorräte hineingetragen«, sagte ich, setzte Rambanai, trotz ihres lauten Protests, auf den Boden, kniete neben der zerfallenden Maisstrohmatratze nieder, auf der meine Mutter lag, und umarmte sie.

»Netsai sagt, es gehe dir schon seit einiger Zeit nicht gut. Was für Schmerzen hast du?«, fragte ich, bestrebt, die Förmlichkeiten einzuhalten, um sie nicht noch mehr zu enttäuschen. Es überraschte mich, wie schwierig es war, sich meiner Mutter gegenüber richtig zu benehmen, obwohl ich doch so hervorragend, so natürlich mit Babamukuru und Maiguru zurechtkam. Meine Gedanken entfernten sich von meiner Mutter und ihrem Leiden, von dem sie sagte, dass es die Form nicht lokalisierbarer Schmerzen in ihrem ganzen Körper habe und dass sie darin ein schlechtes Omen für das Kind in ihr sehe. Ich fragte mich, ob ich auch vor meinem Onkel nach längerer Gewöhnung den Respekt verlieren würde wie Nyasha, und ich verbannte diesen Gedanken sofort aus meinem Kopf, so entsetzlich war er.

»*Go-go-go,* Mainini«, rief Maiguru aus dem Wohnzimmer. »Dürfen wir hereinkommen? Babamukuru ist hier, um nach dir zu sehen.«

»Kommt herein, kommt herein, Maiguru«, antwortete meine Mutter, mit kräftigerer Stimme, als man sie einer Bettlägerigen zutrauen würde. Sie setzte sich auf und lehnte sich an die Wand, damit man sie nicht liegend vorfand. »Ihr seid also endlich angekommen«, begrüßte sie meine Tante und meinen Onkel, während sie sich umarmten. Diesmal taten sie es sehr förmlich, legten einander nur die Hände auf die Schultern. »Wir dachten schon, Weihnachten würde dieses Jahr einsam werden«, fuhr sie unaufrichtig fort, denn in Wirklichkeit meinte sie hungrig oder bestenfalls wenig reizvoll.

»Wieso denkst du so etwas, Mainini?«, beruhigte Babamukuru sie herzlich, während er sich nach einer Sitzmöglichkeit umschaute und sich schließlich auf dem Rand des Bettes niederließ, das er meinem Vater im Juni gekauft hatte, natürlich nichts ahnend von den skrupellosen Hintergedanken meiner Mutter. »Zu Weihnachten nicht nach Hause kommen, Mainini! Das könnte nie geschehen.«

»Wie hätten wir das wissen können?«, fuhr meine Mutter unfreundlich fort, verbarg aber ihre Bitterkeit mit einem Lachen. »Wir nahmen an, dass die Mission unterhaltsamer ist als unsere kleine Heimstätte. Findest du nicht, Maiguru?«, sagte sie und wandte sich in ihrer Unaufrichtigkeit an Maiguru, die sich mit ausgestreckten Beinen auf den nackten Boden gesetzt hatte. »Maiguru!« Meine Mutter war entsetzt. »Musst du dich auf den Boden setzen? Es gibt doch Stühle. Tambu, geh einen Stuhl für Maiguru holen.«

»Nicht doch, Mainini, ich sitze ganz bequem«, behauptete Maiguru höflich, woraufhin meine Mutter sie eindringlich bat, doch wenigstens eine Matte anzunehmen, aber ich hatte den Stuhl schon geholt. Wir blickten alle auf den Stuhl, den Maiguru entschieden nicht nehmen wollte, und fragten uns, was wir mit ihm anstellen sollten. Meine Mutter meinte, Babamukuru habe es auf dem Stuhl bequemer, aber er versicherte ihr, das Bett sei zum Sitzen bestens geeignet. Meine Mutter war sehr betrübt, dass weder mein Onkel noch meine Tante, eigentlich niemand, sich auf den Stuhl setzen wollte, auf den hölzernen Esszimmerstuhl, der eigentlich ein Küchenstuhl war und dem nur eine einzige Sprosse in der Lehne fehlte. Schließlich stand Nyasha vom

Boden neben ihrer Mutter auf; es war mir nicht klar, ob sie nun unhöflich sein wollte oder nicht.

»Nun, ich werde es mir darauf bequem machen, wenn ihn sonst niemand will«, bemerkte sie und ließ sich auf dem Stuhl nieder. Ich fand, Nyasha benehme sich sehr schlecht, wider besseres Wissen. Meine Mutter war über Nyashas schlechte Manieren entzückt.

»So machst du das also?«, fiel sie boshaft über sie her. »Du setzt dich auf Stühle und machst dir nicht einmal die Mühe, mich zu begrüßen!«

»Nyasha, begrüße Mainini«, befahl Babamukuru.

»Nyasha, begrüße Mainini«, befahl Maiguru im gleichen Moment.

Nyasha sprang vom Stuhl auf, um meine Mutter zu umarmen, die ihren Sieg genoss und ihn festigte, indem sie bemerkte, wie sehr Nyasha gewachsen sei.

»Ihre Brüste sind schon ziemlich groß«, erklärte sie und kniff Nyasha in die eine, was Maiguru vor Verlegenheit aufstöhnen ließ. »Wann können wir unseren *mukmambo* erwarten?«, neckte meine Mutter ihre Nichte.

Babamukuru verhielt sich ritterlich. Er überwand seine tiefe Aversion gegen derlei biologische Details und nahm die Frage meiner Mutter ernst.

»Unsere Nyasha«, seufzte er ehrlich bekümmert, »ist sie der Typ, uns einen Schwiegersohn zu bringen? Nein, sie ist nicht der Typ. Und selbst wenn sie es täte, hätte man nur eine Weile das Vieh zu futtern, denn der Mann würde es bald zurückfordern.«

»Aber Babamukuru«, strahlte meine Mutter, »sie ist doch deine Tochter, oder? Was könnte sie daran hindern, einen guten Mann zu finden?«

Nyasha hasste es, wenn in der dritten Person über sie geredet wurde, sie mochte auch derartige Gespräche nicht, denn sie war der Ansicht, dass die Frage ihrer Verehelichung nur sie persönlich angehe und dass sie sich damit beschäftigen würde, wenn es ihr entsprach. Ihr Fuß begann zu trommeln, und ich hielt den Atem an. In solchen Momenten war Nyasha in der Lage, das

Erstbeste zu sagen, was ihr in den Kopf kam, und das führte meistens zu Unheil.

Doch auch Lucia langweilte dieses weitschweifige Gespräch. »*Nyamashewe*, Mwaramu«, begann sie mit den Begrüßungsformeln. Eigentlich hätte nicht sie damit anfangen dürfen. Da ihr Rang so niedrig war, hätte sie abwarten müssen, bis die Höhergestellten sich nach der Gesundheit der anderen erkundigten, ehe sie den Mund aufmachte. Aber inzwischen nahmen die Leute es mit diesen Dingen nicht mehr so genau, und als die berüchtigte Lucia konnte sie sich dieses Benehmen leisten. Die Begrüßungen und die Fragen nach den Schmerzen und Krankheiten der Leute erinnerten mich an den Zustand meiner Mutter. Ich betrachtete sie sorgfältig, aber sie sah überhaupt nicht krank aus. Eigentlich sah sie besser aus als bei unserem letzten Wiedersehen. Hoffentlich litt sie nicht an einer auszehrenden Krankheit, die sich anfänglich unbemerkt entwickelt, zum Schluss aber schnell und endgültig verwüstet.

»*Nyamashewe*, Mainini, *Nyamashewe*, Mainini Lucia«, sagte Nyasha verlegen, klatschte aber korrekt mit den hohlen Händen dazu.

Babamukuru sah seine Tochter an, hob die Augenbrauen und spitzte angenehm überrascht die Lippen, bis ihm bewusst wurde, was er tat. Sofort wurde seine Miene wieder so streng wie sonst.

»Ja«, sagte meine Mutter, geschmeichelt von dieser kleinen Aufmerksamkeit seitens ihrer europäisierten Nichte, »eure Tochter wird wirklich erwachsen. Ich sage dir, Babamukuru, was immer du sagst, eines Tages wirst du einen wundervollen Schwiegersohn bekommen.«

Tete Gladys und Babamunini Thomas kamen doch mit ihren Familien, um Weihnachten in diesem Jahr zu Hause zu verbringen. Wir wussten nicht, dass sie ihre Pläne geändert hatten, so dass ihre unerwartete Ankunft die Schlafordnung arg durcheinanderbrachte. Nyasha, Netsai, Rambanai und ich waren ziemlich schlimm betroffen. In der ersten Nacht, ehe die übrige Familie auftauchte, durften wir im Wohnzimmer schlafen, was ein aufregendes Abenteuer war. Ohne daran zu denken, dass wir uns zu jungen Frauen von Welt heranbildeten, schoben wir die Stühle gegen die Wand und breiteten unsere Decken unter dem Tisch aus, so dass eine gemütliche kleine Hütte entstand, in der wir bis spät in die Nacht kicherten und flüsterten. Als Onkel Thomas und Tete Gladys ankamen, wurde das Wohnzimmer Onkel Thomas und seiner Frau zugeteilt. Tete und ihr Ehemann zogen in Takesures und Lucias *hozi* ein. Sie hätten sich im Haus wohler gefühlt, aber dort konnten sie unmöglich schlafen. Aufgrund ihres hohen Rangs konnte Tete nicht in einem so öffentlichen Raum wie dem Wohnzimmer schlafen, wenn intimere Zimmer zur Verfügung standen. Meine Eltern bestanden der Form halber darauf, dass Tete ihr Schlafzimmer im Haus bezog. Ebenso höflich lehnte Tete dies ab. An Weihnachten sollten alle es bequem haben und gut versorgt sein. Jeder konnte es sich leisten, höflich und großzügig zu sein.

Also bezog Babamunini das Wohnzimmer, und alle unverheirateten Frauen, Lucia eingeschlossen, schliefen in der Küche. Wir waren mindestens zu acht in den zwei Wochen, die unsere Zusammenkunft dauerte. Mir machte es wenig aus, denn ich hatte fast mein Leben lang in der Küche geschlafen, aber Nyasha konnte nicht einschlafen, bis nicht das letzte Gespräch verstummt war. Und es war gut, sagte sie, dass sie sich an Zigarettenrauch gewöhnt hatte, denn sonst hätte sie der Rauch in der Küche gestört. Das stimmte. Die Küche war verraucht, denn wir kochten auf offenem Feuer in der Mitte des Raums. Der Herd war eine Kuhle im Boden, darüber ein Dreifuß aus Eisen, auf den die Töpfe gestellt wurden; rings um die Kuhle lagen große glatte Steine, die ebenfalls als Stützen dienten und es uns ermöglichten, mit mehr als drei Töpfen auf einmal zu kochen. Auf diesem Herd zu kochen war eine schwierige Sache, wenn man es nicht gewöhnt war, denn die Töpfe kippten leicht, wenn man sie nicht richtig ausbalanciert hatte; und die Temperatur unter den einzelnen Töpfen war nur mit viel Geschick zu regulieren. Obwohl das hohe, kegelförmige Strohdach so angelegt war, dass der Rauch entweichen konnte, gab es keinen Kamin. Auch gab es kein Fenster, mit Ausnahme des kleinen, rechteckigen Lochs in der Wand gegenüber der Tür, vielleicht fünf mal acht Zoll groß. Wenn ich an all das Kohlenmonoxid in der Luft denke, erschrecke ich heute noch. Von den giftigen Stoffen, die wir einatmeten, hatte mein Vater damals schon Asthma und chronische Bronchitis. Obwohl wir es damals nicht erkannten, hatten die unverheirateten Männer ein erheblich besseres Los: Mein Mwaramu, Tetes Mann, hatte ein kleines Transportunternehmen aufgebaut und war mit seinem Halbtonner gekommen. Die Jungen schliefen auf der Ladefläche draußen in der sauberen Dezembernacht.

In diesen Ferien wurde mir klar, dass in unserer Familie einiges nicht in Ordnung war, und es waren eigentlich keine Ferien. Vier Familien waren zu Hause, sogar fünf, wenn man Takesure und Lucia mitzählte – insgesamt zehn Erwachsene. Tete hatte vier ihrer jüngeren Kinder mitgebracht – zwei, die noch nicht laufen konnten, eine Siebenjährige und einen Neunjährigen – sowie ein Mädchen, das bei der Hausarbeit helfen sollte. Babamunini Thomas hatte zwei Jungen bei sich, fünf und sieben Jahre alt, eine achtjährige Tochter sowie eine Cousine seiner Frau, die ungefähr sechzehn war und im Haus meines Onkels lebte, um dort mitzuhelfen. Mit Nyasha, Anna, Netsai, Rambanai und mir waren es vierundzwanzig Personen; vierundzwanzig Bäuche, die dreimal täglich zu füllen waren, vierundzwanzig Körper, für die täglich Wasser aus dem Nyamarira geholt werden musste, vierundzwanzig Leute, deren Wäsche so oft wie möglich gewaschen werden musste, und dabei war der Kleinste von Tete noch in den Windeln. Nun war diese Arbeit Frauenarbeit, und von den dreizehn anwesenden Frauen waren meine Mutter und Lucia etwas, aber doch nicht unwesentlich, durch Schwangerschaft behindert. Von Tete wurde ihres Rangs wegen nicht viel erwartet, und vier weitere weibliche Wesen waren jünger als zehn. Also waren Maiguru, Nyasha, die drei helfenden Mädchen und ich den ganzen Tag auf den Beinen.

Der Morgen begann in aller Frühe mit dem Erhitzen von Wasser, damit die Erwachsenen sich waschen konnten. Wir hatten nicht genug Emaillebecken – wir brauchten zehn und hatten nur zwei, was bedeutete, dass sich nur zwei Leute auf einmal waschen konnten, also dauerte die ganze Prozedur Stunden. Man konnte nicht frühstücken, ehe die Leute sich nicht den Schlaf aus den Augen gewaschen hatten, und bis das Feuer geschürt, das Wasser erhitzt und die Erwachsenen sauber waren, war es meistens schon nach zehn Uhr. Dann begann das Frühstück – dicke Brotscheiben, mit Margarine bestrichen, dazu Tee aus einem riesigen, gelben Emaillekessel mit grünem Rand, in dem Milch und Wasser zusammen aufgekocht wurden. Brot und Margarine! Ich hätte Eier mit Speck vorgezogen!

Während die Erwachsenen frühstückten, sammelten wir die Kinder ein, um sie zu füttern. Manchmal gelang es uns, einen Bissen abzubekommen, während die Kinder aßen. Aber zumeist sorgten wir erst dafür, dass niemand im Haus hungrig blieb, und unser Frühstück musste warten, bis alle fertig waren und wir Netsai und ihren kleinen Cousinen das Geschirr übergeben hatten, zum Spülen im Emaillebecken der *dara*. Dann fegten wir den Hof, säuberten die Frauentoilette und das Haus. Danach war es an der Zeit, zum Nyamarira zu gehen, denn Babamukurus Wassertank, den er aufschloss, wenn er nach Hause kam, konnte nicht vierundzwanzig Personen versorgen.

Wir wechselten uns ab, Nyasha, Anna und ich oder die anderen beiden Mädchen; es war keine richtige Arbeit, und der Weg dorthin mit den leeren Behältern war angenehm. Wir kamen an einigen Höfen vorbei, auf denen Obstbäume dieser oder jener Art wuchsen, und wir standen mit den ansässigen Familien auf gutem Fuß oder waren mehr oder weniger mit ihnen verwandt. Obwohl wir Mangos, von der orangefarbenen Sorte, die so süß und saftig sind, zu Hause hatten, genossen wir die Pfirsiche, Guaven und Maulbeeren, die uns auf dem Weg zum Fluss angeboten wurden. Obwohl die Arbeiten anstrengend waren, das Waschen sowie das Schöpfen und Tragen des Wassers, litten wir nicht allzusehr darunter, denn wir konnten baden und uns auf den Felsen sonnen, während wir darauf warteten, dass die Wäsche trocknete. Und wenn uns nach Abenteuern zumute war, schlugen wir aus sinnlicher Freude falschen Alarm, warnten einander lauthals vor dem lüsternen Mann, der uns von oben aus angeblich beäugte, und wir flitzten kreischend zu unseren Kleidern, um uns zu bedecken.

Manchmal kamen wir rechtzeitig zur Nachmittagsmahlzeit zurück, die zwischen zwei und drei eingenommen wurde. Aber wann immer wir zurückkamen, war es schon wieder an der Zeit, erneut zu kochen oder das Geschirr von der letzten Mahlzeit zu spülen. Maiguru arbeitete härter als alle anderen, denn von ihr als ältester Ehefrau, mit den besten Kochmöglichkeiten, von der die Lebensmittel stammten, wurde erwartet, dass sie alle Kochvorgänge überwachte. Es war eine endlose Arbeit, die sie nicht abwälzen konnte, denn sie musste darauf achten, dass die Vorräte auch bis zum Ende der Ferien reichten. Bei dreizehn zusätzlichen Mündern – und wir verzehrten jeden Morgen sieben Brote und ein halbes Pfund Margarine, vom Zucker nicht zu reden, denn außer Nyasha, die magere Körper schöner fand als rundliche, tranken wir unseren Tee gern sehr süß – und bei einem solchen Appetit musste Maiguru sehr streng bei der Verteilung des Essens sein, und das ärgerte meine Mutter. Maiguru, berichtete meine Mutter Tete, wolle das Essen für ihre eigene Familie reservieren. Milch war kein solches Problem, denn es gab zwei Kühe, und die Jungen nahmen ihre Aufgabe, diese zu melken, sehr ernst, so dass wir stets eine Kanne voll warmer, schäumender und unpasteurisierter Milch für unseren Tee hatten. Auch gab es jede Menge Fleisch von der Rinderhälfte, die Babamukuru gebracht hatte, aber es frisch zu halten, war ein Alptraum. Babamukuru hatte einen Paraffinkühlschrank für seine Frau mitgebracht, aber der war nicht annähernd groß genug für das ganze Fleisch, und bei Temperaturen zwischen 30 und 35 Grad im Schatten begann das nicht gekühlte Fleisch bald zu riechen, sehr deutlich nach einigen Tagen und dann immer penetranter. Das lockte die Fliegen an und bereitete meiner Tante und mir große Sorgen: Wir stellten uns vor, dass sie, vom Fäulnisgeruch angezogen, gegen den Wind von der Latrine zur Küche schwirrten, um dort genüsslich alles mit Bakterien zu verseuchen.

Das Fleisch wurde grün, aber wir konnten es nicht wegwerfen. Wenn es in diesem Zustand gekocht wurde, roch es so stark, dass es einem den Appetit verschlug, was eigentlich gut war, denn es schmeckte nun bereits so schrecklich, dass es schlimmer gewesen wäre, sich darauf zu freuen und es dann nicht essen zu können. Wir baten Maiguru, das kühl gehaltene Fleisch anbrechen zu dürfen, aber sie blieb hart: Sie ließ es uns nicht antasten. Sie war sehr sparsam mit dem Fleisch, dem frischen Fleisch, denn am dritten oder vierten Tag spuckte Tete ein Stück grünes Fleisch in ihre Handfläche, tat es in ihr Taschentuch, wurde selbst grün im Gesicht und schlug vor, Maiguru solle künftig etwas verantwortungsvoller sein. »Es erstaunt mich«, sagte Tete, »dass Mukoma so ein Essen hinunterbringt.« Das versetzte meine Tante, die eine gute Ehefrau und stolz darauf war, in schreckliche Panik. Sie fing an, zweimal täglich einen Topf mit frischem Fleisch zu kochen, zur Speisung der Ranghöchsten, während sie die Zukunft der Familie planten.

Unmittelbare Sorge bereitete ihnen der Fall Takesure und Lucia. Eines Abends kurz nach Neujahr rief Babamukuru einen Familienrat zusammen, der aus dem Patriarchat – den drei Brüdern und ihrer Schwester – sowie aus dem Angeklagten bestand.

»Ich möchte nicht die Fakten dieses Falles wiederholen«, begann Babamukuru gewichtig, als alle im Haus versammelt waren, die Mitglieder des Patriarchats um den Esstisch herum Platz genommen hatten und streng auf Takesure blickten, der sich in eine Ecke des Sofas verkroch und vor Furcht erstarrte, sobald sie sich auf den geradlehnigen Stühlen zu ihm umwandten und ihn mit ihrer ganzen Autorität fixierten. »Ich möchte nicht die Fakten wiederholen, denn das wäre nur Zeitverschwendung und brächte uns nicht weiter – wir haben alles schon gehört und sind uns über die Ereignisse einig. Folgendes ist geschehen: Lucia wurde von ihrer Schwester, unserer Mainini, hergebeten, die, wie ihr wisst, schwanger ist – um ihr in dieser Lage, bei ihrer angeschlagenen Gesundheit, zu helfen. Auf der anderen Seite hat Jeremiah sich an mich gewandt, mit der Bitte, eine Hilfskraft für die Feldarbeit zu finden, denn seit seinem Ableben – wir alle kennen das Leid, von dem ich spreche –, seit damals war die Arbeit hier zu viel für Jeremiah allein, fehlte eine Arbeitskraft. Ich muss gestehen, dass ich über Jeremiahs Bitte erfreut war, denn sie zeigte mir, dass er sich der Verantwortung stellte, für unser Heim zu sorgen. Also habe ich mich mit großer Freude an unseren Onkel Benjamin gewandt, der mir sagte, dass unser Cousin Takesure Arbeit suche, um die Zahlungen für die *roora* seiner Frau leisten zu können. Das war ein Glück für uns alle, und deshalb habt ihr erlebt, dass Takesure hierherkam, um mit Jeremiah zusammenzuarbeiten. Es gab keine Probleme. Wir haben die Sache gut besprochen, uns über einige Dinge geeinigt, und so kam Takesure, als alles hier zu Hause glücklich und friedlich war. Ich meinerseits versicherte Sekuru Benjamin, dass ich Takesure im – äh – äh – Auge behalten würde.« Nun wich Babamukuru von seinem erzählenden Ton ab und sprach direkt Takesure an. »Takesure, du wusstest, dass du dich in allen Angelegenheiten, Jeremiah und unser Heim betreffend, an mich zu wenden hattest. Als du das erste Mal das mit Lucia getan hast, was du tatest, bist du still geblieben. Als wir es dann herausfanden, hat man dir gesagt – ich persönlich habe es dir gesagt, nachdem ich es dir über Jeremiah habe ausrichten lassen und du es ignoriert hast –, ich habe dir gesagt, dass du fortmusst, zurück nach Hause – aber du gingst nicht. Wieso hast du meine Anordnungen nicht befolgt?«

»Ich wäre gegangen, Mukoma«, murmelte Takesure, »aber Lucia weigerte sich. Sie weigerte sich, ihre Schwester zu verlassen.«

»Und wieso hast du mich nicht über Lucias Starrsinn informiert?«, verlangte Babamukuru zu wissen. Takesure senkte den Kopf.

Nun waren wir, die Frauen und Kinder, in der Küche, als der Familienrat begann. Wir wussten alle, was vorging, und meine Mutter und die anderen Ehefrauen drohten, in heftige Opposition zum System zu treten.

»Habt ihr so was schon mal erlebt?«, fragte meine Mutter, deren Gesundheit seit der Ankunft von Tete und Babamunini Thomas weitgehend wiederhergestellt war. »Habt ihr so was schon mal erlebt«, wiederholte sie scharf und wortgewandt,

»dass eine Befragung in Abwesenheit der Angeklagten stattfindet? Behaupten sie etwa nicht, meine Schwester hätte sich absichtlich schwängern lassen? Ist es nicht das, was Takesure ihnen erzählen wird, und sie werden es glauben? Ha! Sie klagen Lucia an. Sie sollte dort sein, um sich zu verteidigen.«

»Das ist wahr!«, stimmte Mainini Patience ihr zu, die erst acht Jahre verheiratet war und noch genug eigene Identität hatte, um es nicht als Illoyalität gegenüber Babamunini Thomas zu empfinden, wenn sie meiner Mutter beipflichtete. »Wir wissen alle, dass Befragungen keine Privatangelegenheiten sind«, fuhr sie fort. »Aber diese Familie, in die wir geheiratet haben! Ich weiß nicht, wieso sie Angst haben, es in aller Offenheit zu besprechen, und immer alles verheimlichen und verdecken. Verstecken. Selbst vor uns, als wären wir Kinder. Glauben sie etwa, wir würden sie verfluchen? Die Sigaukes verfluchen? Sind nicht unsere eigenen Kinder Sigaukes?« Das Gemurmel und die Unzufriedenheit ging weiter, meine Mutter und die Tanten schürten gegenseitig ihren Zorn, bis Lucia, die den Kampf genoss und sich gerne stürmisch darin hervortat, vor Wut kochte.

»Für euch ist es leicht«, schäumte sie. »Sie erzählen ja nicht Lügen über euch. Es ist nicht euer Name, den sie in den Schmutz ziehen. Sie reden über mich. Sie verurteilen mich. Ist es nicht so, Maiguru?«, fragte sie, um Maiguru in die leidenschaftliche, schwesterliche Solidarität hineinzuziehen, die sie dort in der Küche aufgebaut hatten. »Was sagst du, Maiguru? Wollen sie nicht meinen Namen beschmutzen? Also, was sollen wir tun, Maiguru? Wir erwarten einen Vorschlag von dir.«

Es war beschämend, wie Lucia von Maiguru nicht abließ. Maiguru, die der Ansicht war, dass Lucia die Folgen ihrer sinnlichen Gier tragen sollte, hatte vielleicht Mitleid mit ihr, zog es aber vor, sich nicht in Angelegenheiten des Fleisches und der Welt einzumischen, obwohl sie diese Einstellung nicht allzu deutlich zeigen wollte, weil es bedeutete, dass sie sich den anderen überlegen fühlte. Nun drang aber Lucia darauf, dass Maiguru Stellung bezog, ihre Meinung vertrat; wir waren in einer sehr delikaten Situation.

Was in der Küche gebraucht wurde, war eine Mischung von Maigurus Unvoreingenommenheit und Lucias Entschiedenheit. Alle hätten Umsicht nötig gehabt, hätten die Alternativen erwägen müssen, aber die Sache war zu intim. Sie berührte zu schmerzhaft das empfindliche Bild der Frauen von sich selbst, ein Bild, das letztlich nicht mehr war als ein Spiegelbild. Aber den Frauen war beigebracht worden, ihre Spiegelbilder für ihre wahre Person zu halten, und es ängstigte sie jetzt, auch nur daran zu denken, dass eben jene Fakten, die aus ihnen eine besondere Gruppe machten, sie als Frauen definierten, nur Mythen waren; es machte ihnen Angst, wahrzunehmen, dass Bedrohung, Misshandlung und Vernachlässigung in vielen Generationen aus diesen Mythen die äußerst polarisierte Wirklichkeit herausgeschlagen hatten, der sie nun ausgesetzt waren, als Maigurus oder Lucias. Statt sich von beiden Positionen aus zu öffnen, ihren Horizont zu erweitern und zu wachsen, nötigte die Angst sie, sich zusammenzuziehen. Jede zog sich noch starrer auf ihre Rolle zurück, während sie so taten, als kämen sie voran, als hätten sie tatsächlich einen Vorstoß unternommen, obwohl doch jede von ihnen ein letztes, einsames, hoffnungsloses Mal die Sicherheit ihrer Illusionen verteidigte.

Maiguru wurde sehr distanziert. »Dies ist nicht meine Angelegenheit«, sagte sie mit einem Schulterzucken und zog unvorsichtig die Mundwinkel nach unten. »Bin ich etwa von ihrem Totem? Nein. Ich wurde aufgenommen. Sie sollen ihre eigenen Probleme lösen, und wer hineingezogen werden will, nun, der wird schon wissen, was er tut. Ich möchte mich nicht in die Angelegenheiten der Familie meines Mannes einmischen. Ich werde den Mund halten und schlafen gehen.«

Maigurus Worte lösten beleidigtes Getuschel und Gemurmel seitens meiner Mutter und meiner Tanten aus, aber allmählich verschlug es ihnen die Sprache. Als Maiguru zu Ende geredet hatte, war es ruhig in der Küche. Dann gab meine Mutter ein langes, bitteres Lachen von sich.

»Hä-hä-ha!« gackerte sie und klatschte in die Hände. »*Aiwa!* Mädchen, würdet ihr sagen, diese hier ist eine wie wir? Sie spricht, als wäre sie in die Familie unserer Männer hineingeboren, sie hat genauso eine hohe Meinung von sich. Ihr habt sie gehört, Mädchen, nicht wahr? Fragt ihr euch nicht, wieso sie heute Abend hierhergekommen ist? Sag uns, Maiguru, was wolltest du heute Abend in der Küche mit uns tun, wo du die anstehenden Probleme doch kennst?«

»Aber Mainini«, antwortete Maiguru ruhig, »wieso fragst du? Du weißt ganz genau, dass du mich hergerufen hast. Ich warte darauf, dass du mir den Grund sagst. Was die anstehenden Probleme betrifft, bin ich, wie ihr alle wisst – ich habe es euch schon oft gesagt –, nicht in die Familie meines Mannes hineingeboren worden, also gehen sie mich nichts an.

Takesure ist kein Verwandter von mir. Was er mit Lucia tut, geht mich nichts an – sie ist ebenfalls keine Verwandte. Wenn sie sich Probleme schaffen, nun, dann werden sie eben sehen müssen, wie sie zurechtkommen. Aber was sie tun, geht mich nichts an.«

Maigurus Ablehnung musste Lucia zutiefst verletzt haben, aber sie zeigte es nicht. »Und da hast du vollkommen recht, Maiguru«, stimmte sie standhaft zu, »vollkommen recht. Wenn diese Leute da oben verstehen würden, dass ich keine Verwandte von ihnen bin, würden sie nicht so freimütig meinen Namen aussprechen und dann auch noch Lügen erzählen.«

»Nun«, sagte Maiguru und schickte sich an zu gehen, um nicht noch weiter in die Diskussion hineingezogen zu werden, »wie gesagt, ich gehe jetzt zu Bett. Gute Nacht, Mainini Ma'Shingayi, Mainini Patience, Mainini Lucia. Bis morgen früh.«

»Gute Nacht, Maiguru, bis morgen früh«, antwortete Lucia.

»Sie ist stolz«, urteilte meine Mutter, als Maiguru gegangen war. Sie wandte sich mir zu. »Siehst du, was für eine stolze Frau deine Maiguru ist«, höhnte sie. »Stolz und gefühllos. Glaubst du, du bedeutest ihr etwas? Niemals! Du bist keine Verwandte von ihr. Mein Blut ist in dir. Nicht ihres.«

»Aber Mutter«, protestierte ich sanft, denn ich wollte das Gespräch abbrechen, weil Nyasha bei uns war. »Aber Mutter, Maiguru hat nur klar gesprochen und uns gesagt, was sie denkt.«

»Und wieso denkt sie anders als alle anderen? Sie glaubt, sie wäre was Besonderes. Sie glaubt, sie wäre perfekt und könne sich deshalb alles erlauben. Zuerst hat sie meinen Sohn getötet …«

»Mutter«, ich schnappte nach Luft und wandte mich unwillkürlich Nyasha zu, um es gleich zu bereuen, denn ich wollte nicht, dass Nyasha die Beschämung in meinen Augen sah. Auch wollte ich nicht den Schmerz und die Verwirrung in ihren sehen.

»Sisi!«, rügte Lucia meine Mutter. »Halte dich zurück! Wieso willst du dir weh tun mit solchen schmerzhaften Sachen? Vor allem, wo du weißt, dass sie nicht wahr sind.«

Aber meine Mutter war auf einem üblen Pfad und nicht aufzuhalten. Was nun aus ihr hervorbrach, hatte schon lange in ihrem Kopf gekeimt und Wurzeln geschlagen.

»Ha! Du!«, höhnte meine Mutter und wütete nun gegen ihre Schwester. »Du glaubst, du kannst mir sagen, ich soll mich zurückhalten, du! Hä-hä! Darüber kann ich nun wirklich nur lachen! Wann, Lucia, sag es mir, wann hast du dich zurückgehalten? Weißt du überhaupt, wie das geht, du, die mit meinem Mann im Bett war vom Augenblick deiner Ankunft an? Und mit Takesure. Ihr wart wahrscheinlich alle drei zusammen, erst Jeremiah, bis er genug hatte, und dann Takesure, und so ging's weiter. Also erzähl mir nichts von Zurückhaltung. Du hast keine Ahnung davon.« Wir dachten, sie sei fertig, aber sie hatte nur Luft geholt. »Und überhaupt«, fuhr sie fort, »in welcher Hinsicht halte ich mich denn nicht zurück? Ich sage nur meine Meinung, wie sie es tat. Sie hat uns doch ihre Meinung gesagt, oder, und hat da jemand was gesagt? Nein. Wieso nicht? Weil Maiguru gebildet ist. Deshalb habt ihr geschwiegen. Weil sie reich ist und herkommt und mit ihrem Geld herumwedelt, hört ihr zu, als wolltet ihr die Worte essen, die aus ihrem Mund kommen. Aber ich bin ungebildet, nicht? Ich bin nur arm und unwissend, also wollt ihr, dass ich schweige, wollt mir das Reden verbieten. Ha! Ich bin arm und unwissend, das bin ich, aber ich habe einen Mund, und er wird weiterhin reden, wird nicht schweigen. Heute habe ich es gesagt, und ich werde es wiederholen: Sie ist eine Hexe, eine Hexe. Habt ihr mich richtig verstanden? Sie-isteine-Hexe. Sie stiehlt die Kinder anderer Frauen, weil sie selbst nur zwei hervorbringen konnte, und die zwei kann man nicht als Menschen bezeichnen. Sie sind eine Schande für anständige Eltern, aber Maiguru ist nicht anständig, denn zuerst hat sie meinen Sohn getötet, und jetzt hat sie mir Tambudzai weggenommen. O ja, Tambudzai. Glaubst du, ich habe nicht gesehen, wie du ihr überallhin folgst«, spuckte sie mich wütend an, »die ganze schmutzige Arbeit für sie machst, alles tust, was sie dir sagt? Du glaubst, deine Mutter ist so dumm, dass sie nicht erkennt, dass Maiguru dich gegen mich aufgebracht hat, mit ihrem Geld und ihren weißen Gepflogenheiten? Du glaubst jetzt, ich bin Dreck, ich, deine eigene Mutter. Gerade gestern hast du mir gesagt, dass mein Klo schmutzig ist. ‚Es widert mich an', das hast du gesagt. Wenn du Fleisch haben willst, kann ich es dir nicht besorgen – wenn du so gierig bist, dass du deine Mutter wegen Fleisch verkaufst, dann geh zu deiner Maiguru. Sie wird dir Fleisch geben. Ich werde mich, wie wir es immer taten, von Gemüse ernähren und überleben. Und wir haben überlebt, also, was willst du mehr! Du hast dein Leben. Geh du zu deiner Maiguru und iss Würste.« Und sie saß da, die Arme vor der Brust verschränkt, das Kinn trotzig vorgeschoben, und forderte uns dazu heraus, sie vom Gegenteil zu überzeugen.

»*Aiwa-wo*, Sisi«, beruhigte sie Lucia, ohne auf die Emotion einzugehen. »Wie kannst du nur so einen Unsinn reden? Sobald das Kind geboren ist und du dich wieder normal fühlst, wirst du über dich lachen. Aber sei jetzt ruhig. Sonst schadest du dir nur. Es ist vorbei, oder?«

»Hm!«, brummte meine Mutter. »Vorbei! Wenn ich Nhamo wieder vor mir sehe, erst dann, erst dann wird es vorbei sein.«

»Weißt du, Mainini Lucia«, sagte Mainini Patience nachdenklich. »Ich glaube, da ist einiges wahr von dem, was Maiguru Ma'Shingayi gesagt hat.«

»Und wie willst du das wissen?«, fuhr Lucia sie an, deren Geduld begrenzt und nur ihrer Schwester vorbehalten war. »Welches deiner Kinder ist gestorben?« Mainini Patience war erfolgreich zum Schweigen gebracht. »Komm, Sisi«, wandte Lucia sich erneut an meine Mutter, »wir bestreiten dein Leid nicht, aber lass von deiner Wut ab. Komm, gehen wir ins Haus und hören wir uns an, was sie über uns sagen.«

Aber meine Mutter war immer noch wütend. »Nein«, sagte sie. »Es interessiert mich nicht mehr.«

»Aber es wird dich interessieren, wenn die ganze Geschichte bekannt wird«, erwiderte Lucia. »Dann wirst du dir wünschen, du hättest es mit eigenen Ohren gehört.«

»Lucia, Lucia«, seufzte meine Mutter. »Hältst du mich für ein Kind? Nach all diesen Jahren und all diesen Ereignissen glaubst du, ich bin noch ein Kind, das sich von dem Unsinn in diesem Haus beeindrucken lässt? Von Unsinn, den ich seit neunzehn Jahren jeden Tag sehe und mit dem ich lebe? Nein, ich lasse mich nicht ablenken, aber es geht um eine ernste Sache, und sie betrifft dich. Also lasst uns ins Haus gehen.«

Sie erhob sich schwerfällig, indem sie sich zuerst auf die Hände und Knie stützte. Die beiden Schwestern verließen die Küche. Meine Mutter hielt sich am Türrahmen fest, denn aufgrund ihrer Schwangerschaft verschob sich ihr Schwerpunkt unvorhersehbar und brachte sie aus dem Gleichgewicht. Mainini Patience folgte ihnen, denn es gab sonst nichts zu tun.

Ich wollte mitgehen und mir die Verhandlung anhören, aber ich fürchtete, Nyasha gegenüber unloyal zu erscheinen. Ich war sicher, dass sie mich zum Boykott auffordern würde, doch als ich mich umdrehte, um es mit ihr zu besprechen, war sie nicht mehr da. Wann war sie gegangen? Wie viel hatte sie mitbekommen? Als ich sie das letzte Mal angesehen hatte, war ihr Gesicht im Licht der Paraffinlampe ausdruckslos, und ich hatte erkannt, dass sie die Worte meiner Mutter nicht begriff und davon sehr verletzt war. Ich war erleichtert, dass sie sich davongestohlen hatte; ich würde meine Mutter nicht rechtfertigen müssen, um meine Cousine zu behalten. Doch auch das war eine Fehleinschätzung von mir, eine grobe Fehleinschätzung, denn als wir später einmal über die meisten Dinge sprachen, verschloss sich Nyasha und tat es ab; meine Mutter habe nur ihr Leid geklagt, wie Maiguru ständig ihr Leid klage. Als ich nachhakte, sie aggressiv herausforderte, mir zu erklären, was für ein Leid Maiguru in besten Verhältnissen, in der besten aller Welten haben könne, schwieg Nyasha. Manche Sachen könne man nicht erklären, murmelte sie. So etwas könne man nur sehen. Aber das war später, viel später, wieder auf der Mission. An jenem Abend machte es mir Sorgen, dass meine Mutter unter ihrer Not zusammenbrechen würde, bevor ich etwas dagegen tun konnte. Also ging ich ins Haus, um mich abzulenken und herauszubekommen, was vorging.

Maiguru hatte das Haus in dem Augenblick erreicht, als Takesure gerade erklärte, Lucia habe sich geweigert, ihre Schwester zu verlassen.

»Ja«, sagte er, »es ist Lucias Schuld. Ha! Das hat sie getan, eure Lucia. Sie weigerte sich, weigerte sich strikt wegzugehen. Sie wusste, dass sie schwanger war, aber sie weigerte sich wegzugehen.«

»Darf ich bitte durchgehen?«, fragte Maiguru an der Tür, machte einen Knicks und schlug die Hände zusammen zu einem respektvollen, geräuschlosen Klatschen.

»Ma'Chido«, rügte sie Babamukuru streng, »wir hören uns hier einen sehr wichtigen Fall an. Setz dich hin und hör zu.«

»Kann es so wichtig sein?«, wandte Maiguru leise ein und ging ehrerbietig gebeugt durch das Zimmer. »Wir haben nichts davon gewusst.«

»Ma'Chido«, erwiderte Babamukuru mit sich kaum merklich überschlagender Stimme, »ich habe dich angehalten, dich zu setzen und zuzuhören.«

»Wie du willst, Baba«, sagte Maiguru fügsam und nahm auf dem Boden Platz, die Beine unter sich.

»Das ist bestimmt nicht nötig«, äußerte sich Tete, der weibliche Patriarch. »Maiguru arbeitet hart den ganzen Tag. Vielleicht ist es am besten für sie, wenn sie schlafen geht.«

»Wenn sie müde ist, wieso sagt sie es dann nicht?«, wollte Babamukuru gereizt von Tete wissen, während er Maiguru gnädig erlaubte zu gehen. Maiguru akzeptierte die Erlaubnis und verschwand ins Schlafzimmer. Die Männer blickten ihr nach.

»Eine Schande«, sagte Babamunini Thomas voller Mitgefühl. »Sie ist so müde, zu müde sogar, um sich hinzusetzen und zuzuhören. Aber es ist wahr. Maiguru arbeitet hart, und wie sie arbeitet, um es uns allen angenehm zu machen.« Und Babamukuru war so geschmeichelt, dass er es dabei beließ.

Wir anderen standen flüsternd draußen, lauschten und spähten hin und wieder durchs Fenster, wenn das Gespräch besonders intensiv wurde und wir uns sicher fühlten.

»Beende das, was du uns sagen wolltest«, befahl Babamukuru.

»Ja«, fuhr Takesure fort und warf meinem Vater flehende Blicke zu, der patriarchalisch ungerührt und streng blieb. »Ja«, sagte Takesure bebend, »ich sagte also Folgendes. Sie weigerte sich, mit mir zu gehen. ‚Ha!' sagte ich zu ihr. ‚Mukoma hat angeordnet, dass wir gehen.' Und sie lachte! Sie lachte einfach und sagte, sie würde mit Mukoma gehen, wenn er das wolle, denn er sei ihr Mwaramu, aber nicht mit mir. Ha! Das sagte sie, Mukoma, ich schwöre es bei meiner Großmutter, die 1959 gestorben ist! Das sagte sie.«

»Ich verstehe«, sagte Babamukuru großmütig, während Lucia draußen in dem schattigen Mondlicht an ihrem Glucksen fast erstickte, das sich nicht zurückhalten ließ. »Was du sagst, erstaunt uns nicht«, fuhr Babamukuru fort. »Es ist einleuchtend, denn sie ist als nicht sittsame Frau bekannt. Aber wieso hast du die Sache nicht gemeldet?«

»Ich hatte Angst, Mukoma, wirklich Angst.« Seine Stimme bebte. »Du weißt, was man von ihr sagt, dass sie in der Nacht umhergeht?« Diese Anschuldigung war Takesures Untergang. Babamukuru räusperte sich und fixierte seinen Cousin mit unnachgiebigem Blick. Takesure hatte seinen Vorteil vergeben, aber er taumelte unvorsichtig weiter. »Sie hat mir schreckliche Sachen angedroht. Und wir wissen, wie sie ist. Sie würde es tun. Ha! Sie würde es tun. Sie verhext wahrscheinlich Mukoma Jeremiahs Kinder, um ihn zu heiraten. Sie will Jeremiah, nicht mich!«

Es war zwecklos, Lucia davon abhalten zu wollen, ins Haus zu stürzen, also versuchten wir es überhaupt nicht. Wir beobachteten nur, wie sie hineinplatzte; ihr rechtes Auge glitzerte im

Widerschein der gelben Paraffinflamme, glitzerte Takesure gefährlich an, der sich wohlweislich in die Ecke seines Sofas kauerte. »Narr!«, schnaubte sie verächtlich, als sie drohend vor ihm stand, die Arme in die Seiten gestemmt. »Narr!« Und sie wirbelte zu Babamukuru herum, so dass nun ihr linkes Auge glitzerte. »Schau ihn dir an, Babamukuru! Schau, wie er sich verkriecht, weil ich da bin.« Takesure hatte etwas Mut geschöpft, da ihm Lucia den Rücken zukehrte, aber seine Erholung war von kurzer Dauer. »Wenn du ein Problem mit mir hast«, riet ihm Lucia, »steh auf und lass es uns einfach bereinigen.« In zwei Schritten war sie neben ihm, nahm je eines seiner Ohren zwischen Zeigefinger und Daumen und zog ihn hoch.

»Lass mich, lass mich«, stöhnte er. Ich behaupte immer, dass ein Lächeln über die Gesichter der Patriarchen huschte, aber ich kann es mir auch nur eingebildet haben, denn ich lachte selbst. Wir alle draußen lachten. Als Nächstes, zumindest nach meiner Erinnerung, wollte sich mein Vater von seinem Stuhl erheben, doch Lucia riet ihm dringend, sitzen zu bleiben, wenn ihm ein Takesure mit Ohren lieber wäre. Da sagte der weise Babamukuru zu meinem Vater, er solle sich hinsetzen und Lucia sprechen lassen.

Und Lucia sprach. »Sag mir, Babamukuru«, sagte sie kameradschaftlich, ihre Hände in Hüfthöhe, so dass Takesure im rechten Winkel vornübergebeugt dastand. »Sag mir, Babamukuru, würdest du sagen, das hier ist ein Mann? Würde ein Mann solchen Unsinn reden? Ein Mann sollte vernünftig reden, oder? Was kann das hier also sein?« Und sie zwickte das Wesen in die Ohren, um herauszufinden, was es sagen würde. »Ich sage dir, Babamukuru«, fuhr sie ernsthaft fort, »Maiguru drüben im Schlafzimmer ist die Einzige hier, die einen vernünftigen Kopf auf den Schultern trägt. Sie stochert nicht in dem herum, was sie nichts angeht.«

»He, Lucia«, sagte Babamukuru in seinem entschiedenen Ton, der am Anfang der Ferien so stark gewirkt hatte, »He, Lucia, beherrsche dich. Tu nichts, wofür du dich nachher schämen musst.«

»Wofür sollte ich mich schämen?«, gab sie zurück. »Ich will nur, dass dieser Takesure«, und sie schüttelte seinen Kopf, um dem Nachdruck zu verleihen, »aufhört, Unsinn über mich zu reden. Takesure, hast du mich je auf dem Rücken einer Hyäne reiten sehen? Hast du mich gesehen, he? Antworte mir.« Sie kniff ihn mit großem Vergnügen in die Ohren.

»Nein«, stöhnte Takesure. »Hab ich nie.«

»Was erzählst du dann für einen Unsinn? Ha! Ihr kotzt mich an, ihr alle.« Sie stieß Takesure aufs Sofa, wo er sich die Ohren rieb. »Ich werde dein Haus verlassen, Babamukuru, und meine Schwester nehme ich mit«, sagte sie zu meinem Onkel. »Aber bevor ich das tue, will ich dir noch sagen, wieso ich mich geweigert habe wegzugehen. Das war, weil dieser Mann, dieser Jeremiah – ja, du, Jeremiah, du, der meine Schwester geheiratet hat – ein lüsternes Auge und eine faule Hand hat. Was immer er sieht, muss er haben; aber er will dafür nicht arbeiten, nicht wahr, Jeremiah? Und warum erzähle ich euch das überhaupt? Ihr wisst es, ihr alle wisst es. Konnte ich also weggehen und meine Schwester mit diesem Mann zurücklassen, der ihr nichts als Leid gebracht hat, seit sie fünfzehn ist? Natürlich nicht. Ich konnte es nicht. Was Takesure betrifft, weiß ich nicht, was er glaubt mir geben zu können. Was immer er für mich tun kann, das kann ich allein besser. Also keine Sorge, Babamukuru. Aber ich nehme meine Schwester mit.«

Sie wollten mit ihr reden. Sie wollten sich mit ihr hinsetzen und die Sache ruhig und rational besprechen, aber Lucia hatte genug und kam zu uns ins Freie hinaus. Die Patriarchen steckten die Köpfe zusammen und besprachen sich leise, weil sie inzwischen wussten, dass wir zuhörten. Ich malte mir alle möglichen schlimmen Folgen aus.

»Lucia«, flüsterte ich, »wenn du weggehst und Mutter mitnimmst, muss ich die Mission verlassen. Dann muss ich zurückkommen, um Baba und die Kinder zu versorgen.«

Lucia lachte. »Mach dir keine Sorgen«, versicherte sie mir. »Das ist ein Sturm, der vorübergeht.«

Im Haus war Babamukuru sehr bestürzt und verärgert über meinen Vater, der ihnen diese Schwierigkeiten eingebrockt hatte.

»Jeremiah, sieh, in was für Probleme uns deine Unverantwortlichkeit gebracht hat«, schimpfte er. »Was ist nun zu tun? Es bereitet uns heftige Kopfschmerzen, deine Angelegenheiten zu klären. Und diese hier ist ernst. Wir brauchen eine vernünftige Lösung.«

»Ha!«, stimmte ihm Takesure zu, dem die Ohren immer noch weh taten, wie man an seinem Gesicht sah. »Wir brauchen eine gute Taktik, um diese Frau kaltzustellen. Sie ist gefährlich und unnatürlich. Sie ist unbeherrschbar.«

»Tete, was sagst du? Du müsstest am besten wissen, wie man mit einer Frau umgehen muss. Was tun wir in einem solchen Fall?«, fragte Babamunini Thomas respektvoll, aber Tete lehnte diese Ehre ab.

»*Aiwa*, Thomas«, sagte Tete. »Meine Möglichkeiten sind begrenzt, und diese Sache geht über meine Kräfte. Vielleicht stammt die Schwangerschaft diesmal von Takesure, aber Jeremiah hätte niemals etwas mit ihr tun dürfen, was nicht offen getan werden kann. Die Lösung ist, dass Jeremiah sich vernünftig benimmt, aber darin war er noch nie gut.«

»Vielleicht eine Medizin«, schlug Takesure vor, »damit Mukoma Jeremiah in Ordnung kommt. Ha! Ihn in Ordnung bringen. Damit er sich von dieser Frau nicht beeinflussen lässt.«

Mein Vater stimmte dem mit ganzem Herzen zu und hatte noch eigene Ideen. »Er hat wirklich recht. Ja, er hat recht. Aber es ist mehr nötig als nur Medizin für mich. Die Probleme sind in der ganzen Familie. Mukoma erzählt immer, wie unmöglich sich Nyasha dieser Tage benimmt und manchmal auch Maiguru. Und du sagst auch, dass die Geldangelegenheiten dieser Tage nicht so gut stehen, oder, Mukoma? Wann war es? Gerade vorgestern hast du gesagt, du wünschtest, du hättest das Geld, um einen Traktor zu kaufen. Aber bevor diese Schwierigkeiten begannen, gab es Geld für so etwas. Versteh mich nicht falsch, Mukoma, ich sage nicht, dass du geizig bist. Ich sage nur, dass wir zur Zeit Probleme haben. Ja! Wir haben Probleme. Selbst Tete mit ihren zwei unverheirateten Töchtern und dem ältesten Sohn, der seine Frau so schlimm schlägt – das letzte Mal musste sie ins Krankenhaus, nicht wahr, Tete? Und Thomas macht sich Sorgen über seinen Kleinsten, der etwas von einem Idioten hat. Ja, das sind ernsthafte Unglücksfälle. Sie kommen nicht von selbst. Die kommen irgendwoher. Das ist offensichtlich. Sie werden geschickt. Und man muss sie zwingen, dorthin zurückzugehen, wo sie herkamen, ganz zurück! Das ist eine Angelegenheit für ein gutes Medium. Ein gutes Medium, das die Zeremonie richtig vollziehen kann, mit allem Drum und Dran – mit Bier, einem geopferten Ochsen, mit allem. Wir müssen den Clan zusammenrufen und uns von diesem Übel befreien …«.

»Jeremiah«, unterbrach Babamukuru mit ungläubiger Tenorstimme, »höre ich recht? Hör ich dich sagen, dass du Alkohol herbeischaffen und – äh – Medizinmänner hierherbringen willst, in mein Haus! Heute Abend enttäuschst du mich, Jeremiah«, sagte er traurig. »Jedes Mal, wenn du sprichst, kommen unsinnige Sachen aus deinem Mund. Sicherlich weiß mein jüngerer Bruder, dass sein Vorschlag unmöglich ist. Ich erlaube solche Sachen hier nicht.«

»Aber, Mukoma …« setzte Tete an.

»Das reicht«, unterbrach Babamukuru sie. »Was Jeremiah vorschlägt, kann nicht geschehen. Ich will nichts davon hören. Aber ich will euch eines sagen.« Alle richteten sich aufmerksam in ihren Stühlen auf. »Glaubt ja nicht, ich hätte über diese Dinge nicht nachgedacht«, sagte Babamukuru. »Glaubt nicht, dass ich die Dinge, von denen Jeremiah spricht, nicht auch gesehen habe. O ja, ich habe sie gesehen. Ich denke schon lange über diese Unglücksfälle nach. Wir können diese Probleme nicht leugnen. Aber statt zu sagen, dass sie das Werk eines bösen Geistes sind, den uns jemand auf den Hals geschickt hat, habe ich überlegt, ob sie nicht daher rühren, dass wir etwas tun, was wir nicht tun sollten, oder dass wir etwas nicht tun, was wir tun sollten. So wird über uns geurteilt, oder aber wir werden gesegnet. Aber ich habe lange über diese Dinge nachgedacht. Und dann, nach langem Nachdenken, ist mir wieder eingefallen, dass unsere Mutter immer darauf drängte, dass Jeremiah kirchlich heiraten sollte. Ja, Jeremiah, auch heute noch, nach all den Jahren, seit unsere Mutter verstorben ist, lebst du in Sünde. Du hast nicht vor Gott in der Kirche geheiratet. Das ist eine ernste Angelegenheit, also habe ich ein bisschen, ein klein bisschen Geld für eine Hochzeit von dir und Mainini beiseitegelegt. Ich wollte dir nur sagen, worüber ich nachgedacht habe; die Einzelheiten können wir ein anderes Mal besprechen, denn jetzt ist es schon sehr spät.«

Sobald sich die Möglichkeit ergab, nämlich am nächsten Morgen, während wir das Frühstück bereiteten, erzählte ich Nyasha, was im Haus vorgefallen war – die Argumente, die Diskussionen, die Folgerungen. Sie war beeindruckt von Lucia, was mich überraschte, denn wenn Lucia in der Nähe war, benahm Nyasha sich sehr zurückhaltend und sagte wenig. Sie war über den Vorschlag meines Vaters und die Hochzeitsidee belustigt. Sie erkundigte sich auch neugierig nach den Reinigungszeremonien und gestand, ihre Unwissenheit in solchen Dingen mache sie ganz verlegen, aber ich konnte ihr auf ihre Fragen nach allen Einzelheiten keine sicheren Antworten geben, denn wir vollzogen diese Zeremonien nur noch selten. Und ich war ziemlich stolz, dass es so war, denn je mehr ich von der Welt außerhalb der Heimstätte sah, desto mehr war ich überzeugt, dass wir für den Fortschritt die alten Gewohnheiten aufgeben müssten. Es erstaunte mich, dass Nyasha sich für die Bräuche unserer Groß- und Urgroßeltern so stark interessierte. Wir führten eine große Diskussion darüber, aber ich war sicher, dass ich recht hatte, denn Babamukuru hatte selbst eine Hochzeit vorgeschlagen anstelle der Reinigungszeremonie. Als ich Nyasha dieses Indiz für das Wesen des Fortschritts vorhielt, wurde sie ziemlich ärgerlich und hielt mir einen Vortrag darüber, wie gefährlich es sei, die christlichen Sitten für fortschrittlich zu halten. »Es ist schon schlimm genug«, sagte sie scharf, »wenn ein Land kolonialisiert wird, aber wenn das auch mit den Menschen geschieht, ist es das Ende, wirklich, das Ende.« Das war auch das Ende der Diskussion. Nyasha sagte, dass sie mehr unterschiedlichen Situationen ausgesetzt gewesen sei und deshalb viel Anlass gehabt habe, darüber nachzudenken, aber auch ich müsse mich nun mit diesen Fragen beschäftigen, wenn ich mir ein eigenes Urteil bilden wolle. Ohne mir im Klaren zu sein, worüber ich eigentlich nachdenken sollte, versprach ich brav, es zu tun, und wir trugen das Frühstück zum Haus, wo Tete im Wohnzimmer saß, während Maiguru den Tisch deckte.

»Ah, Maiguru«, sagte Tete gerade. »Glaub mir, diese Frau hätte mich fast umgebracht. Ich wäre vor Lachen fast gestorben. Diese Lucia! *Aiwa!* Diese Lucia ist verrückt. Und Mukomas Gesicht! Wirklich, als wäre Lucia nackt hereinspaziert!« Tete wischte sich die Tränen der Heiterkeit aus den Augen. »Ma'Chido! Wenn du dabeigewesen wärst, hättest du dich herrlich amüsiert!«

»Ich hab's gehört, Tete, ich hab's gehört«, gluckste Maiguru. »Aber sie haben es sich selbst zuzuschreiben. Sie sollten sich nicht mit Frauen wie Lucia einlassen!« Sie verzogen ihre Gesichter und brachen in hilfloses Gekicher aus.

»Werden wir nun eine Reinigungszeremonie oder eine Hochzeit veranstalten?«, fragte Tete. Ihr fettes Gesicht bebte, als sie ihren Kopf schüttelte. »Sag uns, Maiguru, was heilt Jeremiahs Haltlosigkeit besser? Diese Männer, *aiwa!* Diese Männer!«

Acht

Ich war nicht der Ansicht, dass man über die Pläne meines Onkels für meine Eltern lachen sollte. Für mich war diese Hochzeit eine ernste Angelegenheit, so ernst, dass sogar mein Körper höchst beunruhigend darauf reagierte. Wann immer ich darüber nachdachte, wann immer ich meine Mutter in jungfräulich weißem Satin oder (Schrecken aller Schrecken) mich selbst als süße, affektiert lächelnde Brautjungfer vor mir sah, kribbelte meine Haut grauenhaft, meine Brust verspannte sich, bis ich keine Luft mehr bekam, und selbst meine Eingeweide drohten mir ihre Meinung kundzutun. Dieselben Symptome befielen mich, wenn ich an Babamukuru dachte, was mich in eine schwierige Situation versetzte. Natürlich war ich böse auf ihn, weil er sich diesen Plan ausgedacht hatte, der meine Eltern, mein Heim und mich selbst dem Gespött aussetzte. Aber zugleich konnte ich ihm nicht böse sein, denn das wäre sicherlich eine Sünde gewesen. Böse auf Babamukuru, der mein Wohltäter war, mein Vater praktisch, der gut war und Liebe, Respekt und Gehorsam verdiente! Also verdrängte ich die Wut. Gedanken an die Hochzeit verscheuchte ich aus meinem Kopf, da sie so ernste, sündige Folgen hatten. Um mich abzulenken, konzentrierte ich mich auf andere Dinge: Ausflüge zum Nyamarira an regenlosen Tagen; Tagträume über die bald wieder beginnende Schulzeit; und ich schloss mich Nyasha und ihrer neusten fixen Idee an, Tontöpfe herzustellen. Wir hatten schon getöpfert, bevor Babamukuru nach England ging, aber da waren wir noch klein und nicht sehr geschickt, so dass die Töpfe immer schief und ungleichmäßig wurden. Aber nun waren unsere Töpfereien kleiner und hübscher und fein verziert – mit einem dünnen Zweig kratzten wir Muster in den feuchten Ton, wobei wir nach jedem Strich den Zweig in Wasser tauchten, um die Striche glatt zu halten. Wir ließen die Töpfe trocknen und brannten sie dann in Maigurus transportablem Herd. Als wir klein gewesen waren, platzten sie immer, aber jetzt waren wir geübter, und die meisten hielten, was Nyasha enorm freute, denn sie nahm ihr Hobby sehr ernst. Sie sagte, sie würde die Töpfe auf der Mission bemalen und glasieren, um dann Knöpfe, Schmuck und Stifte darin aufzubewahren.

Ich fand allerdings, dass man nur töpferte, wenn man sehr klein war und so tat, als wäre man erwachsen, oder wenn man als Erwachsener Töpfe für Wasser, *mahewu* und ähnliches benötigte. Aber wir benutzten inzwischen Kanister für Wasser, und ich hatte noch nie jemanden *hari* machen sehen, obwohl wir mehrere im Haus hatten. Also waren diese Töpfe eindeutig Nyashas Fimmel, nicht meiner, und während sie sehr darauf achtete, dass sie nicht sprangen, und sorgfältig ihre Verzierungen einkratzte, waren sie mir ziemlich gleichgültig und dienten nur dem Zeitvertreib.

Ich hoffte, dass diese Beschäftigung die Wut, die böse Wut zügeln würde, aber es war nicht so einfach. Das Problem war, dass ich nicht ständig Tontöpfe modellierte oder zum Nyamarira ging oder über die Schule nachdachte. Manchmal war ich allein und musste nur aufpassen, dass das *sadza* nicht anbrannte, oder ich fühlte mich wohlig müde, kurz bevor ich einschlief. Dann vergaß ich, dass ich bestimmte Dinge nicht denken durfte, und die Gedanken schlichen sich so unmerklich ein, dass ich sie nicht vertreiben konnte; sie untergruben meine Abwehr, und ich blieb angespannt und schlaflos, ohne genau zu wissen, warum.

Allmählich musste ich mir eingestehen, dass mir die Idee einer Hochzeit meiner Eltern nicht gefiel. Aber ich begriff nicht, wieso ich so starke Einwände gegen diese Hochzeit hatte, gegen die Vorstellung, dass meine Eltern dann nicht mehr in Sünde lebten. Wenn ich mir die Frage so stellte, wusste ich, dass eindeutig etwas mit mir nicht in Ordnung war, denn ich hatte mit der Zeit kategorisch gelernt, dass Sünde vermieden werden musste. Der Sündenbegriff war für mich während meines Jahres auf der Mission sehr bedeutsam geworden, denn wir gingen jeden Sonntag in die Kirche und zum Bibelunterricht und hörten jedes Mal, dass man Sünden unbedingt vermeiden musste.

Die Sünde musste vermieden werden, denn sie war tödlich. Ich sah sie vor mir. Sie war tiefschwarz. Sie hatte scharfe Ecken, war also eher viereckig als rund, so dass man wusste, wo sie aufhörte. Sie funktionierte wie ein raubtierhaftes Vakuum, das die Unvorsichtigen in sich hineinsaugte und nie mehr freigab. Und nun sagte Babamukuru, dass dort meine Eltern waren – also auch meine Schwestern und ich. Ich konnte mich oder meine Angehörigen nicht mit der Sünde in Zusammenhang bringen, also erstickte ich meine Befürchtungen, indem ich die Dinge, die man uns in der Sonntagsschule beibrachte, wörtlich nahm. Ich redete mir ein, dass Sünde etwas war, was Menschen vor langer Zeit einmal begangen hatten, Menschen, die kurz vor und nach Christi Geburt gelebt hatten. Und doch war Babamukuru so sicher, dass meine Eltern in Sünde lebten, dass er bereit war, eine Hochzeit, eine sehr kostspielige Sache, zu organisieren. Das war ein kompliziertes Problem, zu kompliziert für mich. Ich hoffte, es würde von allein vergehen und mich die restlichen Ferien mit Nyasha genießen lassen. Denn es blieben nicht mehr viele Tage.

Tete reiste als Erste ab. Das veränderte die Schlafordnung, denn die Jungen zogen in den *hozi*. Babamunini verabschiedete sich am folgenden Tag und Babamukuru am Tag danach. Nyasha fuhr mit, was mich deprimierte und unglücklich machte, denn ich würde sie erst in drei Wochen beim Schulanfang wiedersehen, und das erschien mir eine schrecklich lange Zeit ohne sie. Nyasha war für mich etwas Einzigartiges und Notwendiges geworden. Ich verzichtete ungern längere Zeit darauf, mit ihr über alle meine Sorgen zu sprechen, denn ich wusste, dass sie mit ihrem vielseitigen Denken den Kern des Problems herauspflücken und mir so präsentieren würde, dass ich es nicht nur verstand, sondern auch begriff, dass Probleme nicht existierten, damit wir uns Sorgen machten, sondern um uns im Suchen nach Lösungen zu schulen. Und es gab damals vieles, was mir Sorgen machte. Tief in den weniger zugänglichen Schichten meines Bewusstseins schämte ich mich, obwohl ich das nach außen hin leidenschaftlich bestritten hätte, für meine – wie ich fand – alles durchdringende, enervierende Unentschiedenheit. Bewusst dachte ich, meine Richtung wäre klar: Ich erhielt eine Ausbildung, und wenn ich die erst einmal hätte, würde ich eine Anstellung finden und in der Zeit, die mir vor meiner Heirat blieb, Babamukurus großes Werk, die Familie voranzubringen, weiterführen. Alles war für mich damals klar definiert: Hier waren die Ziele und dort der Weg, auf dem wir sie erreichen konnten. Babamukuru war mein Prüfstein, der mir zeigte, dass dies wahr war. Also hätte ich damit zufrieden sein müssen, zur Schule zu gehen, meine guten Noten zu bekommen und mich auf das Leben vorzubereiten, das ich beschrieben habe. Aber Nyashas Energie – manchmal stürmisch und turbulent, manchmal zuversichtlich gelassen, aber immer ausgreifend, ein wenig weiter ausgreifend, als ich mir je hatte vorstellen können – begann mir zu zeigen, dass noch andere Richtungen einzuschlagen waren, dass man sich noch in anderen Kämpfen engagieren musste, neben dem verzehrenden Wunsch, mich und meine Familie zu emanzipieren. Nyasha erweckte in mir den Eindruck, dass sie sich bewegte, ständig bewegte und auf einen Zustand hinstrebte, den sie schon lange zuvor gesehen und akzeptiert hatte. Besorgt wie ich war, unsicher wie ich mir ihrer Bestimmung war, wollte ich mit ihr gehen. Ich wollte nicht zurückgelassen werden. Und da ich noch so jung war und jede halbe Stunde für mich zählte, wollte ich nicht drei ganze Wochen ohne meine Cousine verbringen.

Da ich wusste, dass ich mich ohne sie verloren fühlen würde, war ich versucht, Babamukuru zu bitten, mit ihnen zur Mission zurückkehren zu dürfen, unterließ es dann aber, weil ich wusste, er würde es mir zu Recht verweigern. Es gab viel Arbeit auf den

Feldern, im Garten, im Haus. Und natürlich konnte ich meine kranke Mutter nicht verlassen.

Wir versammelten uns alle im Hof, mein Vater, meine Mutter, Takesure, Lucia, meine kleinen Schwestern und ich, um sie winkend zu verabschieden. Alle lachten und redeten, baten Babamukuru, bald wiederzukommen und Maiguru, Nyasha und Chido mitzubringen. Und dann saßen meine Verwandten im Auto, fuhren vom Hof und waren bald nicht mehr zu sehen. Wir atmeten auf und empfanden eine seltsame Erleichterung.

»Uff! Es war gut, Mukoma hier zu haben, es war gut«, bemerkte mein Vater, »aber es lastet schon sehr auf den Schultern, wirklich, er ist eine große Last auf den Schultern!«

»Das ist wahr«, nickte Takesure und schielte lüstern nach Lucia. *»Dhiya!* Wir haben nichts mehr zu fürchten. Willst du nicht heute Nacht ins *hozi* zurückkommen?«

»Vielleicht, wenn du mir die Hände abschneidest«, gab sie zurück. »Dann wärst du vielleicht nützlich.«

»Du hast noch Hände und bist noch hier. Also wartest du, oder? Du wartest nur darauf, ins *hozi* zurückzukommen.«

Lucia ließ sich nicht provozieren. »Weißt du, wieso ich noch hierbleibe? Wegen meiner Schwester. Sobald meine Schwester entschieden hat, was sie tun möchte, wirst du mich hier nicht mehr sehen.«

Mein Vater und Takesure fanden das komisch. Sie lachten kräftig auf Kosten Lucias. »Was höre ich da!«, gluckste Takesure. »Die Frau denkt, sie kann fortgehen. Einfach so. Aber Lucia, wo, sagtest du, dass du hingehst? Wartest du etwa nicht darauf, dass ich dich zu mir nach Hause bringe?«

Männer! Sie begriffen nie, dass Lucia eine ernsthafte Person war. Ihr Lachen war wie ihr Zorn – von Herzen kommend und schnell, aber nie oberflächlich. Und sie dachte viel nach, diese Lucia; obwohl sie über sich lachen konnte, war Denken ein langsamer Prozess für sie, denn ihr Kopf war darin nicht geschult. In den Tagen nach dem Familienrat hatte sie viel darüber nachgedacht, ob sie weggehen sollte, denn sie kannte die Folgen ihrer Handlungen und fürchtete sich nicht davor. Also wartete sie darauf, dass meine Mutter sich entschied, ob sie mitkommen wollte oder nicht. Da meine Mutter zuerst ihrem Vater und später ihrem Ehemann gehört und noch nie selbstständig entschieden hatte, fiel ihr das sehr schwer.

»Lucia«, seufzte sie, »wieso belästigst du mich ständig mit dieser Frage? Kommt es darauf an, was ich will? Seit wann ist es wichtig, was ich will? Also, wieso sollte es plötzlich darauf ankommen? Glaubst du, ich wollte von dem alten Hund geschwängert werden? Glaubst du, ich wollte das ganze Land unserer Vorväter durchwandern, nur um in Schmutz und Armut zu leben? Glaubst du, ich wollte, dass das Kind, wegen dem ich diese Reise unternahm, nur fünf Jahre, nachdem es meinen Schoß verlassen hatte, starb? Oder dass mir mein Sohn genommen wurde? Welche Rolle spielt es also, ob ich Hochzeit feiere oder weggehe? Es läuft aufs Gleiche hinaus. Was ich schon neunzehn Jahre erlitten habe, kann ich weitere neunzehn Jahre erleiden und nochmals neunzehn Jahre, wenn nötig. Jetzt verlass mich! Lass mich ausruhen.«

Also blieb Lucia, um sich um meine Mutter zu kümmern, und da ihr Körper Begierden hatte, deren sie sich nicht schämte, zog sie wieder zu Takesure. Sie tat es, ohne sich zu rechtfertigen.

»Eine Frau muss mit irgendetwas leben«, sagte sie achselzuckend. »Und wenn es nur eine Kakerlake ist. Auch Kakerlaken haben ihr Gutes. Man kann sie leicht verscheuchen, nicht?«

Aber ich war von ihr enttäuscht, sehr enttäuscht; ich missbilligte ihr Verhalten und hatte Angst, dass sie wieder mit meinem Vater schlafen würde, was die Zahl der Sünden in unserer Familie so vermehren würde, dass eine Hochzeit zur Absolution allein nicht ausreichte. Ich drängte sie, etwas zu tun, etwas Konstruktives, denn ich glaubte, sie sei dazu in der Lage. Ich war sicher, Lucia könnte Dinge auf die Beine stellen, die anderen Frauen nicht möglich waren, aber sie ließ sich von mir nicht bedrängen.

»Mach dir keine Sorgen um Dinge, die dich nichts angehen«, riet sie mir sanft. »Wenn es für mich einmal bequemer ist, zu gehen als zu bleiben, werde ich gehen. Entweder mit Sisi oder ohne sie – wie immer es am besten ist. Frag mich nicht, wann oder wohin. Im Augenblick weiß ich es nicht.«

Und so fiel das Leben zu Hause in die gewohnte Schinderei zurück – bei Tagesanbruch aufstehen, zum Fluss, auf die Felder, ins Bett, endlos, monoton, qualvoll; außer wenn es regnete, aber dann war alles noch schlimmer. Wenn es regnete, drängten wir uns in der Küche und beteten bei jedem Donnerschlag, vor dem nächsten Blitz bewahrt zu werden. Als es eines Tages donnerte und blitzte, kam Takesure mit versengtem Haar vom Markt zurück. Lucia genoss den Anblick sehr. »Wenn es dir nur den ganzen Kopf weggerissen hätte«, lachte sie, »dann wäre dir vielleicht ein neuer nachgewachsen, und schlechter als dein jetziger hätte er kaum werden können!« Dann bat ich Takesure, mir beim Reparieren des Küchendaches zu helfen, doch er lehnte es ab, also half mir Lucia, obwohl sie im *hozi* schlief und wegen ihrer Schwangerschaft nicht so beweglich war, wie sie es sich wünschte.

Als Babamukuru mich abholen kam, bemerkte er, dass das Dach in einem besseren Zustand war. »Da hast du gute Arbeit geleistet, Jeremiah«, bemerkte er, »Wenn die Regenzeit vorbei ist, kann Takesure es neu decken. Dafür ist er ja hier.«

»Ha! Ja, Mukoma«, pflichtete ihm mein Vater bei. »Da gab's was zu tun! Du hättest uns sehen sollen! Da oben mit den Streifen Rinde und den Düngemittelsäcken, wie wir das Plastik über die Löcher gebunden haben. Ha! Das war eine große Arbeit, eine große Arbeit.«

Lucia und ich konnten nicht umhin zu lächeln.

»Siehst du, Jeremiah«, lobte ihn Babamukuru, angetan vom Fleiß meines Vaters, »selbst deine Tochter freut sich, wenn du gute Arbeit geleistet hast.«

Die Rückkehr zur Mission verlief friedlich. Das Leben ging dort weiter, als hätte es keine Unterbrechung gegeben. Maiguru bemutterte mich, Anna verhielt sich unauffällig. Selbst Nyasha wurde wieder so unbezähmbar wie eh und je, was mich erleichterte, aber Babamukurus Nerven strapazierte. Er zog Frieden und Ruhe vor, aber wenn er Nyasha zur Ruhe bringen wollte, endete es immer mit einem üblen, lauten Krach. Nyasha machten diese Kräche nichts aus, denn sie meinte, dadurch würde sich die Spannung entladen und ihr Vater und sie seien dann in der Lage, einander besser zu verstehen, denn ohne die Konfrontationen, die Vorwürfe und das leidenschaftliche Gebrüll würden sie überhaupt nicht miteinander kommunizieren. Den Beweis für die heilende Wirkung dieser Auseinandersetzungen sah sie darin, dass Babamukuru sie nicht mehr schlug. Aber ich spürte, dass mein Onkel immer mehr von seiner Tochter enttäuscht war. Es war mir sogar peinlich, denn ich war noch ruhiger und zurückhaltender geworden, als es meiner Natur entsprach. Im Vergleich zu Nyasha war ich von vorbildlicher weiblicher Gesittung, denn ich sprach fast nie, es sei denn, ich wurde angesprochen, und dann antwortete ich stets mit größtem Respekt. Vor allem aber stellte ich nichts in Frage. Es spielte für mich keine Rolle, warum etwas so und nicht anders zu tun war. Ich akzeptierte es einfach. Ich war nicht der Ansicht, dass Lesen wichtiger war als Geschirrabwaschen, und ich sah ein, dass man die Unterhöschen nicht im Badezimmer zum Trocknen aufhängen sollte, wo jeder sie sehen konnte. Ich diskutierte nicht mit Maiguru über Annas Freizeitregelung. Es beschäftigte mich nicht, dass Freiheitskämpfer Terroristen genannt wurden, ich verlangte keinen Beweis für die Existenz Gottes und fand auch nicht, dass die Missionare wie alle anderen Weißen in Rhodesien besser zu Hause geblieben wären. Die Folge von all dem, was ich nicht dachte oder tat, war, dass Babamukuru in mir die junge Frau sah, die er sich zur Tochter wünschte, und keine Gelegenheit ausließ, Nyasha das klarzumachen. Darüber regte sie sich nicht auf, sondern stimmte zu – einmal davon abgesehen, dass ich zu wenig Rückgrat hätte (was ihrer Meinung nach korrigiert werden sollte), sei ich wirklich eine vorbildliche junge Dame. Vielleicht hätte sie anders reagiert, wenn sie ihren Vater besser gekannt hätte. Sie begriff nicht, wie sehr er es als Unglück empfand, eine Tochter wie Nyasha zu haben. Da sie sich selbst nicht als Unglück betrachtete, konnte sie nicht ahnen, wie desillusioniert ihr Vater war. Sie glaubte an die Begründungen, die Maiguru für Babamukurus schlechte Laune anführte – er sei sehr beschäftigt, trage viel Verantwortung –, und sah ihm daher manches nach, so dass sie nicht zu hart über ihn urteilte und sich trotz der Wünsche ihres Vaters selbst treu blieb.

Anfang März bekam meine Mutter ihr Baby. Sie kam ins Missionskrankenhaus und wurde ohne Komplikationen von einem gesunden, sieben Pfund schweren Jungen entbunden. Lucia wollte bei ihrer Schwester bleiben, denn meiner Mutter war es während der gesamten Schwangerschaft nicht gutgegangen, und Lucia war sich nicht sicher, ob die Geburt einfach verlaufen würde. Aber Maiguru wollte Lucia lieber nicht in der Nähe haben und versprach, sich um meine Mutter zu kümmern. Vielleicht war es ein Zufall, aber das Baby wurde um Viertel nach neun geboren, und Lucia stieg um zwölf Uhr aus dem Bus und erreichte, Palmwedel schwingend und singend, Babamukurus Haus. Vielleicht war es ein Zufall – ich weiß es nicht. Aber selbst wenn Babamukuru gleich nach der Geburt bei der Gemeindeverwaltung angerufen hätte, wäre es Lucia nicht möglich gewesen, noch den Bus zu erwischen.

Lucia kam jedenfalls, und sie war nur die Erste. Das ganze Dorf erschien. Bis zum Abend war Babamukurus Haus voller Tanten und Cousinen von Tanten und Großmüttern, die nach einem Besuch im Krankenhaus auch bei Babamukuru vorbeischauten, um auch ihn zu beglückwünschen. Babamukuru floh in sein Büro, aber die Verwandten blieben und sangen ihr gesamtes Repertoire von Glückwünschen zur Geburt; sie tanzten, tranken Tee, den Maiguru laufend in Unmengen kochte, und klagten, dass es keine Busse gäbe, die sie dorthin zurückbrächten, wo sie herkämen. Und wenn es Busse gab, seufzten sie, fehlte es am Fahrgeld. Sie fanden, sie müssten die Nacht auf der Mission verbringen, doch als Babamukuru kurz vor dem Abendessen zurückkam, fuhr er sie in mehreren Ladungen nach Hause. Nur Lucia blieb, um meiner Mutter während ihrer letzten Tage im Krankenhaus Gesellschaft zu leisten. Inzwischen viel dicker, als sie es im Dezember gewesen war, nutzte Lucia die Zeit bestens. Nachdem sie zu Weihnachten wenig Unterstützung von meiner Tante erhalten hatte, konzentrierte sie ihre Bemühungen nun auf meinen Onkel.

»Weißt du, Babamukuru?«, begann sie mutlos; aber mit Bedacht gebrauchte sie die ehrenvolle Anrede Babamukuru. »Weißt du, Babamukuru, dass Takesure kein guter Mann ist?«

Babamukuru, der Unstimmigkeiten gern sofort aus dem Weg räumte, konnte nicht glauben, dass Takesure sich auch nach der Verhandlung im Januar ungebührlich verhalte. Er redete Lucia zu, ihm mehr über Takesure zu sagen, aber Lucia seufzte nur untröstlich und ließ Babamukuru im Ungewissen. »Wir haben viel Kummer zu Hause, Babamukuru, aber ich kann nicht genau sagen, woran es liegt. Vielleicht an den Lebensumständen. Wie wir auf dem Hof leben, fällt es nicht gerade leicht, nützliche Dinge zu tun.« Mehr wollte sie nicht sagen.

Am nächsten Tag fing sie beim Mittagessen wieder an. Ohne Babamukurus Schweigen zu beachten und Maiguru die Chance zu geben, wertvolle Zeit mit Fragen nach dem Baby zu verschwenden, brachte sie ihre Bitte an.

»Ich bin nicht in dein Haus gekommen, um Kummer zu bringen, Babamukuru«, erklärte sie ihm ernst. »Ich habe dir schon gesagt, Babamukuru, wieso ich gekommen bin – um mich um meine Schwester zu kümmern. Aber stattdessen habe ich anscheinend Probleme gebracht. Wenn es mir möglich wäre, ins Haus meines Vaters zurückzukehren, würde ich es tun, aber was sollte ich dort essen? Und meine Schwester braucht meinen Beistand. Wer immer gesagt hat, dass Verwandte Hände sind, der hat nicht gelogen, Babamukuru, und meine Schwester braucht in dieser für sie schwierigen Zeit Hände. Aber ich sehe, dass mein Wohnen in eurem Heim ihr nicht so geholfen hat, wie ich gehofft hatte.« Sie machte eine Pause und widmete sich eine Weile ihrem Essen. »Weißt du, woran ich gedacht habe, Babamukuru?«, fuhr sie fort, ganz auf den Teller konzentriert und um Gelassenheit bemüht. »Ich habe gedacht, wenn ich eine Arbeit finden könnte, irgendeine Arbeit in dieser Gegend, wenn ich hier in Mutasas Kral Arbeit finden könnte, gäbe es keine Probleme mehr. Das Problem, dass ich bei euch wohne, wäre gelöst, und meine Schwester hätte immer noch helfende Hände.« Babamukuru sagte nichts; er kaute nur, kaute fortwährend auf dem letzten Bissen

Fleisch herum, und als etwas in seinen Zähnen hängenblieb, bat er Nyasha um einen Zahnstocher. Er nahm sich viel Zeit, das lästige Stückchen zu entfernen. »Nun, Lucia«, sagte er schließlich, als Lucias Miene über dem Teller zeigte, dass sie alle Hoffnung aufgegeben hatte. »Nun, Lucia, das sind gute Worte, die du da sprichst, aber was für eine Arbeit könntest du denn verrichten?«

»Ah, Babamukuru!«, lächelte Lucia unbeeindruckt. »Du machst wohl Scherze? Siehst du nicht, wie stark mein Körper ist? Ich kann nichts tun, wozu man Bildung braucht, aber alles andere! Alles andere kann ich.«

Babamukuru hatte nichts mehr zu sagen. Um das Schweigen zu überbrücken, fragte Maiguru nach meiner Mutter und dem Baby. Lucia versicherte ihr, beide seien wohlauf und gesund. Sie erwarte, dass meine Mutter am folgenden Tag entlassen werde, und dann führen sie gemeinsam so bald wie möglich wieder nach Hause.

Am nächsten Tag holte Babamukuru meine Mutter vom Krankenhaus ab. Lucia drängte es nach Hause, und Maiguru hielt sie nicht zurück, doch Babamukuru hatte andere Pläne. Lucia wollte den frühen Nachmittagsbus nehmen, aber Babamukuru bot an, sie heimzufahren. »Siehst du nicht die zwei Autos in der Garage?«, fragte er. »Wieso sollt ihr den Bus nehmen?« Er ging in sein Büro und Maiguru in die Schule. Als Maiguru um vier Uhr zurückkam, saßen meine Mutter und Lucia noch immer im Wohnzimmer. Maiguru wies Anna an, mehr Fleisch zum Abendessen zu bereiten. Das Abendessen kam, Babamukuru aber nicht.

»Maiguru«, fragte meine Mutter, während sie meinen kleinen Bruder stillte, »glaubst du, wir kommen heute noch nach Hause?«

»Wie sollte ich wissen, was ihr und euer Babamukuru geplant habt?«, lachte Maiguru. »Wir werden weitersehen, wenn er kommt.«

Babamukuru kam erst heim, als wir alle schon zu Bett gegangen waren. Er brachte meine Mutter an diesem Tag nicht nach Hause, auch am nächsten und am übernächsten nicht.

»Mainini fragt sich, wann sie nach Hause kommen werden«, fühlte Maiguru am vierten Tag vor.

»Ach ja! Ich habe gesagt, ich würde sie hinbringen«, erinnerte sich mein Onkel.

Am nächsten Tag kam er um die Mittagszeit nach Hause und wirkte sehr zufrieden mit sich. Etwas Wunderbares musste geschehen sein, das sahen wir, denn auf Babamukurus Gesicht zeigten sich selten seine Gefühle. Also warteten wir ab und hofften, den Grund bald zu erfahren.

»Hast du gepackt, Mainini?«, fragte er meine Mutter mitten beim Essen, »Ich glaube, ich kann dich heute Nachmittag nach Hause bringen.«

»Und was ist mit dem Einkaufen«, wandte Maiguru ein. »Haben wir Zeit für beides?«

»Das sehen wir dann schon.« Babamukuru wischte die Bedenken meiner Tante vom Tisch und sagte zu meiner Mutter, sie solle sich fertig machen, denn er wolle sofort nach dem Essen aufbrechen. Als aber Lucia aufstand, hielt er sie zurück.

»Lucia«, sagte er beiläufig, »äh – wenn du Mainini helfen gehst, ist das in Ordnung. Du selbst wirst aber nicht mitfahren. Ich habe etwas für dich gefunden. Nicht viel. Eine bescheidene Arbeit. Im Mädcheninternat. Du wirst dort beim Kochen mithelfen. Ich bringe dich noch heute hin.«

»Purururu!«, jubelte Lucia laut und anhaltend, obwohl mir unklar war, wie sie das mit einem so breiten Lachen im Gesicht fertigbrachte. *»Purururu!«,* dröhnte sie, die Hand am Mund. »Hast du das gehört, Sisi, hast du das gehört, Sisi?«, rief sie meiner Mutter zu, jedes Wort melodisch dehnend. »Babamukuru hat eine Arbeit für mich gefunden. Er hat eine Arbeit für mich gefunden!« Sie kniete vor ihm nieder und klatschte energisch in die Hände. »Danke, Samusha, danke, Chihwa. Du hast eine große Tat vollbracht. Wahrlich, wir könnten ohne dich nicht überleben. Diese fremden Orte, wo du warst, haben dich uns nicht vergessen lassen. Nein! Sie haben es dir ermöglicht, zurückzukommen und Wunder zu vollbringen!«

Meine Mutter kam mit ihren eigenen schrillen Jubellauten angelaufen. »Deshalb sagt man, dass Bildung Leben ist«, rief sie. »Profitieren wir nicht alle von Babamukurus Bildung?« Und sie kniete voller Bewunderung neben Lucia nieder. Dann war es an Maiguru, ihren Platz auf dem Boden einzunehmen.

»Danke, Baba, danke, dass du für Lucia eine Arbeit gesucht hast.«

Es war ein berauschender Moment. Mein erster Instinkt war es, mich den Verehrerinnen anzuschließen – ich hatte den Mund schon zum Jubeln geschürzt.

»Wage es ja nicht«, sagte Nyasha und versetzte mir einen Fußtritt unter dem Tisch. Ich entspannte meinen Mund, doch der Drang, Babamukurus Großherzigkeit zu preisen, war nicht zu besiegen.

»Danke, Babamukuru«, sagte ich so ruhig, wie ich nur konnte, um Nyasha nicht zu enttäuschen, »danke, dass du eine Arbeit für Lucia gefunden hast.«

Ich war wie gelähmt von dem Zauberwerk, das Lucia aus ihrer Not befreit hatte; noch verführerischer aber war die Macht, die hinter diesem Zauber stand. Bei all dem überschäumenden Lob wurde Babamukuru bescheiden und brüderlich.

»Steht auf, steht auf. Dankt mir nicht. Lucia wird ja die Arbeit machen müssen!«, rief er aus.

Lucia kehrte also nicht mehr zur Heimstätte zurück, obwohl sie an jenem Nachmittag mit meiner Mutter hinfuhr, um ihr zweites Kleid und ihre wenigen Sachen abzuholen. In der Aufregung vergaß meine Mutter ein hellgrünes Mützchen und ein Paar leuchtend rosaroter Babyschühchen, die sie zur Geburt meines Bruders geschenkt bekommen hatte.

Ich war so von Babamukuru beeindruckt, dass meine Bewunderung keine Grenzen kannte. Als wir uns an jenem Abend aufs Schlafengehen vorbereiteten, musste ich Nyasha zum tausendsten Mal sagen, wie wundervoll Babamukuru sei und dass er dafür unsere ganze Liebe, Loyalität und Hochachtung verdiene. Aber sie behauptete, ich hätte die Situation falsch eingeschätzt. Es sei die Verpflichtung aller anständigen Menschen in Babamukurus Position, so etwas zu tun.

Nyasha sah die Dinge in einer Weise, die es ihr kaum erlaubte, Babamukuru zu bewundern. Sie dachte historisch. Damals kam mir das alles sehr weit hergeholt vor, und ich konnte nur schwer die Verbindung nachvollziehen, die Nyasha zwischen Babamukuru und Lucia und den Ereignissen der Vergangenheit, Gegenwart und Zukunft herstellte. Aber ich gab mir Mühe, denn Nyasha war sehr überzeugend, und ich dachte gerne nach. Es machte mir Spaß, mein Denken zu trainieren, und was Nyasha sagte, gab mir stets Anlass dazu. So begann ich vorsichtig, die Folgen unserer Vergangenheit zu bedenken, aber ich konnte nicht so weit gehen wie Nyasha. Ich war einfach nicht bereit, Babamukuru als historisches Produkt zu betrachten; oder davon auszugehen, dass Vorteile und Nachteile vorherbestimmt waren und Lucia somit nicht hoffen konnte, von Babamukurus Großzügigkeit sonderlich zu profitieren. Ich glaubte auch nicht recht, dass erst, wenn Menschen wie Babamukuru ihre sozialen Verpflichtungen ständig erfüllten und Menschen wie Lucia sich zusammennahmen, bleibender Nutzen entstünde.

Es kam mir alles sehr weit hergeholt vor und ohne Bezug auf die Tatsache, dass Lucia nun eine Arbeit hatte und dass dies an Babamukurus Güte lag. Da es mir nicht gefiel, dass Babamukurus moralische Vortrefflichkeit unter Nyashas Scharfblick so dahinschmolz, wurde ich störrisch.

»Wir wissen ja, dass er seine Pflicht tut«, wandte ich ein, »aber wir müssen ihm trotzdem danken.«

»Ihm danken, ja«, stimmte mir Nyasha geduldig zu, »aber ihn nicht zum Helden machen. Schau dir die arme Lucia an! Seit sie hier ist, kriecht sie herum, um meinen Vater dazu zu bewegen, dass er ihr hilft. So was sollte nicht nötig sein. Wirklich nicht.«

Schließlich trugen wir unsere Meinungen Lucia vor, die in ihrer neuen, glücklicheren Umgebung immer ruhiger wurde. »Aber Nyasha, du bist ja verrückt!«, rief sie aus. »Babamukuru wollte gebeten werden, also bat ich ihn. Und jetzt haben wir beide, was wir wollten, oder?«

Zufrieden faltete sie die Arme über ihrem Sechsmonatsbauch und erzählte uns, dass sie die erste Klasse in der Abendschule besuche. Sie war sehr stolz darauf. Sie war nie zur Schule gegangen. Sie zeigte uns ihre Bücher und erklärte, sie spüre bereits, wie ihr Denken sich allmählich verbessere. Also rührte Lucia im Mädcheninternat das *sadza* in den riesigen Töpfen und besuchte abends ihren Unterricht, während meine Mutter zu Hause ohne große Begeisterung ihrer Hochzeit entgegensah.

Die Hochzeit war für die letzte Septemberwoche vorgesehen. Babamukuru hatte sie sich früher gewünscht. Er wollte seinen Bruder so bald wie möglich von der Sünde gereinigt wissen, aber es gab noch viel zu tun. Die verfallenen Hütten mussten wiederhergestellt und das Haus erweitert werden, damit alle Hochzeitsgäste Platz fanden. Die alte Latrine wurde zugeschüttet und eine hygienisch weiß gekalkte dafür errichtet.

Während zu Hause diese Vorbereitungen liefen, wurden in der Stadt die Hochzeitsgewänder genäht. Ich sollte Brautjungfer sein, mit Lucia zusammen. Nyasha hatte diese Ehre höflich abgelehnt, mit der Begründung, sie werde zu sehr mit der Organisation beschäftigt sein. Also gab es nur uns beide als Brautjungfern, Lucia und mich; meine kleinen Schwestern sollten Blumen streuen und waren schon ganz aufgeregt. Nyashas Einstellung enttäuschte mich trotzdem: Ich brauchte ihre moralische Unterstützung, denn meine Bedenken wegen der Hochzeit waren nicht verflogen. Doch ich sagte nichts davon, und die Vorbereitungen gingen weiter.

Eines Samstagmorgens Anfang August holte Babamukuru meine Mutter und meine Schwestern von zu Hause ab und hielt noch einmal auf der Mission, um Lucia mitzunehmen, die inzwischen Mutter geworden war. Sie kamen zu Babamukurus Haus, und wir quetschten uns alle in den Rover und fuhren zu einem winzigen Schneiderladen in Sakubva Township. Der Laden war sehr klein, kaum mehr als eine Bude, und so düster und schäbig, dass man sich fragte, wie die Schneiderin bei der Arbeit überhaupt genug sehen konnte, wie sie die Kleider sauber hielt und die Muster nicht verlegte. In den Ecken lag Staub, und alle Flächen, mit Ausnahme des Arbeitstischs, waren mit einer fettigen Schmutzschicht überzogen. Stoffreste und Musterbögen lagen überall verstreut, denn die große, für Abfälle bestimmte Holzkiste war voll. Es gab nur ein einziges Musterbuch, doch die Schneiderin versicherte uns, wir brauchten nur zu beschreiben, was wir haben wollten, und sie würde es exakt umsetzen. Nyasha wollte gleich mit Papier und Bleistift ein modisches Kleid entwerfen, doch Babamukuru, der sich an diesem weiblichen Ort nicht wohl fühlte, war ungeduldig und drängte uns, etwas aus dem Buch zu wählen. Wir blätterten den mit »Hochzeit und Abend« überschriebenen Teil durch und diskutierten – das heißt Lucia, Nyasha und ich, denn meine Mutter war nicht interessiert. Was sprach für schmale oder ausgestellte Kleider, für lange oder dreiviertellange Ärmel, kurze oder lange Kleider für die Brautjungfern? Als wir uns entschieden hatten, hörte Babamukuru mit Unbehagen, dass wir den Stoff selbst kaufen mussten, und zwar nicht nur viele Meter davon, sondern auch verschiedene Arten, und dass die Kosten für Stoffe und Näharbeit erheblich sein würden. Maiguru wurde zu Hilfe gerufen. Babamukuru wollte, dass sie meiner Mutter ihr Brautkleid lieh; doch das ging nicht, denn Maiguru wies daraufhin, dass meine Mutter zwar schlank sei, aber doch um einiges größer. Dann bat Babamukuru Maiguru, ihr Brautkleid so ändern zu lassen, dass es meiner Mutter passte, woraufhin Maiguru eine Woche lang nicht mehr mit uns sprach. Am Ende fanden sie einen Kompromiss. Maiguru würde meiner Mutter ihren Schleier leihen und die Anfertigung der Kleider überwachen. Maiguru stimmte dem bereitwillig zu, doch man merkte, dass sie nicht besänftigt war.

»Er hat nicht halb so viel Wind um unsere eigene Hochzeit gemacht«, verriet sie ihrer Tochter im Vertrauen. »Ich hatte nur eine Brautjungfer und einen Tee-Empfang. Nicht einmal ein Abendessen. Natürlich machte es mir nichts aus – es war damals in Ordnung. Aber warte nur mal ab, was bei deiner Hochzeit passiert. Ich wette, er wird sich dann auch nicht so eifrig einsetzen.«

Glücklicherweise dachte Nyasha damals nicht an Hochzeit, so dass diese Drohung sie nicht erschreckte.

»Mach dir keine Sorgen«, sagte sie beruhigend. »Ich helfe dir beim Einkaufen.«

Doch schließlich half Nyasha nicht nur beim Einkaufen, sie übernahm es praktisch. Aus Sorge, die Kleider würden nicht rechtzeitig fertig, ließ Babamukuru seine Frau mehrmals versprechen, sich um den Stoffkauf zu kümmern, aber sie vergaß es immer. Aus Verzweiflung fuhr er Maiguru schließlich allein zum Zweck des Stoffkaufs in die Stadt, aber dann fielen Maiguru verschiedene wichtige Rechnungen ein, die noch zu bezahlen waren, was den ganzen Vormittag dauerte. Und da waren natürlich die Lebensmittel. Maiguru kehrte mit Vorräten für die ganze Woche zurück, aber ohne den Stoff. Unter dem Vorwand, sie wolle sich den Stoff für ihr eigenes Kleid aussuchen, nahm Nyasha die Sache in die Hand. Der Stoff war innerhalb eines Nachmittags gekauft, pfirsichfarbener Georgette für die Brautjungfern, hell bernsteinfarbener für die Blumenmädchen sowie weißer Satin und Spitzen für die Braut. Wir kauften eine Menge Stoff und brachten ihn zur Schneiderin, wo Nyasha entschied, dass die alten Muster, die wir ausgesucht hatten, nicht zu dem Stoff passten, und mit großem Vergnügen und viel Kunstverstand erklärte sie der Schneiderin genau, welche Ärmel an welches Mieder und zu welchem Rock sollten, damit das gewünschte Kleid zustande käme. Wir holten die Kleider eine Woche vor der Hochzeit ab, und sie waren wunderschön geworden. Ich probierte meines an. Es passte mir perfekt. Nyasha erklärte, ich sähe toll darin aus. Nyasha war von allem entzückt, von den Kleidern, von dem Anblick, den ich in meinem bot, von der Hochzeit insgesamt. Sie fand die Idee rührend.

»Was wirst du süß aussehen«, neckte sie mich, »ganz geblümt und blühend bei der Hochzeit deiner Mutter. Wirklich!«, gluckste sie. »Ich kann es nicht erwarten. So was Süßes bekomme ich bestimmt lange nicht mehr zu sehen.«

Süß. So süß, dass man darüber lächeln und kichern konnte. So sah Nyasha die Hochzeit meiner Eltern, und es tat mir weh. Es tat weh, obwohl ich wusste, dass sie es nett meinte, wenn sie es süß nannte, denn die ganze Angelegenheit war lächerlich.

Sie erniedrigte meine Eltern zu Komödienhelden. Ich wollte sie nicht so erniedrigt sehen und gewiss nicht daran teilhaben. Also konnte ich die Hochzeit nicht billigen. Dies erkannte ich mit der einen Bewusstseinshälfte, aber in der anderen tauchte wieder das schwarze Quadrat Sünde auf und nahm bedrohliche Ausmaße an. Ich konnte es nicht ignorieren. Die Vorbereitungen waren im vollen Gang, und die Leute sprachen über nichts anderes als die Hochzeit, also war es nicht möglich, so zu tun, als fände sie nicht statt. Ich musste darüber nachdenken, warum ich bei dieser Hochzeit nicht dabei sein wollte. Bei einer Hochzeit, die die Menschen verhöhnte, zu denen ich gehörte, und die mein legitimes Vorhandensein auf dieser Welt in Zweifel zog. Ich wusste, ich musste eine Entscheidung fällen, etwas unternehmen, aber ich war nicht wie Nyasha: Ich konnte nicht einfach zu Babamukuru gehen und ihm meine Meinung sagen. Also tat ich vor mir so, als sei die Hochzeit eine wundervolle Idee und genau das, was meine Eltern gebraucht hatten. Ich sagte mir, meine Eltern hätten in ihrer Jugend den Pomp und die Zeremonie einer Hochzeit entbehren müssen und nun würden sie durch die Großzügigkeit von Babamukuru dafür entschädigt. Ich musste schon sehr übertreiben, um mich davon zu überzeugen. Ich redete mir sogar stur ein, meine Eltern freuten sich sehr auf das Ereignis, aber es half nichts. Ich glaubte diesen Lügen einfach nicht. Mein Vater genoss es immer, eine herausgehobene Rolle zu spielen, im Mittelpunkt zu stehen, also würde er zurechtkommen. Er würde sich in der Rolle des Bräutigams prächtig amüsieren und sie gut spielen, aber bei meiner Mutter war es vollkommen anders. Sie hatte mir müde gesagt, es sei so oder so egal, und selbst Lucia war auffällig wenig begeistert. »Die Hochzeit findet statt«, sagte sie, »also machen wir was draus. Sonst lachen die Leute. Garantiert. Also machen wir was draus, nicht wahr?«

Lucias Einstellung war vernünftig, und ich versuchte sie mir anzueignen. Aber die Vor- und Nachteile von weißer Spitze und Treueschwüren und Schleiern zu diesem späten Zeitpunkt wirbelten mir so durch den Kopf, dass ich nächtelang nicht schlafen konnte. Nicht einmal mit Nyasha sprach ich darüber, die gesagt hätte, ich solle mich entscheiden und meinen Prinzipien treu bleiben, und mich schwach genannt hätte, wenn ich gestanden hätte, dass ich dazu nicht imstande war. Es gab keinen Ausweg. Die Kleider waren genäht, die Schuhe und Strümpfe – richtige Strümpfe, damit unsere hochhackigen, pfirsichfarbigen Sandalen eleganter wirkten –, all diese Sachen standen bereit. Meine Rolle in der Komödie war bestätigt und eingeübt, aber ich wollte noch immer nicht mitspielen. Es war leicht für die anderen, murrte ich, denn sie waren nicht die Tochter meiner Eltern. Ich beobachtete Nyasha, die alles amüsant fand, und Maiguru, die wieder eifrig ihren Teil der Vorbereitungen erledigte, damit die Hochzeit ein Erfolg wurde und ihr Süßer, wie sie sagte, nicht enttäuscht war. Ich sah den Tag heranrücken und schwieg weiter.

»He, Tambudzai«, sagte Babamukuru beim Abendessen am Donnerstag vor der Hochzeit zu mir. »Ich fahre dich morgen mit Lucia nach Hause, damit ihr dort bei den Vorbereitungen helfen könnt.«

»Nein – ich will an deiner dummen Hochzeit nicht teilnehmen«, wollte ich hinausschreien. Aber ich antwortete ruhig und höflich: »Sehr gut, Babamukuru. Das wird es für alle einfacher machen.«

Etwas war eindeutig mit mir nicht in Ordnung, denn sonst hätte ich mir irgendwie aus der Seele gesprochen. Ich wusste, dass ich zu wenigen Fragen eine Meinung geäußert hatte, seit ich auf der Mission war, aber die ganze Zeit über hatte ich keinen Grund dafür gesehen und geglaubt, wenn nötig, wäre ich dazu in der Lage.

Zur Mission zu kommen, weiter zur Schule zu gehen und darin gut zu sein, das war wichtig gewesen. Und da dies in den letzten zwei Jahren nach Plan verlaufen war, hatte ich gedacht, alles sei eindeutig. Ich hatte gedacht, alle Probleme würden weiterhin klar umrissen sein, und Babamukuru, der so heilig war, wie es ein Mensch nur sein konnte, würde sie mir darlegen. Durch ihn und wegen ihm würde Schwarz eindeutig düster und Weiß ewig sauber bleiben – trotz Nyasha, deren seltsame Veranlagung auf Schattierungen und Abstufungen innerhalb einer

Farbe hindeutete. Meine Unentschiedenheit und die Verehrung für meinen Onkel – für das, was er war, was er erreicht hatte, was er darstellte und somit für alles, was er anstrebte – hatten die Entwicklung meiner Fähigkeit zur Kritik gehemmt, die Energie geschwächt, mit der ich als Kind meine Stellung definiert hatte. Es war schleichend geschehen, wobei die vielen vorteilhaften Vergleiche mit Nyasha viel Schaden angerichtet hatten. Ich hätte nicht hier bei Babamukuru gewohnt, wenn ich nicht gegen meinen Vater opponiert hätte, und doch war ich nun nicht in der Lage, meinem Onkel zu sagen, dass seine Hochzeit eine Farce war. Und noch immer konnte ich die Verantwortung für meine Schwäche nicht übernehmen und hoffte stattdessen, sie unter Leiden zu verbergen. Ich schnitt mich an meinem schlechten Gewissen mit seinen vielen messerscharfen Kanten. Meine Mutter hatte recht gehabt: Ich war unnatürlich; ich wollte nicht auf meine Eltern hören, aber ich hörte auf Babamukuru, selbst wenn er von mir verlangte, über meine Eltern zu lachen. Es war etwas Unnatürliches an mir.

Als die Schule am Freitagnachmittag aus war, dem Nachmittag, an dem ich zur Vorbereitung der Hochzeit nach Hause gehen sollte, rannte ich davon. Ich ging mit meinen Freundinnen zum Mädcheninternat und blieb dort den gesamten Nachmittag bis in den Abend hinein. Jocelyn und Madei freuten sich, mich so lange bei sich zu haben, Madei besonders. Sie erklärte mir deutlich, ich würde durch den vielen Umgang mit Nyasha zum Snob. Aber schließlich musste ich doch nach Hause. Das Abendessen war schon vorbei, als ich zum Haus meines Onkels kam. Die Haustür war geschlossen, doch die Hunde waren angekettet, was zum Glück hieß, dass ich nicht angefallen werden würde und dass mein Onkel noch im Büro war. Nyasha schlief schon fest. Ich musste zur Rückseite des Hauses gehen und an unserem Schlafzimmerfenster klopfen, bis sie es öffnete. Der ganze Vorgang verursachte einen Höllenlärm; ich stolperte über Äste und musste ganze fünf Minuten gegen das Fenster hämmern, bis Nyasha aufwachte, so dass Maiguru aus ihrem Schlafzimmer kam, um nach dem Rechten zu sehen.

»Tambudzai!«, schalt sie mich besorgt im Gang. »Wo warst du? Dein Onkel ist sehr böse auf dich.«

Ich schrumpfte zusammen. Wie ein ganz kleiner Fleck auf dem Boden kam ich mir vor, doch schließlich reichte meine Stimme zu einer Antwort.

»Es gab Hausaufgaben, Maiguru. Eine Übung, mit der ich während des Unterrichts nicht fertig wurde«, log ich.

»Aber du hättest dich melden sollen«, sagte meine Tante aufgeregt. »Schau, was nun passiert ist. Babamukuru ist verärgert.«

Nyasha war sensibel gestimmt und schwieg. Sie sagte kein Wort, bis ich mich ausgezogen, das Licht ausgeschaltet hatte und ins Bett geklettert war. Dann sagte sie nur gute Nacht. Ich fühlte mich etwas besser. Ich hatte keine Lust auf Erklärungen. Am nächsten Morgen, dem Hochzeitsmorgen, konnte ich einfach nicht aufstehen. Ich versuchte es mehrmals, aber meine Muskeln weigerten sich, die halbherzigen Befehle zu befolgen, die ich ihnen erteilte. Nyasha war besorgt. Sie dachte, ich sei krank, aber ich wusste, dem war nicht so. Ich wusste, dass ich nicht aus dem Bett kam, weil ich nicht wollte. Aber das konnte ich ihr natürlich nicht sagen. Es war einfacher, scheinbar gelähmt dazuliegen und die Decke anzustarren.

Nyasha redete auf mich ein. Sie gab sich Mühe, mich zu überreden, das Bett zu verlassen, aber ich entglitt ihr immer mehr, bis ich schließlich das Gefühl hatte, meinem Körper ganz entglitten zu sein; ich stand irgendwo nahe am Fußende des Betts und beobachtete, wie sie versuchte, mich zum Aufstehen zu bewegen, und wie ich sie ignorierte. Ich sah mit Interesse zu und fragte mich, was als Nächstes passieren würde. Es war ziemlich aufregend. Maiguru kam herein und sagte etwas von Babamukuru. Das war ein ziemlicher Schock, und ich wäre fast aufgestanden, doch schließlich beschloss ich, am Fußende stehenzubleiben und dieses außergewöhnliche Drama weiter zu beobachten. Danach kam Babamukuru ins Zimmer, ohne anzuklopfen und mit gefährlich verärgerter Miene. Der Körper im Bett zuckte nicht einmal. Gleichzeitig lächelte das bewegliche, wachsame Ich am Bettende selbstgefällig, im Glauben, ich sei an einem Ort, an dem sie mich nicht erreichen konnten, und ich beglückwünschte mich zu meiner Klugheit.

»Ist sie krank?«, fragte Babamukuru.

»Ich glaube, ja«, sagte Maiguru mit gerunzelter Stirn, legte mir die Hand auf die Stirn und blickte von nahem in mein Gesicht, Nyasha saß neben meinem Kopf und rief sanft meinen Namen. Babamukuru hatte jedoch keine Zeit für solche Feinfühligkeiten.

»Mai«, wies er Maiguru an, »kümmere dich darum, dass das Mädchen aufsteht und sich wäscht. Sofort.« Er sagte, ich sei undankbar und respektiere ihn nicht. »Sie wächst zu einem schlechten Kind heran. Ich verwöhne sie hier. Sie weiß, sie befindet sich in meinem Haus nicht, weil sie es ist, sondern auf Grund meiner Großzügigkeit und Güte. Sie muss sofort aufstehen.«

Babamukuru war immer sehr kategorisch, wenn er solche Aussagen machte. Nyasha hatte viel mehr davon erdulden müssen als ich. Aber ich brauchte genau das. Es war etwas Konkretes, das ich festhalten und auf das ich reagieren konnte. Die Szene wurde unschärfer, ich hörte sie in großer Entfernung sprechen, die sich jedoch rasch verminderte, als ich allmählich in meinen Körper zurückschlüpfte. Ich konnte wieder sprechen, und das tat ich auch, obwohl mein Herz raste und meine Stimme hoch und dünn herauskam.

»Es tut mir leid, Babamukuru«, sagte ich, »aber ich will nicht zur Hochzeit gehen.«

Natürlich war das genau die falsche Reaktion, scheinbar bewusst gewählt, um Babamukurus vulkanischen Zorn zu erregen. Ich versuchte meine Gründe zu erklären, aber es gelang mir nicht.

»Du hast in letzter Zeit ein zu gutes Leben gehabt«, wütete mein Onkel; seine Stimme stieg mit jeder Silbe und überschlug sich am Satzende. »Ich tue alles für dich, aber du gehorchst mir nicht. Du bist kein gutes Mädchen. Du musst aufstehen und dich anziehen, ich will, dass du in einer halben Stunde fertig bist. Komm, Ma'Chido. Lass uns frühstücken.«

Er machte auf dem Absatz kehrt. Maiguru ging zur Seite, um ihn vorbeizulassen, und blieb noch einen Augenblick, als wolle sie etwas sagen, überlegte es sich aber und folgte ihrem Mann aus dem Zimmer.

Babamukuru konnte mich nicht allein lassen. Er kam zurück. »Tambudzai, das sage ich dir! Wenn du nicht zur Hochzeit gehst, heißt das, du willst nicht mehr hier leben. Ich bin das Oberhaupt dieser Familie. Alles, was meiner Autorität trotzt, ist in diesem Haus eine schlechte Sache, dazu angetan, zu zerstören, was ich aufgebaut habe.«

Er drohte mir mit allem Möglichen; mir keine Kleidung mehr zu kaufen, die Schulgebühren nicht zu bezahlen, mich nach Hause zu schicken, aber es kam nicht mehr darauf an. Er wusste nicht, was in meinem Kopf umhergeschwirrt war an verwirrenden Gedanken, bis schließlich zwei getrennte Gebilde entstanden, die lange, erschreckende Streitgespräche miteinander führten: Was war zu tun? Die eine Hälfte beharrte fanatisch darauf hinzugehen, die andere weigerte sich genauso fanatisch, es auch nur in Betracht zu ziehen. Ich wusste, ich war nicht böse, wenn ich diesen Terror ausgehalten hatte, um zu einer sicheren Entscheidung zu gelangen; als Nyasha mich fragte, ob ich mitkommen würde, antwortete ich darum sehr ruhig: »Nein.« Aber ich akzeptierte auch, dass ich mein Recht auf Babamukurus Großmut eingebüßt hatte. Ich holte meinen Koffer vom Schrank und begann meine Sachen zu packen. Dann fiel mir ein, dass das nicht meine Sachen waren, und ich legte sie wieder zurück. Danach gab es nichts mehr zu tun, also blieb ich einfach in der Mitte des Zimmers stehen.

Nyasha beobachtete mich. »Du hättest es uns früher sagen müssen, wenn es dir so wichtig ist«, sagte sie. »Wirklich, Tambu, du hättest es sagen müssen. Soll ich Brautjungfer spielen? Ist es leichter, wenn du nur dasitzen und zusehen musst?«

Ich antwortete nicht. In meinen Augen gehörte sie zu Babamukuru und seinen Überzeugungen, im Gegensatz zu mir. Ja, Nyasha, dachte ich verbittert, wir können das Brautjungfernkleid tauschen, weil alles nur ein Witz ist. Aber jetzt ist der Witz vorbei. Du hast mir gesagt, es würde nicht andauern.

»Er wird dich nicht nach Hause schicken«, beruhigte mich Nyasha. »Bei Gott, niemals! Stell dir vor, was die Leute sagen würden.«

Es war sehr schwierig. Wenn sie so sprach, verspürte ich den Drang, Babamukuru zu verteidigen. Maiguru rief nach ihr. Sie verließ das Schlafzimmer, und ein paar Minuten später hörte ich das Auto anspringen.

Man hat mir erzählt, die Hochzeit sei ein spektakulärer Erfolg gewesen. Das gesamte Dorf erschien, um die Hochzeit von Babamukurus Bruder mitzuerleben. Sie erwarteten angemessene Bewirtung und wurden nicht enttäuscht. Alle waren von der Eleganz des Ereignisses beeindruckt. Nach allen Berichten war die Braut, in ihrem weißen Schleier und den hochhackigen Schuhen, denkbar glücklich, zum ersten Mal in ihrem Leben auf Schritt und Tritt bedient von einer stämmigen ersten Brautjungfer in zartem Pfirsichrosa und vor dem Altar mit meinem wartenden Vater vereint, der in seinem nagelneuen Anzug und in seinen nagelneuen Schuhen eine umwerfende Figur machte. Mein Vater, eine umwerfende Figur! Das war allerdings eine Vorstellung, die mich zum Lächeln brachte. Und Babamukuru hatte einen Ochsen töten lassen und mehrere Ziegen und Schafe obendrein, so dass es reichlich Fleisch gab. Außerdem, enthüllte mir Lucia, war es bei so vielen Leuten unmöglich zu verhindern, dass die eine oder andere Kürbisflasche Bier zu einigen durstigen Kehlen vordrang, so dass die allgemeine Fröhlichkeit fast ausschweifende Formen annahm. Zur Krönung des Ganzen hatte Babamukuru sich bei allen, außer vielleicht bei Maiguru und Nyasha, beliebt gemacht, indem er seinem Bruder das Haus zur Hochzeit schenkte und auch noch erklärte, er werde, um meiner Mutter keine Umstände zu bereiten, wenn er und Maiguru auf Besuch kämen, ein größeres und schöneres Haus für seine Frau bauen. Als ich die Fotos sah, war ich sicher, ich hätte hingehen sollen. Aber ich hatte sie nicht gesehen, als ich meine Entscheidung traf, und wenigstens war es meine eigene Entscheidung gewesen.

Am Tag nach der Hochzeit, am Sonntagabend, rief mich Babamukuru ins Wohnzimmer. Er saß dort mit Maiguru, er in dem

Sessel gegenüber dem Kamin und sie auf dem Sofa. Ich saß auf dem Stuhl, wie schon bei der ersten Besprechung mit Babamukuru am Tag meiner Ankunft auf der Mission. Aber diesmal waren meine Gefühle ganz andere. Ich zitterte vor dem, was folgen mochte.

Babamukuru sprach ruhig, ausführlich und mit Autorität; er erklärte, wie es ihn enttäusche, dass ich so rebellisch geworden sei, obwohl er so viel für mich tue und mich zwei Jahre lang seiner widerspenstigen Tochter als Vorbild vorgehalten habe. Babamukuru sagte, ich müsse für meinen Ungehorsam bestraft werden, und obwohl er mich ungern schlüge, denn ich sei schon alt genug, um als Erwachsene behandelt zu werden, so zeige doch mein Verhalten, dass ich noch nicht erwachsen sei, und eine Prügelstrafe würde den Prozess beschleunigen. Ich erhielt fünfzehn Peitschenhiebe, da ich gerade fünfzehn geworden war. Da mein Vergehen sehr ernst war, erhielt Anna zwei Wochen Urlaub, und ich musste ihre Arbeit übernehmen.

Ich erledigte diese Hausarbeit grimmig, mit tiefem, masochistischem Vergnügen; für mich war die Strafe der Preis für meine neuerworbene Identität. Nyasha war nicht beeindruckt, als ich ihr mein Geheimnis gestand. »Und was würde passieren«, wollte sie von mir wissen, »wenn dich keiner bestrafen würde? Ich nehme an, du würdest dich selbst bestrafen. Wirklich, Tambu, ich glaube, das würdest du tun.« Sie war schrecklich wütend über die Härte der Strafe und ganz dafür, Babamukuru zu fragen, ob er mich erziehen oder umbringen wolle. Sie bestand darauf, mir zu helfen, obwohl jede Hilfe verboten war, und sie hätte es auch getan. Sie wäre um vier Uhr morgens aufgestanden, um mir beim Putzen des Wohnzimmers und beim Vorbereiten des Frühstücks zu helfen. Oder sie hätte die Nachmittagsmahlzeit gekocht, während ich saubermachte, so dass wir mittags nur das *sadza* zubereiten und die Reste aufwärmen mussten. Sie hätte mir beim Geschirrspülen geholfen, wenn wir am Nachmittag aus der Schule kamen; mir geholfen, das Abendessen zu kochen und die Schlafzimmer zu putzen. All das hätte sie für mich getan, wenn ich es zugelassen hätte, aber ich hatte solche Angst vor Babamukuru und vor meinem Übermut, ihn herausgefordert zu haben, dass ich sie bat, es nicht zu tun; und als sie sah, wie durcheinander ich war, erklärte sie sich einverstanden. Wie sich herausstellte, wurde ich nicht mit Arbeit überschüttet. Am zweiten Tag meiner Bestrafung, nachdem die Unordnung des ersten Tages gezeigt hatte, dass es sich unter dem neuen System unbequem leben lassen würde, sah ich frühmorgens Sylvester das Wohnzimmer putzen. Er deckte auch den Tisch für mich, und als ich aus der Schule kam, war das Geschirr vom Frühstück schon gespült, das Essen gekocht und der Tisch neu gedeckt. Ich wusste nicht, was vorging. Ich hatte große Angst, Babamukuru könnte es herausfinden und Sylvester am Mithelfen hindern. Dann nahm ich an, Maiguru habe es ihm aufgetragen und es sei darum in Ordnung. Aber ich wagte nicht, etwas zu sagen, aus Furcht, es könnte das Falsche sein. Sylvester sagte auch kein Wort, und ich erfuhr nie, was geschehen war. Natürlich bekam Babamukuru Wind davon, oder vielleicht hatte er es selbst so geplant. Wie auch immer, er machte keine Bemerkung dazu, und ich war erleichtert, Hilfe zu erhalten.

Am Samstag der ersten Woche meiner Bestrafung beschloss Nyasha, dass sie mir bei den großen Pflichten wie der Wäsche helfen könnte, wenn schon Sylvester mir helfen durfte. Anna erledigte die Wäsche dienstags, donnerstags und samstags. Da ich zur Schule ging, hatte ich nur am Samstag Zeit, also sammelte sich während der Woche eine Menge an, und es gab am Samstag viel zu tun. Trotzdem erklärte ich Nyasha, es sei meine Bestrafung und sie solle sie nicht auf sich beziehen.

»Es tut mir leid, wenn ich dich des Vergnügens beraube«, gab sie zurück, »aber ich werde die Wäsche trotzdem machen.«

Während wir uns noch mit den weißen Sachen herumschlugen, vor allem mit den Hemden und der Unterwäsche meines Onkels, die gründlich zu waschen waren, kam Lucia zu Besuch, den kleinen Farai im Arm, der erst acht Wochen alt war, aber schon erheblich älter aussah, weil er so dick war.

»Wessen Hemden sind denn das?«, zog sie uns auf. »Nicht Mwaramus. Die wäscht Anna. Es gibt also schon Jungen. Wie heißen die?«

»Keine Jungen«, antwortete Nyasha kummervoll. »Wir sind bestraft worden.« Sie machte ein so trübseliges Gesicht, dass die Strafe komisch wirkte und wir in Lachen ausbrachen.

»Und ganz zu Recht«, sagte Lucia, »bei all dem Unsinn, den ihr anstellt. Schaut euch an. Ihr lacht! Ich kenne euch zwei. Ihr seid unmöglich!« Dann wurde sie ernst und wollte den Grund der Bestrafung wissen, also sagte ich, dass es eigentlich nur meine Bestrafung sei und Nyasha mir helfe. Ich erzählte ihr auch, wie sie zustande gekommen war, und es kam mir lustig vor, nun da die Angelegenheit erledigt war, aber was ich zu sagen hatte, gefiel Lucia nicht.

»Babawangume!«, rief sie aus, als ich fertig war. »Was gibt es doch verrückte Leute auf dieser Welt!«

Solche Töne machten mich unruhig, denn Babamukuru war inzwischen für mein Unterbewusstes fast zum gewaltigen Ungeheuer geworden. Ich befürchtete vage, er könnte plötzlich auftauchen und etwas Schreckliches tun, wenn er sie so reden hörte – zum Beispiel Lucia ihren Job wegnehmen.

Nyasha hatte keine solchen Bedenken. »Genau«, schimpfte sie. »Als ob es vorgesehen wäre, dass Kinder an der Hochzeit ihrer Eltern teilnehmen!« Wenn man es so betrachtete, konnte man keine Angst haben. Wir lachten uns halb krank, Lucia aber spitzte den Mund und ging ins Wohnzimmer. Sie war sehr schroff zu Maiguru, als die sie begrüßen kam.

»Ist Babamukuru da, Maiguru?«, fragte sie schon nach einem knappen Händedruck und kurzen Fragen nach Maigurus Gesundheit. Maiguru begriff diese Signale und ging vorsichtig vor.

»Was ist los, Mainini? Ich sehe, du bist verstimmt.«

»Sei unbesorgt, Maiguru. Die Angelegenheit betrifft Babamukuru.«

»Bist du dir sicher, Mainini?«

»Ich bin mir sicher, Maiguru.«

»Du kannst mit niemandem außer Babawa Chido reden?«

»Nur mit Babamukuru.«

Lucias Benehmen kränkte Maiguru, die normalerweise einen Besucher nicht allein gelassen hätte, aber diesmal zog sie sich zurück, bis Babamukuru nach Hause kam. Als er schließlich kam, ließ Lucia ihn unverblümt ihre Meinung wissen. Ganz offen erklärte sie ihm, ich hätte nicht so streng bestraft werden dürfen. »Hast du sie gefragt, was in ihrem Kopf vorging?«, wollte sie von ihm wissen. »Hast du meine Schwester gefragt, ob sie ihre Tochter dabeihaben wollte? Hast du meine Schwester auch nur gefragt, ob sie die Hochzeit wollte? Ich sehe nicht, dass das Kind dir so viel Schlechtes angetan hat, bloß weil es lieber bei der Hochzeit nicht dabeisein wollte.«

Etwas war geschehen, entweder mit Lucia oder mit Babamukuru, denn er war ganz geduldig mit ihr.

»Ich verstehe, Lucia«, erklärte er, »du meinst, Tambudzai wird bestraft, weil sie mir etwas Schlechtes angetan hat. So ist es nicht, Lucia, aber Kinder müssen gehorchen. Wenn sie es nicht tun, muss man es ihnen beibringen. Damit sie gute Gewohnheiten entwickeln. Du weißt, wie wichtig das ist, besonders bei Mädchen. Meine Frau hier wäre mir nicht so ungehorsam, wie es Tambudzai war.«

»Nun, Babamukuru«, sagte Lucia, schon im Gehen, »vielleicht ist eine Frau, die du heiratest, verpflichtet, dir zu gehorchen. Aber manche von uns sind nicht verheiratet, also wissen wir nicht, wie man das macht. Deshalb konnte ich dir offen heraus sagen, was mir am Herzen lag. So ist es besser, denn dann erzählte ich nicht morgen hinter deinem Rücken, was mir gerade durch den Kopf geht.«

Babamukuru lobte Lucia in ihrer Abwesenheit. »Das ist mir eine«, sagte er glucksend zu Maiguru, »sie ist selbst wie ein Mann.«

»Ich finde, sie hat recht«, wagte sich Maiguru vor. »Vielleicht ist Tambudzai wirklich genug bestraft worden.«

Babamukuru lachte erneut auf. »Ma'Chido! Sage mir nur nicht, du hast auf Lucia gehört. Du weißt doch, dass sie sagt, was ihr gerade in den Sinn kommt. Und was Tambudzai betrifft – wir würden sie verwöhnen, wenn wir sie so weitermachen ließen, wie sie sich aufzuführen begann. Sie muss diszipliniert werden. Die Bestrafung muss zu Ende geführt werden.«

»Hast du vergessen, Baba«, erwiderte Maiguru unbeirrt, »dass ihr Bruder in diesem Haus gestorben ist? Was werden sich ihre Eltern denken, wenn sie ihnen erzählt, wie sie bestraft wurde? Wirklich, diese Strafe ist zu hart für ein Kind.«

»Was ist denn nun los, Mai? Es besteht kein Grund, all das wieder aufzuwärmen. Tambudzai ist die Tochter meines Bruders, ich bin ihr Vater. Ich habe das Recht, sie zu bestrafen. Es ist meine Aufgabe.«

Maiguru hatte dazu einiges zu sagen. »Ja, sie ist die Tochter deines Bruders. Aber wenn es darum geht, mein Geld zu nehmen, um sie und ihren Vater und deine ganze Familie zu ernähren und es auf lächerlichen Hochzeiten zu verschwenden, dann sind es auch meine Verwandten. Lass mich dir eines sagen, Babawa Chido, ich bin es leid, dass mein Haus ein Hotel für deine Familie ist. Ich bin es leid, als Haushälterin für sie alle zu dienen. Ich bin es leid, ein Nichts in dem Haushalt zu sein, den aufrechtzuerhalten ich mich krank arbeite. Und jetzt kann selbst diese Lucia hier hereinmarschieren und mir sagen, dass die Sachen, die sie mit dir zu besprechen hat, hier in meinem Haus, mich nichts angehen. Ich bin es leid, Babawa Chido. Lass es dir gesagt sein, ich bin es leid.«

Wir hörten sie streiten. Nyasha, die gerade dabei war, einen Korb voller Wäsche zur Leine hinauszutragen, blieb stehen, hörte zu und ließ dabei gedankenverloren die sauberen Wäschestücke wieder ins schmutzige Wasser fallen, woraufhin sie behaupten musste, sie müssten noch einmal gespült werden. Sie war betroffen und ich auch. Wir hatten Babamukuru und Maiguru noch nie so miteinander streiten gehört.

»Ma'Chido«, sagte Babamukuru versöhnlich, »das sind keine guten Worte.«

»Nein, das sind sie nicht«, entgegnete Maiguru kühn, »aber es sind darum keine guten Worte, weil hier keine guten Dinge passieren. Aber sie passieren, hier in meinem Haus.«

»Nein, Ma'Chido«, besänftigte sie mein Onkel. »Es ist nicht so, wie du sagst.«

»Genauso ist es«, erklärte sie. »Und wenn ich nichts dazu sage, glaubst du, es macht mir Spaß. Also sage ich dir heute, dass ich nicht glücklich bin. Ich bin in diesem Haus nicht mehr glücklich.«

Babamukuru fand, er habe sich genug angehört. «Dann geh dorthin, wo du glücklich bist«, schnauzte er sie an und dampfte ins Büro davon.

»Ich glaube nicht, dass sie weggehen wird«, sagte Nyasha, als wir im Dunkeln im Bett lagen. »Aber man weiß ja nie. So weit ist sie noch nie gegangen.« Bewunderung schwang in ihrer Stimme mit; so hatte ich sie im Zusammenhang mit ihrer Mutter noch nicht sprechen gehört.

»Aber du kannst es dir nicht wünschen, dass sie geht«, flüsterte ich. »Wie willst du ohne sie zurechtkommen?«

»Ich weiß es nicht«, gab die Tochter zu, »aber für sie wäre es gut.«

Ich schwieg. Nyasha wusste nichts vom Weggehen. Sie war nur immer mitgenommen worden – zur Mission, nach England und wieder zur Mission zurück. Sie wusste nicht, welche wesentlichen Teile von einem zurückbleiben, wie gewaltsam man sie auch loszureißen versucht, um sie mitzunehmen.

»Man wächst«, sagte Nyasha, als hätte sie meine Gedanken vernommen. »Man wächst und gleicht es aus. Man muss es tun. Es gibt keinen anderen Weg. Wir alle versuchen, das zu tun, weißt du. Aber es ist schwierig, wenn alles für einen schon vorgegeben ist. Selbst die Art, wie man denkt.«

Zu unserer Überraschung ging Maiguru tatsächlich fort – mit dem Bus, früh am nächsten Morgen. Sie stahl sich nicht in der Dunkelheit davon, sondern packte ganz offen ihren Koffer, zog ihre Reisekleider an, frühstückte und ging. Babamukuru fühlte sich wohl noch beleidigt und ließ sie deshalb gehen, dachte ich, doch Nyasha hatte eine andere Theorie. Sie meinte, Babamukuru könne einfach nicht glauben, dass Maiguru dazu fähig sei. Es tun würde, tun könnte. Es komme nicht darauf an, sagte sie. Wichtig sei, dass er es nicht glaubte. Babamukuru erwarte, seine Frau würde kalte Füße bekommen, bevor sie an der Bushaltestelle war oder spätestens, wenn der Bus anfuhr. Es wäre für ihn sehr nützlich gewesen, sagte Nyasha, wenn es sich so entwickelt hätte, denn dann hätte Babamukuru seine Frau immer daran erinnern können, dass sie versucht hatte fortzugehen und es nicht geschafft hatte. Leider musste Babamukuru warten, bis Maiguru in den Bus gestiegen und weggefahren war, ehe er seinen Fehler erkannte, erklärte mir Nyasha, und dann war es schon zu spät, um etwas dagegen zu unternehmen.

Ob es so war oder nicht, ich erinnere mich, dass es etwas Großes und Entschiedenes hatte, wie Maiguru ihren Entschluss fasste und ihn dann ohne viel Aufhebens in die Tat umsetzte. Selbst Nyasha war beeindruckt. Sie umarmte ihre Mutter zum Abschied an der Tür, aber Maiguru, die nur fortwollte, blieb kalt. Nyasha war verletzt, aber großmütig genug, um nicht neidisch auf ihre Mutter zu sein. »Ich nehme an, das hier ist ein Stück für nur eine Frau«, sagte sie wehmütig.

Ich fand allerdings, Nyasha müsse ein bisschen durcheinander sein, wenn sie nicht darüber traurig war, so plötzlich alleingelassen zu werden. Aber Nyasha verstand nicht, wovon ich redete. Sie hatte nicht das Gefühl, dass ihre Mutter sie im Stich gelassen hatte. Sie unterschied zwischen Leuten, die ihre Töchter verließen, und Leuten, die sich selbst retteten. Maiguru tat das Letztere und würde für ihre Tochter erreichbar sein, wenn die sie brauchte. »Wir werden es überleben«, versicherte sie mir. »Wir kommen schon irgendwie zurecht.«

Ich war mir da nicht so sicher. Mit Babamukuru zurechtzukommen war kein Kinderspiel. Maigurus Weggehen bewies das. Aber Nyasha, die noch immer kein Feingefühl für Babamukurus Charakter besaß, meinte, er sei flexibel wie sie und würde sich mit der Zeit zum Besseren verändern. Infolgedessen dachte sie nur an die Emanzipation ihrer Mutter und sah einen Trost darin.

»Ich werde es dir erklären, Tambu. Manchmal habe ich das Gefühl, bei ihm in der Falle zu sitzen, genau wie sie. Aber nun, da sie es getan hat, ausgebrochen ist, weiß ich, dass es möglich ist, also kann ich warten.« Sie seufzte. »Aber so einfach ist es nicht, weißt du, wirklich nicht. Es liegt nicht wirklich an ihm. Ich meine, nicht an der Person. Es liegt an allem, es ist überall. Wohin also soll man ausbrechen? Ich weiß es nicht. Tambu, ich weiß es wirklich nicht. Also, was tun? Ich weiß es nicht.«

Das stimmte. Es war eine traurige Wahrheit, in Maigurus Fall eine tragische: selbst wenn sie irgendwohin hätte gehen können, wäre es ihr nicht möglich gewesen, denn ihre ganze Lebensinvestition befand sich, in Gestalt ihres Mannes und ihrer zwei Kinder, auf der Mission. Wir versuchten uns von dieser Erkenntnis nicht entmutigen zu lassen, aber sie lastete schwer auf unseren Seelen. Wir brauchten Ermutigung, und die gaben wir uns gegenseitig, indem wir die fantastischsten Wahlmöglichkeiten für Maiguru erfanden.

»Sie wird nach England zurückgehen. Weiterstudieren«, sagte ich.

»Sie wird an der Universität unterrichten«, übertrumpfte mich Nyasha.

»Sie wird Ärztin.«

»Sie gründet ihr eigenes Unternehmen«, schlug Nyasha vor und seufzte wieder. »Das hätte sie vielleicht einmal tun können. Aber jetzt ist es zu spät.« Arme Nyasha. Sie konnte die Hoffnungslosigkeit nicht besiegen.

Wenn Babamukuru unter Maigurus Verschwinden litt, dann verbarg er es ausgezeichnet. Er verhielt sich wie immer: stand auf und ging aus dem Haus, noch bevor wir gefrühstückt hatten, kam zum Mittagessen und Abendessen heim und ging dann zurück ins Büro, bis wir schon im Bett waren. Ich weiß nicht, was geschehen wäre, wenn Chido nicht eines Abends, am Donnerstag nach der Abfahrt meiner Tante, angerufen hätte. Nyasha nahm den Anruf entgegen. Maiguru gehe es gut, berichtete uns Chido. Sie hatte ihn besucht. Sie bleibe eine Weile bei ihrem Bruder und seiner Familie. Sie wisse noch nicht, wie lange. Sie würde zurückkommen, wenn sie sich stark genug dazu fühle.

Nyasha war unglücklich darüber, dass Maiguru zu ihrem Bruder gegangen war. »Zu einem Mann! Immer rennt sie zu Männern«, sagte sie ganz verzweifelt. »Es gibt keine Hoffnung, Tambu. Wirklich nicht.« Auch wollte sie nicht, dass ihre Mutter so bald zurückkäme. Es war schwer zu sagen, ob Nyasha das überhaupt wollte. Sie meinte, Maiguru habe noch nicht genug Erholung gehabt, und Babamukuru werde sie mehr schätzen, wenn er sie noch länger entbehren müsste. Deshalb war sie sich nicht sicher, ob sie Chidos Nachricht weiterreichen sollte oder nicht, aber natürlich musste sie es tun, also blieb sie auf, bis ihr Vater um ein Uhr nach Hause kam, etwas später als sonst, und richtete es ihm aus.

»Danke«, brummte der Mann, als sie die Nachricht wiederholte, und zog sich in sein Schlafzimmer zurück.

Nyasha ging zu Bett, doch bevor wir eingeschlafen waren, brummte die grüne Limousine die Auffahrt hinab und überflutete mit ihren Lichtern einen Augenblick lang unser Zimmer, ehe sie in die Nacht verschwand. Babamukuru kehrte am nächsten Morgen um acht Uhr zurück, mit seiner Frau.

Maiguru war nur fünf Tage fort gewesen, aber die Abwechslung hatte ihr gutgetan. Sie lächelte öfter und weniger mechanisch, machte weniger Wirbel um uns und war eher bereit oder in der Lage, über vernünftige Dinge zu sprechen. Zwar nannte sie Babamukuru weiterhin ihren Liebsten, doch die meisten ihrer Babyausdrücke waren verschwunden.

»So eine Verschwendung«, klagte Nyasha, als sie den Unterschied kommentierte. »Stell dir vor, was bei den richtigen Einflüssen aus ihr hätte werden können!« Und dann gestand sie, sie habe ausnahmsweise ein schlechtes Gewissen, denn im Innersten sei sie froh, ihre Mutter wieder daheim zu haben.

Neun

Eines Tages gegen Ende des letzten Trimesters, kurz vor den Abschlussprüfungen, kamen die Nonnen zur Mission. Wir waren eifrig am Lernen. Es gab keinen Unterricht mehr, denn unser Lehrer sagte, er hätte uns den gesamten Lehrstoff beigebracht, und nun sei es unsere Sache, uns das Gelernte gründlich einzuprägen. Also hatten wir nur noch Wiederholungsstunden. Mr. Sanyati teilte uns in Gruppen auf und schickte uns mit dem Lebenszyklus der Anopheles-Fliege, den Daten des Burenkrieges, den Steigerungsformen unregelmäßiger Adjektive hinaus und erwartete von uns, dass wir all das auswendig aufsagen konnten, wenn er uns wieder hereinrief. Wo wir so viel im Kopf hatten, konnten wir den Nonnen nicht viel Aufmerksamkeit schenken, als sie in ihrem blanken Kombiwagen angefahren kamen. Doch wir waren eine protestantische Mission. Wir wussten nichts von Nonnen, nur dass sie vergeistigte keusche Wesen waren, die ihr frommes, mit Gebeten erfülltes Leben Gott widmeten. Hierin, das wussten wir, war die römisch-katholische Kirche der unseren überlegen: Sie brachte solche Tugend hervor. Deshalb waren wir enttäuscht, als wir die Nonnen ankommen sahen und sie weder sanfte Segen flüsterten noch engelgleich in durchscheinenden Gewändern über den Rasen schwebten, sondern schicke Blusen und Röcke trugen und gingen, lachten und leise näselnd sprachen wie unsere amerikanischen Missionare.

Sie so aus der Nähe zu sehen, herauszufinden, wie normal sie waren, zerstörte den Mythos, der sie umgab, oder zumindest die Teile davon, die wichtig waren, denn die sexuelle Frage beschäftigte uns nicht besonders, und wir hatten ohnehin nicht die Möglichkeit, ein Urteil über ihre Keuschheit zu fällen. Aber sie enttäuschten uns nicht nur. Teilweise erfüllten sie auch unsere Erwartungen, als Mr. Sanyati unsere Fähigkeiten vorführte und sie uns selig anlächelten. Natürlich wurde ich ausgewählt, als Erste ein Gedicht vorzutragen. *»Hamelintown's in Brunswick by famous Hanover City«*, begann ich, und ein Raunen der Bewunderung ging durch die Klasse, denn meine Kameradinnen wussten, dass ich gescheit war – aber so gescheit, um ein so langes Gedicht, und auch noch ein unbekanntes, auswendig zu lernen und es so gut vorzutragen? Ich rasselte die Verse in einem wahnsinnigen Tempo herunter, denn je schneller man solche Sachen vortrug, als desto sicherer galt man. Dann tanzten wir für die Nonnen im Kreis, sangen und klatschten in die Hände. Danach mussten sie sich ein Theaterstück ansehen. Sie genossen alles sehr.

Sie ließen uns einen Test schreiben, was wir als sehr unfair empfanden, denn wir waren nicht vorgewarnt und hatten uns nicht darauf vorbereiten können. Mr. Sanyati beruhigte uns, es gehe nur um Allgemeinwissen und unser Potenzial, doch das verwirrte uns noch mehr. Allgemeinwissen war in Ordnung, aber »Potenzial« hatten wir nie als Fach gehabt. Es klang fremd und anspruchsvoll und unendlich schwierig. Mr. Sanyati erklärte uns, die Nonnen seien von weit her gekommen, von ihrer eigenen Mission, um uns diesen Test schreiben zu lassen, und scheuchte alle Mädchen unserer Klasse in einen Raum, damit sie dort Fragen nach Louisa M. Alcott und *Little Women* beantworteten, sieben Eicheln mit dreiundzwanzig Eicheln mit achtundvierzig Eicheln mit null Eicheln multiplizierten und aus einem Sammelsurium aus Gummistiefeln, Galoschen, Schneeschuhen und Pantoffeln das Wort herausgriffen, das nicht in die Reihe passte.

Nach der Prüfung wollten die Nonnen mit uns reden. Eine nach der anderen wurden wir zu ihnen hineingeführt. Anschließend waren wir sehr beeindruckt von ihnen. Wir fanden es sehr freundlich und ausgesprochen heilig von ihnen, sich so für uns zu interessieren, denn sie waren wirklich interessiert – stellten uns alle möglichen Fragen über unsere Eltern und unsere Freundinnen und was wir in unserer Freizeit am liebsten täten. Ich war entzückt, dass Leute, und noch dazu Weiße, sich für meine Herkunft interessierten. Ich fand, ich sollte ihnen auch von Babamukuru erzählen, um ihnen zu zeigen, dass meine Familie auch einen fortschrittlichen Zweig hatte, doch sie wollten mehr über meinen Vater und über mein Leben zu Hause hören.

Es stellte sich heraus, dass die Nonnen gekommen waren, um eine Auswahl zu treffen. Es gab große Aufregung, als wir herausfanden, dass wir in Wirklichkeit eine Aufnahmeprüfung geschrieben hatten. Manche Mädchen kannten einige Katholiken und erzählten uns, wie niederträchtig die Nonnen vorgingen. Anscheinend handelte es sich um Folgendes: Sie nahmen einen in ihre Schule auf und kurz vor dem Abschluss überredeten sie einen dazu, in den Orden einzutreten. Ihre Methoden waren nicht gerade fein. Weitere Stipendien wurden in Aussicht gestellt, doch gleichzeitig wurde einem deutlich gemacht, dass es höchst verdammenswert wäre, dies abzulehnen. In dieser Lage hielten es viele Mädchen für ratsam, ins Habit einer Novizin zu schlüpfen. Das Gelübde war noch gefährlicher, und viele Mädchen wurden schwanger, um es nicht ablegen zu müssen. Das waren die weitverbreiteten Vorwürfe gegen die Nonnen, doch sie änderten nichts an dem verlockenden Glanz, welcher der Aussicht anhaftete, eine Klosterschule zu besuchen. Und nicht irgendeine Klosterschule, sondern eine, die für alle Hautfarben offen war. Eine renommierte Privatschule, die unter Garantie junge Damen fabrizierte. In dieser Klosterschule, die etwas außerhalb der Stadt lag, aber auf. der anderen Seite, Richtung Süden, trug man während der Woche Faltenröcke aus Trevira und sonntags ein Schneiderkostüm aus Leinen mit Handschuhen, ja, sogar mit Handschuhen! Wir wollten alle hin. Das war nur natürlich. Aber es wurden lediglich zwei Plätze angeboten, zwei Plätze für alle afrikanischen Schülerinnen der *Grade Seven* des

Landes. Die Wirkung davon war drastisch und gefährlich. Wir mochten einander nicht mehr so wie früher, falls die andere den Platz erhielt und wir Qualen des Neids erleiden mussten, während ihr Status und ihre Wertschätzung stieg. Es war nicht fair, fanden wir, und das stimmte auch. Aber was an dem Test war schon fair gewesen? Niemand sonst war auf diesen Test vorbereitet gewesen, während ich mich, seit ich zur Mission gekommen war, ständig darauf vorbereitet hatte. Ich hatte die reichhaltige, exotische Bibliothek von Nyasha zur Verfügung gehabt, musste mit ihrer Experimentierfreude umgehen, mit ihrer beharrlichen Suche nach Alternativen, ihrer Leidenschaft, Gegebenes in Mögliches umzuwandeln; mit all dem hatte ich zurechtkommen müssen, was ich auf rein intellektueller Ebene tat; nicht weil ich es für vernünftig hielt, sondern weil ich es unterhaltend fand und meine Cousine bewunderte; nachdem ich diesen intellektuellen Herausforderungen fast zwei Jahre lang ausgesetzt gewesen war, war ich meinen Mitschülerinnen an Allgemeinbildung und »Potenzial« weit voraus. So war es überhaupt nicht erstaunlich, dass ich bei dieser Aufnahmeprüfung glänzend abschnitt und damit das Privileg erwarb, mich unter die Elite der damaligen Zeit zu mischen, das Privileg, ehrenhalber in ihre Kultur aufgenommen zu werden.

Natürlich wusste ich den Ernst der Situation damals nicht zu würdigen, meine einzigen Erfahrungen mit diesen Leuten verdankte ich der wohltätigen Doris und den leidenschaftlichen Missionaren auf der Mission. Aber Nyasha erkannte sie und war erschrocken. Sie konnte ihre Enttäuschung nicht verheimlichen und versuchte es auch nicht, als ich ihr erzählte, wie aufgeregt ich sei, was für eine Erfahrung das bedeuten würde, was für eine Chance, und dass ich vorhätte, diese Chance bestens zu nutzen. Sie war der Ansicht, die Nachteile seien größer als die Vorteile, die aus einer solchen Chance erwüchsen. Es sei eine wundervolle Chance zu vergessen, bemerkte sie sarkastisch. Zu vergessen, wer man sei, was man sei und warum man so sei. Dieser Prozess nenne sich Assimilierung und sei für die wenigen Frühreifen vorgesehen, die sich als lästig erweisen könnten, wenn man sie sich selbst überließ, aber was die Anderen anginge – nun, wen kümmerten schon die Anderen? Also räumten sie dir ein Plätzchen ein, um dich zu assimilieren, einen Ehrenplatz, wo du dich ihnen anschließen durftest und sie sichergehen könnten, dass du dich gut benahmst. Ich würde mich in einer solchen Position wohl fühlen, stichelte sie boshaft, denn ich käme ja auch bestens mit Babamukuru aus. Aber man solle diesen Platz nicht einnehmen. Da war sie unbeirrbar: Man solle ihn ablehnen. In meinem Falle hieße das, nicht zur Mission der Nonnen zu gehen. »Du wirst auf ihre Tricks hereinfallen«, sagte sie und wies darauf hin, dass ich auf der Mission eine weit nützlichere Ausbildung erhalten würde.

Wenn sie das nicht gesagt hätte, diese letzte Bemerkung über die Ausbildung auf der Mission, hätte ich ihr vielleicht geglaubt; aber jeder wusste, dass die europäischen Schulen besser ausgestattet waren, dass es dort bessere Lehrer gab, besseres Mobiliar, besseres Essen – dass dort alles besser war. Die Vorstellung, dass irgendetwas an unserer Mission besser sein könnte, war eindeutig lächerlich. Und außerdem, wenn man einmal in eine ihrer Schulen aufgenommen worden war, ging es automatisch immer weiter, bis man das Abitur hatte. Um Auswahlprüfungen auf jeder Stufe musste man sich keine Sorgen mehr machen. So war es. So würde es sein. Wenn man gescheit war, nutzte man jedes Schlupfloch, das man fand. Ich jedenfalls würde jede Chance ergreifen, die sich ergab, dessen war ich mir sicher; ich war fest entschlossen dazu. Die neueste Chance war die, auf die Klosterschule zu gehen. Ich würde es tun. Ich war nicht so skeptisch wie Nyasha. Wie konnte ich je meinen Bruder und die Maiskolben, meine Mutter, die Latrine und die Hochzeit vergessen? All das wies auf die Bürde hin, der meine Mutter sich gebeugt hatte. Auf die Klosterschule zu gehen bedeutete die Chance, diese Bürden zu erleichtern, denn ich trat damit in eine Welt ein, in der alle Bürden leicht waren. Ich würde die Chance ergreifen. Ich würde meine Bürde erleichtern. Wenn Babamukuru es zuließ.

Doch Nyasha konnte ich nicht überzeugen. »Also wirklich, Tambudzai«, sagte sie streng, als ich mit der Verherrlichung meiner Interessen fertig war, »es wird immer Brüder und Maiskolben geben und Mütter, die zu müde sind, die Latrine zu putzen – ob du auf die Klosterschule gehst oder nicht. Es gibt mehr zu tun als das.« Das war typisch Nyasha, dieser beharrliche Idealismus. Aber sie konnte es sich als Tochter meines reichen Onkels leisten. Ich dagegen musste jede gebotene Chance nutzen.

Babamukuru war der Ansicht, ich hätte schon genug Chancen geboten bekommen, und auf seine Weise stimmte er Nyasha zu, dass die Erfahrung mir nicht guttun würde. Von seinem Armsessel gegenüber dem Kamin aus setzte er mir auseinander, wieso ich nicht zur Klosterschule gehen könne.

»Es ist nicht nur eine Geldfrage«, versicherte er mir. »Obwohl es mir erhebliche Kosten verursachen würde, hättest du dein Stipendium, so dass die Hauptlast entfiele. Aber ich finde, auch das wenige Geld könnte besser genutzt werden. Zum einen gibt es jetzt den kleinen Jungen zu Hause. Jeden Monat lege ich ein wenig, ein klein wenig, ein ganz klein wenig beiseite, damit für ihn gesorgt ist, wenn er ins Schulalter kommt. Wie du weißt, ist er der einzige Junge deiner Familie, und man muss für ihn sorgen. Was dich betrifft, glauben wir, dich ziemlich gut zu versorgen. Wenn du die *Form Four* beendet hast, wirst du deinen weiteren Weg bestimmen können, wie immer er aussehen mag. Im Laufe der Zeit wirst du Geld verdienen. Du kannst von einem anständigen Mann geheiratet werden und dir ein anständiges Heim gestalten. Mit allem, was wir tun, bereiten wir dein künftiges Leben vor, und ich habe am Verhalten meiner eigenen Tochter bemerkt, dass es einem jungen Mädchen nicht gut bekommt, zu viel mit diesen weißen Leuten zusammen zu sein, zu viel Freiheit zu haben. Ich habe es erlebt, dass aus solchen Mädchen keine anständigen Frauen geworden sind.«

Heirat. Grundsätzlich hatte ich nichts dagegen. In der Theorie hielt ich es für eine sehr gute Idee. Aber es war irritierend, dass sie bei jeder Gelegenheit auftauchte und ihre Fangarme nach mir ausstreckte, um mich bereits zu binden, noch ehe ich ernsthaft darüber nachgedacht hatte, und mein Leben schon zu unterbrechen drohte, bevor ich es *mein* Leben nennen konnte. Sobald Babamukuru mit diesem Heiratsgerede anfing, hörte ich ihm nicht mehr zu. Ich untersuchte meinen Bademantel nach Fusseln und wartete auf das Ende der Besprechung. »Deinem Vater«, fuhr mein Onkel fort, »werde ich Folgendes sagen: Wenn er dich auf diese Schule schicken will, soll er das machen, falls er das nötige Geld auftreibt. Ich persönlich bin der Ansicht, das Geld wäre nicht sinnvoll ausgegeben. Mai«, schloss er und wandte sich meiner Tante zu, »möchtest du etwas dazu sagen?«

»Ja, Baba«, sagte Maiguru leise vom Sofa aus. Ich war sofort ganz bei der Sache. Ich lauschte ungläubig.

»Ach, wirklich!«, rief Babamukuru, fasste sich aber wieder und bat sie fortzufahren. »Sprich ganz frei, Mai. Sag, was du denkst.«

Es gab eine Pause, während Maiguru die Arme kreuzte und sich auf dem Sofa zurücklehnte. »Ich glaube nicht«, begann sie leichthin mit ihrer leisen, besänftigenden Stimme, »dass Tambudzai durch den Besuch dieser Schule verdorben wird. Weißt du nicht mehr, als wir nach Südafrika gingen, sagten alle, wir seien lose Geschöpfe, wir Mädchen.« Babamukuru zuckte zusammen. Maiguru fuhr fort: »Es war damals nicht eine Frage des Umgangs mit dieser oder jener Rasse. Die Leute hatten Vorurteile gegen gebildete Frauen. Vorurteile. Deshalb sagten sie, wir wären unanständig. Das war in den fünfziger Jahren. Jetzt sind wir in den siebziger Jahren. Es enttäuscht mich, dass manche immer noch so denken. Nach all den Jahren, in denen nichts vorgefallen ist, das sie bestätigt. Ich weiß nicht, was die Leute unter einer losen Frau verstehen – manchmal ist es eine vom Straßengewerbe, manchmal eine gebildete Frau, manchmal ist es die Tochter eines erfolgreichen Mannes, und manchmal ist sie einfach nur schön. Lose oder anständig – ich weiß nicht recht. Ich weiß nur, wenn unsere Tochter Tambudzai jetzt kein anständiger Mensch ist, wird sie nie einer werden, egal, in welche Schule sie geht. Und wenn sie anständig ist, dürfte diese Klosterschule sie nicht verändern. Und was das Geld betrifft, hast du selbst gesagt, dass sie ein volles Stipendium hat. Vielleicht hast du andere Gründe, warum sie nicht hingehen sollte, Babawa Chido, aber diese beiden – die

Frage der Anständigkeit und die Frage des Geldes – habe ich gehört, also habe ich mich dazu geäußert.«

Wieder trat Schweigen ein, Maiguru ließ die Arme fallen und faltete die Hände auf dem Schoß.

Babamukuru räusperte sich. »Nun, Tambudzai«, sagte er behutsam, »hast du etwas zu sagen?«

Am nächsten Tag fuhr mich Babamukuru nach Hause; es waren die Weihnachtsferien. Meine Schwestern waren ganz aufgeregt, mich zu sehen, denn ich verblüffte sie mit meinen Schulerfolgen. *»Mauya mekuchirungu«,* begrüßten sie mich ehrerbietig, aber ich lehnte den Titel bescheiden ab – nicht weil ich ihn nicht gewollt hätte, sondern weil Babamukuru ihn mir nicht zugestanden hatte.

Mein Onkel blieb an jenem Tag nicht lange. Es blieb keine Zeit, die Frage meiner Ausbildung zu besprechen. Mein Vater, der sich in Babamukurus Gegenwart immer enthusiastisch zeigte, beglückwünschte ihn dazu, dass er mein Denken so geschickt geformt habe, dass selbst die Weißen das Ergebnis beeindruckte, aber Babamukuru fiel nicht darauf herein.»Wir haben noch nicht entschieden, wie es mit Tambudzai weitergehen soll. Wir besprechen es, wenn ich an Weihnachten für ein paar Tage wieder herkomme.«

Das gab mir Hoffnung, dass Maigurus Rede Wirkung gehabt hatte. Ich wartete ungeduldig auf Weihnachten, aber als es kam, blieben unsere Verwandten fern. Maiguru weigerte sich glatt, ein weiteres Weihnachten für eine Familie von zwei Dutzend Personen zu sorgen. Also fuhr Babamukuru zehn Tage lang zwischen der Heimstätte und der Mission hin und her, brachte manchmal Maiguru und Nyasha mit, aber öfter kam er allein. Chido sahen wir nie, denn er hatte andere Verabredungen. Meine Mutter war insgeheim froh, dass Maiguru nicht bei uns bleiben wollte, obwohl sie natürlich aus Höflichkeit dagegen protestieren musste und meinen Onkel und meine Tante jedes Mal einlud, bei uns zu übernachten, wenn sie zur Mission zurückfuhren. Sie war sehr stolz auf ihr Haus und ihren transportablen Herd und konnte den Gedanken nicht ertragen, dass sie von ihren ursprünglichen Besitzern benutzt würden. Technisch gesehen hatte Maiguru zu Hause keine Küche mehr, da das versprochene Haus noch nicht gebaut war, und deshalb hatte sie sich wahrscheinlich so entschieden geweigert, Weihnachten zu Hause zu verbringen. Eine weitere Folge der fehlenden Küche war, dass das Essen nicht so schmackhaft und reichlich ausfiel, als wenn Maiguru die Versorgung organisiert hätte. Wir hätten einen bedenklichen Engpass erlebt, wenn Tete und Babamunini Thomas nicht ungefähr eine Woche vor den Feiertagen hätten ausrichten lassen, sie könnten nicht kommen. Das Fundament zu Maigurus Haus wurde Mitte Januar gelegt.

An Neujahr besprachen mein Onkel und mein Vater meine Zukunft. Das Gespräch fand im Haus statt. Ich musste einfach lauschen.

»Es könnte ihrem Charakter schaden … diese Weißen, weißt du … man weiß ja nie«, grübelte mein Onkel.

»Ja«, stimmte mein Vater ihm zu. »Wie soll man bei ihnen je Bescheid wissen? Man weiß nie. Nicht bei Weißen! Nein. Man weiß es nie.«

»Andererseits«, fuhr mein Onkel fort, »würde sie eine erstklassige Erziehung erhalten.«

»Ah ja, Mukoma, erstklassig. Erstklassig«, schwärmte mein Vater.

»Ich wollte nicht, dass sie zu dieser Schule geht …« sagte Babamukuru.

»Wieso auch, Mukoma? Wieso sollte sie hingehen? Deine Mission hat doch eine erstklassige Schule.«

»… aus den Gründen, die ich dir geschildert habe«, fuhr mein Onkel fort. »Aber in Anbetracht dessen, dass es um die beste Ausbildung geht, die ein Mädchen in Rhodesien erhalten kann, kam ich zu dem Schluss, dass man ihr diese Chance nicht nehmen darf. Ich habe beschlossen, sie hingehen zu lassen.«

Mein Vater kniete vor ihm nieder, mit einem Knie. Bo-bo-bo. »Wir danken dir, Chirandu, wir danken dir, *muera bonga*, Chihwa«, stimmte er an. »Wahrlich, wir würden ohne dich nicht überleben. Unsere Kinder würden ohne dich nicht überleben. Unser Familienhaupt, Fürst, wir danken dir.«

So wurde die Sache geregelt. Ich sollte einen weiteren Schritt nach oben tun, auf die Freiheit zu. Einen weiteren Schritt fort von den Fliegen, den Gerüchen, den Feldern und Lumpen; von Schmutz, Krankheit, vom kriecherischen Gehorsam meines Vaters Babamukuru gegenüber und von der chronischen Lethargie meiner Mutter. Und auch vom Fluss Nyamarira, den ich liebte.

Von der Aussicht auf diese Freiheit und von ihrem möglichen Preis wurde mir schwindelig. Ich musste mich auf die Stufen setzen, die zum Haus führten. Erst fühlte ich mich benommen, dann ging es mir besser. Die Rechnung würde schon aufgehen. Was ich brauchte, würde ich mitnehmen, den Rest abstoßen. Es würde sich lohnen, meine Schwestern hübsch einkleiden zu können, meine Mutter so ernähren zu können, dass sie wieder rundlich und tatkräftig würde, verhindern zu können, dass mein Vater sich in Babamukurus Gegenwart aufführte wie ein Narr. Geld würde das alles für mich leisten. Mit dem Ticket, das ich auf der Klosterschule erwerben würde, konnte ich einmal sehr viel verdienen.

»Nein«, sagte Babamukuru gerade, und sein Gesicht leuchtete mit der Paraffinlampe um die Wette, »danke mir nicht. Tambudzai hat sich das Stipendium hart erarbeitet.«

Ich hörte nicht mehr zu und ließ meiner Fantasie freien Lauf. Ich sah mich schick und sauber in einer weißen Bluse und im dunkelroten Trevira Faltenrock mit Blazer, Handschuhen und Hut. Es war ein hübsches Bild, so reizvoll, dass ich es gleich meiner Mutter schildern musste. Sie war in der Küche, denn trotz ihres neuen Herds kochte sie lieber weiter auf der alten Feuerstelle. Sie fühlte sich an ihr wohler, sagte sie. Dort fand ich sie auch diesmal, allein auf einer Matte hockend und den inzwischen neun Monate alten Dambudzo stillend, den sie mit der einen Hand auf dem Schoß festhielt; mit der anderen stocherte sie lustlos in ihrem Abendessen – *sadza* mit saurer Milch.

»Ich dachte, du wolltest kein Essen«, sagte sie zur Entschuldigung, weil sie ohne mich begonnen hatte. »Du hast so lange dazu gebraucht, das Essen ins Haus zu tragen.«

Ich wusch mir die Hände, setzte mich neben sie und aß ein wenig *sadza,* ohne es zu schmecken, nachdem ich die Masse unnötig lange in den Fingern geknetet hatte: von der Neuigkeit war mir der Appetit vergangen. Ich konnte an mein Glück noch kaum glauben, berichtete aber meiner Mutter von Babamukurus Entscheidung.

»Ho-o-re«, seufzte sie langgezogen und bitter, als ich geendet hatte. »Sag mir, Tambudzai, will dieser Mann mich umbringen, mich mit seiner Güte umbringen, indem er meine Kinder mästet, nur um sie mir wegzunehmen, wie man Vieh mästet, um es zu schlachten? Sag mir, Tochter, was werde ich, deine Mutter, dir zu sagen haben, wenn du nach Hause kommst, eine Fremde voller weißer Gewohnheiten und Ideen? Alles wird englisch sein, ständig englisch. He, Mummy, hier. He, Mummy, dort. Wie deine Cousine da. Ich habe es schon einmal erlebt – es ist hier in unserem Haus schon einmal passiert. Wahrlich, dieser Mann beschwört einen bösen Fluch auf mein Haupt herab. Du hast die Mission überlebt, darum muss er dich jetzt noch weiter fortschicken. Ich hab genug, ich schwöre es dir. Ich hab von diesem Mann genug, der mich von meinen Kindern trennt. Mich von meinen Kindern trennt und mein Leben bestimmt. Er sagt hopp, und wir springen. Einen Schleier in meinem Alter zu tragen, einen Schleier! Stell dir das bloß vor – einen Schleier zu tragen. Wenn ich eine Hexe wäre, würde ich seinen Verstand schwächen, ich würde es wirklich tun, und dann könnten wir mal sehen, ob seine Ausbildung und sein Geld ihm hilft.«

Meine Mutter verfiel danach so schnell, als wäre sie selbst verflucht worden. Sie aß immer weniger und tat immer weniger, bis sie nach einigen Tagen weder essen noch etwas tun konnte, nicht einmal ihr Kleid wechseln. Sie ging nicht zum Waschen zum Nyamarira und nicht zum Garten. An den Tagen, an denen sie überhaupt aufstand, saß sie nur in der Sonne und stillte Dambudzo, wenn er schrie, reagierte aber sonst auf nichts. Dambudzo bekam Durchfall, einen schlimmen, wässrigen Durchfall, der nicht mehr aufhörte. Meine Mutter meinte, er würde sterben – wie alle Babys, die Durchfall hätten. Mein

Vater bekam es mit der Angst und gab die kostbaren Cents, die er für Bier aufsparte, für eine Busfahrt zur Mission aus. Als er zurückkam, berichtete er uns, dass die Schwestern meinten, das Baby würde mit der Flasche ernährt und der Durchfall käme von einem unsterilen Schnuller. Er hielt es für das Beste, meine Mutter zu einem Medium zu bringen. Er kannte eines im Nachbardorf, aber ich war dagegen. Ich konnte meinem Vater nicht sagen, was für schreckliche Dinge sie für Babamukuru herbeigewünscht hatte. Derlei sagte man nicht leichtfertig, und ich befürchtete wirklich, dass sie schreckliches Unheil aushecken würde, wenn sie Gelegenheit fand, die Dienste eines Mediums in Anspruch zu nehmen. Außerdem wusste ich, was meiner Mutter auf der Seele lag. Ein Medium konnte ihr nicht helfen, aber ich, indem ich nicht auf die Klosterschule zum Heiligen Herzen ging. Aber das war zu viel von mir verlangt; also erinnerte ich meinen Vater daran, dass Babamukuru das Medium und Ähnliches nicht billigen würde. Das kümmerte meinen Vater nicht, denn Babamukuru würde es nicht erfahren, daher drohte ich ihm, es meinem Onkel zu erzählen, woraufhin mein Vater nachgab und Lucia zu kommen bat, was diese sofort tat.

Takesure war mit dieser Entwicklung sehr zufrieden, aber Lucia übersah ihn völlig. Sie führte sofort eine Ordnung ein, die ich nur als Schockbehandlung bezeichnen kann. Zuerst zwang sie meine Mutter, zum Nyamarira zu gehen, indem sie sich einfach Dambudzo auf den Rücken band, den Arm um meine Mutter legte und sie hinführte. Dann musste meine Mutter sich selbst und das Baby waschen. »Sisi«, drohte sie, watete durchs Wasser und setzte Dambudzo auf einen Stein, »schau her, ich setze ihn jetzt auf diesem Stein ab und lasse ihn da, mitten im Fluss. Wenn er ins Wasser rutscht, weil du nichts zu seiner Rettung unternimmst, dann wirst du wirklich verrückt, weil diesmal du die Schuldige bist.« Dambudzo hielt es für ein lustiges Spiel, denn der Stein war warm und glatt, und das Wasser ringsum glitzerte hübsch. Er gluckste Lucia zu und krabbelte an den Rand, um zu planschen. Babys sind gescheit und krabbeln nicht über Ränder hinaus, aber ihre Mütter sorgen sich trotzdem.

»Lucia«, sagte meine Mutter, »warum tust du das? Warum? Warum lässt du mich nicht in Ruhe? Warum lässt du mich nicht einfach sterben?« Und sie zog ihr Kleid aus, watete zu dem Stein hinaus und wusch sich und ihren Sohn. Während meine Mutter sich wusch, wusch Lucia ihr das Kleid, so dass meine Mutter und Dambudzo nach dem Waschen gezwungen waren, in der Sonne zu sitzen, bis das Kleid trocken wurde. Nun hält man eine Krankheit dieser Art geheim, im Gegensatz zu einem körperlichen Leiden, von dem man jedem erzählt; und als andere Frauen zum Waschen oder zum Wasserholen kamen, sahen sie meine Mutter und Lucia und Dambudzo entspannt darauf warten, dass ihre Kleider trockneten, ein üblicher Anblick am Nyamarira. Außerdem freuten sich alle, Lucia zu sehen, also ging es lebhaft und fröhlich zu, als sie herüberkamen, um meine Mutter und Lucia zu begrüßen. Im Scherz schimpften sie mit Lucia, weil sie so lange fortgeblieben war, lachten darüber, wie groß Dambudzo geworden sei, zu was für einem gutaussehenden jungen Mann er heranwachse, dass die Frauen in der Gegend sich bald in ihn verlieben würden. Das war alles eine sehr gute Medizin.

Als sie zurückkamen, kochte Lucia das Abendessen, einen kräftigen Eintopf mit Fleisch, das sie mitgebracht hatte.

»Tambudzai«, wies sie mich in Gegenwart meines Vaters an, »sorg du dafür, dass keiner dieses Fleisch anrührt. Niemand außer deiner Mutter, die krank ist und wieder zu Kräften kommen muss.«

In dieser Nacht schliefen meine Mutter und Lucia gemeinsam in der Küche, was Takesure ärgerte, der Lucia in das *hozi* eingeladen hatte. Sie unterhielten sich fast die ganze Nacht hindurch. Meine Mutter schlief in den frühen Morgenstunden ein, und als sie um zehn Uhr aufwachte, stellte sie fest, dass Lucia Porridge für sie gekocht hatte, mit Milch, damit er besonders nahrhaft wurde. Lucia blieb noch zwei Tage, bis sich meine Mutter eindeutig auf dem Weg der Besserung befand; dann kehrte sie zur Mission zurück. Sie konnte nicht länger bleiben, wie sie und wir es uns gewünscht hätten, denn trotz der Ferienzeit hatte sie offiziell Dienst. Außerdem fanden am Ende des Monats die

Prüfungen ihrer Abendschulklasse statt, und sie musste fleißig lernen. Eine Woche nach Lucias Abreise fühlte sich meine Mutter kräftig genug, um wieder im Garten zu arbeiten. Das Leben verlief wieder wie sonst, mit Hacken und Wässern, Wasserholen und Waschen am Nyamarira.

Zu Beginn der dritten Januarwoche ließ Babamukuru ausrichten, dass er mit den Neuzugängen sehr beschäftigt sei und mich nicht abholen könne. Ich sollte in der Woche allein zur Mission fahren, um mich auf den Eintritt in die Klosterschule vorzubereiten. Brummend gab mir mein Vater dreißig Cents für den Bus. Meine Mutter war traurig, aber ich hatte gesehen, dass sie auf dem Weg der Besserung war, und konnte mich ohne Schuldgefühle auf mein neues Leben freuen. Ich kam mir so wichtig vor, so erwachsen und verantwortungsbewusst, als ich meine Fahrkarte löste und mir einen Sitz suchte. Ich setzte mich neben eine Frau im Alter meiner Mutter, damit mich die jungen Männer nicht belästigten. Ich konnte es mir nicht verkneifen und ließ sie stolz wissen, dass mein Onkel Schuldirektor auf der Mission war und mich zur Klosterschule zum Heiligen Herzen bringen würde.

Mir blieb nur eine Nacht auf der Mission, bevor ich zum *Young Ladies College* der Nonnen fuhr. Eine Nacht war nicht viel, und es gab so viel zu sagen. Ich konnte es kaum erwarten, meine Cousine zu sehen, die während dieser Ferien nur unregelmäßig zu uns nach Hause gekommen war. Ich sehnte mich danach, mit ihr erneut lange über die menschliche Vielfalt und die Bereicherung zu sprechen, die ich mir von der Klosterschule erwartete.

Es war ein großer Schlag für mich, dass sie noch nicht vom Unterricht zurück war, als ich ankam, und ich war ungeduldig. Die letzte Stunde war in der Oberschule um vier Uhr zu Ende, was noch vierzig Minuten Warten bedeutete und vielleicht weitere zwanzig Minuten, die Nyasha brauchte, um ihre Bücher zusammenzupacken, ein paar Worte mit ihren Klassenkameradinnen zu tauschen und nach Hause zu gehen. Doch es wurde halb fünf ohne Nyasha, dann fünf und halb sechs. Maiguru kam nach Hause, wusste aber nicht, wo ihre Tochter war. »Vielleicht spielt sie Netzball«, meinte sie, also ging ich zum Spielfeld, wo ich eine Gruppe Mädchen vorfand, die sich die Zeit zwischen Schule und Abendessen vertrieben.

Aus der Ferne erkannte ich Jocelyn und Maidei, aber Nyasha war nicht zu sehen. Das enttäuschte mich, aber es war schön, meine Freundinnen zu treffen, besonders Maidei, die ich nicht noch einmal zu sehen erwartet hatte. Es war ziemlich sicher, dass Jocelyn zum neuen Jahr wiederkommen würde, denn sie war immer unter den besten zwölf, während Maidei selten mehr als durchschnittliche Noten erhielt. Darum war es eine Überraschung, eine angenehme Überraschung, sie hier Ball spielen zu sehen, besonders nach sechs Wochen Ferien, denn das ist eine lange Zeit, wenn man sie ohne seine Freunde oder fern von den bekannten Orten oder ohne seine Freunde an den bekannten Orten verbringen muss. Auch waren es sechs Wochen ohne Netzball gewesen, sechs Wochen ohne die Kameradschaft und Nähe, die der freundschaftliche Wettstreit entstehen lässt, bei dem es um nichts geht. Es juckte mich, den Ball wieder in den Händen zu spüren, und ich rannte aufs Spielfeld. Sie sahen mich alle kommen. Bis zum heutigen Tag könnte ich schwören, dass Maidei mich als Erste sah. Ich sah, wie sie mit dem Ball in den Händen stehen blieb, um die Anderen auf mich hinzuweisen, aber als ich aufs Spielfeld rannte, waren sie kühl und schweigsam. Sie ignorierten mich. Es tat mir weh, dass meine Freundinnen sich so grausam verhielten, und ich war naiv genug, nicht zu ahnen, womit ich das verdient hatte, also schloss ich mich dem Spiel an, sprang zum Ring, um den Ball beim Hinabfallen zu fangen, und erzielte einen sauberen Punkt. Wie es das Glück wollte – ich war keine besonders gute Spielerin –, berührte der Ball nicht einmal den Rand. Das brach das Eis.

»Sie hat trainiert«, scherzte Jocelyn, als ich den Ball erneut fing, da offenbar niemand sonst Lust dazu hatte. Ich wog ihn in der Hand und zielte sorgfältig. Das reizte Maidei so sehr, dass sie mir den Ball aus der Hand schlug.

»Verschwende nicht unsere Zeit«, fuhr sie mich an. »Wir üben für die Mannschaft. Wo du hingehst, spielen sie nicht Netzball, oder? Also, was tust du noch hier? Basketball«, sang sie und ließ den Ball professionell hüpfen, »und Hockey und Tennis und Schwimmen. Das wirst du tun. Mit deinen Weißen. So wie ich dich kenne, hören wir das nächste Mal von dir, dass du an den Olympischen Spielen teilnimmst.« Sie kicherte laut in die verlegene Stille hinein, in die ihre Worte fielen, und fühlte sich dann unlogischerweise von ihrer eigenen Stimme gestört. »Was ist mit euch los?«, schnauzte sie die anderen Mädchen an. Habt ihr für heute genug vom Netzball? Es ist Zeit zum Abendessen. Wer kommt mit?«, fragte sie und ging wortlos davon. Jocelyn blieb lange genug, um auf Wiedersehen zu sagen.

»Schreib uns, wenn du ankommst«, sagte sie. »Wir werden auf alle deine Briefe antworten.«

»Ja«, sagten die anderen im Weggehen, »vergiss uns ja nicht.«

Traurig und nachdenklich sah ich ihnen nach. Vergiss nicht, vergiss nicht, vergiss nicht. Nyasha, meine Mutter, meine Freundinnen. Immer dieselbe Botschaft. Aber warum nur? Wenn ich sie vergessen würde, meine Cousine, meine Mutter, meine Freundinnen, konnte ich gleich mich selbst vergessen. Und das konnte natürlich nicht passieren. Warum drängten mich dann aber alle, sie nicht zu vergessen? Diese Frage schwirrte in meinem Kopf herum, als ich in das Klassenzimmer meiner Cousine ging, um nach Nyasha Ausschau zu halten. Fragen, Fragen, Fragen, aber keine einzige Antwort.

Nyasha saß lernend an ihrem Pult, so sehr in ihre Arbeit vertieft, dass sie mich erst bemerkte, als ich neben ihr stand und hallo sagte. Sie erwiderte knapp meinen Gruß, schaute kaum von ihren Büchern auf und erkundigte sich nicht einmal nach meiner Familie. Es war ein trauriger Empfang, den mir Nyasha an jenem Tag bereitete, und ich musste an das verschlossene Mädchen im rosa Minikleid zurückdenken, das aus England gekommen war; dies war nicht die Cousine und Freundin, zu der sie in den Jahren danach geworden war. Sie wollte mich anscheinend nicht bei sich haben, aber ich hatte sie ganze drei Wochen nicht gesehen, hatte mich auf das Wiedersehen gefreut und musste bald abreisen. Ich konnte nicht weggehen. Ich setzte mich hin und wartete, zupfte an meinem Haar, säuberte mir die Fingernägel und fand einen Fleck auf meinem Knie, an dem ich rubbeln konnte, damit die Zeit verging. Als ich mit dem Fleck fertig war, schaute ich auf und sah, dass Nyasha mich traurig betrachtete. Sie senkte verwirrt den Blick und widmete sich erneut ihren Büchern. Sie begann zu reden, ohne mit dem Schreiben aufzuhören.

»Du wirst mir fehlen, Tambu«, sagte sie und kräuselte die Stirn in dem Versuch, sich auf ihre Aufzeichnungen zu konzentrieren und nicht mehr zu sagen, als nützlich war. Schließlich gab sie es auf und sah mir ins Gesicht. »Es war schön, dich hier zu haben«, sagte sie, »und …« Es gab viel mehr zu sagen; wir spürten ihn in der Luft hängen, den Faden zwischen uns, den wir beide ergreifen wollten, aber wir stellten uns zu ungeschickt an. »… und ich werde dich vermissen«, brachte sie nur noch heraus.

»Ich werde dich auch vermissen«, sagte ich ihr.

»Es ist Zeit fürs Abendessen. Wir gehen besser«, sagte sie und packte ihre Bücher ins Pult. Schweigend gingen wir zum Haus. Die Abschiedstrauer lastete so schwer auf uns, dass selbst die Aussicht auf die Klosterschule, auf all das aufregende, glanzvolle Neue, das ich dort zu finden erwartete, nicht erwähnenswert erschien.

Baba und Maiguru saßen schon am Tisch, als wir heimkamen. Babamukuru war nicht gut gelaunt. Er fiel Nyasha ins Wort, als sie guten Abend sagte, und nahm mich überhaupt nicht wahr. »He, Nyasha, kannst du mir sagen, wieso du zu dieser Uhrzeit, um Viertel vor sieben, nach Hause kommst?«

»Ich habe gearbeitet«, antwortete sie und setzte sich, »im Klassenzimmer.«

»So spät noch? Ich habe dir gesagt, du sollst um sechs Uhr zu Hause sein. Das ist eine anständige Uhrzeit, zu der ein anständiges Mädchen heimkommt.«

»Es waren keine Jungen da, wenn du dir deswegen Sorgen machst«, bemerkte Nyasha unbekümmert.

»Nyasha, versuch doch, still zu sein«, riet Maiguru.

»Was hast du gesagt?«, fragte Babamukuru seine Tochter und hob gereizt die Stimme.

»Nichts«, sagte Nyasha. »Darf ich bitte vom Tisch aufstehen?«

»Du gehst nirgends hin«, sagte ihr Vater. »Wo willst du denn hin?«

»Ich habe keinen Hunger«, erklärte Nyasha.

»Du wirst aufessen«, befahl er ihr, »Deine Mutter und ich arbeiten uns doch nicht zu Tode, nur damit du deine Zeit mit Jungen verschwendest und dann zurückkommst und über alles, was wir dir anbieten, die Nase rümpfst. Bleib sitzen und iss. Ich befehle es dir – iss!«

Nyasha aß ein wenig.

»Sie ist satt, Baba«, sagte Maiguru, aber Babamukuru war unerbittlich. Er war sehr verärgert.

»Sie muss alles aufessen. Das macht sie immer, um mich herauszufordern. Ich bin ihr Vater. Wenn sie nicht tun will, was ich ihr sage, höre ich auf, für sie zu sorgen – Schulgebühren, Kleidung, Essen, alles.«

»Nyasha, iss auf«, riet ihre Mutter.

»Himmel nochmal!« Nyasha atmete durch, nahm mit einem Schulterzucken ihre Gabel auf und begann zu essen, erst langsam, doch dann schlang sie pausenlos. Die Atmosphäre entspannte sich mit jedem Bissen.

»Jetzt kannst du gehen«, sagte ihr Vater, als sie den Teller geleert hatte.

Sie ging direkt ins Bad und blieb lange dort. Ich entschuldigte mich vom Tisch und wartete im Schlafzimmer auf sie. Ich konnte sie würgen und keuchen hören.

»Ist dir schlecht?«, fragte ich, als sie hereinkam.

Sie setzte sich schwerfällig auf ihr Bett und schüttelte den Kopf. »Nein«, antwortete sie gedehnt. »Ich hab es selbst ausgelöst. Mit meiner Zahnbürste. Frag mich nicht, warum. Ich weiß es nicht.« Sie schwieg einen Augenblick lang, ohne mich anzuschauen, und als sie sich wieder zu mir wandte, waren ihre Augen voller Verzweiflung.

»Weißt du, Tambu«, setzte sie gequält wieder an, »vermutlich hat er recht, hat recht, mich nicht zu mögen. Es liegt nicht an ihm, sondern an mir. Aber ich kann nichts dafür, wirklich nicht. Er macht mich so wütend. Ich kann den Mund nicht halten, wenn er den Gott spielt. Ich bin einfach nicht dafür geschaffen. Warum bloß nicht? Wieso kann ich es nicht hinnehmen wie alle anderen auch? Ich sollte es hinnehmen, aber ich kann nicht.«

Es gab nichts Wahres zu sagen, was ihr geholfen hätte, also sagte ich nichts, sondern setzte mich neben sie und legte ihr den Arm um die Schultern.

»Es war besser, als du hier warst«, fuhr sie fort, »denn da konnten wir darüber lachen, dann wirkte es albern und komisch, und wir konnten so weitermachen. Aber jetzt, wo du weggehst, habe ich niemanden mehr, mit dem ich darüber lachen kann. Es wird nicht mehr komisch sein. Wir nehmen alle diese Dinge viel zu ernst. Aber in Wirklichkeit sind sie lächerlich, weißt du. Schau dir mal die ganze Aufregung wegen eines Tellers Essen an. So stellt er sich dar, aber in Wirklichkeit geht es um andere Dinge, um Jungen und Männer und anständig und unanständig und gut und böse. Er steigert sich immer mehr hinein in seine Beschuldigungen und Drohungen, und ich komme damit nicht klar. Manchmal schau ich mir die Dinge von seinem Blickwinkel aus an, du weißt, was ich meine. Traditionen und Erwartungen und Autorität, so was, und ich verstehe, was er meint, und versuche dann verständnisvoll und geduldig und gehorsam zu sein. Aber dann überlege ich mir, dass er auch verständnisvoll und geduldig zu mir sein sollte, also beginne ich mich zu wehren, und wir streiten wieder. Ich nehme an, es ist schon in Ordnung«, sagte sie und versuchte zu lächeln. »Ich werde mich einfach noch mehr anstrengen müssen, besser zu werden, das ist alles. Es tut mir leid, dass ich vorhin im Klassenzimmer hässlich zu dir war. Es ist nur … nur … Also, wie gesagt, du wirst mir fehlen.«

Dann sprachen wir über andere Dinge, hauptsächlich über die Klosterschule und was ich dort tun würde, bis es Zeit war, schlafen zu gehen.

Zehn

Aufregung. Vorfreude. Jubelstimmung. Es glich alles sehr meinem ersten Tag auf der Mission, als ich mein neues Leben begann. Ja, so hatte es an jenem Januarnachmittag vor zwei Jahren begonnen, und es hielt an. Es ergab ein geschlossenes Bild. Alles, was ich wollte, wurde mir als Geschenkpäckchen überreicht, mit einer Schleife darauf. Posaunen hätten erklingen müssen, ja, Posaunen. Denn war ich nicht – ich, Tambudzai, vor kurzem noch auf der Mission und davor zu Hause, eben noch ein Dorfmädchen – wie ich es mir versprochen hatte, im Begriff, in eine Welt einzutreten, in der die Bürden mit jedem Schritt leichter wurden, um schließlich ganz zu verschwinden? Ich hatte das Gefühl, dies werde geschehen, sobald ich durch das Schultor fuhr, das Tor, das mich zur jungen Dame erklärte, zum Zögling des *Young Ladies College*. Ich konnte es nicht erwarten, zu diesem Tor zu gelangen. Das Auto sollte noch schneller fahren, damit ich rechtzeitig eintraf.

Wir saßen alle im Auto, alle vier, Babamukuru, Maiguru, Nyasha und ich, Babamukuru war nicht sehr glücklich darüber, denn er fand, Nyasha sollte nicht in der Schule fehlen, nur um mich zu meiner Schule zu begleiten, aber sie hatte an diesem Nachmittag ein paar Freistunden, und ihr Klassenlehrer hatte ihr erlaubt fernzubleiben. Maiguru hatte wohl auch mit Babamukuru gesprochen, denn er wirkte zwar ärgerlich, als Nyasha neben mir ins Auto stieg, befahl ihr aber nicht auszusteigen.

Maiguru, die mich lange nicht bemuttert hatte, konnte bei diesem Anlass der Versuchung nicht widerstehen. Ein wundervolles Geflügelgericht kam mittags mir zu Ehren auf den Tisch, gefolgt von Schokoladentorte, die so köstlich war und so üppig mit Zuckerguss glasiert, dass selbst Nyasha ihre Figur vergaß und zwei Stücke verdrückte. Irgendwie hatte Maiguru bei aller mütterlichen Aufmerksamkeit nicht an Proviant gedacht, und obwohl ich standhaft versicherte, ich brauchte keine Schokoladenkekse und Kartoffelchips und keinen Orangensaft, bestand sie darauf, und wir hielten in der Stadt, um diese Dinge einzukaufen, was die von mir geschätzte Fahrtdauer um endlose zwanzig Minuten verlängerte. Maiguru kaufte genug Proviant ein, um eine kleine Kolonie mehrere Monate durchzubringen. Nyasha warnte mich davor, all das zu essen, nicht einmal über das ganze Trimester verteilt, denn sonst könne ich nicht mehr über meinen Bauch hinwegsehen und meine schicken neuen Uniformschuhe bewundern. Wir mussten ziemlich wild darüber lachen, obwohl es so komisch gar nicht war. Aber wir mussten lachen, um nicht daran zu denken, dass unsere Nähe hier endete und damit eine Seite unserer Freundschaft. Also kicherten wir kindisch, während wir die Pakete, Flaschen und Dosen einpackten. Es gab Marmelade, Tomatensaft und alles Mögliche, neben Keksen, Säften und Chips. Als Babamukuru den Wagen anließ, fiel es Maiguru noch ein, dass ich einen Becher brauchte, um meinen Orangensaft daraus zu trinken, und sie ging noch einmal ins Geschäft. Schließlich kamen wir bei der Klosterschule an.

Keiner von uns war zuvor dort gewesen, außer Babamukuru. Er hatte mehrere Male mit Schwester Emmanuel, der Oberin und Schuldirektorin, über meine Aufnahme gesprochen und die einzige notwendige Zahlung geleistet – für die Schuluniform, deren Kosten, wie er mir mürrisch sagte, für Unterkunft und Schulgebühren eines ganzen Jahres auf der Mission ausgereicht hätten. Da ich den Ort noch nicht kannte, war ich sofort hingerissen, als wir durch das Schultor fuhren. Der Park war wundervoll groß. Ich habe nie herausbekommen, wie viele Hektar diese Nonnen besaßen, aber auf den ersten Blick schienen es Hunderte zu sein. Wir fuhren wegen der Bodenwellen langsam die Auffahrt hinauf, an vier nebeneinanderliegenden Hockeyfeldern vorbei, vorbei an Tennis- und Netzballplätzen, ja, Netzballplätzen, zu einem Hain von Nadelbäumen, die in diesem reichen Königreich zu bedeuten schienen, dass wir aus der Provinz der körperlichen Betätigung ins Reich der geistigen vorgedrungen waren, denn hinter den Bäumen war ein Rondell, und dahinter erhoben sich die Schulgebäude. Die Wohnheime leuchteten in hellem Weiß in der klaren Sommersonne, sie lagen auf der einen Seite des Rondells, die Klassenzimmer auf der anderen Seite. Zwischen ihnen wölbte sich ein Bogen, gestützt von verzierten Gipssäulen im griechischen, nicht römischen, Stil, wie man mir später erklärte, und darüber lagen der Speiseraum und die Kapelle. Das Rondell selbst, von heiterem Grün, war mit einem üppigen, stets feuchten Rasen bedeckt, den an sorgfältig ausgesuchten Stellen blühende Büsche auflockerten, damit keine Monotonie aufkam. Zwei Schwäne kreuzten elegant auf dem Teich in der Mitte des Rasens, und später entdeckte ich noch drei Schwärme Goldfische, die nicht eine fade Imitation waren, sondern echt golden. Ihre leuchtend rotgoldenen Körper blitzten inmitten der Wasserpflanzen auf, in Gesellschaft noch exotischerer Fische, die in Rot, Blau und Silber inmitten des Goldes schimmerten. Ich war verzaubert, und man merkte es mir so sehr an, dass Nyasha mich daran erinnerte, dass ich zur Schule hergekommen war, nicht auf Urlaub. Widerstrebend gab ich es zu.

Wir waren nicht das einzige Auto auf der breiten, mit Markierungen versehenen Asphaltauffahrt. Dutzende von Autos bogen um das Rondell herum, hielten oben so lange, wie es dauerte, die Tochter abzusetzen, und fuhren dann auf der anderen Seite wieder hinunter. Auf dem Parkplatz oberhalb des Rondells standen mehr Autos, als ich je in meinem Leben an einem Ort gesehen hatte. Ich stellte mir vor, dass jedes Mädchen, jede der dreihundert Schülerinnen vom Heiligen Herzen ihren eigenen Wagen mitgebracht haben musste. Und was für Autos das waren – lang, elegant und glänzend. Ich sprach innerlich ein kleines Dankgebet dafür, dass Babamukuru es für richtig befunden hatte, mit dem grünen Ford herzufahren; aber es fiel mir auf, dass er danach stets mit dem Rover kam. Nyasha nahm ganz richtig wahr, dass der Überfluss mich blendete. Vornehm räusperte sie sich. »Entschuldige«, säuselte sie kultiviert, »aber bist du sicher, dass wir am richtigen Ort sind?«

»Was soll das heißen?«, knurrte mein Onkel. »Natürlich ist das der Ort!« Sicherlich ohne Absicht trat er heftig aufs Gaspedal, und wir flogen über eine Bodenwelle, die uns einen Stoß in den Magen versetzte. Maiguru und ich schnappten nach Luft, während Nyasha einen kleinen Schrei ausstieß. Vielleicht machte sich Babamukuru Sorgen wegen der Kosten für meine Uniform. Vielleicht war er deswegen an jenem Nachmittag so nervös, was den Tag für ihn und seine Tochter nicht gerade verschönerte. »Nyasha«, zischte er, »hör auf. Was ist mit dir los? Wieso kannst du dich nicht so ruhig verhalten wie Tambudzai?«

Wir fanden einen Parkplatz, obwohl es nicht einfach war, stiegen aus und schlossen uns dem Strom von Eltern und Schülerinnen vor uns an, über den geometrisch gepflasterten Gehweg und durch einen Laubengang aus cremigweiß blühenden Rosen zu der Tür, die scheinbar der Haupteingang war. Erwartung. Enttäuschung. Ich schaute und schaute und suchte sorgfältig die Menge ab, konnte aber kein anderes schwarzes Gesicht finden, mit Ausnahme natürlich der Träger. Sie trugen alle Koffer, aber keiner von ihnen bot an, meinen zu tragen.

An der Tür lächelte selig eine Nonne, schüttelte uns zur Begrüßung die Hände und fragte: »Welche von ihnen ist es?«, ehe sie uns Treppen hinauf und durch Korridore führte, bis zu einem Zimmer am Ende eines langen Gangs.

»Alle aus der ersten Klasse wohnen auf diesem Korridor«, erklärte sie unterwegs, »Und die Afrikanerinnen wohnen hier«, verkündete sie und stieß die Tür zu meinem neuen Leben auf. Das Zimmer war leer. Ich war anscheinend als Erste von den Afrikanerinnen angekommen. Es war kein kleines Zimmer, aber auch nicht groß. Sicherlich war es nicht groß genug für die darin untergebrachten sechs Betten, drei an der Wand, drei an der anderen, notgedrungen so eng aneinandergeschoben, dass man sich dazwischen kaum bewegen konnte.

»Das ist dein Zimmer«, sagte die Nonne und lächelte erst Nyasha, dann mich an und gestand dann ihre Unsicherheit. »Mr. See-ga-ookey«, lächelte sie. »Sie bringen ein Kind. Welches ist es denn?« Sie hatte es schon wieder vergessen, obwohl wir ihr an der Tür vorgestellt worden waren. Ich wünschte, ich hätte bereits die Uniform an, die ich an anderen Mädchen gesehen hatte. Dann wüsste sie, dass ich es war. Aber ich würde eine gebrauchte Uniform erhalten, die mir die Nonnen später aushändigen würden.

»Ich wundere mich etwas, Schwester«, setzte Babamukuru höflich an. »Ich hatte den Eindruck, dass die Mädchen zu viert in einem Zimmer schlafen, und hier sehe ich sechs Betten.«

»Ach, ja«, bestätigte die Schwester, stolz auf die Tatsache. »Wir haben dieses Jahr mehr Afrikanerinnen als gewöhnlich, und wir mussten sie alle hier unterbringen.«

»Es gibt nur vier Schränke«, wandte mein Onkel ein.

»Ein bisschen unpraktisch, nicht wahr«, sagte die Schwester mitfühlend. »Die Jüngsten werden teilen müssen. Wir haben ein Mädchen aus der sechsten und eins aus der vierten Klasse hier drin, die einen eigenen brauchen.«

Babamukuru wandte sich an mich. »Komm, Tambudzai, lass dir helfen, deine Sachen unterzubringen.«

Baba und Maiguru machten mir mein Bett, wobei Nyasha, die helfen wollte, aber nichts zu tun hatte, das Laken an ein paar Stellen straffte. Inzwischen packte ich aus. Da meine Uniform besorgt werden würde, hatte ich neben dem Bettzeug nur Toilettensachen, Unterwäsche und die zwei sportlichen Kleider mitgebracht, die auf der Bekleidungsliste gefordert wurden, so dass ich schnell fertig war. Dann verabschiedeten wir uns. Mein Onkel war streng und ermahnend, Maiguru aufmunternd fröhlich und Nyasha zu guter Laune entschlossen. Wir gingen zum Auto zurück. Nyasha umarmte mich auf dem Hof. »Eine schöne Zeit, du Afrikanerin«, grinste sie. Wir gingen lachend auseinander, unter

Bitten und Versprechen, Briefe zu schreiben und zu beantworten und auf Besuch zu kommen.

Das Trimester fing an und schritt fort, aber Nyasha kam nicht zu Besuch. Es fiel mir kaum auf. Man könnte dazu erneut sagen, ich sei hartherzig gewesen, aber das war ich nicht, sondern nur überwältigt. Alles war so berauschend und reich und neu, dass ich sicher war, mich auf dem Weg des Fortschritts zu befinden. Ich wollte nicht zurückbleiben, also stürzte ich mich in alles hinein: exotische Sprachen wie Latein und Französisch und Portugiesisch, mit ungewohntem Satzbau, die von tapferen Legionären erzählten, von verwüstetem Feindesland und von Schülern, die mit dem Füller ihrer Tanten schrieben. Ich staunte eine Weile über diese seltsamen Strukturen, bis mir einfiel, dass ich nicht mehr auf Englisch schrieb; dann entdeckte ich, dass die Strukturen unseren ziemlich ähnelten. Trotzdem hatten diese Fremden seltsame Dinge im Kopf; es kam mir recht unwahrscheinlich vor, dass man in diesen Sprachen normale Gespräche führen konnte. Auch gab es neue Spiele: Basketball, Tennis und Hockey, mit interessanten Regeln und komplizierten Zählmethoden, die zu lernen waren. Man musste die Nonnen beobachten, um herauszufinden, welche von ihnen menschlich waren und welche nicht; man musste die Eigenarten der übrigen Lehrer ausfindig machen, um ihnen nicht zum Opfer zu fallen. Die weißen Schülerinnen musste ich genauestens beobachten, um herauszufinden, ob sie mir ähnelten oder nicht, ob sie liebenswert waren oder nicht und was sie für Gewohnheiten hatten. Am wichtigsten und wundervollsten war die Bibliothek, groß, hell, mit einer Glaswand an der einen Seite und mit kleinen privaten Nischen, in denen man seine Hausarbeiten erledigen oder sich einfach in eines der vielen hundert unwiderstehlichen Bücher vertiefen konnte, deren glänzende Umschläge anscheinend nie verschmutzten oder zerrissen. Allein die Menge an Büchern beschämte mich – wie unwissend ich war! Ich beschloss, jeden einzelnen dieser aufschlussreichen Bände von der ersten bis zur letzten Seite zu lesen.

Wo es so viele neue Bücher gab, nahm das Lesen so viel Zeit in Anspruch, dass ich Nyasha, meinen Onkel oder meine Tante kaum vermisste; und wenn ich die Familie zu Hause je vermisst haben sollte, so hatte das schon vor länger Zeit während meines Aufenthalts bei Babamukuru aufgehört. Außerdem besuchte mich Nyasha zwar nicht, schrieb mir aber oft. Sie schickte lange, ausführliche, unterhaltsame Briefe voll erhellender, respektloser Einzelheiten: die neueste Methode meines Vaters, Babamukuru Geld zu entlocken; die letzten Gerüchte aus dem Mädcheninternat; Maigurus Fortschritte in Richtung Emanzipation und Babamukurus Taktik, mit seiner immer sicherer werdenden Frau zurechtzukommen; dass Lucia die Prüfungen so gut bestanden hatte, dass man sie gleich in die dritte Klasse versetzte; Nachrichten von meiner Mutter – es ging ihr gut. Über sich schrieb Nyasha nicht viel, bis ich eines Tages einen ernsten Brief von ihr erhielt.

»Ich vermisse Dich sehr«, schrieb sie, »wie ich es vorausgesehen und Dir auch gesagt habe, aber ich wollte Dich damit nicht belasten, denn ich kenne Deine Schuldgefühle und wollte nicht, dass Du wegen Deines Glücks ein schlechtes Gewissen hast und es dann nicht mehr genießen kannst. Aber Tatsache ist, dass ich Dich sehr, sehr vermisse. In vielerlei Hinsicht bist Du es, die mir manche Lücke in meinem Leben zu überbrücken hilft, und jetzt, da Du weg bist, spüre ich sie wieder. Es fällt mir immer schwerer, mich mit den Mädchen in der Schule zu unterhalten. Ich versuche es, Tambu, aber wir haben wenig zu bereden. Sie nehmen es mir übel, dass ich ihre Liebesromane nicht lese, und da ich sie nicht lese, kann ich auch nicht darüber sprechen. Wenn sie nur wüssten, dass meine Mutter mich sehr ausgeschimpft hat, wenn ich mir mit zehn Jahren solche Romane heimlich aus ihrem Bücherregal holte. Aber das war vor sechs Jahren, und das ist mehr als genügend Zeit, um solchen Gewohnheiten zu entwachsen. Ich hätte mir wohl stattdessen nützlichere Gewohnheiten aneignen müssen. Ich hätte lernen sollen, heiter und unkompliziert zu sein, aber das ist schwierig, weißt Du. Außerdem bin ich sicher, dass sie mich aus anderen Gründen missbilligen. Ihnen gefällt meine Sprache, mein Englisch, nicht, weil es authentisch ist, und mein Shona nicht, weil es nicht authentisch ist! Sie halten mich für einen Snob, der sich ihnen überlegen glaubt, weil ich mich Männern gegenüber nicht unterlegen glaube (wenn man die Jungen in meiner Klasse Männer nennen kann). Und all das nur, weil ich die Jungen in Mathematik schlage! Ich weiß, ich sollte mich nicht beschweren, aber ich würde sehr gern irgendwo hingehören, Tambu, und das tue ich nicht. Ich verbringe viel Zeit mit Lesen und Lernen, wo Du nicht mehr da bist, um mich abzulenken, aber ich muss gestehen, ich sehne mich nach diesen Ablenkungen – es ist nicht die Tugend, die mich so viel arbeiten lässt! Allerdings glaube ich, dass Dein Onkel mit dieser ruhigeren Entwicklung zufrieden ist, und ich habe herausgefunden, dass es erholsam ist, ihn zufriedenzustellen, so dass ich mich in letzter Zeit bemühe, ihn nicht aufzubringen. Du kannst Dir vorstellen, wie schwierig das ist. Fast unmöglich. Ich kann nicht umhin zu denken, dass die Tatsache, dass ich so bin, wie ich bin, ihn aufbringt – wohl kaum die ideale Tochter, das gebe ich zu, für einen heiligen Schuldirektor, ein verehrtes Familienoberhaupt. Ich habe ihn mehrere Male gefragt, ob wir Dich besuchen fahren können (über meine Mutter natürlich – es ist immer das beste, in seiner Gegenwart zu schweigen), aber er meint, es würde Dich verwöhnen.«

Dieser Brief machte mir wirklich ein schlechtes Gewissen. Ich hielt mich für verantwortungslos. Ich faltete die Blätter und legte sie so in mein Pult, dass ich sie oft sah und nicht vergaß, darauf zu antworten. Ich nahm mir vor, es in der ersten freien Minute zu tun. Aber die Gewissensbisse verflogen schnell im Strom der täglichen Neuigkeiten und Entdeckungen, in die ich mich hineinbegeben hatte. Es ergab sich keine freie Minute, und ich nahm sie mir auch nicht, bevor der nächste Brief meiner Cousine eintraf. Dieser Brief war wieder von der üblichen Art, sprudelnd und sprunghaft. Nyasha brachte mich auf den neuesten Stand der Missionsgerüchte und berichtete, sie habe mit einer neuen Diät begonnen, um »meinen Körper zu disziplinieren und meinen Geist zu beschäftigen. Wenn Du kommst, wirst Du eine schlanke, sinnliche Nyasha vorfinden.«

Das war einer der letzten Briefe, die ich erhielt. Während der zweiten Hälfte des Trimesters kamen ihre Briefe unregelmäßiger, und schließlich erhielt ich überhaupt keine mehr. Wiederum muss ich gestehen, dass es mir kaum auffiel. Die dreizehn Wochen Schulzeit verflogen so schnell, dass ich mich noch fragte, wann sie wieder schreiben würde, als Babamukuru mich abholte. Geistesabwesend und angespannt kam er allein und teilte mir mit, Nyasha sitze über ihren Büchern. Es gab auf der Heimfahrt keinerlei Gespräch, keine Fragen meines Onkels nach dem Unterricht, den Schlafräumen, meinen Freundinnen oder dem Essen, und als ich mich nach Maiguru und der Mission erkundigte, brummte er so abwesend etwas, dass ich es aufgab. Ich war enttäuscht, denn Nyashas Briefe hatten mich glauben lassen, seine Grundstimmung habe sich gebessert, aber ich kam über Enttäuschungen rasch hinweg. Wenn nicht Babamukuru, so würde Nyasha ein aufmerksames Ohr für meinen Sturzbach von Nachrichten über das Leben in der Klosterschule haben, den ich nur mühsam zurückhielt.

Nyasha war wirklich gertenschlank. Sie kam herausgelaufen, um mich zu umarmen, kaum dass ich aus dem Auto ausgestiegen war. Tatsächlich war sie zu schlank. Für meine Begriffe war sie eindeutig dürr geworden, aber ich wusste, sie mochte Knochen lieber als Speck, und sagte nichts.

Ich blieb während dieser Ferien nur kurz auf der Mission. Babamukuru fuhr mich am nächsten Tag nach Hause. Auch auf der Rückreise zur Schule kam ich nicht an der Mission vorbei, so dass ich meine Cousine erst in den Augustferien wiedersah. Drei Monate waren vergangen. In diesen drei Monaten war sie zu einem Skelett geworden. Es war ein erbärmlicher Anblick, aber als sie mich umarmte, war ich erstaunt, welche Kraft sie in den Armen hatte, die so zerbrechlich aussahen, als würden sie splittern, wenn sie auch nur einen Stift aufhob. Ihre Umarmung war kurz; dann sagte sie, sie hoffe, mein zweites Trimester sei so interessant wie das erste verlaufen, und verschwand mit einem Koffer im Haus, während ich das restliche Gepäck auslud und ihr ins Schlafzimmer folgte. Sie war schon in ein Geschichtsbuch vertieft. Sie sagte nichts, als ich eintrat – ein knappes Lächeln signalisierte mir, dass sie zu tun habe. Sie arbeitete bis zum Abendessen. Als Anna uns rief, legte sie ihre Bücher weg und ging zu Tisch. Sie setzte sich ganz ruhig hin – und dann begann ein grausig seltsames, finsteres Drama. Babamukuru lud eine große Portion auf den Teller seiner Tochter, stellte ihn vor sie hin und behielt sie ständig heimlich im Auge, während er nebenbei gelegentlich in seinem Essen pickte, um uns von seiner Gelassenheit zu überzeugen. Nyasha blickte feindselig auf ihren Teller, warf flüchtige Blicke auf ihren Vater, leerte zwei Gläser Wasser, nahm dann die Gabel in die Hand und schaufelte sich das Essen in den Mund, ohne zu kauen und pausenlos; nur manchmal nippte sie an einem dritten Glas Wasser. Maiguru aß ruhig und redete mir zu, noch ein Stück Fleisch, noch einen Löffel Gemüse zu nehmen, und unterhielt sich wohlgelaunt mit mir über meinen Unterricht, meine Freundinnen und das Essen im Internat. Als Nyashas Teller leer war, entspannten sich beide merklich, und die Atmosphäre wurde fast wieder normal. Nyasha entschuldigte sich sofort. Ich dachte, sie sei ins Schlafzimmer gegangen, um zu lesen, aber als ich ihr dorthin folgte, war das Zimmer leer. Ich hörte sie im Badezimmer würgen und sich erbrechen.

Sie kehrte schweigend zu ihren Büchern zurück; diesmal löste sie eine mathematische Aufgabe und arbeitete immer noch, als ich mich um elf Uhr zum Schlafen zur Seite drehte. In den frühen Morgenstunden stieß mich jemand wach. Es war Nyasha.

»Kannst du mir nicht helfen«, fragte sie zaghaft. »Ich kann die Lösung nicht finden. Ich sollte es können, aber ich krieg immer wieder etwas Falsches heraus.« Es war keine schwierige Aufgabe. Sie hatte einen Flüchtigkeitsfehler gemacht. »Wie dumm von mir«, sagte sie, als ich ihren Fehler gefunden hatte. »Ich konzentriere mich nicht genug.«

Babamukuru wollte mich am nächsten Tag nach Hause fahren. Er ließ mir durch Maiguru beim Frühstück ausrichten, ich solle mich mittags bereithalten. Ich wollte nicht wegfahren, ich konnte es nicht. Ich konnte meine Cousine in diesem Zustand nicht allein lassen. Wenn ein Eckpfeiler der eigenen Sicherheit zu zerfallen beginnt, fängt man an, sich Sorgen um einen selbst zu machen. Schon aus diesem Grund, auch wenn ich noch andere, weniger egoistische Gründe hatte, musste ich bleiben. Also musste ich es meinem Onkel sagen. Ich musste ihm sagen, dass ich nicht fortgehen wollte. Ich war vielleicht eine vielversprechende junge Dame und wurde in einer Klosterschule erzogen, aber was nützte das im Dorf? Oder auf der Mission? Ich war und würde Tambudzai bleiben, die Tochter. Babamukuru war noch immer die Gott nächste menschliche Gestalt und würde es immer bleiben. So wusste ich zwar, dass ich mit ihm reden musste, doch nicht, wie ich das anstellen sollte.

Ich erwog, ihn im Büro anzurufen, hatte sogar schon die Nummer gewählt und wartete darauf, dass er abnahm, aber er war nicht da. Es läutete und läutete. Mit jedem Läuten wuchs meine Erleichterung: Ich würde doch nicht mit ihm sprechen müssen. Ich dachte daran, ihm stattdessen einen Brief zu schreiben, überlegte es mir aber anders und beschloss, mir beim Mittagessen ein Herz zu fassen, meine Ohren dem töchterlichen Gewissen zu verschließen und ihm entgegenzutreten. Und während ich all diese Pläne schmiedete, wusste ich, dass es einfach nicht ging.

So erstaunte es mich nicht, dass ich nahe daran war, es aufzugeben. Babamukuru war beim Mittagessen wütend, weil Nyasha sich weigerte, aus ihrem Zimmer zu kommen. Er war drauf und dran, hinaufzustürmen und sie zum Tisch zu zerren, aber Maiguru gelang es, ihm das auszureden. Seine Tochter sei so zerbrechlich, argumentierte sie, dass er sie ernstlich verletzen könnte. »Und sich zu Tode hungern«, schrie er, »ist das etwa besser?« Allmählich ließ er sich beruhigen. »Vielleicht hast du recht«, gab er zu. »Sie isst ja ihr Abendessen, wenn ich Zeit habe, sie richtig zu überwachen. Ja, ich glaube, du hast recht, Mai. Es ist nicht so ernst. Was sie braucht, ist Ruhe.«

Doch es war ernst. Nyasha verlor ständig und zusehends an Gewicht. Es fiel ihr sichtlich von den Knochen, und was von ihr übrig blieb, war erschreckend ungesund, denn alles Lebenswichtige spülte sie die Toilette hinunter. Wusste er das nicht? Bemerkte er es nicht? Ich konnte ihm diese Fragen nicht stellen. Ich konnte höchstens mit leiser, schüchterner Stimme darum bitten, noch einige Tage bei Nyasha bleiben zu dürfen. Niemand war so sehr von meinem Wagemut überrascht wie ich. Babamukuru antwortete nicht, aber ich wurde nicht nach Hause gebracht. Ich sah darin allerdings keinen Sieg. Ich nahm es als Beweis, dass Babamukuru gut war.

Nyasha wurde täglich schwächer. Sie ging im Zickzack, und jede Nacht verlief gleich. Obwohl wir Ferien hatten, lernte sie vierzehn Stunden am Tag, um sicherzugehen, dass sie ihre Zwischenprüfungen bestand. Sie arbeitete bis tief in die Nacht hinein und weckte mich regelmäßig pünktlich um drei Uhr mit irgendeinem Problem – einer chemischen Gleichung, der Berechnung von Ampere in einem Schaltkreis oder der Konjugation eines unregelmäßigen lateinischen Verbs, obwohl ich erst anfing, derlei zu lernen, und ihr oft nicht helfen konnte. »Ich muss es richtig kriegen«, flüsterte sie dann mit einem entschuldigenden Lächeln. Es war äußerst beunruhigend, doch niemand machte eine Bemerkung darüber, niemand handelte; wir hatten alle nur große Angst. Eines Abends fiel Nyasha über ihrem Teller in Ohnmacht. Es dauerte nicht lange, eine oder zwei Minuten, aber es genügte, die geringe Geduld ihres Vaters zu überfordern. Babamukuru, der glaubte, sie mache eine Szene, schickte sie auf ihr Zimmer, wo sie die ganze Nacht still mit offenen Augen lag. Um drei Uhr weckte sie mich.

»Kann ich zu dir ins Bett kommen, Tambu?«, flüsterte sie, aber als ich ihr Platz machte, schüttelte sie den Kopf und lächelte. »Es ist schon in Ordnung«, sagte sie. »Ich wollte nur sehen, ob du mich lässt.« Dann saß sie auf ihrem Bett und betrachtete mich mit ihren eingesunkenen Augen, presste die knochigen Knie aneinander, sodass ihr Nachthemd dort durchfiel, wo einmal ihre Schenkel gewesen waren. Sie war erregt und nervös und kratzte sich ständig. »Ich will es nicht tun, Tambu, wirklich nicht, aber es kommt. Ich fühle es kommen.« Ihre Augen weiteten sich. »Sie haben es mir angetan«, klagte sie an, immer noch flüsternd. »Wirklich, sie waren es.« Und dann wurde sie streng.

»Es ist nicht ihre Schuld, sie haben es ihnen auch angetan. Du weißt es«, flüsterte sie. »Ihnen beiden, aber besonders ihm. Sie haben ihn alldem ausgesetzt. Aber es ist nicht seine Schuld, er ist gut.« Plötzlich sprach sie mit rhodesischem Akzent. »Er ist ein guter Junge, ein verdammt guter Schwarzer.« Das sagte sie furchtbar sarkastisch. Dann flüsterte sie wieder. »Warum tun sie es, Tambu«, zischte sie bitter, mit wutverzerrtem Gesicht, »warum tun sie es mir und dir und ihm an? Siehst du, was sie getan haben? Sie haben uns gestohlen. Lucia. Takesure. Uns alle. Sie haben dir dich gestohlen, ihn sich, einen jeden dem anderen. Wir kriechen. Lucia für einen Job, Jeremiah für Geld. Daddy vor ihnen. Wir kriechen vor ihm.« Sie begann sich zu schütteln, ihr Körper bebte vor Anspannung. »Ich werde nicht kriechen. O nein, ich nicht. Ich bin kein braves Mädchen. Ich bin böse. Ich bin kein braves Mädchen.« Ich berührte sie, um sie zu trösten, doch das war der Auslöser. »Ich werde nicht kriechen, ich werde nicht sterben«, tobte sie und kauerte wie eine Katze da, zum Sprung bereit.

Der Lärm rief Babamukuru und Maiguru herbei. Sie konnten nichts tun, nur zusehen. Nyasha war außer sich vor Wut. Sie wütete, zerfetzte ihre Geschichtsbücher mit den Zähnen (»Ihre Geschichte. Verdammte Lügner. Ihre verdammten Lügen«), zerbrach Spiegel, ihre Tontöpfe, alles, was sie in die Hände bekam, und stieß sich die Splitter heftig ins Fleisch, zerrte die Wäsche vom Bett, riss ihre Kleider aus der Garderobe und trampelte darauf herum. »Sie haben uns in die Falle gelockt. Sie haben uns in der Falle. Aber ich gehe nicht in die Falle. Ich bin kein braves Mädchen. Ich will ihnen nicht in die Falle gehen.« Dann, so plötzlich wie er gekommen war, verging der Wutanfall wieder. »Ich hasse dich nicht, Daddy«, sagte sie sanft. »Sie wollen es, aber ich werde dich nicht hassen.« Sie legte sich auf ihr Bett. »Ich bin sehr müde«, sagte sie mit einer Stimme, die als ihre eigene zu erkennen war. »Aber ich kann nicht schlafen. Mummy, kannst du mich halten?« Sie kuschelte sich in Maigurus Schoß und sah nicht älter als fünf aus. »Schau, was sie uns angetan haben«, sagte sie leise. »Ich gehöre nicht zu ihnen, und ich gehöre nicht zu euch.« Sie schlief ein.

Am nächsten Morgen war sie ruhig, aber sie versicherte mir, das sei eine Illusion, die Ruhe vor dem Sturm. »Es gibt noch viel mehr«, sagte sie. »Ich habe versucht, es in mir zu halten, aber es ist mächtig. Das sollte es auch sein. Es gibt ja fast ein Jahrhundert davon«, fügte sie hinzu, mit dem Schatten eines verschmitzten Grinsens. »Aber ich habe Angst«, sagte sie entschuldigend. »Es bringt die Leute durcheinander. Also muss ich irgendwohin, wo es sicher ist. Weißt du, was ich meine? An einen Ort, wo es den Leuten nichts ausmacht.«

Nyashas Kamikaze-Verhalten gab Babamukuru und Maiguru den Anstoß, endlich zu handeln. Noch während Nyasha mit mir im Schlafzimmer sprach, telefonierte Babamukuru mit Maigurus Bruder in Salisbury: Um zehn Uhr waren wir schon unterwegs in die Stadt, wo wir noch vor zwölf ankamen, denn Babamukuru fuhr wie der Augustwind. Maiguru und ich sprachen die Fahrt hindurch auf Nyasha ein, um sie bei uns zu halten, um ihren Geist vom Entschweben abzuhalten. In der Stadt machte Maigurus Bruder sofort einen Termin bei einem Psychiater aus. Wir fühlten uns besser – Hilfe war nahe. Aber der Psychiater sagte, Nyasha könne nicht krank sein, denn Afrikaner litten nicht an den Symptomen, die wir beschrieben hatten. Sie mache sich nur wichtig. Wir sollten sie nach Hause bringen und strikt mit ihr sein. Das war kein sehr nützlicher Rat in Gegenwart meines Onkels, der sich dadurch sehr bestätigt sah und erwog, sogleich nach Umtali zurückzufahren, ohne auf Nyasha zu hören, als sie darum bat, man möge sie zu einem afrikanischen Psychiater bringen. Doch Nyashas Onkel konnte meinen Onkel mit der Autorität seiner siebenjährigen Erfahrung mit leidenden Menschen dazu überreden zu warten.

Es gab keine schwarzen Psychiater, Nyasha wurde dazu überredet, einen weiteren Weißen aufzusuchen. Dieser Mann war menschlich. Sie brauche Ruhe, sagte er. Also wurde Nyasha in eine Klinik gebracht, wo sie mehrere Wochen blieb. Allmählich verbesserte sich mit Hilfe täglicher Dosen von Medikamenten und der ständigen Zuwendung von Tanten, die in der Stadt lebten, der Zustand meiner Cousine, aber erst nach meiner Abreise. Babamukuru, der eine Schule zu leiten hatte, musste dringend nach Umtali zurück, und da für mich die Schule in drei Wochen wieder anfing, musste ich mit ihm fahren. Ich war unglücklich darüber, denn ich fühlte, dass Nyasha meine Hilfe brauchte, aber es stimmte: Ich musste zur Schule gehen.

Wir sprachen auf der Fahrt nach Umtali nicht miteinander, Babamukuru und ich, und so gehörte es sich. Allein schon Babamukurus Alter verdiente den Respekt des Schweigens. Seine Ausbildung machte ihn fast zu einem Ältesten. Man konnte einfach kein Gespräch anfangen. Es wäre zu verzeihen gewesen, wenn dies meine erste Autofahrt auf dieser Straße gewesen wäre, doch man eignet sich Welterfahrung schnell an. Die weiten, wiegenden Mais- und Tabakfelder zwischen Rusapi und Marandellas beeindruckten mich nicht mehr, auch Gomore Mhanda nicht, dessen steinige Kahlheit mich auf der Hinfahrt so fasziniert hatte. Es gab nichts, was mich hätte ablenken können. Obwohl wir um neun Uhr in der Frühe abgefahren waren, zwang ich mich zu schlafen; mich hielt nichts wach außer Gedanken an Nyasha, und die blendete ich lieber aus. Wenn Nyasha, die alles hatte, es nicht schaffen konnte, wie weit konnte dann ich es bringen? Ich ertrug es nicht, darüber nachzudenken, denn zu diesem Zeitpunkt waren wir nicht sicher, ob sie überleben würde. Ich wusste nur, dass der Arzt sich nicht festlegen wollte. Nyashas Heilung war noch in der Schwebe und folglich auch meine.

Bei so quälenden Gedanken war ich nicht traurig darüber, dass Babamukuru mich sofort nach Hause aufs Land fuhr. Ich wollte nicht in der Mission bleiben, wo mich so vieles an Nyasha erinnerte, wo sie noch war. Es war schwer zu akzeptieren, dass diese Sache geschehen war, zumal, da ich keine Erklärung dafür hatte. Wenn man mich darüber befragt hätte, bevor es anfing, hätte ich es für unmöglich gehalten. Ich hätte gesagt, es sei unmöglich, dass Menschen, die alles haben, so intensiv leiden.

Ich hatte vielleicht keine Erklärung dafür, aber meine Mutter. Sie äußerte sich ganz eindeutig.

»Es ist das Englischsein«, sagte sie. »Es wird sie noch alle töten, wenn sie nicht aufpassen.« Sie schnaubte verächtlich. »Schau sie dir an. Dieser kleine Chido spricht kaum ein Wort seiner eigenen Muttersprache, und du wirst sehen, bei seinen Kindern wird es noch schlimmer. Läuft mit dieser Weißen herum, nicht wahr, der Tochter des Missionars? Seine Kinder werden eine Schande für uns sein, du wirst es sehen. Und er selbst; wenn man ihn anschaut, scheint er in Ordnung zu sein, aber man weiß nie, was für einen Preis er bezahlt.« Zu Nyasha wollte sie nicht viel sagen. »Über die reden wir überhaupt nicht. Sie spricht für sich selbst. Bei beiden ist es ihr Englischsein. Es ist ein Wunder, dass es nicht auch die Eltern befallen hat.«

So wetterte sie eine Weile fort und erklärte, man könne es von den Ahnen nicht erwarten, dass sie so viel Englischsein verkrafteten. Sie erwähnte Nhamo nicht, aber ich begann ihrem Gedankengang zu folgen. Ich wusste, sie dachte an ihn und hielt auch mich für ein Opfer. »Das Problem ist das Englischsein, also sei bloß vorsichtig.«

Es war eine Warnung, eine Drohung, die katastrophale Folgen hätte nach sich ziehen können, wenn ich es zugelassen hätte. Wenn man Angst vor etwas hat, hilft es einem nicht, wenn Leute, die mehr wissen als man selbst, offen erklären, man habe ganz recht. Mutter wusste viel, und ich achtete ihr Wissen. Sei vorsichtig, hatte sie gesagt, und ich dachte über Nyasha und Chido und Nhamo nach, die sich alle ergeben hatten, und über mein eigenes schleichendes Gefühl, einem Verhängnis entgegenzugehen. War ich vorsichtig genug? Ich war mir nicht sicher. Ich hatte den leisen Verdacht, einen gerade erst aufkeimenden Verdacht, dass ich zu bereitwillig von zu Hause fortgegangen und das Englischsein der Mission akzeptiert hatte; und danach das noch stärkere Englischsein der Klosterschule. Dieser Verdacht beschäftigte mich einige Tage, in denen er sich in schlechtes Gewissen verwandelte, und dann plagten mich in zwei aufeinanderfolgenden Nächten Alpträume über Nhamo und Chido und Nyasha. Das dürfte zeigen, wie sehr mich die Worte meiner Mutter verstört hatten: Seit ich auf die Mission gegangen war, hatte ich keine

Alpträume mehr gehabt. Aber die Schulzeit rückte näher, und ich freute mich darauf, ins Internat zurückzukehren. Die Bücher, die Spiele, die Filme, die Diskussionen – all dies waren Dinge, die ich mir wünschte. Ich sagte mir, ich sei weitaus vernünftiger als Nyasha, weil ich wusste, was möglich war und was nicht. Also verbannte ich meinen Verdacht in tiefe Schichten des Unterbewussten und kehrte glücklich in die Klosterschule zum Heiligen Herzen zurück.

Ich war damals jung und konnte leicht verdrängen, aber Samen keimen dennoch. Obwohl ich es damals nicht bewusst wahrnahm, konnte ich das *Young Ladies College* der Nonnen und alles, was es repräsentierte, nicht mehr als die an meinem Horizont aufgehende Sonne betrachten. Leise, unauffällig und sehr sprunghaft festigte sich mein Denken; ich begann Dinge in Frage zu stellen und widersetzte mich der Gehirnwäsche, bis ich so weit war, diese Geschichte niederzuschreiben. Es war ein langer und schmerzhafter Prozess für mich, dieser Prozess der Erweiterung; ein Prozess, der sich in ereignisreichen Stufen über viele Jahre erstreckte und der einen weiteren Band füllen würde, aber die Geschichte, die ich hier erzählt habe, ist meine eigene Geschichte, die Geschichte von vier Frauen, die ich geliebt habe, und die Geschichte unserer Männer; es ist die Geschichte davon, wie alles begann.

Personenregister

Tambudzai (auch Tambu) – Ich-Erzählerin
Rambanai – jüngste Schwester von Tambu
Dambudzo – jüngster Bruder von Tambu
Netsai – kleine Schwester von Tambu
Nhamo – Tambus älterer Bruder
Jeremiah – Tambudzais Vater
Ma'Shingayi – Tambudzais Mutter

Babamukuru – Tambudzais Onkel (väterlicherseits)
Maiguru – Tambudzais Tante (väterlicherseits), Ehefrau von Babamukuru
Nyasha – Tambus Cousine, Tochter von Maiguru und Babamukuru
Chido – Tambus Cousin, Sohn von Maiguru und Babamukuru
Lucia – Tante von Tambu (mütterlicherseits), Schwester von Ma'Shingayi
Takesure – Cousin von Jeremiah und Babamukuru

Glossar

aiwa!: nein, nie, überhaupt nicht
babamunini: Onkel
dara: Waschtisch
hari: Winter
magrosa: Lebensmittelhändler
mahewu: traditionelles alkoholfreies Getränk aus fermentiertem Mehl
mainini: bezeichnet meist eine junge Tante, kann aber auch als respektvolle Anrede für junge Frauen und junge Verwandte genutzt werden
matamba: Früchte des Mutamba–Baumes,
mukoma: Bruder
nya-masheme: traditionelle Begrüßung eines Mannes von einer Frau
sadza: Maisbrei
sisi: Schwester
yuwi: Ausruf

Büchergilde Weltempfänger
Band 4